Regalo de boda

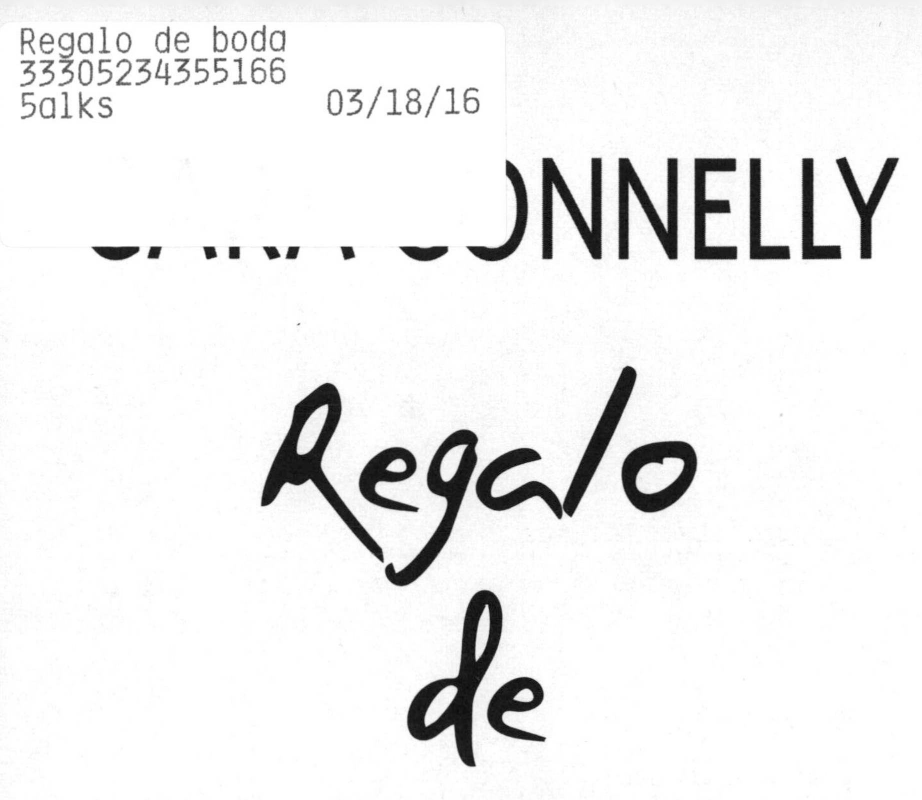

HarperCollins *Español*

Publicado por HarperCollins Español® en Nashville, Tennessee, Estados Unidos de América.
HarperCollins Español es una marca registrada de HarperCollins Christian Publishing.

Título en inglés: The Wedding Favor

Publicado por Avon Books, un sello de HarperCollins Publishers.

ISBN: 978-0-71808-017-4

Impreso en Estados Unidos de América
15 16 17 18 19 DCI 6 5 4 3 2 1

Para Billy, mi amor, el centro de mi vida

CAPÍTULO 1

—Esa mujer —dijo Tyrell apuntando con el dedo como si fuera una pistola hacia la rubia situada al otro lado de la sala— es una auténtica zorra.

Angela le puso una mano en el brazo para tranquilizarlo.

—Por eso está aquí, Ty. Por eso la han enviado.

Se alejó de Angela y después volvió a acercarse sin apartar la mirada del objeto de su ira. La mujer estaba hablando por el móvil, de medio lado, de modo que lo único que podía ver de ella era su moño francés y el sencillo pendiente de aro dorado que llevaba en el lóbulo derecho.

—Tiene hielo en las venas —murmuró—. O arsénico. O lo que sea que usen para embalsamar a la gente.

—Solo está haciendo su trabajo. Y, en este caso, es un trabajo desagradecido. No pueden ganar.

Ty miró a Angela poniendo los ojos en blanco. Habría vuelto a darle su opinión sobre los abogados mercenarios de la ciudad de Nueva York que iban a Texas pensando que lo único que tenían que hacer era mentir a un puñado de buenazos que no habían pasado de octavo curso, pero en ese preciso momento la secretaria salió de la estancia del juez.

—Señorita Sánchez —le dijo a Angela—, señorita Westin —le dijo a la rubia—, tenemos un veredicto.

Al otro lado de la sala, la rubia cerró su teléfono, lo guardó en el bolso, levantó su maletín del suelo de baldosas y, sin mirar a Angela o a Ty, ni a ninguna otra persona, atravesó velozmente las puertas de roble y entró en la sala. Ty la siguió varios pasos por detrás, clavándole la mirada en el traje azul marino como si fueran balas.

Veinte minutos más tarde, volvieron a salir. Un periodista de *Houston Tonight* le puso un micrófono a Ty en la cara.

—Obviamente el jurado le ha creído a usted, señor Brown. ¿Siente que se ha hecho justicia?

«Tengo ganas de matar», quiso responder él. Pero la cámara estaba grabando.

—Solo me alegro de que haya acabado —dijo—. Jason Taylor ha alargado esto durante once años intentando agotarme. Pero no lo ha conseguido.

Siguió caminando por el ancho pasillo y el periodista se mantuvo a su lado.

—Señor Brown, el jurado le ha concedido hasta el último centavo de los daños causados, como usted pidió. ¿Qué cree que significa eso?

—Significa que entienden que ni siquiera todo el dinero del mundo puede resucitar a los muertos. Pero puede causarles mucho dolor a los vivos.

—Taylor quedará en libertad la semana que viene. ¿Cómo se siente sabiendo que será libre?

Ty se detuvo en seco.

—¿Mientras mi esposa yace enterrada bajo tierra? ¿Cómo cree que me siento? —el periodista pareció encogerse bajo su mirada y decidió no seguir a Ty mientras este atravesaba las puertas del juzgado.

En el exterior, la hora punta de Houston era como encontrarse a las puertas del infierno. Pavimento abrasador, cláxones atronadores, atascos eternos.

Ty no se fijó en nada de eso. Angela lo alcanzó en la acera y le tiró del brazo para que fuese más despacio.

—Ty, no puedo seguirte con estos tacones.

—Perdona —aminoró la velocidad. Por enfadado que estuviera, llevaba la cortesía de Texas en su interior.

Le quitó el abultado maletín de la mano y le dirigió una sonrisa para intentar imitar su habitual carácter tranquilo.

—Angie, cariño —le dijo—, vas a dislocarte el hombro si vas cargando con esto por ahí. Y, créeme, un hombro dislocado no es ninguna broma.

—Estoy segura de que sabes de lo que hablas —lo miró de forma sugerente y recorrió sus hombros fuertes con la mirada. Inclinó su cuerpo esbelto hacia él, echó su melena negra hacia atrás y lo agarró del brazo con más fuerza.

Ty captó el mensaje. El viejo truco del pecho pegado al brazo era la señal más fácil de interpretar.

Y no le sorprendió. Durante los días que habían pasado juntos preparando el juicio, con las íntimas cenas para llevar en su despacho mientras repasaban su testimonio, Angela le había lanzado diversas indirectas. Dadas las circunstancias, él no la había alentado. Pero era una belleza y, para ser sincero, tampoco la había desalentado.

Ahora, con un torrente de adrenalina provocado por el veredicto que probablemente le diese ganas de sexo, tenía la palabra «disponible» escrita en la cara. En aquel preciso momento estaban pasando por delante del hotel Alden. Si se dirigía hacia allí, ella lo seguiría sin dudar. Cinco minutos más tarde estaría penetrándola y borrando los recuerdos que había revivido aquella mañana en el estrado. Recuerdos de Lissa, destrozada, rogándole que le permitiera ir, que le permitiera morir. Que le permitiera dejarlo atrás para que siguiera viviendo sin ella.

Angela aminoró la marcha. Él estaba tentado, muy tentado.

Pero no podía hacerlo. Angela había sido su roca durante seis meses. Sería vergonzoso y rastrero utilizarla esa tarde y después dejarla por la noche.

Porque dejarla, la dejaría. Había visto demasiado de él y, al igual que las legiones que la precedían, había encontrado su dolor y estaba ansiosa por curarlo. Pero no tenía cura. Ty no quería curarse. Solo quería follar y olvidar. Y ella no era la chica adecuada para eso.

Por suerte, tenía la excusa perfecta para darle esquinazo.

—Angie, cariño —su acento era profundo y fuerte, incluso aunque no estuviera usándolo para suavizar el golpe. Le salía solo—, nunca podré agradecerte lo suficiente todo lo que has hecho por mí. Eres la mejor abogada de Houston y pondré un anuncio a toda página en el periódico para que todo el mundo lo sepa.

Angela se inclinó hacia él.

—Formamos un buen equipo, Ty —le dirigió una mirada abrasadora y señaló con la cabeza hacia el Marriott—. Vamos dentro. Puedes… invitarme a una copa.

—Ojalá pudiera, cielo —contestó él con arrepentimiento, no del todo fingido—, pero tengo que tomar un avión.

Ella se detuvo en seco.

—¿Un avión? ¿Adónde vas?

—A París. Tengo una boda.

—¡Pero si París está a tiro de piedra! ¿No puedes irte mañana?

—Francia, cariño. París, Francia —miró el reloj de la esquina y después la miró a ella a los ojos—. Mi vuelo sale a las ocho, así que tengo que irme. Deja que te pare un taxi.

Angela le soltó el brazo y dio otro golpe de melena, desafiante en esa ocasión.

—No te molestes. Tengo el coche detrás del juzgado —le arrebató el maletín y miró su reloj—. Tengo que irme, tengo una cita —se dio la vuelta para marcharse.

Y entonces le falló la valentía. Miró por encima del hombro y le dirigió una sonrisa indecisa.

—Tal vez podamos celebrarlo cuando regreses.

Ty sonrió también, porque era más fácil.

—Te llamaré.

Se sentía culpable por darle una impresión equivocada, pero, Dios, estaba deseando alejarse de ella, de todos, y lamerse las heridas. Y era cierto que además tenía que tomar un avión.

Supuso que sería más rápido que encontrar un taxi en hora punta, de modo que recorrió andando las seis manzanas hasta su edificio y acabó sudando como solo suda un hombre con traje. Ignoró el ascensor, subió los cinco tramos de escaleras, al fin y al cabo ya estaba empapado, abrió la puerta de su apartamento y dio gracias a Dios al sentir la bofetada del aire acondicionado.

El apartamento no era su casa, eso sería su rancho, solo un piso alquilado, un lugar donde dormir durante el juicio. Con pocos muebles y pintado en un blanco roto deprimente, hacía juego con su estado de ánimo sombrío.

Y tenía un electrodoméstico que estaba deseando usar de inmediato. Se fue directo a la cocina, se quitó las partes del traje que aún llevaba puestas, la camisa, los pantalones y los calcetines, e hizo una pelota con eso y con la chaqueta y la corbata. Después lo metió todo en el compactador de basura y lo puso en marcha; era la primera satisfacción que tenía en todo el día.

El reloj situado sobre la encimera indicaba que llegaba tarde, pero no podía hacer frente a catorce horas de avión sin una ducha, así que se la dio de todos modos. Y, por supuesto, aún no había hecho la maleta.

No le gustaba ir con prisa, iba en contra de su naturaleza, pero corrió más de lo habitual. Aun así, con el tráfico que había, para cuando aparcó la camioneta y llegó hasta su terminal, los pasajeros ya habían embarcado y estaban a punto de retirar la pasarela.

Aunque no estaba de humor, se obligó a deslumbrar y seducir a la chica de la puerta de embarque para que le dejara pasar, después recuperó su mal humor mientras recorría la pasarela hacia el avión. Bueno, al menos no tendría que ir con las piernas encogidas hasta París. Había comprado un billete de primera clase y pensaba aprovecharlo al máximo. Empezando con un Jack Daniel's doble.

—Tyrell Brown, ¿no puedes darte más prisa? Tengo un avión lleno de gente esperándote.

A pesar de su mal humor, no pudo evitar sonreír al ver a la mujer de pelo plateado que lo miraba con odio desde la puerta del avión.

—Loretta, cariño, ¿trabajas en este vuelo? ¿Cómo puedo tener tanta suerte?

Ella puso los ojos en blanco.

—Ahórrate conmigo las zalamerías y mueve el culo —apartó el billete que él le ofreció—. No necesito eso. Solo queda un asiento libre en todo el avión. Le preguntaré a Dios el próximo domingo por qué tiene que ser en mi zona.

Ty le dio un beso en la mejilla y ella un golpe en el brazo.

—No hagas que se lo cuente a tu madre —murmuró mientras lo empujaba por el pasillo—. Hablé con ella la semana pasada y me dijo que no la has llamado en un mes. ¿Qué clase de hijo desagradecido eres? Después de que ella te diera los mejores años de su vida.

Loretta era la mejor amiga de su madre y era como de la familia. Había estado pinchándole desde que era pequeño y era una de las pocas personas inmunes a su encanto. Señaló el único asiento vacío.

—Siéntate y ponte el cinturón para que podamos despegar.

Ty había reservado el asiento de ventanilla, pero ya estaba ocupado, de modo que no le quedaba más que el pasillo. Tal vez hubiera tenido algo que objetar si la ocupante no hubiese sido una mujer. Pero, una vez más, la cortesía de Texas le obligaba a callarse, así que eso hizo, sin dejar de mirarla mientras guardaba la maleta en el compartimento superior.

La mujer estaba inclinada hacia delante, rebuscando en la bolsa que tenía entre los pies, y aún no lo había visto, lo que le daba la oportunidad de observarla.

Se había puesto para viajar una elegante camiseta negra y unos pantalones de yoga, su figura era esbelta, medía en torno al metro sesenta y siete y debía de pesar unos cincuenta y cinco kilos. Tenía los brazos y los hombros bronceados y firmes como los de una atleta, su pelo era rubio y liso, le caía hacia delante como una cortina alrededor de un rostro que, esperaba, estuviese a la altura del resto de su cuerpo.

«Parece que las cosas mejoran», pensó. «Puede que este no sea el peor día de mi vida después de todo».

Entonces la mujer lo miró. La auténtica zorra.

Se lo tomó como un puñetazo en la cara, se dio la vuelta y se chocó con Loretta.

—Por el amor de Dios, Ty, ¿qué te pasa?

—Necesito otro asiento.

—¿Por qué?

—¿A quién le importa por qué? Lo necesito —echó un vistazo a su alrededor—. Cámbiame por alguien.

Ella colocó los puños en sus caderas y dijo en voz baja, aunque mortal:

—No, no voy a cambiarte. La gente va en parejas y ya están todos sentados, esperando a que les sirvan la cena para poder irse a dormir, que es la razón por la que pagan un dineral por ir en primera clase. No pienso pedirles que se cambien. Y tú tampoco vas a hacerlo.

Tenía que ser Loretta, la única persona del planeta a la que no podía encandilar.

—Entonces cámbiame por alguien de turista.

Loretta se cruzó de brazos.

—No querrás que haga eso.

—Sí que quiero.

—No quieres, y te diré por qué. Porque es una petición extraña. Y, cuando un pasajero hace una petición extraña, estoy obligada a informar al capitán. El capitán está obligado a informar a la torre de control. La torre se lo comunica a las autoridades y, poco después, te encuentras con un dedo metido por el culo en busca de explosivos —lo miró con la cabeza ladeada—. ¿De verdad quieres eso?

No quería.

—Mierda —murmuró entre dientes. Miró por encima del hombro hacia la zorra. Tenía la nariz metida en un libro, ignorándolo.

Catorce horas era mucho tiempo para pasárselo sentado al lado de alguien a quien quería estrangular. Pero era eso o bajarse del avión, y no podía perderse la boda.

Le dirigió a Loretta una última mirada de amargura.

—Quiero un Jack Daniel's cada quince minutos hasta que pierda el sentido. Que no paren de venir, ¿entendido?

CAPÍTULO 2

«Esto no puede estar pasando». Victoria Westin cerró los ojos, contó hasta diez, volvió a abrirlos y… él seguía allí. Realmente había creído que su día no podía ser peor, pero ahora Tyrell Brown estaba sentado a su lado, peleándose con su cinturón de seguridad y maldiciendo en voz baja.

De cerca parecía mucho más grande que en el juzgado. Tal vez fueran los vaqueros y las botas, o la camiseta de la universidad de Texas que se ajustaba a su torso, mostrando sus brazos. Solo lo había visto con traje y, aunque imponía con su metro ochenta y cinco, no había tenido aquel aspecto, como si pudiera romperla por la mitad sin despeinarse. Ahora parecía más que capaz de hacerlo.

Y, a juzgar por su lenguaje corporal, eso era exactamente lo que deseaba hacer.

Aunque tampoco lo culpaba. La persona a la que culpaba era a su madre. Adrianna Marchand, de Marchand, Riley y White, el principal bufete de defensa civil de la ciudad de Nueva York. Adrianna, socia mayoritaria, le había encasquetado a ella, una simple socia, un caso horrible imposible de ganar y después le había impedido llegar a un acuerdo.

—El demandante no tiene nada más que su propia palabra para demostrar que la fallecida recuperó la consciencia antes de morir —había dicho su madre con su tono más pedante—

. Victoria, seguro que puedes convencer a seis miembros del jurado de dudosa inteligencia de que tiene motivos para mentir. Nueve millones son muchos motivos para un ranchero paleto. Confúndelo. Líale. Si no se te ocurre otra cosa, entonces sonríele. Tu sonrisa atonta a cualquier idiota con pene. Y, francamente, después de gastarnos cinco mil dólares en ortodoncias, es lo mínimo.

Pero Adrianna se había equivocado en todo. Los miembros del jurado eran dos doctores, un profesor de universidad, un periodista, un juez jubilado y un estudiante de postgrado, y todos poseían una inteligencia indudable. La «fallecida», como había llamado Adrianna eufemísticamente a Lissa Brown, era una mujer brillante, joven, simpática y de buen corazón que rescataba animales maltratados.

Y el «demandante», que ahora mismo estaba sentado a su lado, tenía un rancho de ganado de veinte mil hectáreas, con un doctorado en Filosofía y los ojos más tristes que había visto jamás. El compasivo jurado se había tragado cada una de sus palabras. Como resultado, cuando la semana próxima Jason Taylor hubiera cumplido la sentencia de cinco años de prisión por conducir ebrio y por homicidio involuntario, tendría que vender casi todas sus posesiones para cumplir con el veredicto.

Su madre iba a matarla.

Si Tyrell Brown no lo hacía primero.

Mientras ella meditaba, habían alcanzado altitud de crucero. Ahora la auxiliar de vuelo, que al parecer era amiga de Tyrell, estaba preguntándole qué deseaba beber.

—Soda con lima —consiguió responder.

Ty emitió un sonido de desprecio y le dijo a Loretta:

—Sigo esperando mi Jack Daniel's.

—Y seguirás esperando —respondió ella. La palmadita que le dio en el hombro al pasar contradecía su tono arisco. Vicky se estremeció. Tal vez Loretta le ayudase a deshacerse de su cuerpo. Probablemente pudieran meterla en una bolsa de basura si la doblaban bien.

Cuando Loretta regresó con las bebidas, le entregó a Ty su whisky sin decir palabra. Al pasarle a Victoria su soda, sonrió y preguntó:

—¿Qué te trae por Texas, cielo?

A Victoria le tembló la mano. Lo disimuló dando un trago, después respondió:

—Trabajo —con la esperanza de que Loretta captara la indirecta y dejara de intentar conversar. No entendía a los texanos; hablaban con cualquiera, metían la nariz en todas partes.

—¿En qué trabajas? —continuó Loretta con decisión.

Ty se bebió su copa de un trago y agitó el vaso vacío frente a la nariz de Loretta.

—Azafata —murmuró—, ¿me lo rellena? No le pagan por hablar.

Loretta arqueó una ceja y ambos se quedaron mirándose durante unos segundos. Después agarró el vaso con determinación.

—Enseguida vuelvo, cielo —le dijo a Victoria sin dejar de mirar a Ty. Después se dio la vuelta lentamente y se alejó.

Por un instante, solo un instante, Victoria y Ty coincidieron en su sensación de alivio.

Después ella abrió su libro y fingió sumergirse en él. Tyrell ojeó el catálogo de venta de productos durante el vuelo con la misma concentración.

Claro, ella no estaba leyendo de verdad. ¿Cómo iba a hacerlo, cuando le alcanzaban constantemente las oleadas de resentimiento emitidas por Ty? Había revivido su peor pesadilla en el estrado y era evidente para todos los presentes en la sala, incluida ella, que nunca había superado la muerte de su esposa. A pesar de haber ganado el caso, le habían rastrillado el corazón durante el proceso. Y ella era la que había sujetado el rastrillo.

Lo observó nerviosamente por el rabillo del ojo. Realmente estaba atiborrándose de whisky. ¿Y si se emborrachaba y perdía los papeles? Ella sería la primera damnificada.

De pronto él giró la cabeza como si hubiera notado que estaba observándolo. Ella se estremeció.

¿De verdad le había parecido que tenía los ojos tristes? Bonitos, sí, de un tono zarzaparrilla mezclado con dorado. Pero daban miedo. Victoria devolvió la mirada al libro y rezó para no haberlo provocado.

Ty tampoco estaba leyendo de verdad, claro. ¿Cómo iba a hacerlo cuando Victoria Westin estaba sentada en su asiento, tan fría y controlada? Aquella mujer no tenía corazón ni compasión. ¿Estaría viva? Tal vez fuera un vampiro.

Aun así, tampoco estaba del todo orgulloso por haber hecho que se encogiera de miedo. Como si fuese a golpear a una mujer. En sus treinta años de vida, había participado en más peleas de las que recordaba; con puñetazos, cuchillos e incluso pistolas en alguna ocasión, y le gustaba pensar que había inspirado miedo en algunos.

Pero nunca en una mujer.

Si no la hubiese odiado tanto, tal vez se hubiera disculpado. Pero no lo hizo, y no lo haría. Se cruzó de brazos. Mejor dicho, ella debería disculparse con él por pensar que podría ponerle la mano encima. Cierto, deseaba retorcerle la cabeza como si fuera el tapón de una botella, pero no lo haría realmente.

Victoria tenía el atrevimiento de hacer que se sintiera un maltratador.

Al fin apareció Loretta con un segundo Jack Daniel's, esperó a que se lo bebiera de un trago y después se alejó con el vaso vacío. La observó con el ceño fruncido mientras se alejaba. Por supuesto, le haría esperar para llevarle el siguiente.

—Ternera para ti —Loretta dejó la comida de un golpe sobre la bandeja de Ty—, y aquí tiene su entrante vegetariano, señorita Westin.

Ty le dirigió una sonrisa.

—Vaya, gracias, Loretta, cariño —ella lo ignoró, pero no le importó. Llevaban dos horas de vuelo y sus nervios se habían calmado considerablemente. Se había quitado de en medio lo del regalo de boda, dos sillones de masaje a juego del catálogo de venta durante el vuelo, y entre tanto se había tomado otros dos Jack Daniel's. Ya iba por el quinto y se sentía más filosófico sobre la vida en general, y sobre su situación en particular.

Contempló las verduras al vapor de Victoria y se preguntó por qué alguien iba a sustituir un *filet mignon* por brócoli con arroz.

Hizo la pregunta en voz alta sin pretenderlo.

Victoria dejó caer sus cubiertos y giró la cabeza para mirarlo.

—Perdón, no he oído lo que has dicho.

Su desconfianza le hizo sentir como un imbécil. Y, ahora que había abierto su enorme bocaza, volver a callarse solo empeoraría las cosas. Así que intentó emplear su habitual manera de hablar relajada.

—He dicho que por qué masticar hojas y brotes cuando mi filete se deshace como mantequilla.

—La ternera no es buena para la salud —respondió ella antes de sonrojarse intensamente.

Ty contuvo una sonrisa. Obviamente Victoria acababa de recordar que poseía un rancho de ganado. Enarcó una ceja y dijo:

—Eso en Texas es pelea, pero, como veo que estamos al este de Texarkana, lo dejaré correr.

Se metió otro trozo de carne en la boca y lo pasó con un trago de whisky. Después, al ver que ella lo miraba como si esperase más, señaló su soda con el tenedor.

—¿El alcohol también es malo?

—No bebo cuando vuelo. Disminuye la toma de oxígeno.

Ty abrió los ojos de par en par y sonrió.

—Vaya, entonces yo a estas alturas debería estar boqueando

como un pez fuera del agua —se terminó las últimas gotas de su vaso, captó la mirada de Loretta y lo señaló con el dedo.

Victoria contuvo la sonrisa antes de que se le notara. No confiaba en aquel nuevo y simpático Tyrell Brown. Cierto, el whisky parecía haberlo suavizado, pero era impredecible. Podía atacarla en cualquier momento.

Aun así, no podía apartar la mirada de él. Su sonrisa, que nunca había visto en el juzgado, era un atractivo destello de labios carnosos y dientes blancos que le hacía arrugar los ojos y transformaba su atractivo rostro en algo asombroso. Con su cabello rubio oscuro, cortado como el de un surfista, un poco demasiado largo y normalmente despeinado, no era de extrañar que su abogada estuviese descaradamente colgada de él.

Loretta reapareció con su bebida.

—Loretta, cariño —le dijo—, dile a esta joven que tienes suficiente oxígeno en este avión.

Loretta ladeó la cabeza.

—Tyrell, ¿voy a tener que cortarte el chorro?

—Hablo en serio. Ella… —señaló con el vaso a Victoria— piensa que, si toma un poco de vino con sus brotes y sus hojas, se quedará sin aire o algo así.

Loretta se volvió hacia Victoria.

—Tenemos mucho oxígeno en este avión —le dijo desconcertada.

—¡Qué alivio! —respondió ella con una sonrisa.

—Entonces —le dijo Ty—, ¿qué vas a tomar?

Victoria estuvo a punto de decir que no quería nada, pero decidió que sería más fácil rendirse.

—Tomaré un Cabernet —le dijo a Loretta. Al fin y al cabo, podía fingir que bebía. Al menos no parecería una idiota. «La ternera no es buena para la salud… el alcohol disminuye la toma de oxígeno». Dios mío.

—Lo sabía —dijo Ty—. Sabía que elegirías vino tinto. Antioxidantes, ¿verdad?

Ella levantó un hombro a modo de admisión silenciosa. Dios, realmente era una idiota.

Él asintió con arrogancia.

—Sí, lo pillo —comenzó a contar con los dedos—. Yoga dos veces a la semana para la flexibilidad. Pilates los fines de semana para los abdominales. Meditación a diario, quince minutos por la mañana y por la noche, para mantenerte centrada. Un masaje mensual para liberar toxinas y estimular el sistema inmune —bajó entonces la voz—. O eso es lo que te dices a ti misma. La verdad es que lo disfrutas y ya está.

Ella se rio. Era divertido. Guapo y divertido, peligrosa combinación.

Había clavado sus rutinas. Sonaban tan... reglamentadas cuando las enumeraba con ese acento relajado.

Loretta le llevó el Cabernet. Victoria tomó un buen trago de forma deliberada y después otro. ¿Y qué si las compañías aéreas reducían el porcentaje de oxígeno en el aire para ahorrar dinero? No había más que ver a Tyrell. Estaba completamente borracho y respiraba con normalidad.

Otro trago y reunió el valor para decir:

—Abdominales y meditación a diario. Has estado leyendo la revista de Oprah.

Él levantó una mano.

—Solo por los artículos. Juro que nunca miro las fotos.

Ella soltó una risita, cosa que nunca hacía. No había comido nada en todo el día y el vino ya se le había subido a la cabeza. Comió apresuradamente un poco del salteado, un poco demasiado tarde.

Ty dio un trago a su whisky.

—La vi una vez. A Oprah, quiero decir. Tuvo una conversación con algunos rancheros de ganado cuando se metió en un lío al poner a caldo la ternera en su programa. Mi padre llevaba el rancho por entonces. Nos llevó a mi hermano y a mí con él para oír lo que tenía que decir.

—¿Y?

Se encogió de hombros.

—Me pareció una mujer simpática. Educada. Sincera. Me cayó bien. Aunque a mi padre no.

Ella dio otro trago a su vino tinto. Estaba delicioso. Debería beber vino más a menudo. Al fin y al cabo, estaba cargado de antioxidantes.

Otro trago y dijo:

—Yo conocí al doctor Phil. En un avión, igual que ahora —agitó la mano de un lado a otro entre ellos.

—¿Al doctor Phil? No fastidie. ¿Te dio algún consejo gratis?

—Me dijo que debía romper con mi prometido.

Él levantó dos dedos en dirección a Loretta. Después giró su cuerpo hacia Vicky, solo un poco, y ella advirtió que había hecho lo mismo, muy ligeramente, lo suficiente para crear los primeros indicios de intimidad entre ellos. Dio otro trago.

—¿Y lo hiciste? ¿Rompiste con él?

—No inmediatamente. Pero debería haberlo hecho. Acabó engañándome, cosa que el doctor Phil había predicho —otro trago—. Claro, mi madre me echó la culpa a mí.

—¿Te echó la culpa de que te engañara? ¿Por qué?

—¿Por qué me culpa de todo? —soltó una carcajada—. Eso es lo que debería haberle preguntado al doctor Phil. ¿Por qué mi madre me odia? ¿Y por qué sigo intentando hacer que me quiera?

«Y esta es la razón por la que no debería beber», pensó.

Aun así dio otro trago y se dio cuenta de que se había terminado la copa justo cuando llegó la siguiente ronda. Ty le quitó la copa vacía de entre los dedos y le entregó la nueva. Ella le sonrió. Tenía unos ojos muy expresivos. No podía imaginar por qué antes le había parecido que daban miedo. Eran de un tono sirope de arce mezclado con mantequilla, líquidos y cálidos, centrados en ella, como si fuera la única mujer en el mundo.

Victoria se giró más hacia él.

Ty se olvidó de su filete y se dejó arrastrar.

—¿Qué te hace pensar que te odia?

—¿Por dónde empiezo? —levantó una mano—. Bueno, me saltaré la infancia e iré directa a los años de universidad. Yo quería ir a Williams; pequeña, rural, con un fantástico programa de teatro. Pero no. Según mi madre, como actriz, la única frase que tendría que aprenderme sería: «¿Qué va a tomar?». Como su madre huyó a Hollywood y nunca regresó, yo no puedo acercarme a un escenario. Al parecer también soy muy poco práctica y no sé lo que es bueno para mí. Así que mi madre decidió mi futuro por mí. Tenía que ir a Yale y estudiar Derecho para seguir sus pasos —dio un trago al vino y se encogió de hombros—. Me rendí, claro. Siempre lo hago.

Ty agitó su bebida e intentó imaginarse a sus padres presionándolo para seguir un camino que no deseaba seguir. Nunca lo harían. Y, aunque lo hubieran intentado, él se habría negado. Una hora antes habría apostado su rancho a que la decidida Victoria Westin habría hecho lo mismo.

—Ahora eres adulta —le dijo—. Mándala al cuerno. Vuelve a clase y estudia lo que desees.

Ella lo miró desconcertada.

—¿Lo que deseo? Ya ni siquiera sé lo que deseo —volvió a encogerse de hombros—. Ya es demasiado tarde. Estoy atrapada con el Derecho, me guste o no.

—¿Y te gusta? —en el juzgado le había parecido fría y distante, a años luz de la mujer de sangre caliente que estaba sentada a su lado. Incluso sus ojos azules se habían calentado, habían pasado de un hielo ártico al color del cielo en octubre. Con el ceño fruncido mientras pensaba en su pregunta, parecía cercana, vulnerable y también guapa.

—Tiene sus momentos —dijo al fin—. Probablemente igual que ser policía o bombero. Ya sabes, horas de aburrimiento salpicadas con momentos de absoluto terror —cuando Ty se carcajeó, ella agregó—: De acuerdo, no es cosa de vida o muerte, pero aun así son meses de aburrido papeleo y de preparativos, y luego el juicio, que es la parte terrorífica, pasa en un par de días.

Hizo una pausa para volver a beber vino, y debió de darse cuenta de que los juicios estaban destinados a ser un asunto delicado, porque abrió los ojos de par en par y estuvo a punto de atragantarse.

Ty podría haberle dicho que no se preocupara, porque, después de esforzarse durante horas por conseguirlo, por fin había alcanzado la zona que buscaba. Estaba completamente borracho. En ese estado, que había frecuentado muchas veces en los últimos siete años, seguía pudiendo mantener una conversación e incluso recordarla por la mañana. Podía hacer bromas, ponerse filosófico y follar como un chico de diecisiete años después del gran partido.

Pero no podía pensar en Lissa.

Era una respuesta programada que probablemente le hubiera salvado la vida y había convertido ese ritual en una ciencia. Cuando los recuerdos le abrumaban, bebía whisky sin parar hasta que empezaban a picarle los dedos. Entonces, y solo entonces, se permitía apagar la parte de su mente en la que vivía Lissa y se olvidaba de ella durante un rato.

Había alcanzado ese lugar hacía media hora y, aunque la mayoría de hombres estaría medio inconsciente sobre la bandeja, él estaba en una burbuja. Durante otra media hora sería una compañía fantástica. La mejor. Después caería en picado y dormiría durante ocho horas seguidas.

Soñaría con Lissa, ese era el lado negativo. Pero, cuando se despertara al día siguiente, sería capaz de volver a enfrentarse a ello.

—Bueno —dijo Victoria para cambiar de tema apresuradamente—. ¿A qué vas a París?

—Se casa una antigua novia.

—¿Vas a la boda de una ex?

—Es raro, ¿verdad? El caso es que, cuando llevábamos tres meses juntos, ambos nos dimos cuenta de que nos gustábamos mucho, pero no iba a ir más allá —se encogió de hombros—. Seguimos como amigos con derecho a roce durante un tiempo. Ahora solo somos amigos.

Victoria no podía imaginarse siendo amiga de su ex. Aparte del hecho de que le hubiese destrozado el corazón, no era precisamente divertido pasar el rato con Winston. Tendrían que hacer lo que quisiera hacer él, como siempre.

—¿Y tú? —preguntó Ty—. ¿A qué vas a París?

—De hecho yo también voy a una boda, en Amboise, a un par de horas de la ciudad. Mi hermano. Bueno, técnicamente es mi hermanastro, fruto del segundo matrimonio de mi madre.

—¿Segundo de cuántos? Espera, déjame adivinar —cerró un ojo y calculó—. Suponiendo que tenga unos cincuenta...

—Cincuenta y cuatro.

—De acuerdo, cincuenta y cuatro, y supongo que será guapa —su sonrisa indicaba que lo decía como un cumplido, y en respuesta se le sonrojaron las mejillas—. Abogada —continuó él—, de modo que es económicamente independiente, acostumbrada a ser su propia jefa. Y, teniendo en cuenta su actitud con lo de la universidad, una maniática del control, ¿verdad?

—Oh, sí, le gusta el control —contestó ella antes de beber más vino.

Ty pareció pensativo.

—Sí, voy a decir que va por el cuarto.

—Casi —levantó la copa a modo de brindis y volvió a beber—. Acaba de mandar a paseo al cuarto, aunque mantiene su apellido, así que no tendrá que volver a cambiar el nombre de la compañía.

—Así que añadimos «práctica» a su lista de virtudes.

Victoria resopló de manera muy poco femenina. A su madre no le habría gustado. Después levantó un hombro.

—Para ser justos, probablemente no fuese tan difícil vivir con ella si mi padre no hubiera muerto. Fue su primer marido. Lo amaba de verdad —miró su copa y agitó las últimas gotas de vino—. El resto de sus maridos, también sus novios… bueno, el doctor Phil diría que está intentando llenar el vacío que le dejó mi padre.

—¿De qué murió?

—De cáncer. Yo tenía solo tres años, pero me acuerdo de él. Recuerdo que me ayudaba a soplar las velas de mi tarta de cumpleaños, cosas así. Y el funeral también lo recuerdo. Mi madre llorando sin parar como si no fuese a superarlo nunca.

Se arrepintió de decir aquello en cuanto las palabras salieron de su boca. Maldición, parecía que caminaba por un campo de minas. Primero, lo de los juicios y, ahora, las muertes trágicas y el dolor. ¿Qué sería lo próximo? ¿Los conductores ebrios?

—¿Y qué haces con tu doctorado? —preguntó de golpe, con la esperanza de que Ty estuviese demasiado anestesiado para advertir otro súbito cambio de tema.

Ty lo advirtió, pero le siguió el rollo, no le importaba hacia dónde fuera la conversación.

La verdad era que, a la manera distante de los que se emborrachaban plácidamente, estaba pasándoselo bien. Ahora que Victoria se había desprendido de su armadura fría y dura, podría decirse que le gustaba. Tenía capas. A él le gustaban las capas. Le gustaba que las cosas no fueran lo que parecían ser a primera vista. Debía de ser el filósofo que llevaba dentro.

Y, sinceramente, con el pelo cayéndole sobre los hombros y aquel atuendo ajustado en lugar del traje de abogada, estaba guapa. Normalmente no le gustaban las mujeres pálidas con piel de porcelana. Parecían demasiado frágiles. Y le gustaban con más carne. Aun así, le encantaban los ojos azules y tenía que admitir que la carne que tenía la tenía en los lugares adecuados.

Empezó a flirtear sin esfuerzo alguno.

—Generalmente deslumbro a las damas hablando de Descartes —dijo moviendo las cejas—. El empirismo siempre es excitante. ¿Y el racionalismo? Otro afrodisíaco.

Victoria abrió los ojos de par en par y le siguió el juego.

—¿La filosofía es sexy? ¿Quién lo hubiera dicho?

Su sonrisa resultaba engreída.

—Ríete si quieres, pero mi tesis iba sobre la percepción de la experiencia sexual bajo esas dos doctrinas antagónicas y, confía en mí, a muchas mujeres les parecía sexy.

Cierto, ella también sintió un escalofrío, pero lo apagó con lo que le quedaba de vino.

Apoyó el codo en el reposabrazos, la barbilla, en el puño, y arrugó la frente en una mueca compasiva.

—Por favor, no me digas que esa es tu frase para ligar. Es patética.

—Pero efectiva. Compruébalo —Ty cerró los ojos y fingió que se metía en el personaje.

Cuando volvió a abrirlos, Victoria estuvo a punto de quedarse con la boca abierta. Ty el bromista había desaparecido.

En su lugar, se encontraba un vaquero relajado de ojos endrinos. Desgarbado y sexy, sin prisa. Todo en él parecía decir: «cariño, tengo toda la noche y pienso pasarla haciéndote el amor».

Se tomó su tiempo para recorrer su cuerpo con la mirada, lánguida, abrasadora, lo que hizo que a ella le subiera la temperatura. Después volvió a levantar la mirada y la detuvo en sus pechos, en su cuello, en su boca, hasta llegar a sus ojos. Entonces le dirigió una sonrisa capaz de derretirle los huesos.

El corazón le latía con tanta fuerza que probablemente pudiera oírlo.

—Cariño —dijo con aquel acento—, tengo que pedirte un favor —se inclinó hacia ella, deslizó un dedo por su brazo y lo clavó en el pliegue del codo. La ligera presión sobre su pulso hizo que se le disparase.

—Estoy investigando para mi tesis —asintió lenta y alentadoramente—. Sí, eso es, cariño, cosas de la universidad.

Victoria debería haberse carcajeado, pero se le había cerrado la garganta. Unas motas naranjas brillaban en sus ojos de tigre. ¿Cómo no las había visto antes?

Ty se mordió el labio inferior y tiró ligeramente hasta soltarlo.

—Estoy estudiando la percepción de la experiencia sexual bajo las doctrinas del racionalismo y el empirismo —volvió a deslizar el dedo por su brazo y le agarró la muñeca con suavidad—. No te preocupes, cielo, no hace falta que sepas lo que significan esas palabras —bajó la voz hasta hablar en un susurro—. Lo que necesito es que me ayudes con el sexo. Horas y horas. Ardiente, sudoroso…

Ella dejó escapar una carcajada temblorosa.

—De acuerdo, lo pillo. La filosofía es sexy.

Él se recostó en su asiento con cara de «te lo dije».

—¿Quieres saber cuál fue la conclusión de mi investigación?

¿Quería?

—Claro.

Él le dirigió una sonrisa perversa y sus ojos titilaron; juraría que lo hicieron.

—Llegué a la conclusión de que definitivamente soy empirista. Creo que, para comprender de verdad cómo será el sexo con otra persona, no puedo pensar en ello como lo haría un racionalista.

Hizo una ligera pausa.

—Tengo que experimentarlo.

CAPÍTULO 3

Victoria nunca había tenido sexo en un avión, pero tenía la impresión de que estaba a punto de hacerlo.

Miró el reloj. Medianoche. En menos de cuatro horas, Tyrell Brown había logrado que su actitud pasara de «por favor, no me mates» a «por favor, desnúdame».

Era un hombre peligroso, sí. Pero no como había pensado al principio. Si la mataba, sería por excitarla hasta la muerte.

Sacó su bolsa de maquillaje de la maleta de mano y le sonrió.

—¿Me disculpas un minuto?

Él se puso en pie educadamente y esperó en el pasillo mientras ella salía de su asiento. Mientras se alejaba lo miró por encima del hombro y admiró la forma en que volvía a sentarse en el asiento. Dios, tenía un buen cuerpo. Hombros fuertes, vientre plano, caderas estrechas; las cosas que se conseguían cabalgando, echándoles el lazo a los animales y reparando las alambradas de púas. Todo lo que hacían los vaqueros en las películas.

Ty la pilló mirándolo y le dirigió una sonrisa que volvió a dispararle el pulso. Dios.

El diminuto baño hacía que retocarse fuese todo un desafío; los nervios hacían que fuese prácticamente imposible. Dejó caer con dedos torpes su cepillo de dientes en el lavabo, tuvo que tirarlo a la basura y, en su lugar, se metió en la boca una pastilla de menta.

Se fijó en el rubor de sus mejillas y en el brillo de sus ojos. Era lógico. No se sentía tan atraída por un hombre desde... bueno, desde nunca. Y jamás se había excitado tanto con tan poca estimulación física. Winston podría haber estado tocándola durante una hora y no habría conseguido que estuviera tan húmeda como con la caricia de Ty en su muñeca.

Ty la deseaba también, de eso estaba segura. Nadie podía flirtear así a no ser que fuera en serio. Era algo poderoso. Si hubiera empleado esa táctica con ella en un bar, ya estaría en su casa.

En un avión, tendrían que apañarse. No podía imaginarse cómo hacerlo, pero Ty parecía creativo, así que confiaría en él.

Una alarma se disparó en algún rincón lejano de su cerebro. «Victoria Westin, estás a punto de violar todos los cánones éticos que son sagrados en tu profesión».

Era cierto. Si lo hacía, si tenía relaciones sexuales con su adversario, tendría que apartarse del caso por una cuestión de honor. Tendría que hacerse cargo del recurso otro bufete. Su madre se pondría furiosa.

«¡Síííí!». Podría volver a la universidad. Meterse en un grupo de teatro. Sonrió ante el espejo. Tal vez no fuera demasiado tarde para escapar de las garras de su madre.

Y comenzaría dejándose atrapar por las garras de Tyrell Brown.

Con una segunda pastilla en la lengua y brillo en los labios, se ahuecó el pelo una última vez y salió del baño.

Las luces se habían atenuado. Casi todos los pasajeros estaban absortos en una película o preparándose para dormir. Recorrió lentamente le pasillo.

El asiento de Ty estaba reclinado y el reposapiernas estirado. ¿Cómo no iba a gustarle viajar en primera clase? Tal vez la tumbara encima de él, le arrancara la ropa y...

De acuerdo, nunca había tenido relaciones sexuales en un

avión, pero seguramente necesitaran un poco más de discreción. Probablemente la tumbara de costado, se acurrucara detrás de ella y...

Con burbujas en el estómago como si fuera champán, se detuvo junto a su asiento y esperó a que le diera la bienvenida.

No se movió.

Se inclinó sobre él y entornó los párpados para poder verlo mejor con la escasa luz. Tenía los ojos cerrados. Claro, era por eso, no la había visto. Entonces entreabrió los labios ligeramente y...

...dio un ronquido.

Victoria se incorporó de golpe. ¡Estaba frito!

Sintió unos ojos clavados en ella y miró por encima del hombro. Un hombre de mediana edad estaba observándola con una sonrisa compasiva. Era imposible que él supiera que contaba con tener sexo, pero se sonrojó de todos modos.

Disimuló su vergüenza encogiéndose de hombros, como si solo se sintiera molesta en vez de rechazada y humillada, fingió que intentaba no molestar a Ty al pasar por encima de él, y darle una patada accidental en la espinilla, y se dejó caer finalmente en su asiento.

Buscó en su maleta el antifaz y el chal, más enfadada consigo misma que con él, y pulsó el botón para reclinar el asiento.

Su madre tenía razón. No podía confiar en su propio juicio. Era incapaz de interpretar la conducta de los hombres. Tyrell Brown no estaba interesado en ella. En el mejor de los casos había sido una distracción durante un viaje largo y aburrido. En el peor de los casos, le había dado falsas esperanzas para que se sintiera justo como se sentía ahora. Como una estúpida.

Abrió el chal, porque no pensaba tocar esas mantas de avión llenas de gérmenes, y se tapó hasta la barbilla. Se puso el antifaz y todo quedó a oscuras. Las burbujas del champán hacía tiempo que se habían disuelto. Su vieja amiga, la ansiedad, había vuelto en forma de nudo en el estómago. Bueno, había dormido con ella durante años. No debería haber esperado que esa noche fuese diferente.

Ty volvió en sí lentamente, levantando primero un párpado ardiente y después otro.

Mierda. No se agarraba una borrachera desde hacía más de un año. Se había olvidado de lo mal que se encontraba al día siguiente.

Y ni siquiera podía arrastrarse desnudo hasta la cocina para servirse un café. Porque no estaba en casa, estaba… ¿dónde estaba?

En un avión. Cierto. En un avión camino de Francia.

Giró la cabeza con cuidado. La auténtica zorra. Dios, se había emborrachado tanto que había estado a punto de tener sexo con ella. Lo habría hecho si no se hubiera quedado inconsciente. ¿En qué estaría pensando?

Claro, profundamente dormida, con su antifaz rosa y el pelo revuelto, parecía dulce y vulnerable. Pero, ahora que estaba sobrio, recordaba por qué la odiaba.

El juicio. Dos días de infierno. Absoluto terror, lo había llamado. «Bueno, cariño», pensó. «No tienes ni idea».

En parte porque quería y en parte porque tenía que hacerlo, se obligó a recordar cada minuto de esos dos horribles días.

El primero se había centrado en la demanda por homicidio involuntario; recibos de hospital y estimaciones actuariales para calcular cuánto habría valido en dólares la vida de Lissa si se le hubiera permitido vivirla. Debería haber llegado a los ochenta años. Solo había llegado a los veintitrés.

El segundo día, el día anterior, habían luchado por el dolor y el sufrimiento. La teoría de la defensa era que los herederos de Lissa no tenían derecho a una indemnización por su dolor y su sufrimiento, puesto que ella no había recuperado la consciencia después de que Jason Taylor arrollara a su yegua favorita, matándola y empotrando a Lissa, que iba montada en la yegua, contra el tronco de un roble con su Hummer.

Lissa quedó inconsciente debido al impacto y después entró en coma en el hospital. Aunque se mantuvo con vida durante cinco largos días, ni sus médicos ni ningún miembro del personal la vieron despertarse.

Pero Ty sí. Él había estado junto a su cama las veinticuatro horas del día y, cuando ella abrió los ojos en la madrugada del cuarto día, estaba mirándola. El corazón había estado a punto de salírsele por la boca.

—Ty —le había dicho Lissa, y él aún podía oír su hilo de voz—. Cariño, tienes que parar esto.

—¿Parar qué? —le había preguntado él desorientado.

—Esto —ella deslizó la mirada hacia el respirador, que insuflaba aire a través de su garganta hasta sus pulmones dañados, después miró a la izquierda, donde se encontraban las siete bolsas con líquidos que fluían por los tubos que tenía clavados a los brazos.

—No puedo pararlo, Lissa. Te mantienen con vida mientras mejoras. Mientras te curas.

—No me estoy curando, cariño. Me duele —las palabras le salían casi sin aliento, al ritmo del respirador—. Tienes que dejarme ir. Déjame ir, ¿me oyes?

—Lissa, cariño, no puedo —las lágrimas resbalaban por sus mejillas—. No puedo seguir viviendo sin ti, amor mío. Tienes que quedarte conmigo —le apretó la mano—. Intenta ponerte bien. Solo un poco mejor, para que pueda llevarte de vuelta a casa, al rancho. Lo haré todo por ti, cariño. Ya lo verás. Volverás a estar fuerte enseguida.

Ella le dirigió una sonrisa fantasmal.

—Te quiero, Ty. Siempre te querré. Recuérdalo cuando te sientas solo —volvió a cerrar los ojos.

—¿Cariño? Lissa, amor mío —le apretó la mano, pero no obtuvo respuesta. Había vuelto a caer en coma. Y le había dejado solo.

Sintió un agujero en el pecho y un viento frío que soplaba a través de él. Le arrancó el aliento y el corazón y le dejó vacío. Solo y frío.

Doce horas más tarde, firmó el consentimiento para desconectar el respirador. Desconectó a su esposa, el amor de su vida.

Había logrado contar su historia al jurado sin romperse en mil pedazos. Pero, cuando Victoria Westin, durante el interrogatorio, le había preguntado si era posible que simplemente hubiese soñado esa conversación, o que quizá hubiese alucinado, cosa que sería comprensible dado el estrés, el cansancio y la pena a los que estaba sometido, se había venido abajo.

Así, sin más, después de siete años, se había derrumbado.

Oh, el jurado no lo vio, porque lo contuvo en su interior, pero tardaría mucho tiempo en recomponerse de nuevo. Y tenía que agradecérselo a la jodida Victoria Westin.

Se desabrochó el cinturón, colocó el asiento en posición vertical y se levantó con un movimiento brusco que hizo que la cabeza le diera vueltas, pero estaba demasiado enfadado para importarle. Caminó con determinación por el pasillo hacia el baño. Abrió la puerta y la cerró de una patada a sus espaldas.

Dios, era demasiado pedir. Tener que estar sentado a su lado hasta que aterrizaran en París.

Se pasó los dedos por el pelo, tomó aire y lo expulsó. Se miró al espejo y vio las ojeras. El dolor de su mirada.

—Joder —murmuró—. Joder, joder, joder.

Se dio la vuelta, se desabrochó los vaqueros, apoyó las manos en la pared y meó whisky durante un minuto seguido.

Loretta estaba esperándolo cuando salió.

—Estaba a punto de entrar a sacarte —le dijo amablemente.

La miró con ojos rojos y el dolor que vio en ellos fue más explícito que cualquier palabra.

Cuando su Lissa estaba viva, Ty era el muchacho más divertido y cariñoso que pudiera imaginar. El día que ella murió, su luz se apagó. Y, siete años después, seguía sin haberlo superado. Nadie entendía por qué. Ni sus padres, ni sus amigos. Pero allí estaba.

Ella no podía solucionarlo, eso lo sabía. Pero sí podía servirle un café.

Lo condujo hacia la cocina y señaló un pequeño asiento plegable pegado a la pared. Él lo abrió y se sentó con los antebrazos apoyados en las rodillas. Aceptó la taza de cerámica que ella le puso en la mano y le dirigió una sonrisa débil.

—Me vendrá bien.

Ella asintió con la cabeza.

—Chico, tienes muy mal aspecto —intentó sonar malhumorada, pero no podía, así que lo disimuló dándose la vuelta y rebuscando en un cajón—. De mi alijo privado —le lanzó un paquete de Pop-Tarts—. Es mano de santo para la resaca.

Eso le hizo sonreír de verdad.

—Vaya, Loretta Jane Mason, no imaginaba que tú te emborracharas. ¿Llevas una vida secreta que me ocultas?

Ella se incorporó, comenzó a negarlo y después agitó la mano.

—No siempre he tenido sesenta años, ¿sabes? Y no, no voy a darte los detalles.

Apoyó una cadera en la encimera, se cruzó de brazos y lo miró fijamente.

—Ahora dime qué tiene de malo tu asiento.

Él frunció el ceño.

—No es el asiento. Es la rubia.

—A mí me parece simpática. Y muy guapa. Pensaba que a estas alturas ya la tendrías acurrucada en tu regazo ronroneando como un gatito.

—Es abogada. La abogada de Taylor.

Loretta dejó caer los brazos y se quedó sin palabras durante unos segundos.

—Vaya —dijo al fin—. Eso sí que es mala suerte.

Ty resopló.

—Mala suerte es romperte una pierna cuando estás de vacaciones. U olvidarte de comprar el billete de la lotería el día que salen tus números. Esto —dijo señalando en dirección a su asiento—, esto es cosa de un Dios vengativo.

Loretta no podía quitarle la razón, aunque no entendía por qué Dios iba a querer vengarse de un chico dulce y amable como Ty.

Se quedó estudiándolo durante largo rato. Las patillas ensombrecían su mandíbula, tenía el pelo revuelto y la camisa arrugada. Los ojos atormentados. Eso fue lo que la hizo decidirse.

—Puedes quedarte aquí hasta que haya que abrocharse los cinturones —abrió de nuevo el cajón y sacó un nuevo ejemplar de O Magazine—. Bebe todo el café que quieras, pero no babees encima de la revista. Aún no la he leído.

—Gracias, Loretta. Te debo una.

—Lo tendré en cuenta. Ahora no estorbes mientras saco los desayunos.

Las luces estaban encendidas cuando Victoria se quitó el antifaz. Otros pasajeros estaban desperezándose, doblando sus mantas y bebiendo café.

Levantó la persiana de la ventanilla para dejar entrar la luz brillante del sol y entornó los párpados al mirar las nubes blancas y esponjosas dibujadas sobre el azul del océano. Miró el reloj, intentó calcular el cambio horario y decidió dejarlo para después del café.

Ty no estaba, probablemente hubiese ido al lavabo. Dobló su chal, guardó su almohada y pensó en cómo saludarlo cuando regresara. No había protocolo para esas situaciones. Habían estado a punto de mantener relaciones sexuales, pero no lo habían hecho y aun así se despertaban uno al lado del otro a la mañana siguiente. Eso no sucedía en el mundo real.

Si decidías no tener sexo, te ibas a casa. No te enfrentabas a la otra persona con el mal aliento matutino.

Sería incómodo, eso seguro. Pero Ty se había emborrachado bastante. Tal vez no recordara lo cerca que habían estado de hacerlo. Ni que básicamente la había dejado plantada.

Dios, qué vergüenza.

Caminó hacia los lavabos. Uno estaba vacío; supuso que Ty estaría en el otro. Cuando salió, ese también estaba vacío. Se preparó para enfrentarse a él.

Pero no estaba en su asiento. Miró a su alrededor. No se le veía por ninguna parte.

Se sentó, pero no podía estarse quieta. ¿Estaría escondiéndose, tan avergonzado como lo estaba ella? ¿Por qué? Era él quien la había rechazado. ¿De qué iba a avergonzarse?

Entonces se le ocurrió otra cosa. Tal vez estuviese enfermo. ¿Lo habrían trasladado a otra parte para atenderlo? ¿Sería algo que había comido? O quizá el alcohol.

La preocupación apagó su rabia. Llamó a Loretta con la mano.

—¿Has visto a…? Quiero decir que si está bien.

—Está bien —respondió Loretta, aunque su sonrisa parecía tensa—. Te traeré un café —agregó antes de darse la vuelta.

—Damas y caballeros, el capitán me ha pedido que les informe de que hemos iniciado el descenso hacia París de Gaulle. Les pedimos que vuelvan a sus asientos. Se ha encendido la luz para que se abrochen los cinturones.

Loretta colgó el auricular y se volvió hacia Ty.

—Hora de volver.

—Mierda —se puso en pie rígidamente y dejó que el pequeño asiento se plegara de golpe contra la pared.

Ella le quitó la revista y agitó una caja de pastillas mentoladas delante de él.

—Haznos a todos un favor.

—Maldita sea —vació media caja en la palma de su mano y se metió las pastillas en la boca.

—Ahora vete —y lo echó de la cocina.

Ty se dejó caer sobre su asiento como si pesara una tonelada.

—Buenos días —dijo Victoria. Fue lo mejor que se le ocurrió después de una hora ensayando. Era inocuo y no revelaba nada. Que él estableciera el tono.

No perdió el tiempo. Giró la cabeza hacia ella como si fuera un perro rabioso.

—No me presiones —respondió. Ella dio un respingo y él le mostró los dientes—. No me mires. No respires junto a mí. No me hables —se abrochó el cinturón, se cruzó de brazos y cerró los ojos.

Victoria se quedó con la boca abierta. De todas las reacciones que había anticipado, aquella no era una de ellas. Su cuerpo irradiaba una furia cien veces peor que el día anterior. Parecía… letal.

Por miedo a que notara su mirada, giró la cabeza y miró por la ventanilla. Ya no había nubes en el cielo, estaba despejado como el cristal. Abajo el océano captaba la luz del sol y se lo devolvía.

Poco a poco su pulso fue volviendo a la normalidad, pero su mente seguía acelerada.

Meditaría, eso sería lo que haría. Se centraría. Bloquearía su negatividad. Saber que él se burlaría la hizo sentirse mejor.

Cerró los ojos y visualizó una vela solitaria. Empezó a respirar despacio. Inspirar cuatro veces, espirar otras cuatro.

Se le colaron pensamientos, un sinfín de preocupaciones. El juicio, su madre, Tyrell, la boda. Fue deshaciéndose suavemente de cada una de ellas. La vela era su centro. Su mente se tranquilizó.

—Señorita Westin —la voz de Loretta irrumpió en su cabeza—. Señorita Westin, estamos preparándonos para el aterrizaje. Por favor, abróchese el cinturón.

Victoria abrió los ojos y vio que Ty estaba mirándola con odio.

Pero en esa ocasión ella estaba preparada. En esa ocasión le molestó lo injusto de la situación. En vez de estremecerse, le devolvió la mirada de odio y tuvo la satisfacción de ver que abría los ojos de par en par. Se le ocurrieron una docena de comentarios cortantes, pero se mordió la lengua. Era suficiente con que él supiera que no se dejaba acobardar. Una pelea dialéctica los perjudicaría a ambos y ella acabaría sintiéndose culpable por hacerle daño.

Pero ya no se sentía culpable por lo que había hecho en el juzgado. Había tenido tiempo para analizarlo, para aceptar que, aunque Jason Taylor fuese un hijo de perra sin corazón que pensaba que el dinero podía salvarle en cualquier situación difícil, incluyendo el homicidio, seguía siendo su cliente, o más bien lo era su compañía de seguros, y ella había jurado defenderlo. Ella, Victoria Westin, abogada, no había hecho más que su trabajo.

Y lo había hecho con mucha más compasión que la que habría mostrado cualquier otro abogado. No solo no había acusado a Ty de mentir, algo que no podía hacer y que solo habría servido para que se ganase la compasión del jurado, sino que además había sido muy delicada al preguntar si tal vez, solo tal vez, habría podido imaginar la conversación con su esposa.

No había tenido otro remedio, tenía que hacer la pregunta. No hacerla habría supuesto mala praxis. Pero, mientras que otro abogado habría intentado confundirlo, agotarlo y engañarlo para que admitiera que no estaba seguro, ella solo se lo había preguntado una vez. Solo una vez y después le había dejado en paz.

Aunque había intentado sembrar dudas con otros testigos. Había llevado a médicos y enfermeras que no habían visto a

Lissa despertarse y que habían testificado que, en su opinión como profesionales, era improbable que hubiera podido hacerlo. También había subido al estrado a un psiquiatra para explicar cómo el estrés físico y emocional podía afectar a la mente humana. Para explicar que un hombre consumido por la pena y desesperado por tener unas últimas palabras con su adorada esposa podría imaginarse esa conversación. Creer con toda su alma que había sucedido.

Ella solo había hecho su trabajo y no se arrepentía de ello. Al final el jurado le había creído a él de todos modos. Y tampoco se arrepentía de eso.

La noche anterior tal vez se lo hubiera dicho. Pero ahora ni hablar. Que pensara lo que quisiera; ya estaba harta de preocuparse por Tyrell Brown. Diez minutos después de aterrizar, no volvería a verlo nunca. Y menos mal.

Tyrell pensaba lo mismo. Cada músculo de su cuerpo ansiaba alejarse de aquella auténtica zorra. Cuando el avión se detuvo frente a la terminal, fue el primero en levantarse, sacar su maleta del compartimento superior y encender su teléfono móvil como cualquier otro idiota.

Para tener algo que hacer, escuchó sus mensajes de voz mientras esperaban a que pusieran la pasarela. Y se alegró de haberlo hecho. Como siempre, el coqueto acento francés de Isabelle le provocó una sonrisa.

—¡Ty! ¡Estoy deseando verte! Llámame en cuanto llegues. La prueba del esmoquin la tienes a las cinco en punto, así que tendrás que ir directo desde el aeropuerto —su sonrisa dio paso a un ceño fruncido. Isabelle se rio—. No frunzas el ceño. ¡Sé que estás haciéndolo! Confía en mí, estarás guapísimo y todas mis amigas se volverán locas contigo.

Ty puso los ojos en blanco. Seguramente le emparejara con una de ellas; siempre lo hacía. Bueno, si tontear con una belleza francesa le hacía feliz, él estaría encantado de obedecer. Al fin y al cabo, por eso estaba allí, para ver que era feliz. Y para dar el visto bueno a su prometido, Matthew J. Donohue III. No se habían conocido aún, pero Ty ya sabía que no era lo suficientemente bueno para ella. Nadie lo era.

La puerta se abrió y los pasajeros de primera clase empezaron a moverse. Ty miró a Victoria. Estaba de pie con su maleta en la mano. Apretó los dientes, maldijo sus buenos modales y dio un paso atrás para permitirle salir al pasillo delante de él.

Y, a cambio, obtuvo una cara de «no me ofendas con tu mirada, imbécil».

Victoria también sabía cómo hacerlo. Había aprendido de su madre, una experta a la hora de hacer sentir mal a la gente. Y era evidente que a él le afectaba. Casi pudo oír los improperios en su cabeza mientras avanzaba, incapaz de alejarse indignado por culpa de la pareja mayor que tenía delante.

Se colocó tras él en el pasillo y tuvo la satisfacción de ver la rigidez de sus hombros mientras avanzaban lentamente hacia la puerta.

Loretta estaba a la salida.

—Tyrell, cuídate, ¿entendido?

—Lo haré —respondió él antes de darle un beso en la mejilla. Y entonces atravesó la estrecha puerta y salió a la pasarela.

Aceleró el paso y la dejó atrás.

CAPÍTULO 4

Con un metro ochenta, pelo rubio y ojos azules como su hermana, Matthew J. Donohue III le dirigió una sonrisa.

—Un lugar asombroso para una boda, ¿verdad?

Victoria levantó la mirada y contempló las enormes murallas de piedra gris del Château Royal d'Amboise, el castillo del siglo XI que se alzaba sobre las verdes orillas del río Loira y el bonito pueblo francés.

Totalmente impresionada, Victoria se encogió de hombros.

—Supongo. Pero más raro es casarse en los salones de los veteranos de guerra.

Matt se rio estrepitosamente.

—¿Estás pensando lo mismo que yo?

—La tercera boda del tío Rodney. Ochenta invitados, veinte cabezas de ciervo colgadas en las paredes y mamá pillándote en el cuarto de la limpieza con Nancy-sin-bragas.

—¡Vaya! Había olvidado esa parte.

—Yo nunca la olvidaré. Nancy ya estaba hecha una devora hombres a los dieciocho y a mamá no le hizo gracia encontrarla con su inocente hijo de catorce años. Aún recuerdo sus gritos. «¡Eso es corrupción de menores, pequeña zorra!» —Victoria se frotó las palmas con energía—. Una fantástica historia para la cena de ensayo.

Matt no dijo nada, simplemente levantó el dedo índice,

lo flexionó varias veces y Victoria contrajo los abdominales.

—Nunca lo contaría —añadió rápidamente. Tenía muchas cosquillas y Matt se aprovechaba de eso.

Él sonrió.

—Vamos, te enseñaré la casa en la que te alojarás —levantó sus bolsas y comenzó a atravesar la plaza con pasos largos y atléticos. Ella corrió junto a él.

—¿Qué tal fue el juicio?

—Perdí. Por mucho.

—¿Por cuánto?

—Un número de siete cifras.

—Vaya. ¿Y mamá lo sabe ya?

—Le escribí un mensaje. Después apagué el móvil antes de que pudiera llamarme para despellejarme —miró con recelo por encima del hombro hacia el hotel, situado a la sombra del castillo.

—Llegará en el próximo tren —dijo Matt—. Su avión ha llegado con retraso. Si no, podríais haber venido juntas.

Victoria se estremeció.

—Así que mi viaje podría haber sido peor aún.

—¿Has tenido un mal vuelo?

—El peor vuelo de la historia. No quiero hablar de ello. Estoy intentando bloquear el recuerdo.

Ascendieron juntos la pronunciada colina, hablando de otras cosas, honrando su acuerdo tácito de dejar el trabajo en el trabajo. Vicky nunca hablaba de sus casos, Matt nunca hablaba de sus clientes, y aun así nunca se quedaban sin cosas interesantes de las que hablar.

Se metieron por una calle secundaria y pasaron frente a varios castillos imponentes, cada uno con su generoso terreno correspondiente. Matt se metió por un camino curvo que llegaba hasta la puerta de un castillo de dos plantas construido con la misma piedra gris utilizada para el castillo principal.

—Precioso —dijo Victoria mientras subía con él los escalones de piedra—. Y muy antiguo.

—Quinientos años —dijo él—, y la decoración es semiauténtica. Te encantará.

—¿Y a quién no? —murmuró ella mientras cruzaba la puerta principal para entrar en el recibidor abovedado.

Giró sobre sus pies y contempló el lugar; un techo de vigas anchas, paredes de yeso, tapices gastados, candelabros de latón. Una escalera curva se elevaba hacia el segundo piso.

—Parece sacado de una novela de Alejandro Dumas.

Matt parecía encantado.

—Estábamos un poco fastidiados con el tema de los hoteles por trasladar la boda a Amboise en el último momento. Pero, con todo lo que Isabelle tiene planeado, ha sido mejor alquilar este lugar. Cabe todo el cortejo nupcial, y más. Y es asombroso.

—Sí que lo es —Victoria entró por una puerta abierta y dejó escapar un silbido. Las paredes estaban cubiertas de librerías, desde el suelo hasta el techo. Un enorme ventanal batiente situado en la pared del fondo permitía que la luz del sol cayese sobre dos bonitos sillones de cuero.

—No te molestes —le dijo Matt cuando ella alcanzó un libro—. Están en francés.

—¿Y? Yo estudié francés.

—Sí, en décimo curso.

Victoria hizo una mueca, dejó que su hermano la sacase de la biblioteca y entró por otra puerta situada al otro lado del recibidor.

—Este es el salón, o como sea que se diga en francés.

Ella pasó la mano por uno de los sofás de cuero que dominaban el espacio frente a la chimenea de piedra, que encajaba a la perfección con la decoración medieval.

—Imagina estar sentado aquí hace cuatrocientos años, bebiendo brandy junto al fuego una tarde lluviosa mientras el viento golpea las contraventanas —podía verse a sí misma en esa escena.

Matt resopló.

—La última vez que bebiste brandy, vomitaste en la *chaise longue* blanca de mamá.

Victoria se abstuvo de dirigirle una mirada fulminante.

—Tenía dieciséis años, y fue la primera vez que bebía brandy, no la última.

—¿En serio? ¿Pudiste volver a tomarlo después del festival del vómito?

—A Winston le gusta. Me arrastraba con él a algunas catas.

—Ah.

El hecho de que Matt dejara de tomarle el pelo indicaba lo que pensaba de Winston. Aún no se había perdonado a sí mismo por presentarlos en una reunión de alumnos de Harvard, y Victoria sabía que le preocupaba que se sintiese triste durante la boda, que le recordase que ella también estaría casada si Winston no la hubiera engañado.

No quería que Matt se preocupase por sus problemas. Quería que disfrutara del fin de semana, así que haría todo lo posible por convencerlo de que ella también estaba disfrutando.

—¿Isabelle está aquí?

El nombre de Isabelle volvió a alegrarle.

—Está en París con un viejo amigo. Vendrán mañana —hizo un gesto con la mano al pasar frente a otra puerta—. Eso es el comedor. Es un poco siniestro, con muchos retratos antiguos que miran hacia la mesa —siguió avanzando—. En la parte de atrás, hay un invernadero. Y la cocina, aunque eso a ti te da igual. Tengo cocinera. Y doncellas. De todo.

—Madre mía —comentó ella, sorprendida.

—Venían con el alquiler, así que no es tan extravagante como suena, sobre todo cuando el cortejo nupcial se va a alojar aquí. Salvo yo, claro —sonrió—. Yo tengo la suite nupcial del hotel. Prerrogativa del novio.

De pronto Victoria sintió un nudo en la garganta. Él era el novio. Su hermano, el gran corredor de bolsa, uno de los solteros más cotizados de Manhattan, su defensor, su salvador, su mejor amigo, era el novio.

Matt no advirtió el torrente de emociones que la invadió.

—Vamos —le dijo mientras comenzaba a subir la escalera—, tienes que ver tu habitación —cuando llegaron al final, la condujo por un pasillo de cuatro puertas—. Estas son todas para el cortejo nupcial —señaló la primera puerta a la derecha—. Lilianne, la prima de Isabelle, estará aquí. Con su marido… Jack McCabe.

Se detuvo para que asimilara la información.

Victoria abrió los ojos de par en par.

—¿Ese Jack McCabe? ¡No puede ser!

—Sí que puede ser —respondió su hermano con una sonrisa—. A Isabelle le da miedo que aparezca algún paparazi. Mola, ¿verdad?

Tenía que admitir que sí. Jack McCabe era una celebridad que había llamado la atención de los medios con su antiguo grupo, The Sinners. Durante casi dos años, Lil y él habían vivido discretamente en Italia. Pero, de vez en cuando, la prensa les seguía el rastro.

—¿Cómo es? —preguntó ella.

—Es un tipo agradable. Pero no querría enfadarlo. Me dejó claro que Isabelle es de la familia, y él cuida de su familia. Sonreía mientras lo decía, pero he de decirte que resultaba algo intimidante.

Abrió la siguiente puerta.

—Esta es la tuya.

Victoria entró y se quedó sin respiración. Era una habitación de cuento de hadas. Con papel en las paredes, una chimenea blanca de mármol, cortinas blancas de encaje en las ventanas batientes. Y una cama doble cubierta por una colcha blanca de chenilla increíblemente suave.

Matt dejó su equipaje sobre la colcha.

—Puedes meter tus cosas ahí —dijo señalando con la cabeza una cómoda y un armario antiguos—. Tu cuarto de baño está por ahí —señaló una puerta estrecha—. Es del tamaño de un armario, que es como solía ser —después se acercó a la ventana y la abrió—. Mira. Por eso elegí esta habitación para ti.

Victoria se acercó a él y volvió a quedarse con la boca abierta. Un bonito jardín que parecía sacado de una revista se extendía bajo su ventana. En el centro se alzaba Cupido sobre una fuente de mármol rodeada de flores primaverales de color rosa, blanco y azul jacinto. A su alrededor se extendía el césped verde, adornado con cerezos en flor que daban sombra a diversos bancos de madera rociados con pétalos caídos. Otros parterres, aún sin flores, bordeaban las verjas cubiertas de rosales que ocultaban los castillos circundantes.

—¡Vaya! —murmuró ella, asombrada por los colores.

Justo debajo de su ventana, una terraza de baldosas se extendía a lo ancho del castillo, con una mesa rústica a la que podrían sentarse fácilmente doce comensales y que debía de tener varios siglos de antigüedad. Unas azaleas rosas radiantes rodeaban la terraza y flanqueaban un camino de baldosas que conducía desde la terraza hasta una pérgola cubierta de parras, muy íntima y absolutamente romántica.

—Dios, Matt.

—Lo sé. Una locura, ¿verdad?

Victoria apartó la mirada de los jardines y lo miró con los párpados entornados.

—De acuerdo. Ahora dame la mala noticia. ¿Quién más se aloja aquí?

—Bueno, Ricky se aloja frente a Jack y Lil —Ricky era el padrino, receptor del equipo de fútbol de Matt durante los cuatro años de universidad. Para ella era como un segundo hermano.

—El otro padrino de boda se aloja frente a ti. Es el amigo de Isabelle del que te he hablado antes. Creo que es más como un hermano sustituto. Aún no lo conozco, pero también es amigo de Jack, de cuando eran niños…

—Deja de divagar, Matt —dijo ella—. He visto otro pasillo con otras cuatro puertas.

Él cambió el peso de un pie al otro.

—Bueno, Isabelle se alojará en una, claro. Y Annemarie, que es una amiga suya del instituto...

—Mamá se alojará aquí, ¿verdad?

Matt tragó saliva.

—Isabelle la puso aquí sin preguntarme.

Victoria se dejó caer sobre la cama.

—Lo siento, Vic. Mamá vio el hotel en Internet y mencionó algo sobre lo pequeñas que eran las habitaciones. A Isabelle le entró el pánico. Le envió a mamá fotos de este lugar y le encantó —se sentó a su lado y le masajeó el hombro con una mano—. La buena noticia es que viene con un hombre. Probablemente la mantenga ocupada.

Victoria soltó un gemido.

—Estarán haciéndolo al otro lado del pasillo.

—Puede que no. Él se aloja en otra habitación.

—¿Cuándo ha sido eso un impedimento para ella? ¿No te acuerdas de los Hampton?

—Lo siento —repitió Matt, y hablaba en serio. Su madre, que nunca le daba problemas a él, era increíblemente dura con su única hija. Siempre la criticaba y desaprobaba.

Y Vicky dejaba que eso le afectara. Daban igual las buenas notas que sacara en la escuela, lo que consiguiera profesionalmente, la cantidad de gente que le decía que era una estrella, porque la única voz que oía era la de su madre.

Después, apareció el idiota de Winston. ¡Cuánto deseaba poder dar marcha atrás y no presentarlos! Pero era demasiado tarde, el daño estaba hecho.

Lo más extraño era que todo parecía ir bien entre ellos. Winston actuaba como si realmente le importara. Y era bueno para ella. La sacaba de su apartamento, la llevaba a sitios nuevos. Ella parecía realmente feliz cuando se prometieron y se sumergió en los preparativos de la boda.

Entonces el muy imbécil la engañó y, para empeorarlo, cuando ella le dio la patada, él acudió corriendo a Adrianna, fingiendo remordimiento. Y, extrañamente, Adrianna se puso de su lado y acusó a Vicky de haberlo decepcionado en algún sentido. Había acosado a Vicky para que volviese con él, hasta el punto de que Matt había tenido que intervenir.

Eso no era nada nuevo, pues con los años había intervenido frecuentemente. Pero ahora iba a casarse. Con una esposa, y posiblemente con hijos, no siempre estaría ahí para defender a Vicky. Ahora más que nunca tenía que aprender a defenderse sola.

Le había pedido consejo a Isabelle y, sintiéndose mal por haber metido a Victoria y a Adrianna bajo el mismo techo, ella había decretado que lo que Vicky necesitaba era un hombre que le levantara el ego. Un tipo simpático y divertido que no se dejara engañar por la mujer fría y distante que Vicky fingía ser con frecuencia. Un tipo capaz de ver y de valorar, quizá incluso de querer, a la persona cálida y divertida que realmente era.

E Isabelle le había asegurado que conocía al tipo perfecto para esa misión.

—Tyrell, ¿quieres estarte quieto? —Isabelle Oulette puso en blanco sus enormes ojos azules—. Raoul está intentando medirte el tiro.

Ty le dirigió una mirada de angustia.

—Me está agarrando las pelotas —susurró.

Raoul soltó un soplido.

—En sus sueños, *monsieur.*

Ty dio marcha atrás de inmediato.

—Eh, tío, solo bromeaba. Ten cuidado con los alfileres ahí abajo, ¿quieres? —«no me dijiste que hablara inglés», le dijo a Isabelle articulando con la boca, aunque sin emitir sonido.

«No me lo preguntaste», respondió ella del mismo modo antes de soltar una risita nerviosa.

Isabelle se reía mucho. Lo que hacía que la gente que no veía más allá de su melena rubia, su ropa de diseño y su ocasional credulidad la confundiera con una mujer tonta. Pero los que la conocían sabían que era una fuerza de la naturaleza.

Lo había demostrado una vez más organizando cada detalle del fin de semana de su boda con la eficiencia incansable de una campaña militar. Como resultado, la noche del miércoles antes de la boda no le quedaba por hacer nada más que divertirse con el hombre al que quería como a un hermano.

Como de costumbre, él estaba siendo como un grano en el culo.

—Me está un poco apretado a la altura de los hombros, ¿no? —dijo flexionando los brazos.

—Es un esmoquin —le recordó ella—, no una camiseta. Vidal lo diseñó según tus medidas. Si dejaras de moverte, te quedaría bien.

—Pero se supone que ha de ser cómodo. Me lo prometiste.

—Cómodo para un adulto. Para un padrino, no para un niño pequeño.

Ty consiguió fingirse dolido. Ella no se lo tragó.

—Me niego a sentir pena por ti, Ty. Pareces una estrella de cine.

Raoul dio un paso atrás para contemplar su trabajo un momento y Ty aprovechó la ocasión para bajarse del taburete.

—Tienes razón, cariño. Me queda bien, me siento cómodo. Ahora ayúdame a quitármelo.

Resignada, Isabelle le quitó la chaqueta y se la pasó a Raoul. Al ver que Ty se quedaba allí parado con cara de inocente, se cruzó de brazos.

—El resto puedes quitártelo tú solo.

Le dio la espalda y vio a la cajera, una morena que se había colado en el probador para admirar al alto estadounidense de sonrisa seductora. Isabelle señaló hacia la puerta y la chica volvió a salir con resignación.

—¿Por qué has hecho eso? —preguntó Ty.

—No necesitas público para quitarte los pantalones.

—Puede que esté ensayando para convertirme en bailarín de striptease de los Chippendales.

—Ja. Los Chippendales se ponen esmoquin todas las noches.

—Sí, pero no durante mucho tiempo —Isabelle oyó la sonrisa en su voz—. Aunque no creo que saliera bien. Eso del tanga parece doloroso.

—¿Cómo lo sabes? —volvió a poner los ojos en blanco—. ¿Oprah ha entrevistado a los Chippendales en su programa?

—Puede ser.

Se puso frente a ella, con los vaqueros puestos, e Isabelle tuvo que admitir que le quedaban casi tan bien como el esmoquin. Masculino y texano profundo, Ty podía vender acciones con unos Levi's gastados.

Alcanzó su camiseta de un gancho y, mientras se la ponía, ella se concedió una última mirada a aquellos hombros, aquel torso y aquellos abdominales que nunca volvería a tocar. Después se lo quitó de la cabeza.

—¿Tienes hambre?

—Como un oso.

Una vez fuera, Ty le pasó un brazo por los hombros y ella otro por la cintura antes de empezar a recorrer las abarrotadas calles hasta llegar al Sena, y de ahí al Pont Royal, en cuyo centro se detuvieron para apoyarse en la barandilla de piedra y disfrutar de las vistas. El crepúsculo había dado paso a la noche. Las luces de la ciudad se reflejaban en el agua.

Ty respiró profundamente.

—Me encanta París en verano —dijo antes de mirarla—. ¿Echas de menos vivir aquí?

Isabelle dio una vuelta lentamente sobre sí misma para contemplarlo todo; el trazado del río que se curvaba a lo lejos, atravesado por una docena de puentes, los parisinos que volvían a casa con baguettes bajo el brazo, o que caminaban del brazo hacia las luces de los cafés de la orilla izquierda, y la torre Eiffel desgarrando el cielo oscuro.

—A veces me olvido de lo bonito que es. En Manhattan no hay nada parecido —suspiró—. Bueno, cuando me case, seré oficialmente una neoyorquina.

Él sonrió.

—No hablas como una neoyorquina. Sigues teniendo tu acento de chica sexy francesa.

Isabelle le dio un codazo cariñoso y después miró el reloj.

—Es la hora.

De pronto, las luces blancas que cubrían la torre Eiffel empezaron a parpadear, veinte mil bombillas que se reflejaban en todas las ventanas y parabrisas de París, y en la superficie del río, multiplicadas por mil.

Contemplaron perplejos el espectáculo durante cinco minutos hasta que cesó el parpadeo. Entonces Ty suspiró con satisfacción.

—Nunca me canso de esto.

Isabelle le dio la mano y tiró de él hacia la orilla izquierda.

—Vamos. Conozco un café donde podremos verlo durante toda la noche. Beberemos vino y te hablaré de Matt.

Ty se dejó arrastrar, pero soltó un gemido.

—Justo la manera en que un hombre quiere pasar la velada, oyendo hablar del tipo que ocupó su lugar.

—Oye, me dejaste tú a mí, ¿recuerdas?

—Recuerdo que la ruptura fue mutua.

—Pero tú lo dijiste primero.

—Solo porque tú eras demasiado amable como para decirlo.

Isabelle se rindió. No podía ganarse una discusión con Ty.

Se sentaron a una mesa exterior situada junto a la puerta. Era íntima, y salía suficiente luz del café para poder verse el uno al otro.

A su alrededor, parejas y grupos de gente joven conversaban en francés. Ty se quedó mirándolos.

—Las personas parecen más interesantes cuando no las entiendo —murmuró—. Puedo imaginar que están hablando de filosofía, o de arte. O de sexo.

Ella ladeó la cabeza y escuchó con atención.

—Es curioso, no oigo a nadie hablando de la percepción de la experiencia sexual bajo las doctrinas del racionalismo y el empirismo —lo miró batiendo las pestañas y soltó una carcajada—. Pero esos dos —señaló con la barbilla a una pareja de mediana edad— están casados… aunque no el uno con el otro.

—Entonces, ¿están hablando de sexo?

—Sí. Y no, no pienso traducírtelo.

—Eres una mujer cruel, Isabelle. Te quiero, pero no tienes corazón.

De pronto Isabelle se vio invadida por la emoción. Ocurría en los momentos más inoportunos a medida que se acercaba la boda, tenía las emociones a flor de piel y en esa ocasión se desataron con la mirada triste de Ty. Estaba bromeando, claro, pero había visto en su mirada la pena real demasiadas veces como para olvidarla. Y ahora estaba sufriendo de nuevo, gracias al juicio. Solo le había dicho que había ganado y que la otra abogada era una auténtica zorra, pero ella sabía que lo tenía en la cabeza.

También sabía que había sido su única novia de verdad en los siete años desde la muerte de Lissa, así que le preocupaba cómo pudiera afectarle su boda, sobre todo después del juicio. Apoyó los dedos suavemente en el dorso de su mano y dijo:

—Gracias por venir, Ty. Gracias por estar conmigo el día de mi boda.

Él le dio la vuelta a la mano y entrelazó los dedos con los de ella.

—Cariño, no me lo perdería por nada del mundo —respondió.

Después, como era de esperar, apartó la mirada. Llamó al camarero y se atrevió con el francés.

—*Vin rouge, un pichet, s'il vous plaît* —le guiñó un ojo a Isabelle—. ¿Qué tal lo he hecho?

Ella le apretó la mano. Ty era más sensible que cualquier

hombre que conocía, pero le gustaba pensar que no se le notaba. Lo quería demasiado como para decírselo, así que le devolvió el guiño.

—*Très bien, mon ami* —después pidió un filete para él y una tortilla para ella—. Estás muy delgado —agregó cuando el camarero se hubo marchado.

Él se encogió de hombros.

—Perdí el apetito durante un tiempo, con el juicio y esas cosas. Pero sigo siendo grande y malo —hizo girar la muñeca y sacó el bíceps—. Puedes acariciar a este pequeño si quieres.

Ella le clavó un dedo en el músculo.

—Siempre tuviste unos buenos brazos.

—Oh, oh, hablas en pasado —sacudió la cabeza apesadumbrado—. Supongo que has encontrado a un tipo con mejores armas que yo. Eso explica algunas cosas.

—¿Como por ejemplo?

—Como que salgas corriendo hacia el altar cuando solo hace seis meses que lo conoces.

—Siete meses —respondió ella entre risas—. Siete meses y ocho días, para ser exacta.

Él puso los ojos en blanco.

—Mejor será que me hables de él.

—Bueno, es corredor de bolsa. Tiene bastante éxito y es muuuuy mono. Es alto…

—Eh. No será más alto que yo. Porque no me gustaría tener que matarlo antes de la boda.

—Tú eres más alto —le aseguró ella. El ego de los hombres era frágil—. Pero, bueno, es rubio y tiene los ojos azules como yo, así que está casi garantizado que nuestros hijos también serán así. Es dulce, gracioso y brillante, y quiero comérmelo —brillaba como el sol mientras hablaba.

Lo sintió en el pecho sin previo aviso. Los celos. No celos de Matt, sino del amor absoluto que irradiaba Isabelle. Lissa había brillado de ese modo por él. Ahora, con un anhelo profundo que le cortaba la respiración, Ty deseaba volver a sentir eso, ese amor brillante como el sol.

Dios, le dolía como si tuviera una costilla rota.

Tomó aliento y se recordó a sí mismo que esa noche era para Isabelle.

—¿Y dónde os conocisteis?

—En Tiffany's. ¿A que es perfecto? Yo estaba caminando por la Quinta Avenida y me fijé en un chico muy mono, y él me sonrió también. Entré en Tiffany's para curiosear, ya sabes lo mucho que me gusta. Y él entró también. Estaba buscando un regalo para su madre y me pidió consejo.

Ty soltó un gemido.

—Cariño, ¿te tragaste eso?

Ella abrió los ojos de par en par.

—En serio, Ty, le compró una bonita pulsera que yo le recomendé. En cualquier caso, para entonces era la hora de comer, así que me preguntó si conocía algún buen restaurante tailandés y, claro, yo conocía uno a pocas manzanas de distancia. Le expliqué dónde estaba, pero se hacía un lío; se le dan fatal las indicaciones. Así que me pidió que le llevara hasta allí. Después me invitó a quedarme a comer. Y *voilà* —extendió las manos—. Me enamoré mientras comíamos.

Ty empezó a reírse. Apareció el vino y el camarero lo sirvió. Él siguió riéndose hasta que Isabelle le dio un puñetazo en el bíceps.

—No es divertido —le dijo—. Fue el destino. En Tiffany's siempre encuentro algo que me gusta, y ese día lo encontré a él.

Era típico de Isabelle.

—¿Y dónde está ahora ese regalo divino? —por primera vez, Ty estaba deseando conocerlo.

—Su madre llegaba hoy. Y también su hermana —frunció el ceño—. No siempre se llevan bien, así que Matt está cenando con ellas para que haya paz.

—Así que además de todo eso, es valiente. Has elegido bien, cariño —dio un trago al vino con satisfacción. Se había deshecho de los celos mediante la risa. Ahora podría disfrutar de su felicidad por completo—. ¿Y cuándo comienzan los festejos?

—Mañana por la noche, con cócteles y un bufé para las familias y el cortejo nupcial. También algunos amigos.

Llegó la comida y Ty empezó a degustar el filete mientras Isabelle enumeraba las actividades con los dedos.

—El ensayo es el viernes por la tarde. Algunos de los invitados llegan ese día, así que, en vez de cenar con el cortejo nupcial, serviremos canapés para todos a las ocho. La boda es el sábado a las cuatro, después el banquete. Tendremos un arpa durante la ceremonia y después una banda en el banquete. Espero que Jack cante algunas canciones —lo entonó como si fuese una pregunta, lo que significaba que esperaba que Ty se lo pidiese. Ty asintió y ella continuó—. Luego, el domingo, habrá un brunch a mediodía antes de que Matt y yo nos vayamos a Grecia.

—Mucha logística —comentó él mientras hacía girar el vino en su copa—. ¿En qué puedo ayudar yo?

—Me alegra que me lo preguntes —lo miró a los ojos—. En realidad es fácil. Quiero que te asegures de que todo el mundo se lo pasa bien. Es muy importante para mí, Ty. Lo más importante de todo.

Parpadeó lentamente varias veces, una experiencia hipnótica a la que Ty no podía resistirse.

—El caso es que —continuó Isabelle— la madre de Matt es… bueno… puede ser difícil llevarse bien con ella. Espero que puedas encandilarla. Hacer que esté de buen humor.

—Entendido —fingió tomar nota—. Número uno, encandilar a la odiosa madre de Matt. ¿Qué más?

—Bueno, la persona con la que peor se porta es la hermana de Matt. Así que me gustaría que hicieras un esfuerzo especial por ser amable con ella. Te caerá bien. Es lista, guapa y muy dulce.

—Número dos, ser amable con la dulce y guapa hermana de Matt. Parece un trabajo duro, pero lo intentaré.

Ella sonrió inocentemente.

—Está superando una ruptura complicada. Así que, si no te importa, sé especialmente amable con ella.

Él sonrió con arrogancia.

—Una chica dulce y despechada en una boda. Vaya, cariño, estás desperdiciando mis talentos. Hasta un amateur podría ligársela.

Ella dejó de sonreír y lo miró seriamente.

—A eso es a lo que me refiero, Ty. Está vulnerable. La pongo en tus manos porque tú serás atento con ella.

Ty se rascó la cabeza.

—Ahora me confundes. ¿De qué se trata? ¿Quieres que sea «especialmente amable» con ella o «atento»? Porque no siempre son la misma cosa, no sé si sabes lo que quiero decir.

Su soplido de frustración le hizo contener una sonrisa.

—Pues encuentra la manera de que lo sean. Hablo en serio, Ty. Es importante para Matt y para mí que se lo pase bien.

Ty sabía que Isabelle no estaba preocupada solo por la hermana de Matt. También estaba preocupada por él, por su incapacidad de superar la muerte de Lissa y conectar con otra mujer. No quería que pensara en eso aquel fin de semana y, si tenía que fingir un flirteo durante unos días para que fuera feliz, lo haría encantado.

Le apretó la mano para hacerle saber que estaba de broma.

—Se lo pasará bien. Todos se lo pasarán bien, te lo prometo. Tú déjamelo a mí.

Ella le dio un beso en la mejilla.

—Eres el mejor —después frunció el ceño de nuevo—. Ojalá su madre y ella se llevaran bien. Me pareció una gran idea que todos nos alojáramos juntos en la misma casa…

Ty levantó una mano.

—Un momento, cariño, ¿qué quieres decir con lo de alojarnos todos en la misma casa? ¿Qué hay del hotel de cinco estrellas que me prometiste?

—¿No te lo había dicho? Mi padre alquiló un castillo —contestó encogiéndose de hombros—. Trasladamos la boda en el último minuto…

—¿Trasladasteis la boda? —el corazón empezó a acelerársele—. Se suponía que sería aquí, en París.

—Ups —Isabelle se rio—. Supongo que no te incluí en el correo. Mi padre movió algunos hilos y obtuvimos permiso para usar el castillo. Fue hace solo dos semanas, así que he estado volviéndome loca para cambiar todos los planes.

—Isabelle, cariño, ¿dónde va a ser la boda?

—A unas dos horas de aquí.

—¿Y cómo se llama el pueblo?

—Amboise —Isabelle le tocó la mano—. Ty, ¿te encuentras bien? ¿Vas a vomitar?

CAPÍTULO 5

A Ty debería haberle encantado Amboise. Las calles adoquinadas, el mítico castillo. Las chicas de piernas desnudas que paseaban por la plaza, bañada por la luz del sol.

Tenía demasiadas cosas en la cabeza como para apreciar algo de eso.

Tras recuperar la compostura en el café la noche anterior, había interrogado a Isabelle y confirmado sus miedos; la hermana de Matt no era otra que Victoria Westin. Dama de honor.

No se lo había dicho a Isabelle, no después de jurarle que se aseguraría de que todo el mundo se lo pasara bien en la boda. Y se había jurado a sí mismo que, si Victoria no había descubierto ya la relación, la obligaría a mantener la boca cerrada.

Si para ello tenía que retorcerle el cuello, bueno, cualquier excusa era buena.

Lo primero era averiguar si ella esperaba su llegada. Obtuvo su respuesta en cuanto lo vio.

Bajaba las escaleras del castillo con un vestido veraniego de color azul, el pelo suelto sobre los hombros y una bonita sonrisa. Nada más verlo, abrió los ojos de par en par y se le desencajó la mandíbula.

Frenó en seco, intentó darse la vuelta, se enredó los pies y tropezó en los dos últimos escalones.

Matt e Isabelle, que se besaban en el porche tras él, no se dieron cuenta hasta que cayó al suelo. Para entonces Ty ya había corrido hacia ella.

Se arrodilló ante Victoria para que ellos no pudieran ver lo que decían.

—Finge que no me conoces —susurró. Ella abrió la boca, confusa—. Hazlo, joder —gruñó—. Te lo explicaré más tarde —después levantó la voz para que pudieran oírlos—. Cariño, menudo golpe te has dado.

Matt se arrodilló a su lado.

—¡Vicky! ¿Estás bien?

Ella no respondió y se quedó mirando a Ty. Transcurridos unos segundos, Matt siguió su mirada y entornó los párpados con suspicacia.

Ty fingió preocupación.

—Solo está confundida. ¿Verdad, Vicky?

Cuando Matt volvió a mirarla, Ty le enseñó los dientes. Ella parpadeó. Después entornó los párpados y apretó la mandíbula.

Y regresó entonces la auténtica zorra.

—Estoy bien —dijo mientras se incorporaba—. Matt, ¿quieres traerme un poco de agua?

—Claro —Matt la ayudó a levantarse y después se fue hacia la cocina. Isabelle lo siguió después de guiñarle un ojo a Ty.

Una vez a solas, Ty y Vicky se enfrentaron.

—Tienes diez segundos —dijo ella.

—Enséñame los jardines.

—¿Qué?

—Cuando vuelvan, ofrécete a enseñarme los malditos jardines.

—¡No pienso enseñarte nada más que la puerta!

Se dispuso a darse la vuelta, pero él se colocó delante. Se obligó a comportarse de manera civilizada.

—Dame cinco minutos, por tu hermano. Después podrás chivarte si quieres.

Victoria lo miró con odio. Igual que él a ella. La tensión era palpable.

Entonces oyeron las pisadas.

Ty echó el peso hacia atrás y pasó de ser amenazante a ser encantador.

—Pues claro, Vicky. Si a ti te apetece, a mí me encantaría ver los jardines. Isabelle me ha hablado de ellos.

Victoria aceptó el agua que Matt le entregó y miró a Ty fijamente por encima del borde del vaso. Él sudaba mientras ella bebía.

—Tengo que hablar contigo, Matt —dijo ella deliberadamente—. No desaparezcas, ¿de acuerdo? Volveré en cinco minutos.

Mientras caminaba por el recibidor, Vicky sentía la respiración de Ty en el cuello. Quería volverse y darle un puñetazo. ¿Qué estaba haciendo allí? ¿Y de qué iba aquella tontería? ¿Tendría algo que ver con su «amistad» con Isabelle? ¿No había dicho que eran amigos con derecho a roce? ¿Estaría planeando engañar a su hermano la noche antes de su boda? ¿De verdad pensaba que ella iba a mantener la boca cerrada con algo así?

Su furia aumentaba a cada paso. Cuando la puerta trasera se cerró a sus espaldas, se dio la vuelta.

—Tyrell Brown…

Ty le tapó la boca con la mano con un gesto rápido.

—No digas nada hasta que yo te diga que hables —encontró la pérgola con la mirada y la llevó allí para que nadie pudiera verlos.

Cuando la soltó, ella plantó ambas manos sobre su pecho y le dio un empujón.

—¿Qué diablos te pasa? —completamente furiosa, se acercó para empujarlo de nuevo, pero él le agarró las muñecas y la miró con rabia.

—Te diré qué es lo que me pasa. Tú eres lo que me pasa.

Eres como un maldito parásito, o como el pie de atleta. No puedo librarme de ti.

—¡Claro que puedes! ¡Márchate! Porque, si estás pensando en tirarte a Isabelle en las narices de mi hermano...

—¿Tirarme a Isabelle? —le soltó las muñecas con cara de asco—. Puedes pensar de mí lo que quieras, pero Isabelle no engañaría a nadie, ella no es así. Y está loca por el estúpido de tu hermano.

—Mi hermano no es estúpido. Es perfecto y se merece lo mejor. Así que, si echas a perder esta boda...

—Lo último que deseo es echar a perder esta boda, razón por la que ahora estoy aquí hablando cuando preferiría estar estrangulándote.

Ella se cruzó de brazos.

—Pues habla —le dijo.

Ty tomó aliento y controló su temperamento.

—Mira, hasta anoche no tenía ni idea de que Matthew J. Donohue III era tu hermano. E Isabelle no me había dicho que habían trasladado la boda aquí. Pensaba que era en París —se pasó una mano por el pelo—. Maldita sea, si hubiera sabido que tú y yo íbamos al mismo sitio me habría tirado del avión.

Ella resopló. ¿Le parecía que eso era hacerle la pelota?

Él ignoró el resoplido.

—El caso es que Isabelle está decidida a que todos se lleven bien y se diviertan este fin de semana. Me pidió que me encargara de ello y yo le prometí que lo haría.

Vicky soltó una carcajada irónica.

—¿Tú, el alma de la fiesta? ¡Por favor!

Él apretó los labios.

—Créeme cuando te digo que no sabes una mierda sobre mí y nunca lo sabrás. Pero en esto estoy seguro de que estamos de acuerdo. Ambos queremos que Matt e Isabelle disfruten de su boda, cosa que no harán si tienen que preocuparse por que nosotros nos matemos. Así que te pido que seas amable conmigo. Nada más. No tienes que ser sincera. Y yo seré amable contigo.

Ser amable. Claro. En las últimas cuarenta y ocho horas, Tyrell Brown le había dado miedo, la había excitado más que nadie en toda su vida, después la había rechazado y le había rugido como si fuera un lobo, y ahora estaba intimidándola. ¿Y esperaba que fuese amable con él durante cuatro días? ¿Mientras él fingía ser amable con ella? Era la idea más estúpida que había oído nunca.

Aun así, deseaba que la boda de Matt fuese perfecta.

—Aunque accediera a este plan absurdo, Matt me conoce mejor que nadie. Dudo que pudiera engañarlo.

—Sí, bueno, Isabelle también me conoce bastante bien. Tendremos que ser convincentes —se cruzó de brazos—. Ella espera que flirtee contigo. Y esperará que tú flirtees también.

—Imposible.

—Confía en mí —respondió él con una sonrisa—, puedo flirtear hasta con un palo.

—Oh, eso me lo creo. Pero no sé si yo puedo flirtear con un imbécil.

Así que la señorita Westin era una arrogante. Bien por ella. Ty hizo una pausa y le permitió disfrutarlo. Después la atacó con un golpe bajo.

—Supongo que por eso tu madre te envió a la escuela de Derecho —declaró—. Sabía que serías una pésima actriz.

Al ver que se quedaba pálida, casi se sintió mal por ella. Después, al ver que se recomponía de inmediato, casi la admiró. Pero, cuando lo miró con la barbilla levantada, supo que la había convencido.

Aun así, su respuesta arrogante hizo que le dieran ganas de estrangularla de nuevo.

—Cualquier cosa que tú puedas hacer —dijo con desdén— yo la puedo hacer mejor —le sacó el dedo y se marchó.

Ty quería ir tras ella. Su instinto le decía que la zarandeara hasta que se le salieran los ojos.

Pero contuvo la necesidad heroicamente. Se dijo a sí mismo que había ganado esa batalla.

Aun así le fastidiaba que ella hubiese dicho la última palabra. Esa mujer era insoportable. La odiaba tremendamente.

Y, la próxima vez que la viera, tendría que ser amable con ella. Que Dios se apiadara de él.

«Chúpate esa, Tyrell Brown», pensó Vicky por enésima vez desde que lo conociera.

«Ya lo verás. Ganaré un Óscar, un maldito Óscar, por mi impecable interpretación de una joven que se enamora locamente de un idiota. Seré tan convincente que tú te lo creerás también. Y entonces, cuando te enamores de mí, porque te enamorarás, desde luego que sí, entonces yo te rechazaré a ti. ¡Ja! Te dejaré durante el desayuno el domingo por la mañana, delante de todos, y les haré pensar que es porque nos acostamos juntos el sábado por la noche, cosa que no haremos, y fuiste un pésimo amante. No lo diré, lo insinuaré, pero todos pensarán que…».

Se detuvo en seco y soltó un gemido. Todos… incluida su madre.

Oh, Dios, su madre.

Adrianna había echado a perder la cena la noche anterior, desmenuzando las tácticas de Vicky durante el juicio hasta que Matt intervino finalmente. Ahora Vicky tendría que decirle que el demandante compartiría casa con ellas durante el fin de semana. Adrianna se daría cuenta de inmediato de que se arriesgaban a no ser elegidas para llevar la apelación, y se enfadaría. Tal vez montara una escena, hiciera que echaran a Ty de la casa y lograra que Matt e Isabelle se entristecieran.

No podía permitir que eso sucediera.

Matt estaba de pie donde lo había dejado, al pie de las escaleras abrazando a Isabelle.

—¿Has visto a mamá?

—Está arriba, en su habitación —respondió él—. ¿Querías hablar conmigo?

—Eh, de hecho quería saludar a Isabelle como es debido —le dirigió una sonrisa a la que estaba a punto de ser su cuñada.

Isabelle le devolvió la sonrisa y después fue directa al grano.

—¿Qué te parece Ty?

—Muy guapo —eso era cierto—. ¿De qué lo conoces? —preguntó como si nada, pues sentía curiosidad por saber si Matt estaba al corriente de que Isabelle y Ty habían sido novios.

—Nos presentó Jack. Ellos son amigos desde siempre. Ellos dicen que quemaron medio Texas —soltó una risita y después debió de preocuparle haber dicho algo que no debía, porque se puso seria de golpe—. Ty es muy sensible. Perdió a su esposa hace siete años y nunca lo ha superado. Pero creo que volverá a sentar la cabeza cuando encuentre a la mujer adecuada.

—¿Ha tenido alguna novia desde que murió su esposa?

—Solo yo. Salimos durante unos meses y después decidimos que estábamos mejor como amigos.

Así que a Matt le parecía bien. Se sintió un poco mal por poner a Isabelle en un compromiso, pero haría cosas peores por proteger a su hermano. Incluso fingir que podía soportar a Tyrell Brown.

Isabelle se aclaró la garganta y siguió transmitiendo su mensaje.

—Tiene un rancho enorme en Texas. Con ganado, caballos y quince vaqueros. Él dirige el lugar desde su caballo. Y además es brillante. Hasta tiene un doctorado —siguió hablando, intentando despertar el interés de Vicky—. Su esposa era una gran defensora de los animales maltratados, así que piensa utilizar la indemnización que ha ganado para fundar un refugio para animales en su honor. ¿No te parece adorable?

Sí, lo era. Odiaba admitirlo, pero Ty era un hombre interesante. Lleno de contrastes; vaquero filósofo, monógamo mujeriego. Imbécil sensible.

—Parece un buen partido —dijo ella, e Isabelle sonrió, tan evidentemente satisfecha con sus dotes de casamentera que Vicky sonrió también. Le encantaba Isabelle. Si le hacía feliz pensar que Ty y ella estaban intimando, entonces lo mínimo que podía hacer ella era fingirlo durante cuatro días.

—Tengo que ir a hablar con mamá —dijo, aunque era lo último que deseaba hacer.

Matt le frotó el brazo.

—¿Quieres que vaya yo?

—No, lo tengo controlado —contestó ella con una sonrisa—. Tú ve a disfrutar de lo que te queda de sexo prenupcial.

—¿Aquí? —Adrianna se quedó de piedra con los labios a medio pintar. Miró a Vicky a través del espejo del tocador—. ¿Tyrell Brown está aquí?

Vicky no había visto a su madre asombrada casi nunca, pero, en serio, ¿quién hubiera imaginado una coincidencia semejante?

—Sí. Y me ha pedido que finja que no lo conozco.

—Estás de broma.

—Ojalá lo estuviera —le explicó la situación y vio que Adrianna entornaba los párpados.

—¿Sabe Matt que eran amantes?

Vicky asintió.

—Todo está aclarado en ese sentido. Tyrell solo está intentando ahorrarles el estrés de saber que somos enemigos. Cree que eso echaría a perder la boda. Y tengo que darle la razón en eso —aunque no soportaba estar de acuerdo con él en nada.

Adrianna ladeó la cabeza.

—¿Qué está dispuesto a hacer para que guardemos silencio?

Victoria se quedó mirándola.

—¿A qué te refieres con qué está dispuesto a hacer? ¿Te refieres a que llegue a un acuerdo con el caso para evitar la apelación? ¿Estás de broma?

—Yo no he dicho eso —respondió Adrianna parpadeando.

—Pero lo has pensado. Dios, mamá, además de no ser ético es un delito.

—Oh, por favor —Adrianna terminó de pintarse los labios—. Solo ha sido un pensamiento de pasada. Y no me digas que a ti no se te había pasado también por la cabeza.

—Desde luego que no —Vicky caminó hacia la ventana y contempló las almenas del castillo.

—Bueno —Adrianna tapó su pintalabios y se ahuecó la melena color platino—. Si voy a cooperar con esta locura, quiero algo de alguien. Dado que tú no estás dispuesta a exprimir a Brown, entonces tendrás que sobornarme a mí.

Victoria se dio la vuelta lentamente.

—¿Sobornarte para no arruinar la boda de Matt?

Adrianna la miró a través del espejo.

—Tal vez no me sienta cómoda mintiendo a mi hijo.

Vicky despreció aquello con un soplido.

—Esto sí que es rastrero, mamá. Amenazar la felicidad de Matt para conseguir algo de mí.

—Una buena abogada convierte un revés en una ventaja.

—No estamos en los tribunales —respondió Vicky—. Somos tus hijos, por el amor de Dios.

—Sí, y el bienestar de mis dos hijos es importante para mí —ignoró los ojos en blanco de Victoria—. Si no andamos con cuidado, podríamos acabar teniendo que retirarnos de la apelación. Así que estoy convirtiendo lo que podría ser un revés profesional y financiero para mí y para el bufete en una oportunidad para aumentar tu felicidad y la de Matt.

—¿De verdad? ¿Y cómo piensas aumentar mi felicidad exactamente?

—Tú serías feliz con Winston.

Vicky apretó los puños.

—No vayas por ahí, mamá. El muy bastardo me engañó. Estábamos prometidos y se tiró a otra mujer.

—Has de entender que, para Winston, ese tipo de cosas forman parte de la vida de casado. Sus padres tenían problemas sexuales, así que su padre satisfacía sus necesidades fuera del matrimonio y su madre simplemente se hacía la tonta.

Vicky se quedó mirando a su madre.

—¿Y te parece que eso está bien? ¿Engañar a alguien para acostarse con otra persona está bien?

—Claro que no, pero Winston me lo explicó todo, y te lo explicará a ti también si le das a oportunidad. Entonces podréis llegar a un acuerdo que sea satisfactorio para ambos.

—¿Un acuerdo? ¿Como por ejemplo que él se vaya por ahí a tirarse a otras mientras yo estoy en casa viendo *Mira quién baila*?

—Lo que sea que funcione. Tal vez puedas volver a terapia.

—¿Yo necesito terapia porque él me engañó?

—Bueno, en serio, ¿puedes decirme que estabas dándole todo lo que se merecía? Eres emocionalmente rígida, Victoria. Ya lo dijo el doctor Burns hace años. Y, que yo sepa, nunca te ha interesado especialmente el sexo —extendió las manos—. ¿Un hombre como Winston debería conformarse con algo incompleto?

Al igual que el aire de un globo, la autoestima de Victoria se deshinchó a través del agujero en su ego. Algo incompleto. Su madre pensaba que ella era algo incompleto.

—Está dispuesto a volver contigo —continuó Adrianna—. Antes os llevabais bien. Incluso parecíais estar enamorados. Estoy segura de que podrías dejar atrás este pequeño revés.

Adrianna se volvió para mirarla y, si Vicky no hubiera estado destrozada, tal vez hubiera reconocido algo parecido al amor en los ojos de su madre.

—Victoria, Winston es económicamente estable. Su familia tiene dinero y su negocio prospera. Si te casas con él, nunca tendrás que esforzarte como hice yo cuando tu padre murió. Ahora tienes las de ganar porque se siente culpable. Puedes insistir en que firme un generoso acuerdo prenupcial para que, si después os divorciáis, no tengas que preocuparte por el dinero.

Al ver que Vicky no respondía, Adrianna apretó la mandíbula.

—Ese es el trato —prosiguió—. Prométeme que le darás otra oportunidad a Winston o iré directa a Matt e insistiré en que eche de la boda al mejor amigo de su prometida.

Vicky se quedó mirando al suelo. Se daba por hecho que su madre era despiadada. Pero, ¿cómo podía obligarla a elegir entre la tristeza de Matt ahora o su propia tristeza más tarde?

Pero entonces, entre las sombras, advirtió un agujero en aquel trato. Winston estaba en Nueva York. Para cuando volviera a verlo, la boda ya habría pasado y su madre no tendría nada con lo que amenazarla. Entonces podría incumplir su promesa.

Al fin y al cabo, una buena abogada como Adrianna sabría que una promesa que se realiza bajo coacción no es exigible.

Con cuidado de que no se viera el triunfo en su cara, levantó la cabeza y miró a Adrianna a los ojos.

—No me dejas otra opción. Si guardas silencio durante el fin de semana, le daré otra oportunidad a Winston.

Satisfecha, Adrianna se dio la vuelta y comenzó a rebuscar en su joyero.

—Los cócteles se servirán en el jardín a las seis. Entonces podrás presentarme a Brown.

—Claro. ¿Tu invitado también estará?

Adrianna se puso un pendiente de diamantes en la oreja y ladeó la cabeza para admirarlo.

—Por desgracia, lo invité en el último minuto. Tenía algunos compromisos que no podía eludir, así que no llegará hasta el viernes.

Vicky fue hacia la puerta, pero se detuvo con la mano en el picaporte.

—Por cierto, a Isabelle se le ha metido en la cabeza que Tyrell y yo deberíamos ser pareja. Prácticamente le ordenó que flirteara conmigo. Yo le dije que flirtearía también, por las apariencias.

Adrianna arqueó una ceja mientras se ponía el otro pendiente.

—No te hagas ideas equivocadas sobre ir más allá. Según me ha contado Terry —que era la ayudante de Vicky durante el juicio—, es increíblemente guapo y bastante encantador —sonrió ante el espejo y después miró a Vicky—. Recuerda que estás jugándote la apelación del caso. No cruces ninguna raya con él que pueda poner eso en peligro. Y no te olvides de que yo puedo destapar esta farsa si se te va de las manos.

Vicky puso los ojos en blanco.

—Créeme, cualquier cosa que veas entre nosotros será mentira. No lo soporto y él no me soporta a mí. Y nada de lo que ocurra en los próximos cuatro días cambiará eso.

CAPÍTULO 6

Un hombre delgado con esmoquin descorchó una botella de vino, después se puso en fila con otra docena de camareros en el bar portátil que los del catering habían colocado en la terraza.

«Tal vez deba emborracharme», pensó Vicky observando la escena desde la ventana de su dormitorio. «Vomitarle encima a Tyrell. Mejor aún, a mi madre».

Apoyó la frente en el cristal frío y contempló con miedo cada minuto del fin de semana.

Vio en la terraza a Isabelle. Cruzó unas palabras con el barman y miró después las mesas desperdigadas por el jardín. Entonces alguien debió de llamarla, porque miró por encima del hombro y sonrió.

Ty salió del castillo y caminó hacia ella con paso relajado mientras el sol se reflejaba en su pelo. Sacó de un macetero un tallo de lavanda, lo deslizó entre sus dedos y liberó su olor antes de ponérselo detrás de la oreja.

Dado su estado de ánimo actual, Vicky casi deseó percibir algo ilícito entre ellos para poder poner fin con aquel desastroso evento. Pero solo percibió amistad y un profundo afecto. Ty haría lo que fuera necesario para proteger a Isabelle, incluso fingir un flirteo con una mujer a la que despreciaba.

Vicky contuvo las lágrimas. Nadie se preocupaba tanto por

ella. Nadie salvo Matt. Y ahora iba a abandonarla para irse a formar su propia familia. Dejándola sola con gente como Tyrell Brown y Winston Churchill Banes, y el resto de personas sin corazón que poblaban el mundo.

Dejó escapar un sollozo. No era justo. No lo era.

Fuera, Isabelle levantó el brazo, le acarició la mejilla a Ty, hizo algún comentario gracioso, tal vez sobre su barba incipiente, y después desapareció en el interior. Ty la observó irse con las manos en los bolsillos y en su cara Vicky juraría haber visto el mismo anhelo que le retorcía a ella el corazón. El anhelo de pertenecer a alguien.

Se apartó de la ventana.

«Dios, soy patética. Imaginar que tengo algo en común con ese idiota. Debería dejar de sentir pena por mí y alegrarme de que Matt haya encontrado a alguien. De que por fin puedo hacer algo por él para variar».

Estiró los hombros, tomó aliento y lo dejó escapar en cuatro veces. Después volvió a hacerlo.

Tenía que superar aquel fin de semana. Después, el lunes por la mañana, volvería a su propio mundo. Tal vez no fuera todo lo que había soñado, pero no estaba tan mal. Al menos sabía qué esperar de cada día.

Durante el resto de su vida solitaria.

Ty se dio un golpe en el hueso de la risa y maldijo en voz baja. El maldito cubículo de la ducha era más estrecho que un ataúd. ¿Cómo iba un hombre a lavarse las axilas si tocaba las paredes con los hombros?

Levantó una mano, se enjabonó el pelo y después se agachó bajo la alcachofa para aclararse. Dios, los franceses debían de ser bajitos y delgados. Ya vería Jack cómo se las apañaba para meterse en una ducha de aquellas. Entonces sí que maldeciría.

El agua comenzó a salir tibia, así que cerró el grifo. ¿Qué

diablos? ¿Iban a racionar el agua caliente? Menos mal que le gustaba darse duchas cortas, de lo contrario se enfadaría seriamente.

Fue goteando agua hasta el dormitorio, sacó una toalla de la cómoda. ¿Por qué no las guardaban en el cuarto de baño? Era demasiado pequeño, por eso. Estiró la toalla. Al menos era de un tamaño apropiado para un hombre. Y muy suave. Se la pasó por el pecho, se secó el pelo y la dejó caer al suelo.

Después se tumbó sobre la cama y se quedó mirando al techo. Una siesta le iría bien; aún tenía jetlag. Pero sería mejor que se olvidara de eso. Los festejos de cuatro días estaban a punto de empezar, lo que significaba que en diez minutos tendría que estar en el jardín haciéndose el simpático con un puñado de personas a las que no conocía y a las que no quería conocer.

Primero tendría que poner el rabo entre las piernas y dejar que Matt hiciera de macho alfa. Le molestaba, pero lo haría por Isabelle.

Después tendría que ser amable con la madre de Matt, una mujer tan horrible que hacía que la auténtica zorra se estremeciese.

Y, para rematar la noche, tendría que coquetear con la auténtica zorra. Flirtear con ella. Cuando hacía que se le erizase la piel. Que Dios se apiadara de él. Aún podía oírla preguntándole si estaba seguro, absolutamente seguro, de que Lissa se había despertado.

¿Lo estaba? La pregunta le carcomía por dentro, como llevaba haciendo siete años. ¿Estaba seguro de que Lissa había abierto los ojos y le había pedido que desconectara las máquinas? ¿O estaba tan desesperado por encontrar una justificación, una absolución, que se lo había imaginado sin más?

Si lo había imaginado, no existiría absolución posible. Tendría que admitirse a sí mismo que había desenchufado a su esposa por sus propios motivos egoístas. Porque no podía soportar verla así, pensar que estaba sufriendo y que él era incapaz de curarla.

Maldición. Sacó los pies de la cama y se pasó los dedos por el pelo. Al diablo con Victoria Westin y su estúpida pregunta.

Caminó hasta la cómoda y sacó unos vaqueros azules. Abrió el armario y sacó una camisa azul noche con botones de perlas. Un regalo de Isabelle, lo que ella entendía por una camisa de vaquero.

Dios, habría dado cualquier cosa por poder irse a hacer su trabajo en aquel momento. Cabalgar durante semanas por el rancho en vez de tener que beber cócteles en Amboise.

Se puso las botas.

Maldición.

Incluso dando la espalda a la puerta, Vicky se dio cuenta del momento en que Tyrell salió a la terraza.

La amiga de Isabelle, Annemarie, que estaba describiéndoles con su inglés con acento lo difícil que era compaginar sus estudios de postgrado en Antropología con su trabajo de fin de semana como bailarina exótica, se detuvo en mitad de una frase.

—¡*Oh là là!* —murmuró.

Vicky miró por encima del hombro y puso los ojos en blanco.

Ty estaba junto a la puerta, con sus botas de vaquero, una camisa metida por debajo de los vaqueros y el pelo ligeramente revuelto, como si acabara de volver de montar. Solo le faltaba el sombrero para poder posar para un anuncio de Marlboro.

Isabelle soltó una risita nerviosa.

—Ya te lo dije.

—Sí que lo hiciste —respondió Annemarie—, pero pensaba que estabas… ¿cómo se dice?... exagerando —miró entonces a Ty—. ¿Está solo?

—Por el momento —dijo Isabelle antes de mirar a Vicky—. Aunque puede que le interese alguien.

Annemarie se humedeció los labios rojos.

—Sí que le interesa alguien. Yo —levantó otra copa de champán de la bandeja del camarero que pasaba y las dejó plantadas para dirigirse en línea recta hacia la terraza.

Isabelle suspiró.

—Supongo que no puedo culparla. Yo tuve la misma reacción la primera vez que lo vi —le dirigió a Vicky una sonrisa alentadora—. No llegará muy lejos. Ty es hombre de una sola mujer. Cuando le interesa alguien, las demás mujeres dejan de existir para él.

En ese preciso instante, Ty reparó en la belleza morena que subía los escalones y sonrió con apreciación.

Mientras atravesaba la terraza con su contoneo de caderas, él recorrió su cuerpo con la mirada y después se quedó mirándola a los ojos mientras aceptaba la copa que ella le ofreció, brindaba y daba un largo trago de champán.

Isabelle frunció el ceño al verlo faltar a su palabra. Apretó los labios con descontento.

Y Vicky se molestó. Por Isabelle y por ella misma.

«Maldita sea, Tyrell Brown, la idea fue tuya. ¡Se supone que tienes que flirtear conmigo, no babear detrás de cualquier stripper de tetas grandes que se te eche encima!

De acuerdo, tal vez Annemarie tuviera algo más que sus pechos. Pero Ty no dejaba de mirárselos disimuladamente. ¿Y quién podría culparlo? Con aquellos zapatos de tacón de más de ocho centímetros, tenía los pechos literalmente debajo de sus narices, asomando como globos por encima de su vestido rojo y ajustado.

Por si eso no fuera suficiente, echó la melena hacia atrás y se humedeció los labios de rubí para realzar el brillo. Después, como era de esperar, estiró el brazo para tocarle el pecho y acariciar los botones de perlas.

¡A esa mujer no se le ponía nada por delante!

Y Ty, el muy idiota, entró al juego sin dudar, deslizando un nudillo por su brazo mientras le susurraba algo al oído y se reía con ella al compartir lo que sin duda sería alguna charla sexual.

Vicky contempló el conservador vestido que llevaba puesto y se mordió el labio. La prenda de lino blanca le había parecido adecuada, favorecedora, aunque no descaradamente sexy, hasta que Annemarie se presentó con su escote. Y las sandalias planas le habían parecido la opción más práctica hasta que observó las piernas kilométricas de Annemarie. ¿Cómo iba a competir con eso?

Sintió un nudo en el estómago. Rechazada otra vez.

Entonces se recordó a sí misma que aquella velada, aquel fin de semana, no trataba de ella. Era irrelevante que Tyrell la encontrara atractiva, que evidentemente no era el caso. Era un imbécil de todos modos. Que coqueteara con Annemarie. Así al menos no tendría que fingir que flirteaba con ella.

Devolvió su atención a Isabelle y soltó lo primero que se le ocurrió.

—¿Y cómo encontraste este lugar?

Isabelle apartó la mirada de la terraza.

—¿Te refieres al castillo? Es de un amigo de la familia. Normalmente lo alquila a grupos de turistas con dinero, pero esta semana estaba libre.

Matt apareció detrás de ella y le rodeó la cintura con los brazos.

—Otra feliz coincidencia —dijo por encima de su hombro—. Como que nos conociéramos en Tiffany's —miró a Vicky y le guiñó un ojo.

Isabelle se dio la vuelta entre sus brazos y le sonrió. Dijo algo en voz baja que Vicky no pudo oír.

Y Matt frotó su nariz con la de ella.

Sí, su hermano, con todo lo masculino que era, se frotaba la nariz con la de Isabelle. Ella no sabía si reír o llorar.

En cualquier caso, necesitaba alejarse de ellos. Su evidente afecto la quemaba como ácido en la herida causada por su más reciente rechazo. Cierto, el rechazo era por parte de un hombre al que no soportaba y al que esperaba no volver a ver nunca. Pero aun así.

Caminó hacia atrás con la esperanza de escapar sin ser vista y clavó el talón en el dedo de alguien.

—¡Mierda! —dijo una voz profunda.

Tyrell, por supuesto. ¿Quién si no?

Vicky reaccionó al instante y cambió el peso al otro pie. Pero se movió con demasiada rapidez y perdió el equilibrio. Dio saltos sobre un pie, agitando los brazos y derramando el champán de su copa.

Rezó con todas sus fuerzas. «Por favor, Dios, por favor, no dejes que me caiga otra vez».

Entonces un brazo fuerte le rodeó la cintura, la estrechó contra un torso firme y la aprisionó allí.

—Ten cuidado, guapa —le dijo Ty al oído—. No querrás caerte de nuevo, ¿verdad?

Su humillación fue completa.

Bueno, no del todo. Apretó los dientes y él continuó.

—Tiene algunos problemas de equilibrio.

—Ah —a sus espaldas, el susurro de Annemarie le pareció compasivo—. Ahora entiendo por qué tiene que llevar esas sandalias. Mi abuela lleva zapatos orto... cómo se dice... ortopédicos desde que se rompió la cadera.

Vicky levantó la cabeza y entornó los párpados.

Eso sí que no pensaba tolerarlo. Aquel era un juego al que podía jugar y ganar. La hija de Adrianna Marchand estaba curtida en insultos pasivo-agresivos. Se los comía con patatas. Y le encantaba servirlos con los cócteles.

Se zafó del brazo de Ty, se tomó unos segundos para alisarse el vestido y después se dio la vuelta con una sonrisa inocente.

—Annemarie, ¿sigues aquí? ¿No trabajas esta noche?

Annemarie frunció el ceño todo lo que se lo permitía el botox.

—No, no trabajo. ¿Por qué lo preguntas?

Vicky se quedó mirando su atuendo.

—Vaya, ¿por qué si no ibas a llevar en una fiesta de cóctel un vestido para hacer striptease?

Ignoró el resoplido indignado de Annemarie, centró su atención en Ty y puso cara de preocupación.

—Dios, Tyrell, espero no haberte estropeado la piel de cocodrilo. Sé cómo sois los vaqueros con vuestras botas… —bajó la voz para susurrar con teatralidad— en *Brokeback Mountain*.

«Dos puntos para la auténtica zorra», pensó Ty. Sonrió mientras la veía alejarse.

Tenía que reconocérselo, había golpeado a Annemarie donde más le dolía. Y a él también con el comentario sobre *Brokeback Mountain*. Aunque le daba igual, porque cualquier mujer de sangre caliente, y también cualquier hombre, se daría cuenta a distancia de que él era hetero. No es que tuviera problemas con los gays. Simplemente él no lo era.

Isabelle le tocó el brazo. Él apartó la mirada de Vicky para mirarla y vio que estaba mordiéndose el labio. Eso significaba que estaba preocupada por todos; por él, por Vicky y probablemente también por Annemarie, aunque probablemente ella estuviese al final de la lista en aquel momento. Pero en realidad debería estar divirtiéndose.

Él no estaba cumpliendo con su obligación.

Matt se había alejado para hablar con el padre de Isabelle, de modo que Ty le pasó un brazo por los hombros y la apretó con cariño.

—Isabelle, cariño, es la fiesta más bonita en la que he estado nunca.

Eso la hizo sonreír.

—Me doy cuenta de que has dicho «más bonita» y no «la mejor».

—Bueno, cielo, la noche es joven. Puede que las cosas mejoren —se rio al verle hacer un puchero—. No te preocupes por mí. Has invitado a muchas mujeres guapas. Si no puedo conseguir una, entonces la culpa será mía.

Annemarie se rio al oír aquello. Fue un sonido seductor.

Estuvo a punto de guiñarle un ojo, pero entonces lo pensó mejor. Conociendo sus preferencias, flirtearía con ella toda la noche, después se la llevaría a la habitación y le arrancaría ese vestido.

Pero, por desgracia, ese no era su trabajo. En su lugar, tendría que fingir que flirteaba con la zorra e irse a la cama solo.

Aun así, no había razón para no divertirse un poco con la situación. Provocar a Vicky. Podía ser muy ingeniosa cuando se enfadaba.

Eso no compensaría el sexo ardiente con una stripper, y debería tener cuidado para que Isabelle no se diera cuenta. Pero al menos haría que las cosas fueran interesantes.

Pierre Oulette hacía parecer que los cincuenta y cinco eran la flor de la vida para un hombre.

Las habituales señales de la madurez, como las canas que adornaban su pelo castaño y las arrugas que rodeaban sus ojos al sonreír, no hacían sino realzar su rostro bronceado y anguloso, haciéndolo más imponente.

Las mujeres debían de echársele encima, pensó Vicky mientras le estrechaba la mano. No solo era guapo, su vientre plano demostraba que estaba más en forma que la mayoría de hombres con mucha menos edad que él; sin duda rebosaba seguridad en sí mismo y bienestar. Su opulencia se ajustaba tan bien a él como la chaqueta deportiva hecha a medida que llevaba.

Y ese acento francés. Bueno…

—Matt me ha dicho que eres abogada —dijo con una dicción casi perfecta—, y que acabas de finalizar un juicio.

Vicky sonrió.

—Sí, y me alegro de haberlo dejado ya atrás.

—¿Disfrutas con tu trabajo?

La situación exigía una respuesta educada, así que se limitó a decir:

—Tiene sus recompensas.

Matt intervino para ayudar.

—La abogacía es cosa de familia. El abuelo era fiscal. Y mi madre aún va a algunos juicios, aunque, como socia fundadora, no es necesario que lo haga —se fijó en la sonrisa tensa de Vicky—. Pero es un trabajo estresante. Mucha presión.

Pierre sonrió a Vicky.

—Espero que puedas relajarte y disfrutar del fin de semana.

—Eso sería fantástico —respondió ella, sabiendo que eso nunca ocurriría.

Como para subrayar ese hecho, Tyrell apareció con una sonrisa.

—Hola, Pierre, ¡cuánto tiempo sin vernos!

Pierre le dio la mano con una amplia sonrisa.

—Me alegro de verte, Ty. ¿Estás bien?

—Muy bien. Mis padres te envían saludos.

—¿Siguen en Florida?

—Acaban de comprarse un piso en Key West. Según he oído, pasan mucho tiempo con Jimmy Bufett.

Vicky le lanzó una mirada inquisitiva a Isabelle, que también se les había unido. Ella puso los ojos en blanco.

—Los padres de Ty están disfrutando de verdad de la jubilación.

Ty soltó una carcajada.

—Eso es simplificarlo demasiado, cariño. Lo que están haciendo es recuperar la juventud —les explicó a todos—. Se casaron a los diecisiete, casi a punta de pistola de mi abuelo. Sin apenas darse cuenta, pasaron treinta años cuidando de dos niños problemáticos y de varios miles de cabezas de cuernos largos —se encogió de hombros—. Ahora están recuperando el tiempo perdido. Y yo me he quedado con los cuernos largos.

—¿Qué son cuernos largos? —preguntó Annemarie.

—Vacas —respondió Isabelle.

Ty pareció ofendido.

—Son ganado, cariño.

—¡Ah, sí! Es cierto —sonrió con inocencia—. Las vacas son chicas, los cabestros son chicos.

A Annemarie se le encendió la bombilla.

—Ah. Las vacas chico son para los filetes, ¿verdad?

Isabelle asintió.

—Y las vacas chicas para la leche —miró a Ty con una sonrisa, obviamente esperando un elogio.

Su expresión de agravio hizo que Vicky tuviera que contener una sonrisa. ¿No se daba cuenta de que Isabelle estaba tomándole el pelo?

A juzgar por su suspiro de resignación, aquella no era la primera vez.

—Has captado el quid de la cuestión, cariño, eso es lo que cuenta —después miró a su alrededor—. ¿Habéis leído el artículo que aparece sobre Isabelle en el *New York Times*?

—Oh, Ty —dijo Isabelle agitando una mano—. Era sobre Vidal, no sobre mí. Yo solo soy su ayudante.

—Nada de su ayudante. Eres el genio creativo que está detrás de todo lo que ha hecho en los últimos dos años.

Vicky se ablandó un poco con él. Al creer que Isabelle había suspendido su examen sobre ganadería, estaba decidido a realzar ahora sus puntos fuertes.

Pierre debió de darse cuenta también de su esfuerzo, porque le puso una mano en el hombro a Ty y se unió a la conversación.

—Isabelle, Vidal ha dicho muchas veces que tú inspiras muchos de sus diseños. No lo diría si no fuera cierto.

—Es bastante tacaño al respecto, si quieres mi opinión —declaró Ty indignado—. Debería haberte hecho socia ya.

Adrianna apareció para hacer su aportación.

—No podría estar más de acuerdo —le dirigió una sonrisa a Isabelle—. No obtendrás el reconocimiento que mereces hasta que no te independices.

Vicky se molestó en nombre de Isabelle. Nada era nunca suficientemente bueno para Adrianna.

Sorprendentemente, a Isabelle no le molestó.

—Gracias por el voto de confianza —dijo—, pero aún me queda mucho por aprender.

Y, sin más, se metió en su papel de anfitriona, le presentó a su padre, a Annemarie y, por último aunque no por eso menos importante, a Tyrell.

Vicky aguantó la respiración mientras su madre sonreía y le ofrecía la mano a Ty. Él la estrechó brevemente, pero no sonrió. Para un hombre que ofrecía sonrisas como si fueran caramelos, resultó un desaire evidente. Pero los demás no parecieron darse cuenta y Vicky respiró aliviada.

Los camareros comenzaron a guiar a los invitados hacia la mesa del bufet situada en un extremo de la terraza, su grupo se dividió en parejas y se dispersó. Pierre se fue charlando con Adrianna; Matt se alejó abrazado a Isabelle.

Annemarie intentó marcharse con Ty también, pasando un brazo por su codo y estampando los pechos contra su brazo.

Pero él no cedió y, cuando le ofreció el otro brazo a Vicky, ella disfrutó al ver la irritación en los ojos de Annemarie. Esa mujer era amiga de Isabelle, así que debía de tener alguna cualidad redentora, pero Vicky por el momento no la había visto.

Con los brazos entrelazados, los tres caminaron hacia la terraza; Annemarie parloteaba sin parar, Ty daba las respuestas apropiadas y Vicky se limitaba a ignorarlos, centrando su atención en la mesa donde cortaban la carne. Gracias a la aparición inesperada de Ty, no había tenido mucho apetito en la comida. Pero ahora le rugía el estómago.

Se desenganchó de la pareja cuando llegaron a la comida, se llenó un plato de espárragos, canapés y lonchas de roast beef muy finas, pues se merecía un placer culpable con todo lo que tenía que soportar. Después se retiró a una mesa íntima situada detrás de la pérgola, donde pudiera comer en paz.

Pero eso no iba a pasar. No le había dado tiempo a llevarse el primer trozo de carne a la boca cuando Ty dejó caer su plato sobre la mesa.

—Odio decirte esto —le dijo mientras se sentaba en la otra silla—, pero corre el rumor de que la ternera no es buena para la salud.

Vicky respondió a su sonrisa arrogante con una mirada de odio, se llevó el tenedor a la boca y masticó lentamente antes de dar un largo trago a su Cabernet.

—La ternera —dijo entonces con tono pedante— es una religión en Francia. Es imposible evitarla y, si se come en cantidades adecuadas, es una excelente fuente de proteínas.

Él alzó su copa.

—Y, si la acompañas de un buen Cabernet, está deliciosa.

Ella no se molestó en negarlo. En su lugar ladeó la cabeza.

—Pareces diferente. Ah, ya sé qué es. No llevas puesta a tu stripper.

Él le dirigió una sonrisa perezosa.

—Es un poco pegajosa, pero eso puede ser algo bueno.

—¿Pegajosa? Esa mujer es como una lapa.

—Lo que pasa es que estás enfadada porque ha insultado tus zapatos.

—Y tú eres tonto si piensas que ese comentario tenía que ver con los zapatos.

—¿Estás diciendo que quería provocarte? —pareció asombrado—. ¿Por qué diablos iba a hacer eso?

—Vaya, pues no me lo imagino. Tal vez solo sea cruel.

—A mí no me parece cruel. De hecho, me parece bastante simpática.

—Aha. Estoy segura de que será bastante simpática contigo todo el fin de semana si se lo pides.

Ty se recostó en su silla y la miró pensativo.

—Me duele decir esto, pero empiezo a pensar que tienes un lado sarcástico.

—¿Quién? ¿Yo? Qué va.

—Lo digo en serio. Los comentarios desagradables que has hecho antes. Lo de *Brokeback Mountain*. Los vaqueros somos muy sensibles con eso.

—Deberías haberte visto la cara —respondió ella.

—Estoy seguro de que he parecido asombrado. ¿Quién habría pensado que iba a tener que enfrentarme en Francia a una broma tan zafia como esa?

—Te lo merecías. Por cierto, ¿qué tal está tu pie?

—Está bien —se quedó mirando el plato de Vicky—. Aunque puede que te interese contar todas esas calorías antes de comértelas.

Eso hizo que Vicky se irguiera en su silla.

—¿Qué significa eso? ¿Crees que estoy gorda?

—No lo creo, pero yo me he pasado la vida rodeado de animales enormes. Ganado, caballos. Cosas así. Cualquier otro hombre podría tener una referencia diferente, no sé si sabes lo que quiero decir.

Ella se quedó mirándolo durante unos segundos y después se echó a reír. Al parecer Ty no se daba cuenta de que acababa de abrir la veda para un sinfín de comentarios sobre vaqueros y sus animales de granja. Se le pasaban por la cabeza a tanta velocidad que, por un momento, se quedó sin palabras intentando decidir con cuál empezar.

Antes de que pudiera elegir uno, Matt e Isabelle aparecieron junto a su mesa.

—Ohhh —dijo Isabelle alegremente al ver sus sonrisas—, parece que los estáis pasando bien. ¿Verdad, Matt?

—Umm —él parecía escéptico.

—Y, Vicky, estás guapísima. ¿Verdad, Ty?

—Tan guapa como un poni maquillado —contestó él con una sonrisa sincera.

Vicky se abstuvo de hacer un comentario sobre los ponis y los vaqueros a los que les gustaban.

—De verdad —le dijo a Isabelle—, si todos los texanos son tan encantadores como Ty, me mudo a Austin —mentira.

Isabelle se rio, obviamente satisfecha de que su plan estuviese funcionando. Matt parecía menos entusiasta. Se quedó mirando a Vicky con cara de preocupación.

Para convencerlo de que estaba pasándolo bien, le dirigió una sonrisa cariñosa a Ty. Señaló después con la cabeza hacia el cuarteto que estaba tocando un vals en la terraza.

—Ahora no me importaría aceptar ese baile.

Sin dudar lo más mínimo, Ty se puso en pie y le ofreció la mano.

—No te preocupes por tus dos pies izquierdos, cariño. No dejaré que te caigas.

El crepúsculo transformó el jardín en un lugar muy romántico. Las lucecitas parpadeaban en los árboles y las velas titilaban sobre las mesas. Habían retirado las mesas del bufet de la terraza, iluminada con antorchas, y varias parejas bailaban lentamente.

Disfrutó con la idea de que Ty pudiera quedar en ridículo bailando el vals, pero se quedó con la boca abierta cuando la tomó suavemente entre sus brazos. La miró a los ojos, divertido, como si supiera lo que estaba esperando. Después colocó su mano fuerte sobre su cintura y comenzó un vals que no se parecía a ninguno de los que había bailado en su vida.

Quería sentirse decepcionada porque Ty no quedase en ridículo, pero ¿cómo iba a hacerlo? Prácticamente flotaban sobre las baldosas del suelo, como si sus pasos estuvieran coreografiados, con los dedos entrelazados como si fueran amantes. Debería haber imaginado que sabría bailar. Ese hombre estaba increíblemente coordinado, se movía por el mundo con unos pasos engañosamente relajados, elegante como un gato.

Un gato grande. Un león. Bajo su piel, era todo músculo; notaba cómo se flexionaban bajo su mano, situada en su hombro. Cierta tensión contenida recorría sus tendones. Lo disimulaba bien con su estilo lánguido, pero ella notaba la vibración. La misma cualidad maleable que permitía a los gatos, sobre todo a los leones, parecer relajados, incluso somnolientos... justo antes de atacar.

Al parecer también servía para el baile. Ejecutar un vals jamás le había resultado tan sencillo, tan intuitivo. Tan romántico.

Tras dar varias vueltas por la terraza, logró decir algo:

—No te sientas mal. Estoy segura de que se te dan bien los bailes de rodeo.

Él deslizó la palma de la mano por la parte baja de su espalda, la dejó allí y tiró de ella hasta que apoyó la mejilla sobre su pecho. Vicky estuvo a punto de dar un paso atrás, pero era demasiado agradable, así que en su lugar le rodeó el cuello con los brazos y siguió moviéndose con él como el agua que fluía por un arroyo.

—Isabelle nos está mirando —murmuró él—. Intenta hacer que parezca que sabes lo que estás haciendo. No son clases de Zumba, ¿sabes?

Ella sonrió. Era una pena que fuera tan imbécil, de lo contrario tal vez le hubiera gustado. Podía llegar a ser gracioso. Y su pecho era tan sólido como un roble.

A Ty estaba costándole trabajo recordar que odiaba a la mujer que tenía entre sus brazos.

Bailaba de maravilla, de manera ágil y sexy. Dejaba que él guiara los pasos y se movía a su ritmo como si estuviera dentro de su piel. A decir verdad, ya en Texas había admirado su manera de moverse. Su paso decidido en el juzgado; su dominio del espacio entre los testigos, el jurado y el juez.

Nunca lo admitiría, claro, y solo con pensar en el juzgado debería haberse puesto tenso. Pero le encantaba bailar, y aquella mujer esbelta y dócil que apoyaba la mejilla sobre su pecho no se parecía en nada a la auténtica zorra.

Probablemente no hubiese sido muy buena idea pegarla a su cuerpo, pero no quería que le viese sonreír por su comentario sobre los bailes de rodeo, ni contemplando el mechón de pelo rubio que había escapado de su recogido francés.

Y desde luego no quería que viera lo que él mismo estaba intentando no ver; que, si no la odiase tanto, tal vez pudiera gustarle.

Pero sujetarla contra su cuerpo suponía también ciertos problemas. Tal vez no tuviera los atributos despampanantes de Annemarie, pero la manera en que su cuerpo se pegaba al suyo, bueno... no podía negar que el hecho de que su cadera se rozara contra su ingle estaba a punto de causarle cierto bochorno.

Aun así, no la separó ni un centímetro. De hecho, dejó que su mano se deslizara hacia abajo sobre su espalda, hasta acariciar con el meñique la parte superior de su trasero. Le acarició con el pulgar las vértebras de la columna, que se notaban fácilmente a través del suave tejido de su vestido veraniego. Nunca se lo diría, pero le gustaba mucho más que el vestido ajustado de Annemarie. ¡Madre mía, si podía verle los pezones!

Estuvo a punto de reírse de sí mismo. Debía de estar haciéndose viejo si una abogada esquelética con un vestido de cuello alto le excitaba más que una bailarina de striptease. Jack se habría carcajeado allí mismo de haberlo sabido.

Terminó la canción y, al no haber excusa para seguir abrazando a Vicky por más tiempo, la soltó. Dio un paso atrás. Y vio que ella bajaba la mirada hasta su entrepierna.

¿Por qué diablos se habría puesto sus vaqueros más ajustados?

Después lo miró a los ojos y una sonrisa iluminó su rostro; sus ojos azules brillaban con placer.

Dios, tenía que cortar aquello de raíz. Frunció el ceño.

—Debería darte vergüenza —le dijo—, restregarte así contra mi cuerpo. ¿Qué creías que ocurriría? Soy un hombre, un hombre heterosexual —se obligó a parecer escandalizado—. Y tú hablando de Annemarie.

Ella se quedó con la boca abierta.

—Eras tú quien estaba frotándose contra mí —respondió—. Y... metiéndome mano.

—¿Metiéndote mano? ¿Cómo iba a meterte mano cuando tenías el pecho tan pegado a mí que parecía que querías meterte dentro de mi camisa?

Ella abrió los ojos de par en par, escandalizada.

—¡No estaba intentando meterme dentro de tu camisa! Y estabas metiéndome mano por la espalda.

Él la miró con compasión.

—Vicky, cariño, no es posible meter mano a una espalda. Es triste pensar que tu experiencia sea tan limitada que te excitas solo con que ponga la mano ahí, pero, créeme, eso no era sexo.

Habían seguido hablando en voz baja, pero ella estaba a punto de dejarse llevar, así que Ty la estrechó entre sus brazos para seguir bailando y alejarla de Matt e Isabelle, que se habían unido al pequeño grupo de parejas de la terraza.

Ella no se apartó, pero bufó como un gato.

—¡Yo no he dicho que fuera sexo!

—Bueno, cielo, tal vez las reglas sean diferentes en Nueva York, pero, de donde yo vengo, meter mano es un preliminar. También lo es restregar la pelvis contra el hombre con el que estás bailando. Ahora, teniendo eso en cuenta, y siendo yo un caballero, estoy dispuesto a admitir que te educaron entre algodones. Pero sigue mi consejo y ten cuidado con esas señales que envías. Cualquier otro hombre podría decir que vas calentando.

Sintió su pecho respirando contra el suyo, porque, claro, había vuelto a apretarla contra su cuerpo. Dios, cuánto disfrutaba provocándola.

—Tyrell Brown —murmuró ella entre dientes—, o eres el hombre más tonto que he conocido, o el mayor mentiroso del mundo. En cualquier caso, no me siento atraída por ti y no estoy intentando calentarte. Esa erección que tienes, y sí, aún puedo sentirla ahí abajo, es cosa tuya, no mía.

—Y está excitándote, ¿verdad?

Ella aguantó la respiración y dejó escapar un sonido de sorpresa de lo más sexy que le llegó hasta la ingle. Se dispuso a levantar la cabeza, probablemente para arrancarle el corazón de un mordisco y escupirlo después al suelo, pero él levantó la mano y le pegó la cara a su pecho.

—Tranquila, cielo. No podemos permitir que me arranques la ropa en público.

—En tus sueños —respondió ella, aunque sonó más a «en tuz zueñoz», porque tenía las mejillas espachurradas por la palma de su mano.

Él contuvo una carcajada y fingió arrepentimiento.

—Sé que te resultará difícil oír esto, y lo siento mucho, pero no puedo acostarme contigo esta noche —ella murmuró algo contra su camisa—. No es que no seas guapa, en plan esquelética y sabelotodo. Es solo que, bueno, dadas las circunstancias, no necesitamos más complicaciones. Me refiero a que te enamores de mí.

Con eso terminó de provocarla. Los dedos que tenía en su nuca, los mismos dedos que habían jugueteado con el cuello de su camisa durante la última canción, se convirtieron en tenazas. Le causaron un intenso dolor en el hombro que le hizo apartar la mano de su cara. Vicky dio un paso atrás.

—Eres… —dijo entre dientes—… eres un idiota.

—Sonríe —respondió él—. Tu hermano está justo detrás de ti.

CAPÍTULO 7

¡Qué valor! ¡Aquel egocéntrico insufrible pensaba que lo deseaba de verdad!

Tal vez, en un momento de debilidad, llevada por la música, la iluminación romántica y una erección espectacular pegada a una de sus zonas erógenas, lo hubiera deseado fugazmente. Pero eso no le daba derecho a pensarlo.

Eso le pasaba por bajar la guardia un minuto en presencia de Tyrell Brown.

Matt le dio una palmadita en el hombro.

—¿Os importa que interrumpa?

Vicky tomó aliento para recomponerse, le dirigió a Ty una última mirada de odio y se dio la vuelta para sonreír a su hermano.

—En absoluto.

Habiendo bailado juntos durante años en las clases que Adrianna había insistido en que recibieran, hermano y hermana encontraron el ritmo sin problemas. Transcurridos unos segundos, ella ya no tuvo que forzar la sonrisa.

—Oye, bonita fiesta.

Él sonrió.

—Es todo cosa de Isabelle. Lo único que yo tenía que hacer era aparecer —hizo una breve pausa—. ¿Estás bien? ¿Tyrell es demasiado directo?

—Desde luego que no —y, como sabía lo mucho que Matt deseaba que disfrutara del fin de semana, se obligó a añadir—: Es el perfecto caballero. ¿Por qué lo preguntas?

Él se encogió de hombros.

—Por algunas historias que he oído sobre Jack y él. Salían juntos por ahí antes de que Jack se casara, ya sabes. Nunca les faltaban mujeres.

—¿De verdad? —Jack McCabe era legendario por las mujeres que había tenido. Pero Ty había estado casado y, después, de duelo. Si le había interpretado correctamente durante la vista oral, aún lo estaba.

—Isabelle dice que Ty estaba loco por su esposa y no ha superado su pérdida —dijo Matt—. ¿Quién sabe cómo puede reaccionar una persona a ese tipo de dolor? Tal vez le ayude acostarse sin parar con mujeres hermosas. No sé, espero no descubrirlo jamás.

Contra su voluntad, Vicky buscó a Ty con la mirada y lo vio bailando el vals con Isabelle en la hierba; hizo una pirueta con ella y disfrutó con su grito de placer.

La luz de las antorchas se reflejaba en sus mechones dorados, en la hebilla plateada de su cinturón y en los botones de perlas de su camisa, que tan bien se ajustaba a su cuerpo. Desde la distancia, con esa luz, era difícil imaginárselo como un amante desgraciado. Pero eso era lo que era. Había perdido al amor de su vida.

Y ahora su corazón volvería a romperse, porque perdía a Isabelle en favor de Matt. Sí, siempre serían amigos, pero él había quedado en un segundo lugar. Por desgracia, ella podía empatizar con él.

Por mucho que detestara tener algo en común con ese imbécil, cuando volvió a mirar a su hermano, a su mejor amigo, supo exactamente cómo se sentía Tyrell.

Agridulce. Ty no había sabido qué significaba esa palabra. Ahora, viendo a Isabelle alejarse de él, dejando ir a un amor maravilloso y valioso, pero cuyo momento había quedado atrás, lo comprendió.

Agridulce significaba sentir alegría y tristeza al mismo tiempo. Hacía que se le hinchara el pecho y al mismo tiempo le dejaba allí un enorme agujero.

Ignoró esa sensación y miró a su alrededor, sin buscar a Vicky. Lo cual estaba bien, porque ella no estaba por ninguna parte. No estaba en la terraza, donde el cuarteto había dejado los instrumentos para tomarse un descanso. Tampoco en el césped. Ni en ninguna de las mesas. Retrocedió unos pasos, solo para estirar las piernas, y miró bajo la pérgola. El lugar estaba a oscuras, pero no captó ningún movimiento.

Tal vez debiera entrar en el castillo. Ir al cuarto de baño o deambular por ahí sin buscar a Vicky.

Entonces vio a Adrianna Marchand caminando hacia él y se quedó helado, atemorizado, aunque no tuviera intención de mostrar debilidad alguna huyendo como deseaba hacer.

—Señor Brown —dijo ella al acercarse—. Espero que tengamos ocasión de hablar.

De cerca era deslumbrante. Ojos de un azul profundo, melena rubia bien arreglada, un cuerpo como el de su hija. Guapa, sí, pero de hielo. No era de extrañar que hubiera atrapado a cuatro maridos. Y no era de extrañar que tres de ellos no hubieran aguantado.

Se metió los pulgares en los bolsillos y ladeó la cabeza.

—No puedo imaginar de qué podríamos hablar —respondió.

Su actitud indolente no pareció impresionarla.

—Doy por hecho que Victoria ya le ha explicado que se encargará de la apelación de su caso.

En realidad no lo había hecho.

—Da igual —dijo él con cara de aburrimiento.

—Y estoy segura de que también mencionó a su prometido.

Ty arqueó una ceja.

—¿Se refiere al tipo que no puede mantener cerrada la cremallera del pantalón? Sí, lo mencionó. En pasado.

—Su separación es solo temporal, se lo aseguro. Victoria aceptará su disculpa.

—¿Su disculpa? ¿Y cómo hará eso? «Siento que descubrieras que estaba acostándome con otra, Vicky. La próxima vez me tomaré más molestias para ocultarlo» —negó asqueado con la cabeza—. ¿Qué tipo de madre quiere que su hija se case con un asqueroso semejante?

Adrianna le dirigió una mirada gélida.

—Usted no sabe nada sobre mí, señor Brown. Y, a pesar de su romántica interpretación con mi hija en la pista de baile, tampoco sabe nada sobre ella. Necesita a un hombre como Winston.

—Ninguna mujer necesita a un hombre que la engaña. Y su hija, menos. Es lista, guapa y tiene mucho sentido del humor. Puede tener a cualquiera que desee.

—Si cree que lo deseará a usted, se equivoca —lo miró de arriba abajo con sus ojos fríos y sonrió con desdén—. No es usted su tipo, señor Brown. No permita que este flirteo fingido se le suba a la cabeza. Cuando termine el fin de semana, no volverá a ver a Victoria nunca más.

Eso sí que le enfadó. No era que tuviera pensado volver a verla. Incluso aunque se divirtiera atormentándola, eso no significaba que quisiera una relación a largo plazo. Y, en cualquier caso, la odiaba profundamente.

Pero no pensaba dejar escapar a la zorra de su madre tan fácilmente. En su lugar, puso su sonrisa de embaucador, suavizó la mirada y ella abrió los ojos de par en par.

Ty le dio unos instantes para pensar en ello.

Después, dejó caer la cabeza, cambió el peso de un pie a otro y, con un movimiento rápido, la acorraló.

Ella contuvo la respiración y él se inclinó hacia delante, hasta que sus labios casi rozaron su pelo. Le habló con un acento espeso y sofocante, como el sexo sudoroso en una noche de verano.

—Si fuera tú, yo no estaría tan seguro, cariño.

Debía de doler tener un palo metido por el culo de esa manera. Aunque servía para mantener la postura. Ty nunca había visto una columna tan recta como la de Adrianna Marchand al alejarse de él.

Entonces recordó que había prometido encandilarla. Bueno, un solo hombre únicamente podía deslumbrar a un número limitado de mujeres malhumoradas durante un fin de semana. Isabelle tendría que encontrar a otro que le hiciera la pelota a la madre de Matt.

Miró de nuevo a su alrededor, sin buscar a Vicky. Lo cual estaba bien, pues ella seguía desaparecida.

Entonces sus oídos captaron un susurro procedente de la pérgola.

—Psss. Psss.

¿Se habría colado allí cuando no miraba?

Con desinterés, como si no tuviera un destino particular en mente, Ty se acercó a la pérgola y entró. Y de la oscuridad emergieron dos brazos que tiraron de su cabeza hacia abajo y se enredaron en su cuello. Sintió unos labios carnosos en su boca. Una lengua ansiosa se coló dentro. Y un torrente de deseo recorrió su cuerpo desde su cerebro hasta su pene.

Dios, ¡Vicky lo deseaba de verdad! Sin pararse a cuestionarlo, cerró las manos sobre su trasero, la empujó contra su ingle e introdujo la lengua en su boca con igual abandono.

Había perdido la cabeza y no le importaba. Con el pulso palpitándole en los oídos y su miembro exigiendo libertad, tiró de ella hacia la hierba con la intención de poseerla deprisa antes de que cualquiera de los dos pudiera pensárselo mejor.

Ella cayó al suelo de buena gana y sus miembros se enredaron. Ty le levantó el vestido hasta por encima del trasero, metió las manos bajo su tanga y lo rompió como si fuera un hilo. Ella gimió y se retorció, restregándose contra su erección. Le besó la mandíbula y hundió la cara en su cuello. Y entonces aspiró el aroma del perfume de Annemarie.

Se echó hacia atrás, pero ella encadenó los tobillos a sus muslos. Le abrió los vaqueros con una mano, deslizó la otra en el interior y le agarró el pene.

¡Maldito imbécil salido! Si se hubiera parado a pensarlo durante un segundo, se habría dado cuenta de que aquel trasero era demasiado redondo para ser el de Vicky. El pecho también era más grande, tres veces más grande, y los jadeos, al menos los que no eran suyos, tenían un distintivo acento francés.

Con una fuerza de voluntad sobrehumana, apartó la mano de su pecho desnudo, sin recordar cómo había llegado hasta allí, y le enganchó el brazo que ella estaba bajando por sus pantalones.

—Quieta ahí, cariño —dijo contra sus labios hinchados.

—Pero la tienes muy dura —murmuró ella, excitándolo aún más.

—Desde luego que sí —Ty apenas podía respirar—. Y la tienes bien agarrada —le tiró del brazo—. Vamos, cielo. Suelta antes de que sea demasiado tarde.

Ella mantuvo su miembro agarrado y lo acarició con destreza.

Ty cambió de táctica.

—No querrás malgastar una buena erección, ¿verdad, cariño? No cuando podemos aprovecharla mejor en una de esas camas de plumas.

Eso hizo que Annemarie se detuviera.

—¿Ahora?

—Pronto —volvió a tirarle del brazo. Si no lo soltaba en esa ocasión, sería demasiado tarde.

Ella lo soltó con reticencia. Ty respiró profundamente, en parte aliviado, en parte arrepentido. Se tumbó boca arriba y se quedó quieto, con miedo a recolocarse los pantalones. El más mínimo roce podría hacerle perder el control.

Annemarie se arrodilló junto a él. Su visión se había acostumbrado a la escasa luz de la pérgola y ahora podía ver uno de sus pechos. No podía apartar la mirada. Ella se agarró el pecho deliberadamente y lo levantó. Se chupó el pulgar y lo deslizó por el pezón. Sopló ligeramente para que se endureciera y él se quedó con la boca seca. Después Annemarie se lo guardó dentro del vestido.

Dejó escapar un sexy gemido que hizo que Ty mirase su boca. Sacó la lengua y se humedeció los labios. Después se inclinó hacia abajo, cada vez más cerca, hasta detener esos labios a escasos centímetros de los suyos.

—¿En tu cama o en la mía? —preguntó con un acento ardiente al que ningún hombre con una erección podría resistirse.

Ty tragó saliva.

—Que sea en la tuya, cariño. Y deprisa.

CAPÍTULO 8

Ty salió del castillo por la puerta delantera, después lo bordeó por un lateral hacia el jardín trasero. Sin emerger de las sombras, observó a la multitud, si podía llamarse multitud a veinte personas.

Pierre y Adrianna estaban bailando en la terraza. Matt e Isabelle estaban sentados a una mesa con un pequeño grupo de amigos. Los demás estaban dispersos en parejas o en tríos en torno a la fuente o en los bancos situados bajo los árboles.

No parecía que nadie le hubiese echado en falta.

Recorrió deprisa un estrecho sendero de hierba hasta la pérgola, se ocultó en sus sombras y se detuvo el tiempo suficiente de repeinarse con la mano y comprobar su cremallera una última vez. Después se metió los pulgares en los bolsillos y salió a la luz de las antorchas.

No había dado ni diez pasos cuando Vicky se acercó apresuradamente a él y se detuvo en seco a pocos centímetros del impacto.

—¿Qué diablos le has dicho a mi madre? —preguntó con tono furioso.

Ty sabía que sería mejor no sonreír, pero le encantaba verla enfadada. La agarró del brazo y tiró de ella hacia la terraza.

—Vamos a bailar.

—¿Bailar? —ella clavó los talones al suelo, literalmente—. ¡Te he hecho una pregunta!

—Y yo la responderé. En la pista de baile —volvió a tirar, ella soltó un suspiro de indignación y lo siguió.

Una vez en la terraza, la agarró y comenzaron a bailar el vals. Se permitió relajarse mientras seguía el ritmo. ¿Por qué resultaba tan agradable bailar con una mujer a la que no podía soportar?

Mantuvo la mirada fija en la puerta mientras bailaba. Tras pensárselo mejor de camino a encontrarse con Annemarie, había apelado a la piedad de Isabelle. Ella le había prometido que intervendría, pero, dado que ya le había encargado a Annemarie un recado inventado aquella noche, lo cual explicaba dónde se había metido la francesa a la hora de la cena, era incapaz de saber si volvería a funcionar.

Lo que significaba que Annemarie podría aparecer por esa puerta en cualquier momento, esperando que cumpliera su promesa de acostarse con ella. Ty apenas había escapado de su último encuentro con su virtud intacta; no podía arriesgarse a estar con ella a solas otra vez. Y eso no le dejaba otra opción que mantenerse pegado a Vicky toda la velada. Le gustara a ella o no.

Y en aquel momento no parecía muy entusiasmada con la idea.

—¿Y bien? —preguntó mirándolo con los párpados entornados—. ¿Qué le has dicho a mi madre para que se enfadara tanto? Está que echa humo y no quiere decirme por qué.

Ty ya había averiguado que la única manera de jugar con Vicky era cambiar las tornas, desequilibrarla. Si le daba un mínimo, ella lo acorralaría con su palabrería de abogada y no tendría escapatoria.

—La pregunta que deberías hacer es —respondió él con aspereza— qué me ha dicho tu madre a mí.

Ella se quedó mirándolo con odio.

—De acuerdo, voy a morder el anzuelo. ¿Qué te ha dicho mi madre?

—Lo primero que me ha dicho es que tú te encargarías de la apelación. ¿Por qué no me lo habías dicho?

Vicky miró hacia abajo y perdió parte de su coraje.

—No creí que quisieras hablar del caso. Y, de todas formas, no es del todo ético que hablemos de ello.

—De acuerdo, entonces no lo haremos —le parecía bien—. También me ha dicho que Winston y tú estáis destinados a estar juntos.

Eso le hizo recuperar el coraje y levantó la mirada.

—¿Te ha dicho eso?

—No con esas palabras, pero ese era su objetivo.

Casi pudo oír cómo rechinaba los dientes.

—¿Sabes que me hizo prometer que le daría otra oportunidad, o de lo contrario le diría a Matt y a Isabelle lo nuestro? ¿Qué tipo de madre chantajea a su hija? ¿Qué tipo de madre quiere que su hija se case con un cerdo mentiroso?

—Eso es justo lo que yo le he preguntado y lo que ha hecho que se enfadara.

Vicky se quedó con la boca abierta.

—¿De verdad? ¿Le has preguntado eso? —sus labios se curvaron en una sonrisa espontánea.

Esa sonrisa le hacía parecer más suave. Parecía tan asombrada y vulnerable que Ty tuvo que apartar la mirada. Dios, ¿acaso nunca nadie había dado la cara por ella?

—Eso es… —hizo una pausa y se aclaró la garganta—. Estoy segura de que eso ha debido de fastidiarle.

No era necesario añadir que él prácticamente le había dicho a Adrianna que estaba planeando seducir a su hija.

—Sí, tiene mucho temperamento —fue todo lo que dijo.

Vicky se quedó callada después de eso y dejó que su cuerpo bailara al ritmo de la música mientras apoyaba la mejilla en su pecho. Él frotó la mandíbula contra su pelo. Ella volvió a juguetear con el cuello de su camisa.

Se alegró de que a ella no le molestara su erección, porque había vuelto para quedarse.

Si al menos pudieran seguir bailando, pensó Vicky.

Si seguían bailando, no tendría que enfrentarse a la mirada asesina de su madre, ni lamentar que Matt la hubiese abandonado, ni preocuparse por encontrarse con Winston en alguna fiesta de Nueva York. Podría dejar la cabeza donde estaba, apoyada en el pecho sólido de Ty.

Él no parecía odiarla tanto cuando bailaban. Sí, se reía de ella, obviamente pensaba que era una estirada. Pero también le sonreía.

Esa sonrisa era hipnótica. Era un arma cargada. Cuando apuntaba con ella a una mujer, podía lograr que hiciera locuras. Como beber demasiado vino. Como pensar en la diferencia entre el racionalismo y el empirismo. Como desinhibirse y practicar sexo en un avión.

Esa última aún le dolía, el rechazo en el avión. Pero en parte ella era culpable. Debería haber aprendido la lección con Winston y haber rechazado a Ty antes de que él pudiera rechazarla a ella. No volvería a ser tan tonta. Ni con él ni con ningún otro hombre.

Pero tenía el resto de su vida para preocuparse por eso. Ahora mismo, durante un rato, fingiría que Ty estaba abrazándola porque le gustaba tenerla entre sus brazos. Que su erección contra su cadera era más que una reacción automática a la cercanía de los estrógenos…

—¡Ahí estás, *chéri*!

Aquel sexy acento francés irrumpió en sus fantasías. Vicky levantó la cabeza y vio a Annemarie caminando hacia ellos, separando a la multitud con su pecho como si fuera la proa de un rompehielos.

Se acercó a Ty como si Vicky fuera invisible, le pasó un brazo por la cintura y se puso de puntillas para «susurrarle» al oído.

—Perdona por abandonarte, *chéri*. Isabelle me ha pedido que le hiciera un favor. No podía negarme.

—Bueno, cielo, al fin y al cabo ella es la novia —declaró Ty con tono magnánimo—. Si tienes que ayudarla con cualquier otra cosa…

—Nada más —respondió ella agitando una mano al aire—. Ya he hecho mi parte. Ahora les toca a los demás —miró a Vicky descaradamente antes de volverse para babear frente a Ty—. Tú y yo tenemos… ¿cómo lo dicen en las películas? Asuntos pendientes.

Vicky recibió aquella frase como un jarro de agua helada. «Asuntos pendientes» solo podía significar que Isabelle había interrumpido un encuentro entre ellos, lo que explicaba la erección que no desaparecía.

Tensó su cuerpo. Mientras ella tejía una estúpida fantasía sobre él, el muy mentiroso solo estaba haciendo tiempo con ella hasta que pudiera meterse en la cama con Annemarie. ¿Acaso nunca aprendería?

Se obligó a sonreír con arrogancia para salvar las apariencias e intentó apartarse para que pudieran seguir con sus asuntos.

Extrañamente, Ty se aferró a ella como si estuviera ahogándose. Empezó a divagar y a enlazar una serie de excusas sobre tener que madrugar mucho al día siguiente… una partida de golf… tonterías sobre el yoga. Sus palabras sonaban cargadas de arrepentimiento.

Vicky apretó la mandíbula. Debía de estar castigando a Annemarie por haberlos abandonado a su erección y a él. Pues ella no pensaba ser un peón en su estúpido juego sexual. Colocó las manos en sus hombros y le dio un empujón.

Él no se movió. De hecho, la agarró con más fuerza. Le puso un brazo en la parte inferior de la espalda y con el otro le rodeó los hombros, sin dejar de mirar tristemente a Annemarie, que no podía hacer más que mirarlo con los ojos desencajados, como si hubiera perdido la capacidad de traducir las excusas que salían de su boca.

Pero se recuperó con rapidez y enseguida se hizo cargo de la situación. Lo enganchó del cinturón, utilizó la espalda y su bien desarrollado cuadriceps e intentó tirar de él con fuerza hacia la puerta. Pero sus esfuerzos fueron en vano. Ty era más fuerte que las dos juntas y, con las piernas clavadas al suelo y los brazos sujetando a Vicky, ninguno iba a ir a ninguna parte.

Aquella escena podría haber durado toda la noche si Isabelle no hubiera gritado:

—¡Lilianne! ¡Jack!

Todos miraron entonces hacia la puerta.

«Vaya», fue lo primero que pensó Vicky. «Sí que hacen buena pareja».

Había visto cientos de imágenes de Jack y Lil McCabe, en televisión, en el periódico, en las revistas, pero eran aún más impactantes en persona. Sobre todo Jack, de pie en la puerta con unos Levi's gastados y una camiseta blanca que se ajustaba a su pecho, con el pelo negro peinado hacia atrás y unos impresionantes ojos verde jade.

A Vicky se le hizo la boca agua.

Lil también era una belleza, claro, con su pelo negro que le caía sobre los hombros, que enmarcaba unas preciosas mejillas pálidas y unos enormes ojos violetas. Llevaba una camiseta holgada y unos vaqueros, y tenía alrededor de la cintura el brazo protector de Jack; y menudo brazo.

En su cintura, además del brazo de Jack, se veía un incipiente embarazo.

Isabelle corrió a abrazarlos. Matt le dio la mano a Jack y besó a Lil en la mejilla. Antes de que Vicky se diera cuenta, los cuatro se volvieron hacia ella.

Como era de esperar, cuatro pares de ojos se fijaron en las manos de Annemarie, que seguían enganchadas a los pantalones de Ty. Después miraron las de Vicky, pegadas a su pecho. Isabelle se quedó con la boca abierta y Matt apretó la mandíbula.

Solo a Jack y a Lil pareció no sorprenderles la situación. Lil le dirigió a Vicky una sonrisa compasiva. Jack, al fijarse en la expresión arrepentida de Ty, empezó a reírse.

—Mierda —murmuró Ty en voz baja. Tenía sentido que Jack apareciera en el momento más estúpido de su vida. Nunca dejaría de reírse de él.

Se resignó a lo inevitable, dejó caer los brazos y soltó a Vicky. Después desenganchó los dedos de Annemarie de sus vaqueros. Ignoró a Jack y le dio un abrazo a Lil.

—Hola, preciosa. ¿Cómo te encuentras?

—Gorda e impertinente —respondió Lil con cariño. Abarcó con su sonrisa a Annemarie y a Vicky y después lo miró con una ceja arqueada—. Parece que estás muy solicitado.

Él levantó las palmas de las manos.

—¿Qué puedo decir? Un único Ty no es suficiente.

Vicky dejó escapar un soplido. A él le dio igual. No le preocupaba por el momento.

Isabelle, por el contrario, le preocupaba mucho. A juzgar por su mirada, la sorpresa había dado paso a la frustración en su camino hacia la ira absoluta. Estaría enfadada con él durante un mes y sabía que se lo merecía. Después de prometerle que se aseguraría de que todos lo pasaran bien, hasta el momento solo había logrado escandalizar a Adrianna, frustrar sexualmente a Annemarie, exasperar a Vicky y enfadar al novio.

Y solo estaban a jueves.

CAPÍTULO 9

El color rosa teñía el cielo por el este cuando Vicky desenrolló su esterilla de yoga sobre las baldosas de la terraza. Un par de gorriones madrugadores piaban en los cerezos.

Con la suave luz del amanecer, los objetos del jardín ofrecían sus siluetas. La pérgola. Los bancos bajos. Cupido alzándose sobre la fuente.

No podría haber sido una escena más tranquila.

Vicky volvió la cara hacia el horizonte, separó los pies descalzos para situarlos a la misma altura que los hombros y llenó los pulmones con aire fresco. Juntó las palmas de las manos como si rezara. Después levantó los brazos hacia el cielo y comenzó a ejecutar con fluidez el primer saludo al sol del día.

Después llegó la postura del árbol, después la del perro hacia abajo. Unos cuantos gorriones más se unieron al coro.

En la soledad del amanecer reinaba la serenidad.

Tumbada boca arriba, adoptó la postura del arado, con el trasero levantado hacia el cielo y los dedos de los pies tocando las baldosas del suelo por encima de su cabeza. Oyó que se abría la puerta de la terraza. Dio por hecho que serían los empleados que salían a limpiar después de la fiesta, logró ignorar las pisadas y mantener la concentración.

Hasta que…

⋆ ⋆ ⋆

—Bonito trasero, cielo —Ty contempló el trasero de Vicky con aprobación.

Ella bajó las piernas y le gruñó:

—¿Qué diablos haces levantado a estas horas?

—Lo mismo digo, cariño. ¿No necesitas dormir para estar bella?

Ella entornó los párpados.

Él se mantuvo serio. Después de una noche dando vueltas en la cama, odiando y deseando a esa misma mujer, se merecía algo de entretenimiento.

—No es que lo necesites —añadió con el suficiente retraso para insinuar lo contrario.

—Yo estaba aquí primero —parecía una niña pequeña.

—Pues te aguantas —respondió él—. Ahora estoy yo, así que échate a un lado y déjame sitio.

Ella apretó los labios. Se quedó donde estaba, tumbada boca arriba, mirándolo con odio. Desafiándolo a hacer algo al respecto.

Él aceptó el desafío. Le dirigió una sonrisa perezosa, recorrió su cuerpo con la mirada, desde la cabeza hasta los dedos de los pies, deteniéndose en sus pechos, en la forma de sus muslos, en sus piernas largas. Y después volvió a subir la mirada, muy lentamente, hasta llegar a sus mejillas encendidas y sus ojos azules de tormenta.

Mala idea.

Cierto, la había avergonzado, lo cual era su intención. Pero aquel atuendo de yoga ajustado que llevaba dejaba ver todas sus curvas. Ahora estaba tremendamente excitado. ¡De nuevo!

Maldición, no deseaba sentirse atraído por aquella mujer.

Peor aún que el hecho de que su pene estuviera saludándola era el hecho de que realmente le resultaba interesante. Era un sinfín de contradicciones. La mitad del tiempo vibraba con tensión. Otras veces, como cuando la había defendido ante su madre, se derretía como un helado.

Y era de lo más impredecible. Como ahora. Después de haberla desnudado con la mirada, la señorita estirada debería haber salido huyendo. En su lugar, adoptó tranquilamente la postura del loto y soltó su primera bomba del día.

—¿Ya has terminado de escribir en tu diario de agradecimientos? —sus ojos parecían muy sinceros—. ¿Esperas recordar tu espíritu conversando con los pájaros?

Él entornó los párpados.

—Puedes provocarme todo lo que quieras, pero no metas a Oprah y su diario de agradecimientos en esto.

—Puede que te ofrezca tu propia columna. Las reflexiones filosóficas de un vaquero cromañón.

Ty no pudo evitar sonreír, pero intentó hacerlo con compasión.

—Debes de tener los chacras desalineados. Hace que te vuelvas brusca.

Ella enarcó una ceja y no se dignó a responder. En su lugar, fue su turno para recorrer su cuerpo con la mirada, desde el pelo revuelto, pasando por su barba incipiente, su camiseta y la esterilla de yoga que llevaba bajo el brazo, hasta llegar a sus pies descalzos y volver a subir de nuevo.

Ty tenía que admitir que sabía cómo hacerlo. Y ni siquiera había parpadeado al pasar la mirada sobre la erección que palpitaba bajo sus pantalones.

Ahora, en cambio, se quedó mirando aquel problema creciente.

—¿No se supone que has de llamar a un médico si dura más de cuatro horas?

—Eso es solo si te tomas una pastilla, cariño. Lo que ves aquí es puro Tyrell —respondió él con lascivia. Ella puso los ojos en blanco.

Era evidente que no iba a salir huyendo.

De acuerdo. Con un giro de muñeca, desenrolló la esterilla a un metro de ella.

—Como eres una maniática del control, puedes dar tú la clase.

—Pinza sentada —dijo ella sin perder un segundo—. Estira las piernas. Échate hacia delante por encima de las rodillas —hizo una pausa—. Ups, no sé lo que digo. Probablemente no puedas hacer esta postura con esa erección.

—Admito que es grande, gracias por darte cuenta. Pero podré hacerlo —se agarró los tobillos con las manos, se estiró hacia delante hasta dejar el vientre plano apoyado sobre los muslos, consciente de que eso la dejaría impresionada.

Santo cielo. En cientos de clases de yoga, Vicky nunca había visto hacer una pinza sentada como esa. Ty debía de llevar años haciendo yoga.

Probablemente siete años, desde la muerte de Lissa.

Se preguntó por qué seguiría desconcertándola con su estúpida sensibilidad.

Le ordenó otra postura, después otra, y juntos ejecutaron una docena de asanas más, y una extraña armonía los envolvió mientras se doblaban, se retorcían, se estiraban y giraban.

Una hora más tarde, terminaron la clase con la postura del cadáver, tumbados boca arriba, con las piernas relajadas, los brazos a los lados y la respiración sincronizada.

Vicky giró la cabeza y contempló su perfil. Con los ojos cerrados y sin su sonrisa para distraerla, pudo apreciar lo indudablemente guapo que era. Con unos pómulos pronunciados y una mandíbula firme. Si añadía los toques sexys, como las pestañas espesas, la barba incipiente o el pelo con mechones rubios siempre con ese aspecto despeinado, podría acabar teniendo serios problemas.

Era demasiado guapo para su propio bien. Incluso comparándolo con Jack McCabe, probablemente el hombre más guapo del planeta, Ty brillaba con luz propia.

Por no mencionar que el vaquero cromañón era un yogui de lo más experimentado. Otra de sus fascinantes contradicciones: cavernícola new age.

¿Quién podría culparla entonces por sentirse atraída por él? Tendría que haber sido homosexual para no desearlo. Y, aunque a veces deseaba serlo, ya que tener una relación con otra mujer debía de ser menos complicado, simplemente no lo era.

Ty abrió los ojos. Giró la cabeza y la miró fijamente como si hubiera leído sus pensamientos. Le dirigió esa sonrisa capaz de volverla estúpida y, claro, ella comenzó a tener ideas estúpidas. Ideas como acercarse a él y morderle ese delicioso labio inferior. Meterle la mano por debajo de los pantalones y agarrar esa erección con la que tan familiarizada estaba ya.

Entonces él abrió los ojos de par en par y sus pupilas se dilataron. Su bonita sonrisa se hizo más profunda y se convirtió en algo irresistible. Y se dio cuenta de que debía de llevar su estupidez escrita en la frente.

No podía estar así. Simplemente no podía.

Se obligó a sonreír con suficiencia.

—¿Ya hemos acabado? ¿O nos tomamos un minuto para decirnos el uno al otro lo que sabemos con certeza?

Lo deseaba, eso era lo que Ty sabía con certeza.

Si antes tenía dudas, ya las había despejado. Y de pronto supo exactamente cuál era su problema. Había complicado demasiado su atracción hacia Vicky, achacándola a tonterías filosóficas cuando lo único que tenía que hacer era llevársela a la cama y tirársela para olvidarse de ella.

Sí, señor, ese era el remedio para lo que le afligía. Lo haría lentamente y ella disfrutaría de cada instante.

Pero el truco estaba en hacerle pensar que era idea suya. Se puso de costado y apoyó la cabeza en la mano.

—De acuerdo, yo primero. Sé con certeza que no eres tan remilgada como finges ser.

Eso hizo que ella se sorprendiera.

—¿Cómo lo sabes?

Él deslizó la mirada desde sus ojos hasta sus labios.

—Tu boca insolente. Te vistes con ropa recatada e interpretas el papel de abogada de la Ivy League. Pero no puedes esconder esa boca insolente.

Volvió a mirarla a los ojos, grandes y azules. Sus mejillas tenían un ligero rubor. Aquello iba a ser muy fácil.

Dejó que su acento perezoso hiciese el trabajo.

—Me gustan las bocas insolentes. Nunca sabes en qué líos te meterán. Hacen que las cosas sean… interesantes.

Ella se sonrojó aún más.

—Ahora te toca a ti —dijo con una sonrisa—. Dime, Victoria Westin, ¿qué sabes con certeza?

Pudo ver media docena de expresiones en su rostro. Esperó a ver dónde se paraba, qué faceta de aquella mujer tan complicada ganaba la batalla. ¿La Victoria sexy? ¿La Victoria sabelotodo? ¿La Victoria altiva? Había muchas posibilidades y todas tenían su atractivo.

Ya podía admitir lo de la atracción, porque se había propuesto acostarse con ella.

—Victoria —el tono gélido de Adrianna hizo que la temperatura bajara varios grados. Se había presentado como una nube de tormenta, ataviada con una indumentaria negra y plateada para ir a correr. Lo ignoró y fijó su mirada de hielo en Vicky—. Te has levantado temprano. Confío en que hayas dormido… bien —por «bien» claramente quería decir «sola».

Victoria le echó valor.

—De hecho he estado tirándome a Ty toda la noche. Ahora estábamos tomándonos un descanso antes de volver a ponernos a ello.

Adrianna ni siquiera parpadeó.

—Si no supiera lo mucho que detestas el sexo, podría creerte.

Ty vio cómo Vicky se desinflaba.

—Los hombres van a jugar al golf esta mañana —continuó Adrianna como si no acabara de asestarle un golpe a su hija en el estómago—. Yo tengo que ir de compras. Podrás estar lista a las diez, ¿verdad? —miró con actitud crítica a Vicky, cuyas mejillas habían palidecido—. No desayunes mucho. Mañana tienes que caber en tu vestido de dama de honor.

Y sin más se marchó, dejando tras de sí el caos.

Vicky se puso en pie y comenzó a enrollar la esterilla con una expresión fría y distante. Ty se olvidó de seducirla, se sentía obligado a decir algo, cualquier cosa para calmar su dolor.

—Vicky… —comenzó, pero ella le cortó.

—Esto es lo que sé con certeza —dijo con aspereza sin dejar de mirar la esterilla—. Tengo que aguantar sus insultos porque es mi madre. Pero no tengo que aguantar los tuyos.

Ty estaba enrollando su esterilla de yoga y murmurando en voz baja cuando Jack salió a la terraza.

—Golf —anunció mientras atravesaba el césped—. Lo odio.

—Sí, bueno, yo odio todo sobre este jodido fin de semana.

Jack sonrió.

—Supongo que la abogada ha empezado el día poniéndote de los nervios.

—No, no me ha puesto de los nervios, precisamente —se tapó la erección con la esterilla—. Estábamos bien hasta que ha aparecido Cruella de Vil.

—¿La que se parece a la abogada, pero más vieja y más fría?

—Sí, esa. Con su abrigo de piel de cachorro —contestó Ty apretando los labios—. Es una zorra de hielo. Cuesta creer que sea la madre de Vicky.

Jack asintió.

—Te ha fastidiado tu pequeño plan de seducción, ¿verdad?

Ty lo miró con odio y él se rio.

—Que te jodan —murmuró Ty, y se marchó con su esterilla.

—Gracias por llevar a mamá de compras, Vic. Isabelle tiene muchas cosas que hacer y les prometí a los chicos que jugaríamos al golf.

—Por favor, dime que no estás equiparando ir de compras con mamá a pasar unas horas en el campo de golf. No son comparables.

Matt le llenó la taza de café con la cafetera que el cocinero había dejado sobre la mesa.

—Sé que estás haciendo un gran esfuerzo. Te debo una.

—Sí, así es. Y me la cobraré.

Él se llenó también su taza. Rebuscó en la cesta de bollos que les habían llevado para entretenerlos hasta que sirvieran el desayuno caliente. Sacó un trozo de pastel de manzana, le dio un mordisco y le acercó la cesta a Vicky.

Ella la apartó y él arqueó las cejas sorprendido.

—Tengo que caber en ese vestido —dijo Vicky mientras rodeaba su taza con ambas manos.

Matt se limpió las migas de los labios con la lengua.

—¿Por?

—Porque mamá dice que estoy gorda.

Su hermano frunció el ceño.

—Mamá necesita gafas. Ese maldito juicio te ha hecho adelgazar bastante. A Isabelle le preocupa que el vestido te quede grande —volvió a acercarle la cesta—. Ahora cómete un maldito cruasán.

Ty sacó la silla situada junto a ella.

—Eh, Matt. ¿Dónde está tu preciosa prometida esta mañana? —se inclinó frente a Vicky, rebuscó en la cesta y sacó un cruasán con chocolate, después agarró otro igual y lo dejó en el plato de Vicky.

Consciente de que Matt estaba mirándola, ella sonrió con dulzura.

—Gracias, Ty, pero en realidad no tengo hambre —empujó el plato hacia el centro de la mesa.

Él volvió a acercárselo.

—El hambre no tiene nada que ver, cariño. La pastelería francesa es para comerla por placer.

Vicky se volvió para mirarlo con su sonrisa forzada.

—¡Qué amable eres! —dijo, y le pellizcó la pierna por debajo de la mesa para que supiera que no hablaba en serio—, pero no quiero.

—Seguro que sí —fue Matt quien habló, poniéndose del lado de Ty—. No hagas caso a mamá. Estás fantástica.

—Son calorías vacías.

—Son de las mejores —declaró Ty antes de morder su cruasán—. En Estados Unidos no encuentras bollos así —señaló—. ¿Cuánto estarás aquí? ¿Cuatro días? ¿Por qué no relajarse un poco? Disfruta de los placeres prohibidos.

Sonaba inocente, pero Vicky tenía la impresión de que no estaba hablando de los cruasanes. Se dispuso a pellizcarle de nuevo, pero él le agarró la mano y la atrapó contra su muslo.

Para su vergüenza, Vicky experimentó un escalofrío que ascendía por su brazo y se alojaba en su vientre. Deseo, por el amor de Dios. ¿Qué diablos le pasaba?

—*Bonjour* a todos —anunció Isabelle al salir a la terraza antes de darle un beso a Matt en los labios—. ¿Por qué no me has despertado, *mon ami*?

—Me he asomado —respondió él—, pero estabas profundamente dormida. Demasiado guapa para molestarte —la sentó sobre su regazo y ella le rodeó el cuello con los brazos.

Vicky utilizó la mano que tenía libre para clavarle el dedo a Ty en las costillas. Él derramó el café y le dirigió una mirada siniestra.

«Suéltame», articuló ella con los labios.

Él negó lentamente con la cabeza. Todavía tenía el pelo húmedo de la ducha y parecía habérselo peinado con los dedos. Se había afeitado un poco la mandíbula. Deseaba acariciársela.

No era justo.

Vicky tiró de la mano, pero él entrelazó los dedos con los suyos.

—Nos va a ver alguien —le susurró.

—Se supone que estamos flirteando —respondió él.

—Flirteando, no haciendo manitas. Si mi madre lo ve…

—¿Qué va a hacer? ¿Despellejar más cachorros?

—¿Qué? Puede que mi madre sea dura, pero nunca le haría daño a un cachorro.

—¿Qué estáis cuchicheando vosotros dos? —preguntó Isabelle.

Vicky giró la cabeza.

—Cachorros —respondió apresuradamente—, estábamos hablando sobre cachorros.

—A Ty le encantan los perros, ¿verdad, Ty?

—Sí, me encantan —dijo él—. De hecho, estoy pensando en llevar un cachorro al rancho. La perra del vecino ha tenido una camada y hay una negra y blanca que me gusta. Voy a llamarla Mancha. Tiene parte de dálmata.

A Vicky se le encendió la bombilla. Dálmata... despellejar cachorros... Miró a Ty. Él sonrió y ella le devolvió la sonrisa. Cruella de Vil. ¿Por qué nunca se le había ocurrido?

Segundos más tarde, la villana en persona se presentó en la terraza. Pierre apareció tras ella. Al ver cómo le sacaba la silla a Adrianna, Vicky se preguntó si estaría mirando a su próximo padrastro y esperó sinceramente que no fuera así. Tras el inevitable divorcio, las navidades familiares serían un infierno.

El café recorrió la mesa, junto con la cesta de bollos. Adrianna escogió un pastel de manzana, lo partió por la mitad y dio un bocado diminuto.

Ty se recostó en su silla y la miró de manera apreciativa. Ella lo miró y arqueó las cejas casi imperceptiblemente.

—¿Cuántas calorías tiene eso? —preguntó él señalando el bollo con la barbilla. Nadie salvo Vicky estaba escuchando. Empezaron a sudarle las palmas de las manos.

—No tengo ni idea —respondió Adrianna secamente.

Él bajó la mirada hasta su cintura y volvió a subirla antes de sonreír.

—Solo me lo preguntaba.

Adrianna dilató las fosas nasales y, durante unos segundos,

se quedó mirándolo sin palabras mientras Vicky aguantaba la respiración.

Entonces Pierre le tocó el brazo, le hizo una pregunta y, de forma deliberada, Adrianna le dio la espalda a Ty.

Vicky recuperó la respiración. Después Ty se inclinó hacia ella y le susurró al oído:

—¿Eso que dije anoche sobre vigilar tu peso? Era broma. Lo sabes, ¿verdad? En todo caso, deberías engordar un poco. No es que lo necesites. Estás perfecta tal cual.

Ella se quedó con la boca abierta y sintió calor en el pecho. Era… asombroso. Con una sola mirada le había bajado los humos a Adrianna y ahora decía que ella, Victoria Westin, era perfecta. Se quedó sin palabras.

Él se sirvió un poco de zumo de naranja y le puso el vaso en la mano que tenía libre.

—Bébetelo —ella dio un trago. Después, él volvió a inclinarse y comenzó a tararear.

Tardó unos instantes, pero, cuando reconoció el tema de Cruella de Vil, Vicky perdió el control. Escupió el zumo de naranja, que le resbaló por la barbilla. Ty empezó a reírse. Ella también, mientras se limpiaba la barbilla con la servilleta, hasta que empezó a dolerle el estómago de la risa. Su madre la miró con desprecio, claro, pero los demás se rieron también, sin saber por qué, solo por la diversión del momento.

Ty volvió a apretarle los dedos con fuerza. En esa ocasión, ella le devolvió el apretón.

CAPÍTULO 10

—Cuatrocientos euros —dijo Adrianna sosteniendo un salto de cama de seda—. Podría encontrarlo por la mitad en Nueva York.

—Entonces deberías haberlo comprado en Nueva York —respondió Vicky—. No entiendo por qué has esperado a estar aquí. Podríamos estar ahora mismo sentadas en una cafetería, bebiendo café con leche y viendo pasar a franceses guapos.

Adrianna enarcó una ceja perfectamente perfilada.

—¿Desde cuándo te interesa mirar hombres?

Vicky arqueó también una ceja para mirarla.

—Desde que tengo trece años. El hecho de que no lo compartiera contigo no significa que no me interese.

Adrianna siguió mirándola.

—Tu actitud de hoy deja bastante que desear.

Vicky la ignoró y sacó un conjunto de gasa.

Adrianna negó con la cabeza.

—A Isabelle le va la seda o el satén.

—¿Cómo sabes lo que le va a Isabelle? ¿No es un poco asqueroso que le compres a tu nuera ropa para follar?

Adrianna se asombró.

—¿De dónde has sacado ese lenguaje? —entornó los párpados—. Es por ese Tyrell Brown, ¿verdad? Esta farsa os está uniendo demasiado.

—Ty nunca ha utilizado la expresión «ropa para follar» —Vicky volvió a decirlo solo para fastidiarla—. De hecho es muy amable —casi merecía la pena soportarlo solo para molestar a su madre.

—Es un vaquero —dijo Adrianna con desdén—. Un texano, por el amor de Dios.

—También es listo y divertido. Y puede ser mucho más amable que los hombres que he conocido en Nueva York —«cuando quiere», añadió para sus adentros. «Cuando quiere, puede ser asombroso».

Su madre entornó los párpados.

—No te líes con él, Victoria. Recuerda que la apelación de nuestro cliente corre peligro. Y recuerda que tolero esta farsa con la condición de que te reconcilies con Winston.

—No me he olvidado de la apelación —¿cómo iba a olvidarse, cuando se cernía sobre ella como una nube de tormenta?—. Pero obviamente te falla la memoria, porque no prometí reconciliarme con Winston. Dije que le daría otra oportunidad para convencerme de que no es un cerdo. Si no lo consigue —y sabía que no lo conseguiría—, no nos reconciliaremos.

—Victoria...

En la plaza, la campana de la iglesia anunció que eran las doce. Vicky se dirigió hacia la puerta.

—Voy a decirle a Lil que te reunirás con nosotras cuando hayas pagado la ropa para follar.

Fuera, la plaza estaba llena de transeúntes que curioseaban por las tiendas o se sentaban a comer bajo los coloridos toldos que cubrían las mesas de los cafés. La luz radiante del sol rebotaba en las ventanas y en las gafas de sol de los turistas.

Habían quedado a comer con Lil en uno de los cafés. Vicky la encontró en la silla más alejada de la calle, aún con su sombrero y sus gafas de sol, a pesar de ser casi invisible bajo la sombra del toldo. Hasta el momento, no había anunciado a la prensa su embarazo, pero, en un mundo donde los teléfonos móviles convertían a cualquiera en paparazzi, solo era cuestión de tiempo.

—He pedido agua con gas —dijo Lil con una sonrisa—, pero, por favor, tú pide vino. Estoy celosa, pero lo aguantaré.

—De acuerdo, retuérceme el brazo —Vicky pidió una jarra con dos copas.

—Bonito vestido.

—Gracias —era de color amarillo narciso con círculos blancos entrelazados y tirantes finos que dejaban sus hombros al descubierto. Vicky se echó el pelo hacia atrás y disfrutó de la caricia sobre su piel.

—Recuerdo los vestidos de verano —dijo Lil—. Igual que recuerdo el vino. Y el café —puso una sonrisa de amargura y recolocó las caderas en una postura más cómoda—. Bueno. Ty le ha contado a Jack toda la historia. El juicio. El falso flirteo. ¿Qué tal lo llevas?

Vicky se mordió el labio mientras decidía cuánto contar. Lil parecía simpática, pero, aun así. Ty era el mejor amigo de Jack, y el antiguo novio de Isabelle, y también estaba unido a Lil. Vicky no tenía ganas de compartir sus pensamientos más conflictivos sobre él.

—Supongo que podría decirse que intento llevarlo lo mejor posible. Molesta a mi madre, así que eso es un plus.

—¿Por qué le molesta? ¿Supondrá un problema con el caso?

—Es difícil de decir. Le da miedo que sucumba a los encantos de Ty, lo que supondría un conflicto de intereses. Poco ético. Tendríamos que retirarnos de la apelación. Pero, como eso no va a ocurrir, el único problema posible sería que alguien en Estados Unidos descubriera que estamos compartiendo casa con él. Eso daría apariencia de falta de decoro, que es la manera legal de decir que no quedaría bien, así que tendríamos que retirarnos de todos modos —se encogió de hombros—. Pero no creo que nadie lo descubra, así que no veo problemas en el horizonte.

—Parece complicado.

Vicky sonrió.

—Los abogados hacen que todo parezca complicado. Así podemos pedir más. Pero todo se reduce a esto. Compartir casa no queda bien. El sexo está mal. Pero, como el sexo no va a tener lugar, no hay nada de lo que preocuparse.

El camarero llegó con la bebida. Vicky dio un trago al delicioso tinto de la casa.

—Umm. Me parece decadente beber vino a estas horas.

—No es decadente. Es francés —Lil dirigió una mirada anhelante a la copa de Vicky y se sirvió más agua—. Entonces, si el caso no supone un problema, ¿por qué está molesta tu madre?

—Porque le da miedo que me enamore de Ty y quiere que vuelva con mi antiguo prometido.

—¿El cerdo mentiroso que vende petróleo?

Vicky escupió el vino.

—¿Cómo lo sabes?

—Así lo describió Ty. ¿Por qué quiere que vuelvas con él?

Era una pregunta que se hacía a sí misma con frecuencia.

—Dice que es por seguridad económica, para que no tenga que pelear como hizo ella. Y ella peleó, lo sé. Mi padre era de una familia tradicional y acomodada. Era abogado y nos ofrecía una buena vida, pero, cuando murió, solo nos dejó un seguro de vida. Mi madre tuvo que buscarse un trabajo —dio otro trago al vino—. Se crió con la gente del club de campo. Nunca imaginó que tendría que trabajar, mucho menos mantener a una hija ella sola. Así que volvió a casarse enseguida, principalmente por motivos económicos, y utilizó el seguro de vida para acabar la escuela de Derecho. Cuando se graduó, cum laude, se fue a trabajar al bufete donde había trabajado mi padre. Y dejó marchar al marido número dos —se encogió de hombros antes de continuar—. Sé que suena un poco mercenario, pero no puedo juzgarla porque lo hizo por mí, al menos en parte —apretó los labios—. Pero el tercer y el cuarto marido, eso es cosa suya. Nunca pude entender por qué se casó con ellos. Lo único que sé es que no fue por dinero. Había ganado mucho trabajando duramente e invirtiendo bien.

Volvió a encogerse de hombros.

—Tal vez se sentía sola, no sé. Pero, fueran cuales fueran sus razones, yo no paraba de recordarle que estamos en el siglo XXI y que yo ya soy abogada. No necesito a un hombre que cuide de mí. Y desde luego no necesito a un cerdo mentiroso que venda petróleo —miró entonces a Lil—. Siento cargarte con todo esto.

—Oye, yo sé lo que es que un pariente interfiera en tu vida amorosa. Mi tío Pierre no siempre fue fan de Jack. Tenía a otra persona en mente para mí, alguien que creía que cuidaría de mí —se encogió de hombros—. Al final entró en razón y ahora estamos más unidos que nunca. Espero que con tu madre y contigo pase lo mismo. Intenta recordar que no se metería contigo si no te quisiera.

Vicky trató de no resoplar.

—Cuesta creerlo cuando está intentando controlarme. Y siempre está intentando controlarme —miró hacia la tienda de lencería—. Aquí viene —volvió a llenarse la copa de vino—. Me gusta esto de beber con la comida. Si logro emborracharla a ella también...

Llenó la copa de Adrianna y la colocó ante ella cuando su madre se sentó.

—Hola, Lilianne —Adrianna colocó la bolsa de la compra entre sus pies y miró a Vicky con esa maldita ceja arqueada—. ¿Vino con la comida?

—Donde fueres... —Vicky levantó su copa y dio un trago.

—Umm —Adrianna dio un sorbo delicado—. Muy bueno, para ser el vino de la casa.

—Los vinos de la casa suelen ser de la zona —explicó Lil—. Con frecuencia son tan buenos como cualquier vino de la carta.

—Estoy segura de que tienes razón, querida —Adrianna parecía cualquier cosa menos segura, y Vicky apretó la mandíbula. Si su madre insultaba a Lil...

Pero Adrianna se relajó en su silla. El camarero apareció y pidieron tortillas y patatas fritas. Cuando se alejaba, Vicky se descubrió a sí misma mirándole el trasero. Bonito y apretado. Como el de Ty.

Dios, ¿de dónde había salido eso? Tal vez debiera controlarse con el vino. Cada vez que bebía empezaba a desearlo. No era justo que fuese tan guapo. Guapo y molesto. Molestamente guapo.

Dio otro trago.

Adrianna y Lil comenzaron a hablar del embarazo. Ella dejó de escucharlas y recorrió la plaza con la mirada, disfrutando de los colores. Las ventanas estaban llenas de geranios rojos, naranjas y blancos; sombrillas multicolores cubrían a grupos de turistas que bebían vino y comían tortillas en las mesas del otro lado.

¡Qué manera tan agradable de pasar la tarde!

Entonces Adrianna mencionó a Ty. Vicky prestó atención. Aquello no podía ser buena señal.

—... ¿amigo íntimo de tu marido?

Lil asintió.

—Jack y Ty se conocen desde hace mucho. Los padres de Jack tenían un terreno cerca del rancho de Ty.

—Sí, había oído lo del rancho. Habiendo crecido en el este, no puedo imaginármelo —Adrianna le dio la frase una entonación interrogativa.

—Es un gran rancho —dijo Lil, y Vicky captó el orgullo en su voz—. Sus padres lo levantaron de la nada con ayuda de Ty y de su hermano, Cody. Después sus padres se jubilaron y Cody se fue a estudiar Medicina, ahora es médico en Boston, así que Ty se hizo cargo del negocio. Tiene mucho ganado y unos treinta caballos, todos purasangre. El edificio del rancho tiene cien años, es muy tradicional y realmente precioso. Lissa y él estaban renovándolo cuando ella murió.

—¿La conocías?

—No, pero Jack sí y me habló mucho de ella.

—Pero, ¿eres amiga de Brown? Parece un hombre interesante —Adrianna volvió a entonar la frase de un modo inquisitivo.

Lil sonrió.

—Si has hablado con Ty diez minutos, ya sabes todo lo que hay que saber de él. Es divertido, leal, trabajador, aunque le gusta fingir que es un vago. Y es inteligentísimo. Cuando terminó el doctorado, la Universidad de Texas le ofreció una cátedra. Él se lo pensó porque le gustaba mucho enseñar, pero al final no pudo dejar el rancho. Aunque allí se siente solo —miró su copa—. Puede que no deba decir eso en voz alta, pero no es ningún secreto.

No, no lo era. Pese a todo lo que era, y Vicky podía añadir varias cosas a la lista, como sarcástico, irritante y sexy, su soledad lo teñía todo. Bajo su actitud cercana, siempre se mantenía algo apartado.

Salvo cuando bailaban. Entonces estaba del todo presente. Por no mencionar erecto.

—Perder a su esposa tan joven... —estaba diciendo su madre—. Sé lo duro que es. Perdí a mi marido cuando tenía veintisiete años. De no haber sido por Victoria, no sé si habría podido seguir viviendo.

Vicky abrió los ojos de par en par. Su madre parecía sincera, incluso emocionada. El vino debía de estar subiéndosele a la cabeza, porque nunca hablaba de sus sentimientos. Al menos no con su hija.

Lil se lo tragó y empezó a llorar.

—Perdón, últimamente soy como un grifo —se secó los ojos con la servilleta, se llevó la otra mano a la tripa y estiró los dedos—. Lloro con los anuncios. Y con las noticias ni te cuento. Jack ya no me deja verlas. Luego tarda una hora en calmarme.

—A mí me pasó lo mismo con mis embarazos. Son las hormonas, se te pasará —Adrianna le dio una palmadita en la mano mientras Vicky contemplaba la escena con asombro.

¿Quién era aquella mujer y qué había hecho con Cruella de Vil?

—Pero, bueno —continuó Lil—, Ty es un gran tipo. El mejor —Sonrió a pesar de sus ojos llorosos—. Si lo hubiese conocido a él primero, probablemente me hubiese enamorado de él. Es dulce y considerado. Uno de esos hombres que trata a las mujeres como a princesas.

Vicky esperó la frase que rematara el comentario. Al no producirse, tuvo que contenerse para no resoplar. Tyrell Brown en ningún momento la había tratado como a una princesa, al menos no cuando no fingía delante del público. Tal vez el embarazo estuviera afectando a la memoria de Lil.

O tal vez Ty la odiase de verdad. Tal vez esos momentos fugaces en los que había sido dulce con ella hubieran sido fingidos.

Tal vez… no, seguro… no debía creer una sola palabra de lo que dijera.

—No está mal para un hombre que no ha dormido en veinticuatro horas —Ricky le entregó sus palos al caddie. Había llegado al castillo justo cuando salían hacia el campo de golf.

—Nos has salvado el culo —dijo Ty con sinceridad. Iba de pareja con Ricky, que les había otorgado la victoria frente a Jack y Matt—. Nunca se me dio muy bien y he empeorado con los años.

Matt estaba demasiado satisfecho con la vida como para importarle que su padrino le hubiera dado una paliza.

—La próxima vez te ganaré yo —dijo mientras le daba una palmada en la espalda a Ricky—. Volvamos al castillo. El chef ha preparado unos deliciosos sándwiches.

—¿Cuál es el plan para esta noche? —quiso saber Ricky.

—El ensayo es a las seis —dijo Matt mientras los guiaba hacia el aparcamiento—. Canapés a las ocho en un restaurante del pueblo. Barra libre. Habrá tarta. Lo ha organizado todo Isabelle, así que será genial.

Cuando llegaron al castillo, Ty se comió un panini de jamón con brie y fue a ducharse. Después, sacó su iPad y fue a buscar un lugar con sombra en el jardín donde mirar su correo. Su administrador, Joe, llevaba el rancho sin que el jefe apenas tuviera que intervenir, pero a veces surgían cosas de las que Ty tenía que estar al corriente. Además le gustaba tener controlados a sus padres. Asegurarse de que no los hubieran arrestado.

El día era extrañamente cálido. Atravesó la cocina, se hizo con una cerveza fría y salió a la terraza.

Entonces se detuvo en seco.

Annemarie estaba estirada sobre una tumbona, tomando el sol con un bikini rosa diminuto. Junto a ella sudaba una jarra de sangría medio vacía.

Lo vio antes de que pudiera escapar y se incorporó abruptamente, lo que hizo que sus pechos botaran como pelotas de baloncesto. Ty esperó a que se le salieran y no se atrevió a parpadear. Pero los finos tirantes debían de ocultar cables de acero, porque no se partieron como deberían haberlo hecho bajo tanta presión.

Finalmente el bamboleo cesó y se fijó en que la chica estaba haciendo pucheros.

—He estado esperándote, *chéri* —le ofreció un bote de crema solar—. Tienes que darme crema en la espalda para que pueda darme la vuelta.

Era el truco más antiguo del mundo, pero ¿qué iba a hacer un hombre de sangre caliente? Se sentó a su lado sobre la tumbona y se echó crema en la palma.

Ella se levantó la melena con ambas manos y él deslizó las suyas por sus hombros, bajó por la espalda y llegó al lugar en el que su tanga rosa desaparecía entre sus nalgas firmes y voluptuosas. Después volvió a subir hasta sus hombros sin llegar a sus pechos. Bajó por los costados y apenas rozó los senos con la yema de los dedos.

Estaba hecha para el pecado y, en su mente, él ya iba de camino al infierno cuando Annemarie echó las manos hacia atrás para desabrocharse la parte de arriba. Eso le hizo volver en sí. Le agarró la mano.

—Quieta ahí, cariño. Mejor que sea para todos los públicos. O al menos para menores de doce años.

—Pero el cordón me va a dejar marca —respondió ella—. A los hombres no les gusta ver una línea blanca cuando estoy bailando.

—Créeme, cielo, cuando bailas, la gente se fija en la parte delantera.

—Pero deberías darme crema en los pechos —dijo ella y, antes de que se diera cuenta, le había agarrado las manos y se las había metido por debajo de la parte delantera del bikini.

Para su vergüenza, Ty no apartó las manos. Al menos de inmediato. En su lugar, se quedó con la mente en blanco. No se resistió cuando Annemarie colocó las manos sobre las suyas y se tocó con ellas. Apretando sus senos, masajeándolos, retorciéndolos.

¡Y eran de verdad! Sonrió con arrogancia. En el campo de golf habían apostado por la silicona, y Matt había prometido sonsacarle la verdad a Isabelle. Bueno, ahora él ya lo sabía.

Annemarie lo miró por encima del hombro y le dirigió una sonrisa seductora.

Ty sabía que tenía que rechazarla. Pero entonces se humedeció los labios con la lengua y él se regaló un minuto más. Se habría regalado algunos más de no haber oído las risas procedentes de la puerta. Fue como una inyección de adrenalina. Sacó las manos de debajo del bikini de Annemarie, se puso en pie de un salto como un colegial al que hubieran pillado con su primer *Playboy*, corrió hacia la mesa, se sentó en una silla y fingió leer en su iPad.

Lil fue la primera en salir por la puerta, seguida de Vicky. No había rastro de Cruella. Gracias a Dios. Saludaron a Annemarie, que estaba recogiendo sus cosas enfurruñada. Después

Lil extrajo la silla que había frente a él y se dejó caer con un suspiro de agotamiento.

—Shhh. No dejes que Jack sepa que te has cansado —le dijo Ty.

Ella puso los ojos en blanco.

—¿Dónde está?

—Arriba, echándose la siesta.

—¿E Isabelle?

—En su habitación. Con Matt.

—Ah —señaló el iPad—. ¿Puedo mirar mi correo?

—Claro —se lo pasó.

—Ehh. ¿De qué está manchado? —preguntó dejando el aparato sobre la mesa—. Está todo grasiento.

Él se limpió las palmas en los vaqueros.

—Será mahonesa. Me he comido un sándwich —eso último era cierto.

—¿Y has metido la mano en el bote? Porque está muy sucio —sacó un pañuelo y comenzó a frotar la pantalla.

—Así lo estás extendiendo todo. Dame —Ty se metió la mano por dentro de la camiseta y la usó para limpiar la pantalla—. Ya está. Como nuevo.

Miró a Vicky, que caminaba hacia la fuente. Tropezó en un escalón y él dijo:

—Supongo que habéis tomado vino con la comida.

—Ellas —murmuró Lil mientras miraba sus mensajes—. Yo he tenido que conformarme con agua.

Vicky se abrió paso entre el parterre que rodeaba la fuente y se sentó abruptamente en el borde. Ty resopló.

—Dios, será mejor que vaya para evitar que se caiga dentro.

Eso hizo que Lil levantara la cabeza.

—Ten cuidado con ella, Ty. Ya tiene bastante ahora mismo.

—¿Por qué todo el mundo da por hecho que voy a hacerle daño? —preguntó él.

—No creo que vayas a hacérselo deliberadamente. No va en tu naturaleza herir a nadie.

Entonces intentó mostrarse ofendido.

—Para que lo sepas, he mandado a muchos paletos al hospital.

—Ya sabes lo que quiero decir. Winston le fastidió la vida. No quiero que se le rompa otra vez el corazón este fin de semana.

Su cara de ofendido fue real en esa ocasión.

—Si se le rompe, no será por mi culpa.

La dejó con su iPad, atravesó el jardín, se sentó junto a Vicky y el estrecho borde de mármol de la fuente se le clavó en el trasero. Tras ellos, el agua brotaba de los labios de Cupido y caía al estanque. Salpicaban algunas gotas que alcanzaban sus vaqueros y el vestido veraniego de Vicky.

—Te estás mojando —le dijo, y se sentó sobre su mano para evitar secarle las gotas de la espalda.

Vicky se encontraba mirando las nubes con una sonrisa. Se volvió para mirarlo a él sin dejar de sonreír. El azul de sus ojos hacía juego con el cielo sobre sus cabezas. Le encantaban los ojos azules.

—No me importa —fue todo lo que dijo antes de deslizar la mirada hacia abajo—. ¿Qué le ha pasado a tu camiseta?

Ty contempló la mancha grasienta.

—Tenía el iPad manchado de mahonesa.

—Ah —en su estado actual, eso pareció satisfacerla.

—¿Te has divertido comprando?

Ella se encogió de hombros en un gesto exagerado.

—Mi madre le ha comprado a Isabelle ropa para follar.

Él resopló sorprendido.

—¿Ropa para follar? ¿Y tú no te has comprado nada?

Ella le dirigió una sonrisa torcida.

—Te gustaría saberlo, ¿verdad, señor erección permanente?

Él estuvo a punto de carcajearse.

—¿Cuánto has bebido, Victoria? —hablaba como el director Danvers en el baile de fin de curso, pero es que ella hablaba como una adolescente borracha—. Porque, si estás intentando escandalizarme, olvídalo. Estoy a prueba de escándalos. Tu madre, por otra parte, se pondrá de los nervios si te oye hablar así.

Ella pareció pensativa.

—Tal vez por eso se ha ido directa a su habitación. ¿Crees que deberíamos llamar a un psiquiatra?

—Ya basta —dijo él, le puso una mano bajo el brazo y la levantó—. Hora de entrar, cariño. Necesitas dormirla.

—Pero me gusta estar aquí —se inclinó para pasar un dedo por el agua. Se habría caído dentro si él no la hubiera agarrado.

—Es muy bonito, sí —respondió él para seguirle el rollo—, pero no hay nada como un ahogamiento para echar a perder una boda.

Se dirigió hacia la casa mientras tiraba de ella.

—¡Adiós, Lil! —exclamó Vicky cuando pasaron frente a ella. Él negó desesperado con la cabeza. A no ser que se equivocara, cada vez estaba más borracha.

Le pasó un brazo por la cintura para ayudarla con las escaleras.

—Eso es, cariño, un pie delante del otro —logró que recorriera el pasillo—. Aquí está tu habitación.

Ella señaló hacia su puerta.

—Esa es tu habitación —le informó.

—Ya lo sé, cielo. Y se me ha hecho muy larga sabiendo que tú estabas al otro lado del pasillo —la empujó a través de su puerta.

—Podríamos hacer una fiesta de pijamas.

—No me tientes, cariño —la sentó sobre la cama. Era más grande que la suya y la colcha era ridículamente suave. Vicky se dejó caer hacia atrás, colocó un brazo por encima de su cabeza y su pelo quedó extendido como una nube de seda a su alrededor.

Le dirigió una sonrisa y él correspondió.

El tiempo pareció detenerse.

Ty recorrió su cuerpo con la mirada. La columna de su cuello. Su pecho, que subía y bajaba.

El vestido veraniego se le había subido hasta los muslos. Contempló sus piernas largas y firmes. Piernas de bailarina. Después volvió a mirarla a la cara.

Era una belleza, con las mejillas sonrosadas y aquella miradita de ojos azules. Se dio cuenta de que tenía su mano agarrada y dibujaba círculos en su palma con el pulgar. Ella parpadeó lentamente y sus ojos de párpados hinchados indicaron que le gustaba.

Esos ojos le atraían. Sin darse cuenta se sentó en el borde de la cama. Ella tiró suavemente de su mano, de forma casi imperceptible, pero hizo que quedara apoyado en un codo a su lado. Vicky sonrió y se mordió el labio.

Ty le soltó la mano y deslizó los dedos por su brazo. Se detuvo en los puntos donde se notaba su pulso; la muñeca, el pliegue del codo. Con la punta de un dedo trazó dibujos sobre su hombro. Su piel era más suave que la colcha, más suave que un gatito. Le acarició el lóbulo de la oreja y tiró suavemente de su pendiente. Después recorrió su mandíbula con el dedo.

Ella se quedó mirándolo a los ojos y entreabrió los labios. Ya no parecía tan peligrosa. Parecía una mujer a la que le gustaba lo que estaba haciendo y que deseaba que hiciera más.

Ty podría hacer más. Podría hacer mucho más.

Le acarició la mejilla y recorrió su labio inferior con el pulgar. Ella sacó la lengua, le humedeció la yema y fue como si le hubiera lamido el pene. Se excitó de inmediato. Entreabrió también los labios y, sin dejar de mirarla, a la deriva en aquel mar azul, agachó la cabeza y la besó.

Su beso fue amable, poco exigente, y ella lo besó del mismo modo, jugueteando con su lengua, acariciándola, succionando ligeramente mientras a él se le aceleraba el corazón. Le agarró el bíceps con los dedos y se tensó en respuesta. Acarició el músculo con el pulgar y su instinto masculino le hizo flexionarlo para que sobresaliese.

Deslizó la palma de la mano hacia arriba, la metió por debajo de la manga y le acarició el hombro. Lo que aceleró su pulso aún más. Movía los labios bajo los suyos, con suavidad, receptiva, dejándole a él marcar el ritmo, volviéndole loco con su mano.

Se giró hacia él, solo un poco, lo justo para alentarlo, y Ty le acarició el costado con la mano, centímetro a centímetro, exploró con el pulgar su pecho, bajó hasta la cadera y después exploró su muslo desnudo, donde sus músculos se estremecieron con el contacto.

Después volvió a subir la mano, deslizó el pulgar bajo el dobladillo y siguió levantándole el vestido hasta que volvió a cubrirle la cadera con la palma. Ya no había nada entre su piel y la de ella salvo una cinta de encaje que no era más ancha que su dedo.

Ella bajó la mano por su brazo, le arañó el tríceps ligeramente con las uñas y siguió el camino de su antebrazo hasta cubrirle la mano con la suya. Ty se quedó quieto, esperando. Pero ella no apartó la mano. En su lugar la arañó y el pulso se le aceleró. Vicky dejó escapar un gemido profundo de su garganta; resonó por todo su cuerpo como un diapasón.

Metió los dedos por debajo del encaje para extender la palma de la mano sobre su cadera, después recorrió la curva de su trasero hasta agarrar su nalga con la mano. Ella levantó el muslo, enganchó la rodilla en su cadera y él utilizó la mano que tenía en su trasero para pegarla a su cuerpo. Se le aceleró la respiración y aumentó la intensidad del beso. Sentía su miembro palpitante contra los vaqueros, intentando alcanzarla.

Entonces palpó con las yemas de los dedos un calor húmedo y perdió la cabeza por completo.

Se colocó encima de ella y presionó con la erección contra su monte de Venus, le levantó la cadera cuando ella le rodeó con una pierna. Ty llevó la otra mano a su melena. Enredó los dedos en su pelo rubio y se lo agarró como un cavernícola. Deslizó los labios por su mejilla, le arañó la mandíbula con los dientes, ella echó la cabeza hacia atrás y le ofreció su cuello.

Ty rompió con los dientes el tirante de su vestido, se lo bajó y dejó al descubierto su pecho pálido, con el pezón rosa erecto como un clavo. Vicky arqueó la espalda, ofreciéndose a él, y él le soltó el pelo antes de meterse su pezón en la boca y estimularlo con la lengua. Ella le levantó la camiseta, le arañó la espalda y le rogó más y más.

Sí, oh, sí. Podía darle más. Se llevó la mano a los vaqueros, se desabrochó el botón y se bajó la cremallera.

Y entonces se oyó la risa de Isabelle en el pasillo.

Su mano se detuvo. Sus labios también.

Isabelle le había advertido que tuviera cuidado con Vicky. Su definición de «cuidado» probablemente no incluyese sexo mientras iba borracha. Si lo encontraba allí, lo despellejaría.

Con un esfuerzo sobrehumano, se incorporó sobre sus manos. Echó un último vistazo a aquellos ojos sedientos de sexo que le miraban. Miró después aquel pecho perfecto que encajaba en la palma de su mano como si hubiese salido de aquel molde.

Después se puso en pie. Se subió la cremallera y se abrochó el botón.

Aquellos ojos soñadores se nublaron. Vicky frunció el ceño.

—Pero ¿qué…?

Ty volvió a ponerse en plan director Danvers.

—Deberías estar avergonzada, Victoria Westin, aprovechándote de un hombre en mis circunstancias. Tu hermano te habrá dicho que me he tomado unas cervezas con la comida. Sabías que tenía bajas las defensas. Que perdería la cabeza si me enseñabas una teta.

Vicky se quedó con la boca abierta, pero él continuó.

—Bueno, puede que eso funcione con tus chicos de ciudad, cariño, pero mi madre me enseñó a respetarme a mí mismo, incluso aunque haya bebido.

Caminaba de espaldas hacia la puerta mientras le soltaba el sermón. Echó la mano hacia atrás y encontró el picaporte.

—Ahora quédate aquí durante un rato, descansa y piensa

en el tipo de mujer que quieres ser. El tipo de mujer que muestra compasión por un hombre que ha bebido más de la cuenta, o una fresca que intenta aprovecharse de él. Porque, cariño, ambos sabemos cómo te estás comportando hoy.

Y con aquella última frase, cerró la puerta tras él.

Ty estaba mintiendo y Vicky lo sabía. No estaba borracho.

Claro que ella tampoco.

Bueno, tal vez estuviese un poco achispada. Pero ¿qué diablos le había pasado para fingir que estaba realmente borracha?

Probablemente su expresión arrogante al caminar hacia ella en el jardín, tan masculino y coordinado después de que ella estuviera a punto de caerse dentro de la fuente porque los tacones de sus sandalias se habían hundido en el parterre.

Mejor que creyera que estaba borracha a que creyera que era una torpe.

Pero entonces, sorprendentemente, en vez de tomarle el pelo, se había preocupado por ella. Eso le hizo sentir un profundo calor en su interior, así que hizo el papel de borracha. Le dejó entrar en su dormitorio. Le engañó para que se acostara en su cama.

Y cuando el calor interior se convirtió en una excitación innegable, bueno, fue fácil seguir haciéndose la borracha. Para tener una excusa para besarlo. Al fin y al cabo, ¿qué tendría de malo descubrir a qué sabía? Si sus labios eran tan suaves como parecían. Si olía igual de bien, si resultaba tan agradable como le parecía. Y así fue. Limpio y fresco, como una ducha; firme y musculoso, como un hombre.

Y sabía, oh, sabía a… más.

Se llevó la mano al vientre. Aún podía sentir su peso, clavándola a la cama. Con la otra mano se tocó el pecho desnudo. Se acarició con el pulgar el pezón, aún húmedo de su boca.

Si Ty la hubiera desnudado, habría permitido que la penetrara. Lo habría aceptado. Estaría cabalgando sobre él en ese preciso instante. Se apretó el pecho. Deslizó la otra mano hacia abajo para acariciar su humedad. Respiró entrecortadamente.

Nunca había deseado a nadie como deseaba a Tyrell.

El muy imbécil.

Se incorporó de forma abrupta y se llevó ambas manos al pelo. Dios, era patética. Después de aburrir a Lil con su sermón sobre la ética, habría echado por la borda esa misma ética junto con sus bragas si Isabelle no hubiera aparecido. Incluso después de que Ty se marchara y se llevara consigo sus labios, sus manos y su erección, después de dejarla sola reflexionando sobre su debilidad, de lo que más se arrepentía era de haber perdido la única oportunidad de hacerlo con él sin responsabilizarse de ello. Nunca volvería a hacerse la borracha. Él se daría cuenta. Era un idiota, pero no un estúpido.

La triste realidad era que había perdido su única oportunidad. Ya nunca podría acostarse con Tyrell Brown.

CAPÍTULO 11

Ty rebuscó en su armario, sacó el traje negro hecho a medida que Isabelle había diseñado para él dos años antes y la camisa color zafiro que le regaló para combinarlo. Era todo exquisito, digno de una alfombra roja. Incluso los franceses le darían el visto bueno.

Dejó el conjunto sobre la cama.

Se quitó la camiseta y suspiró. Ya se había cambiado de ropa tres veces aquel día, del conjunto del yoga al atuendo de golf, después los vaqueros y la camiseta, y otra vez, gracias a la mancha de crema solar que hasta a él le parecía inaceptable. Ahora le tocaba la indumentaria para el cóctel.

El único consuelo era que Isabelle se echaría a llorar cuando lo viera con el traje. Y a Vicky se le haría la boca agua. Sonrió. Ella solo lo había visto con el traje del juzgado, el que había metido en el compactador de basura después del juicio…

El juicio. Su sonrisa se evaporó.

¿Cómo podía haberlo olvidado? ¿Cómo podía haber olvidado que, tan solo cuarenta y ocho horas antes, Victoria Westin, la Victoria Westin de pechos perfectos, mejillas sonrosadas y ojos azules, la misma mujer a la que había dejado plantada en su cama hacía unas horas, le había acusado de desconectar el respirador de Lissa? ¡Acusarlo de dejarla morir, por el amor de Dios!

Y allí estaba ahora, aún medio excitado, vistiéndose para ella con la esperanza de que babeara por él. Con la esperanza de que se acostara con él.

El autodesprecio cubría su piel como si fuera cieno. Le resbalaba por la espalda, le llegaba hasta la raíz del pelo. ¿Cómo podría vivir consigo mismo? Ya era suficientemente horrible tener que fingir sentirse atraído por ella; no podía permitirse desearla de verdad.

Su móvil empezó a sonar con el tono que anunciaba que Joe le llamaba desde el rancho. Se obligó a centrarse. Debía de ser importante para que Joe le llamara.

—Hola, Joe. ¿Qué pasa?

—Hola, Ty. ¿Qué tal?

Joe hablaba despacio y a Ty no le sobraba la paciencia. Empezó a dar vueltas de un lado a otro.

—Todo bien. ¿Qué pasa por allí?

—Eh, bueno, pensé que querrías saberlo. Clancy vino esta mañana para echarle un vistazo a Brescia.

Ty dejó de hablar.

—¿Qué le pasa a Brescia? —era su yegua favorita y Clancy era el veterinario.

—Bueno —dijo Joe—. Clancy no está cien por cien seguro…

A Ty se le agotó la paciencia.

—¡Maldita sea, Joe! Escúpelo antes de que tenga que sacártelo a través del teléfono.

A Joe se le oyó tragar saliva y fue al grano.

—Probablemente tenga lombrices. Se ha llevado algunas muestras para analizarlas.

—¿Cómo diablos puede tener lombrices? —podrían ser mortales.

—No lo sé con seguridad. Pero Molly Tucker las tuvo en su rancho.

Mierda. Molly Tucker. Había sabido que era un error desde que se la tiró en su sofá.

—Sus dos yeguas se pondrán bien —estaba diciendo Joe—, pero su caballo capón, bueno, Clancy dice que es posible que no lo supere. Es ya mayor.

Ty tragó saliva. Había dejado a Brescia en el prado con el caballo mientras él se tiraba a Molly.

—Pero no puede tener más de trece o catorce años.

Más o menos la misma edad que Brescia. Lissa la había rescatado nueve años antes, cuando el animal tenía cinco o seis. Siempre había pensado que viviría otros diez años, quizá más. Y ahora podía morir a causa de un maldito parásito. Porque él no sabía mantener la cremallera subida.

Se obligó a hacer algunas preguntas más mientras la culpa le devoraba por dentro. Pero Joe no tenía más información. Ty le dejó divagar sobre otros asuntos durante un minuto y después le cortó.

Tenía la garganta seca cuando le dio las últimas órdenes.

—Cuida bien de Brescia, ¿entendido? Y dile a Clancy que me llame en cuanto tenga los resultados.

En el salón privado de Le Cirque apenas cabían los cincuenta invitados que habían llegado para lo que empezaba a parecerse a un banquete de boda antes de la boda. Salvo por los que estaban en el castillo la noche anterior, Vicky no conocía a nadie.

—Hola, cariño —Ricky le dio un beso fraternal en la mejilla—. Estás para comerte.

—¿Eso crees? —dio una pequeña vuelta para mostrar su vestido de cóctel, una prenda de seda negra que le quedaba cuatro centímetros por encima de las rodillas, con finos tirantes de lentejuelas negras. También llevaba lentejuelas en el escote, que se curvaba bajo las clavículas en la parte delantera y, por la parte trasera, le llegaba hasta más allá de la cintura. Unos Manolo Blahnik de doce centímetros le conferían una altura digna de una pasarela.

Ricky la miró de arriba abajo.

—No, me equivocaba. Estás para comerte y para beberte.

Ella se rio, se sentía guapa. Llevaba el pelo con un recogido informal en lo alto de la cabeza con pasadores estratégicamente colocados para parecer espontáneo, con el cuello al descubierto para realzar unos pendientes de diamantes tan deslumbrantes que las mujeres se quedaban con la boca abierta al verlos; eran el único regalo que no le había devuelto a Winston cuando rompió el compromiso.

También se había maquillado más de lo normal. No como lo hacía Annemarie, pero sí se había puesto algo de sombra de ojos, un poco de rímel y un toque extra de colorete, además de recurrir al pintalabios rojo pasión que rara vez usaba.

Ella lo miró también de arriba abajo de forma exagerada.

—Mira quién habla, señor GQ —tan alto como Matt y muy guapo, Ricky estaba estupendo con un traje gris oscuro de raya diplomática casi imperceptible. Por enésima vez deseó haber podido enamorarse de él cuando estuvo colgado de ella en el instituto. Ya lo había superado y ella se alegraba de contar con su amistad. Pero a veces echaba de menos toda aquella adoración y devoción.

Se quedaron juntos, bebiendo y contemplando la habitación, hablando sobre las estilosas parejas francesas.

Entonces Ricky escupió su cerveza.

—Dios mío. Mira eso.

Annemarie había hecho su aparición. O, mejor dicho, su pecho había hecho su aparición, haciendo que las conversaciones se detuvieran en toda la sala.

Tras una breve pausa en la puerta para causar efecto, navegó como un transatlántico, separando el mar sin esfuerzo.

—No pueden ser de verdad —se asombró Ricky—. No pueden serlo.

—Ese vestido es la octava maravilla del mundo —murmuró Vicky. Era principalmente de gasa, salvo por franjas de satén que cubrían su trasero y sus senos, y de algún modo ocultaba un sistema de suspensión digno del puente de Brooklyn.

—Con aros interiores —dijo Lil cuando Jack y ella se reunieron con ellos—. Isabelle me ha dicho que no pueden obrarse milagros con eso. Y para mantener esas tetas por encima de las rodillas toda la noche va a necesitar un milagro.

Jack dio un trago a su whisky y dijo:

—¿Isabelle ha mencionado si son de verdad?

Lil le dirigió una mirada malvada.

—Has apostado sobre esto, ¿verdad?

Jack puso cara de inocencia. Ella se quedó mirándolo hasta que se encogió de hombros.

—Veinte a que son falsas —miró a Ricky y lo delató también.

Vicky resopló.

—¿En serio? ¿Apostáis sobre las tetas?

Ricky levantó las manos.

—A mí no me mires, yo no lo empecé.

—¿Y quién lo empezó?

Apuntó con la cabeza a Ty, que había elegido ese momento para entrar por la puerta.

Vicky entornó los párpados. Lil resopló. Jack sonrió y le hizo gestos para que se acercara.

Vicky intentó no observarlo mientras se acercaba, repartiendo sonrisas a los demás invitados, increíble con un bonito traje hecho a medida. Su camisa color zafiro, que alguna mujer debía de haber elegido para él, estaba abierta a la altura del cuello, realzando su piel bronceada. Podría haber aparecido en un cartel publicitario anunciando whisky con una mujer despampanante colgada de cada brazo. La imagen del libertinaje privilegiado.

No era justo. No lo era.

—Bueno, Ty —dijo Lil antes de que él pudiera abrir la boca—. ¿A qué apostaste tú? ¿Verdaderas o falsas?

Él ni siquiera tuvo la decencia de sonrojarse.

—Siendo como soy un firme creyente en un Dios caritativo, apuesto por lo genuino —Lil y Vicky resoplaron al unísono—. Doy por hecho entonces que vosotras no sois creyentes, chicas. Bueno, no es demasiado tarde para hacer vuestras apuestas.

Lil metió la mano en su bolso y sacó un billete de veinte. Vicky, que no quería ser menos, abrió también su bolso.

—Yo solo tengo uno de cincuenta —lo agitó frente a Ty—. ¿Demasiado?

—En absoluto. Puedes dárselo a tu hermano. Él lleva las apuestas.

—¿Matt? —no podía creérselo—. ¡Si se casa mañana!

—Pero sigue teniendo ojos en la cara. Y, por si acaso te lo estás preguntando, él también ha apostado a que son falsas.

—¿Así que tú eres el único que cree que son de verdad? —Vicky sonrió con arrogancia—. ¿Tienes información privilegiada?

—Son los años de experiencia.

Eso era indudablemente cierto. Seguro que había tocado cientos de pechos de todas las formas y tamaños. Al fin y al cabo, había puesto las manos en los suyos cuando no llevaba ni veinticuatro horas allí. Y a ella ni siquiera le gustaba.

Su cara indicaba que sabía lo que estaba pensando. Agachó la cabeza para que solo ella pudiera oírlo.

—Sabía que los tuyos eran de verdad.

Ella se sonrojó, pero logró aparentar indiferencia.

—Cuando decida pagar dinero —le dijo como si fuera estúpido—, me pondré más de una talla B.

A Ty se le desencajó la mandíbula. Después, la agarró del brazo y, tras decir «disculpadnos», la arrastró por la habitación.

Al principio Vicky estaba demasiado asombrada para decir nada, pero finalmente logró articular palabra cuando la sacó al vestíbulo.

—¿Qué diablos estás haciendo? —preguntó—. ¡Suéltame el brazo!

Él la ignoró, divisó el guardarropa, que con esa temperatura nadie había usado, y la metió allí antes de cerrar la puerta.

—¿Has perdido la cabeza? —preguntó ella liberando su brazo.

—¿Y tú? —respondió él—. No estarás pensando seriamente en hacerte un aumento de pecho.

De hecho, Vicky nunca había pensado en eso, pero no podía decírselo en ese momento. En su lugar, lo miró con odio y dijo:

—¿Y por qué no?

—Porque están bien como están, por eso —se quedó mirando entonces su talla ochenta y cinco y apretó la mandíbula—. Mierda.

Ella dio un paso atrás instintivamente. Él la siguió y su espalda chocó contra la puerta.

Ty apoyó su mano izquierda en la puerta junto a su cabeza, medio enjaulándola. Deslizó la mirada por su cuello y sus labios, entreabiertos por la sorpresa.

—Joder —murmuró entre dientes.

Estaba tenso, más de lo normal. Podía notarse la electricidad bajo su piel. Ella aguantó la respiración cuando levantó la otra mano. Con los nudillos le acarició el pecho a través de la seda del vestido. El pezón se le endureció al instante.

Él siguió acariciándoselo. Después abrió la palma de la mano, lo agarró y dibujó un círculo con el pulgar alrededor del pezón.

A Vicky se le entrecortó la respiración. Sacó la lengua para humedecerse los labios. Y los ojos de Ty, oscuros de por sí, se volvieron negros. Aquellos labios carnosos se abrieron ligeramente.

—Joder —repitió en un susurro.

Y entonces se abalanzó sobre ella y la besó. No fue amable como la otra vez, sino salvaje y ansioso. Le masajeaba el pecho con una mano mientras deslizaba la otra hasta su cadera y clavaba los dedos en su trasero para pegar su pelvis a su erección palpitante.

Vicky sabía que debía detenerlo antes de que fuera demasiado tarde. Y eso haría. Eso haría. Pero primero tenía que meter las manos por debajo de su chaqueta, deslizarlas sobre los músculos de su espalda y sus hombros. Dios, todo su cuerpo era duro y ella estaba ardiendo de deseo, besándolo como si nunca hubiera besado a nadie, entregándole su cuerpo, sus labios y su lengua, frotándose contra él.

Ty le soltó el pecho y la aprisionó contra la puerta con su torso, con su ingle y con sus muslos firmes. Hundió los dedos en su pelo y los pasadores cayeron al suelo mientras se lo soltaba. Llevó la otra mano de la cadera al muslo y le arrugó el vestido hasta encontrar su piel. Enganchó sus bragas con el pulgar.

Con eso bastó. Vicky soltó un profundo gemido.

Él deslizó los labios por su mejilla y le susurró al oído:

—Por favor, dime que tienes un preservativo en el bolso.

—No. ¡No! —fue una respuesta y un grito.

Ty se estremeció y blasfemó en voz baja antes de apoyar las palmas de las manos en la puerta.

Y entonces dio un enorme paso atrás.

El vestido de Vicky volvió a colocarse en su lugar y ella bajó los brazos. Furiosa y frustrada, apretó la seda negra con los puños.

—¡Maldito seas, Tyrell Brown! ¡No puedo creer que no lleves un preservativo encima!

Ty se pasó los dedos por el pelo y tiró de él hacia atrás hasta sentir el dolor en la cara.

—¿Qué quieres decir con que no te lo puedes creer? —preguntó entre dientes. Dios, estaba tremendamente excitado.

—¿No se supone que eres un gran amante? Jack McCabe y tú arrasabais. ¡Las chicas os arrancaban la ropa cada vez que os descuidabais! —Vicky agitó los brazos—.

¿Por qué entonces no llevas un jodido preservativo en el bolsillo?

Él se estabilizó apoyando una mano en la pared. Cerró los ojos y sintió un verdadero dolor.

Y Vicky estaba hiperventilando. Había hablado en voz baja hasta ese instante, pero en cualquier momento empezaría a gritar. Después, Matt entraría por la puerta seguido de Adrianna.

No necesitaba eso en aquel momento, con la culpa y la preocupación devorándole por dentro y un intenso deseo hacia esa mujer apretándole las pelotas.

Abrió los ojos y se obligó a mirarla. Y lo que vio estuvo a punto de hacerle perder el control. Una cara sonrojada, una melena revuelta, un vestido arrugado; estaba muy buena. Otro escalofrío recorrió su cuerpo.

Con un gran esfuerzo, se hizo cargo de su frustración y la convirtió en algo que pudiera usar.

—De hecho —le informó—, normalmente sí llevo preservativos. Pero no pensé que fuese a necesitar uno esta noche. Pensaba que serías capaz de controlarte.

—¿Yo? —preguntó ella con un chillido—. ¡Esto es cosa tuya! Tú me has arrastrado aquí como si fueras un… un cavernícola y has empezado a meterme mano, otra vez, sabiendo de sobra que no llevabas protección. Eso es… —agitó los brazos de nuevo—. ¡Eso es una irresponsabilidad!

—¿Tú me estás llamando irresponsable? —preguntó él, y levantó un dedo—. Primero buscas cumplidos amenazando con hacerte un aumento d pecho. Después, cuando ya me tienes cachondo con eso, me metes la lengua hasta la garganta. Como si no supieras dónde nos llevaría eso —la señaló con el dedo—. Y desde el principio sabías que no llevabas protección. Eso sí que es una irresponsabilidad.

Vicky tenía las mejillas encendidas. Tomó aire y no dijo nada. Él volvió a mirarle los pechos. Sus pezones erectos le apuntaban acusadoramente.

—Mierda —murmuró antes de dar un paso hacia ella.

Pero Vicky abrió la puerta y salió corriendo.

Vicky se encerró en uno de los aseos y abrió su polvera para comprobar el daño.

Dios. Tenía el pelo medio suelto, con los pasadores torcidos. Se le había corrido el pintalabios. Y ese era solo el daño visible. El espejo no mostraba su dolor de estómago, provocado por la frustración sexual, ni las bragas empapadas, que harían que le resultara imposible sentarse.

Por mucho que le fastidiara admitirlo, incluso a sí misma, Tyrell Brown sabía bien cómo excitarla. Era una amenaza sexy y, si no se controlaba, saldría del cuarto de baño y volvería a arrastrarlo hasta el guardarropa.

«Respira», se dijo a sí misma. Tomó aire mientras contaba hasta cuatro y después lo dejó escapar.

Alguien entró en el baño, hizo pis, se lavó las manos, se retocó y se marchó, y ella seguía haciendo respiraciones. Pasó otro minuto. Y otro.

Al fin, cuando su corazón recuperó su ritmo normal, empezó a retocarse; se quitó el resto de pasadores y se peinó con los dedos. Se limpió los labios con un trozo de papel y volvió a pintárselos.

Salió del aseo y contempló su vestido en el espejo. Arrugado, claro. Pero, ¿cómo no iba a estarlo, después de que Ty aprisionara su cuerpo contra la puerta?

Se dio una bofetada en la mejilla. «¡Ya basta!», se dijo. «Deja de comportarte como una de sus amantes descerebradas, otra víctima impotente de su encanto sexual». Por el amor de Dios, apenas le había tocado el pecho y ella había echado su ética por la borda. ¡Qué humillante!

Bueno, no pensaba volver a hacerlo. Era lista, tenía experiencia y, si recordaba aquello y se mantenía alejada de él durante las siguientes treinta y seis horas, podría abandonar Francia con la dignidad y la integridad profesional intactas.

Regresó a la fiesta con su cara de abogada, lo vio de pie junto a la barra con Jack; ambos parecían recién salidos del rodaje de una película. Con calma, sin perder la compostura, Vicky se dio la vuelta para alejarse en dirección contraria.

Y se chocó con Winston Churchill Banes.

CAPÍTULO 12

Vicky dio un paso atrás, parpadeó y fue consciente de la situación.

Entonces sí que se enfadó de verdad.

—¿Qué estás haciendo tú aquí?

Antes de que Winston pudiera responder, Adrianna se acercó a él.

—Es mi invitado.

Vicky se quedó con la boca abierta.

—¿Le has invitado tú? ¿Por qué ibas a hacerme algo así?

—Para que podáis hablar de vuestras cosas. Rompiste el compromiso sin darle la oportunidad de explicarse.

—¿Explicar qué? ¿Que estaba entre las piernas de mi secretaria con los pantalones por los tobillos? Por el amor de Dios, mamá, ¡dejó la huella de su culo en mi escritorio!

—Victoria... —el tono de Winston era lastimero.

—¿Sabe Matt lo que has hecho? —preguntó Vicky.

Adrianna agitó una mano.

—No es asunto de Matt. Winston es mi invitado.

—Muy bien. De acuerdo —dijo Vicky con voz temblorosa—. Si es tu invitado, mamá, entonces entretenlo tú. Yo ya estoy harta —y, antes de que ninguno de los dos pudiera decir una sola palabra, se dio la vuelta y salió de la sala.

En el vestíbulo, perdió la compostura. Sin saber qué hacer,

giró a la derecha, salió corriendo por un pasillo vacío hasta que encontró la puerta trasera. Golpeó la barra con ambas manos y salió al aparcamiento.

Fuera estaba a oscuras; en el aparcamiento no había nadie. Tomó aire mientras caminaba entre los coches, resoplando como una asmática.

Se dijo a sí misma que no era un ataque al corazón. Era ansiedad. Intentó la respiración de yoga, pero, por una vez, no funcionó. Se torció el tobillo con una piedra, tropezó contra un BMW e hizo saltar la alarma del vehículo. Dio un salto hacia atrás y golpeó con el trasero el capó de un Porsche. Esa alarma sonó con más fuerza. Se abrió la puerta del restaurante y se oyeron las voces por encima del estruendo.

Y, en un súbito momento de claridad, vislumbró su futuro, esposada en un coche patrulla, intentando explicarles a los policías con su francés del instituto por qué estaba tambaleándose como una pelota de ping pong entre los coches con zapatos de tacón de aguja.

Se agachó, se quitó los zapatos y caminó en cuclillas entre los coches con cuidado de no tocarlos. Al final de la fila miró por encima del capó de un Audi. Unos hombres hacían gestos y chismorreaban arremolinados en torno al Porsche.

Con el corazón desbocado como si fuera una ladrona a la fuga, Vicky dobló la esquina del restaurante y corrió.

Ty había visto a Vicky en cuanto esta entró en la sala, sonrojada, con los labios hinchados y el pelo revuelto. Había apartado la mirada antes de que ella le pillara observándola.

Asqueado consigo mismo, se metió la mano en el bolsillo del pantalón y se recolocó la erección. Estaría excitado toda la noche hasta que volviera a su habitación y pudiera masturbarse como el adolescente que era cuando estaba con ella.

—Si tanto la deseas —dijo Jack—, ¿qué te lo impide?

—No la soporto, eso es lo que me lo impide —no sonó

convincente, ni siquiera para sí mismo—. Además, me causaría demasiados problemas.

—Bueno, si lo que buscas es algo fácil, la stripper parece dispuesta. Sírvete. Y, ya que estás, podrás averiguar el resultado de la apuesta.

—Dios, eso ya puedo hacerlo. Son de verdad.

—¿Y por qué no lo habías dicho?

—Porque Matt me va a matar. Después Isabelle me desenterrará y volverá a matarme. Y ni siquiera ha sido culpa mía —sonaba ofendido—. Me metió las manos dentro del bikini. En el jardín, nada menos.

Jack sonrió.

—No me extraña que estés fatal. Esas tetas en las manos y sin ningún sitio al que ir —le hizo un gesto a Lil para que se acercara y señaló después a Ty—. Ya ha resuelto la apuesta.

—¡Qué sorpresa! —dijo ella con una sonrisa arrogante—. ¿Cuándo has hecho la exploración, por así decirlo?

—Esta tarde. Lo de mi iPad era su crema solar.

Ella se echó hacia atrás.

—¡Por el amor de Dios, Ty, estoy embarazada! —mientras hablaba, sacó una botellita de desinfectante de manos y se echó un poco en la palma de la mano—. Si me has pegado algo con tus manos llenas de gérmenes…

—Alerta —intervino Jack.

Ty se dio la vuelta esperando ver a Vicky. Pero fue Annemarie la que se acercó. Gimió para sus adentros cuando se le colgó del brazo.

—Tyrell —ronroneó frotando uno de sus pechos contra su bíceps—. ¡Qué guapo con tu traje! —le acarició la solapa con un dedo.

—Tú también dejas huella con ese vestido —dijo él mirando a su alrededor. Jack y Lil ya le habían abandonado, pero le hizo un gesto a Ricky para que se acercara—. Cielo, creo que no conoces al padrino. Ricky, esta es Annemarie. Es amiga de Isabelle.

Annemarie le dirigió una sonrisa seductora a Ricky, al cual le costaba trabajo mirarla a la cara.

—Annemarie está estudiando Antropología en la Sorbona —añadió Ty, despojándose de los dedos que se aferraban a su brazo y empujándola suavemente hacia el padrino—. Y además tiene una profesión complementaria muy interesante.

Ella apartó su sonrisa sexy de Ricky y volvió a centrarla en Ty. Batió sus pestañas lenta y lánguidamente y él dio un paso atrás.

—Ricky trabaja en seguros. Una gran compañía. Estoy seguro de que tendréis mucho de lo que hablar —otro paso hacia atrás... y empezó a dirigirse hacia la puerta.

Miró a su alrededor. Vicky no estaba por ninguna parte, lo cual estaba bien, porque tampoco estaba buscándola.

Divisó a su madre, que parecía estar intentando seducir un tipo que debía de tener veinte años menos que ella. Ty lo miró de arriba abajo. Alto, pelo oscuro. Guapo al estilo de esos que tienen dinero y nunca han tenido que mancharse las manos. Probablemente se mantuviera en forma jugando al polo o al squash. Ty sonrió con suficiencia. El tipo parecía demasiado arrogante para su propio bien, era justo como se imaginaba él a Winston...

Ty se detuvo en seco y entornó los párpados para mirarlo más atentamente.

Adrianna no estaba flirteando con él. El tipo tenía los hombros rígidos y la mandíbula apretada. Estaba enfadado; Adrianna estaba apaciguándolo.

Y Vicky había desaparecido.

¿Realmente Cruella podría ser tan perversa como para hacerle esa faena a su hija?

Solo había una manera de averiguarlo. Adoptó una actitud fanfarrona y se metió en la conversación.

—Adrianna, cariño —dijo con voz sensual—, ¿dónde está tu preciosa hija? Prometió invitarme a una copa.

—No tengo ni idea de dónde está, señor Brown —respondió ella con tanta frialdad que sus labios deberían haberse amoratado.

Ty siguió sonriendo, haciendo su papel de chico sureño inocente.

—Tyrell Brown —le dijo al tipo ofreciéndole la mano—. ¿Qué tal?

Él hombre le estrechó la mano brevemente.

—Winston Banes —declaró.

—¿El ex? —preguntó Ty arqueando las cejas—. ¿Vicky sabe que estás aquí?

Winston intentó mirarlo por encima del hombro, lo cual resultaba difícil teniendo en cuenta que Ty tenía la misma altura.

—Eso no es asunto tuyo.

—Te ha dicho que te largues, ¿verdad?

Winston apretó la mandíbula y dejó su copa sobre la mesa.

—¿Estás seguro de que quieres hacer eso, Winnie? —Ty negó lentamente con la cabeza, provocándolo más—. Puedo darte una buena paliza —y qué divertido sería. Con toda la testosterona que circulaba por sus venas, llevar a Winston al hospital era la segunda mejor manera que se le ocurría de quemarla.

Winston se puso rojo de rabia.

—Paleto ignorante. ¿Quién te crees que eres?

Ty se metió los pulgares en los bolsillos.

—De hecho, Winnie, soy el hombre que acaba de levantarle la falda a Vicky —volvió a negar con la cabeza para provocarlo—. Vaya, vaya. Debes de estar loco por renunciar a un cuerpo como ese.

—¡Hijo de perra! —Winston le dio un fuerte empujón que le hizo tambalearse hacia atrás y carcajearse.

—No está mal, Winnie, amigo mío —se quitó la chaqueta, la dejó sobre una silla y después le hizo un gesto con los dedos para que se acercara—. Vamos, chico, divirtámonos un poco.

A su alrededor se había formado un círculo de curiosos. Adrianna quedó relegada al fondo y sus protestas fueron ignoradas por los invitados y camareros que intentaban encontrar un lugar privilegiado.

El amasijo de emociones encontradas de Ty se había cristalizado en un único deseo: dar una paliza a Winston. Se guardó los gemelos en el bolsillo, hizo crujir sus nudillos y sonrió como un niño en Navidad.

Entonces la mano pesada de Jack cayó sobre su hombro.

—Ty. No es el lugar.

Ty se quitó su mano de encima.

—Desde luego que lo es.

—Isabelle te matará. Y Lil bailará sobre tu tumba.

Ty miró por encima del hombro de Jack y vio a Isabelle echando humo.

—¡Maldita sea! —dejó caer los hombros. Mujeres. No entendían que una buena pelea hacía que una fiesta estupenda fuese mejor.

Vestida con una vieja camiseta de Yale y unas bragas de abuela, con el pelo recogido en un moño informal, Vicky se acomodó sobre una pila de almohadas, se subió la colcha hasta las axilas y abrió el libro que había comprado en el aeropuerto.

Lo cerró cinco minutos más tarde. No llamaba su atención ahora igual que no la había llamado en el avión.

—¿Por qué no habré comprado algo subido de tono? —murmuró—. Al menos estaría leyendo sobre sexo.

Pensar en el sexo le hizo pensar en Tyrell, claro. Se tapó los ojos con un brazo. Dios, habían estado a punto de hacerlo en el guardarropa. Y lo peor era que, a pesar de habérselo pensado mejor y de todos los problemas que le habría causado, se arrepentía de no haberlo hecho.

Y ahora, como si enfrentarse a Ty no fuese suficiente, tenía que lidiar con Winston también, que era cien veces peor. Ty solo la humillaba en privado. Winston lo había hecho de la manera más pública posible.

Al verlo esa noche, fue incapaz de recordar por qué le había resultado atractivo. Sí, tenía una cara bonita, ojos oscuros, nariz patricia. Pero su pelo. Estaba bien, espeso y ondulado, pero siempre tenía la misma longitud. Y siempre lo llevaba perfectamente peinado. Nunca se lo tocaba, nunca se pasaba los dedos por él. Era siniestro.

Y su cuerpo. Sí, no estaba mal, pero era estrictamente ornamental. No podía hacer nada con él, como cambiar un grifo o un neumático, o incluso colocar una ratonera. ¡Gracias a Dios que no se había casado con él! ¿Y si había un enorme terremoto, o un tsunami, o una pandemia? Sería inútil en el nuevo orden mundial, donde las habilidades que requería administrar un fondo de cobertura no tendrían valor y los diamantes valdrían menos que un trozo de pedernal.

Sonrió con amargura. Ahí estaba, imaginando catástrofes de nuevo. Su terapeuta decía que sus hipótesis sobre el fin del mundo se debían a haber perdido a su padre tan temprano. Bien, de acuerdo. Pero eso no significaba que el fin del mundo no fuese a tener lugar realmente. No tendría nada de malo estar preparada.

Oyó pisadas en el pasillo y se tensó. Entonces la puerta situada frente a la suya se abrió y se cerró. Ty había vuelto. Se permitió respirar e incluso sonrió un poco. Habría hecho un bonito brindis, le habría tomado el pelo a Isabelle, quizá contando alguna historia graciosa sobre ella. Y, como ella no apareció, habría ocupado su lugar y habría dicho algo amable sobre Matt también.

Sí, Ty era un imbécil, pero al menos podía contar con él.

Unos minutos más tarde, se abrió y se cerró la puerta de Jack y de Lil. Poco después, una mujer se rio en el pasillo, tenía la voz aguda. Ricky murmuró algo y volvió a sonar esa risa antes de que se cerrara la puerta de un dormitorio.

¿Cómo diablos habría logrado Ty encasquetarle a Annemarie a Ricky? ¿Y por qué no se la habría llevado él a su habitación?

En los rincones más lejanos de la casa, se abrieron y se cerraron puertas. Isabelle, Adrianna. Winston. Vicky se encogió bajo las sábanas. Se recordó a sí misma que no tendría que enfrentarse a él esa noche. Podría esconderse en su habitación, a salvo tras su puerta cerrada.

Segundos más tarde llamaron a esa puerta. Se oyó la voz severa de Winston a través de la madera.

—Victoria, déjame entrar.

Ella se tapó entonces hasta la cabeza.

—Victoria. Deja de comportarte como una niña. He venido desde Nueva York para hablar contigo —el picaporte se agitó con impaciencia—. No me hagas ir a buscar a tu madre.

Ella parpadeó bajo la oscuridad de las sábanas y aguantó la respiración.

Pasaron varios segundos. Escuchó atentamente.

Silencio. ¿Se habría ido a buscar a Adrianna? ¿O estaría allí esperando?

Sin apenas respirar, Vicky salió de la cama. Caminó descalza hasta la puerta y pegó la oreja a la rendija. Nada.

Asomó la cabeza al pasillo con mucho cuidado. Desde el otro lado de la esquina se oyó su voz profunda, seguida de la respuesta impaciente de Adrianna. Después una puerta se cerró. Las voces comenzaron a sonar más cercanas.

A Vicky le entró el pánico y no se detuvo a pensar en las consecuencias. Cruzó el pasillo, giró el picaporte de la puerta de Ty y se adentró en la oscuridad de su dormitorio.

CAPÍTULO 13

Vicky cerró la puerta de Ty sin hacer ruido. Despacio, en silencio, se alejó de ella caminando hacia atrás.

No dejó de mirar la franja de luz que se veía por debajo. Al ver pasar una sombra por delante, estuvo a punto de hacerse pis.

Alguien llamó a la puerta de su dormitorio. Ella se llevó la mano al corazón, dio otro paso hacia atrás… y una mano la agarró del brazo en la oscuridad.

Asustada, se impulsó hacia delante y habría salido directa al pasillo, pero otro brazo le rodeó la cintura y tiró de ella. Una mano le tapó la boca para ahogar su grito.

—Tranquila, cariño —le susurró Ty al oído—. No querrás que tu novio eche abajo mi puerta, ¿verdad?

Vicky tragó saliva y negó con la cabeza. Ty la soltó y ella se dio la vuelta.

—Por el amor de Dios —susurró—, ¡me has dado un susto de muerte!

—Cariño, tienes suerte de haberte llevado solo un sustito, teniendo en cuenta que estabas deambulando a oscuras como un ladrón —respondió él en voz baja.

—No estaba deambulando —sonaba malhumorada.

—Sí lo estabas —encontró su muñeca en la oscuridad y tiró de ella para alejarla de la puerta—. Si no hubiera oído a

Banes en tu puerta y averiguado lo que pasaba, créeme tú a mí, te habrías llevado algo más que un susto.

Vicky renunció a ganar esa discusión y volvió al otro asunto que había mencionado que le había molestado.

—Winston no es mi novio. Es un mentiroso y un imbécil y un sinvergüenza.

—Resulta que estoy de acuerdo contigo —dijo él—, y por eso estoy aquí, en ropa interior, susurrando como una chica en vez de echarte de mi habitación.

—Oh. Bueno. Gracias —Vicky intentó no pensar en su ropa interior.

En el pasillo, oyó a Adrianna.

—Victoria —dijo en voz baja, pero cada sílaba iba cargada de fuego—. Abre la puerta.

Juntos, Vicky y Ty se acercaron a la puerta y pegaron las orejas a la rendija.

—La puerta no está cerrada por dentro —oyeron decir a Adrianna. La abrió y entró.

—No está aquí —contestó Winston.

—Tampoco está en el cuarto de baño.

Siguieron hablando, pero en voz demasiado baja para que pudieran oírlos. Después volvieron al pasillo y cerraron la puerta.

El suave golpe en la puerta de Ty les hizo dar un respingo hacia atrás. Vicky se tropezó contra Ty. Él la agarró del brazo.

—Escóndete en el cuarto de baño —le susurró al oído—. Yo me libraré de ellos.

Vicky caminó a tientas en la oscuridad con las manos estiradas frente a ella. Entonces, ¡bam!, se golpeó el dedo del pie con la pata de la cama. Dejó escapar el aire entre sus dientes y terminó emitiendo un pequeño quejido.

Ty se colocó junto a ella al instante.

—Shhh.

—Mi dedo —murmuró ella con un gemido agónico—. Creo que me lo he roto.

Volvieron a llamar a la puerta, esta vez con más fuerza e impaciencia. Vicky le pasó un brazo por los hombros y Ty la ayudó a moverse mientras ella daba saltos con una pierna.

Cuando la suave moqueta dio paso al frío azulejo, se acercó al lavabo y se aferró a él.

—Estoy bien —susurró—. Vete.

Y, sin decir palabra, Ty cerró la puerta y la dejó de pie sobre una pierna en la oscuridad.

Ataviado solo con unos boxers ajustados y una expresión de fastidio, Ty abrió la puerta.

Esperó un segundo mientras Adrianna deslizaba la mirada por su mandíbula y su torso hasta llegar a la entrepierna. Cuando volvió a mirarlo a la cara, Ty borró su ceño fruncido y sonrió perezosamente.

—Cariño —murmuró—, no estoy de humor para tríos, pero, si te deshaces del yupi, puedes pasar.

Ella se quedó con la boca abierta. Sin palabras, con las mejillas encendidas, se parecía tanto a Vicky, la cual con frecuencia le había dedicado una mirada similar de indignación con carga sexual, que tuvo que morderse las mejillas por dentro para no reírse.

A Winston no le pareció divertido.

—Estamos buscando a Victoria.

—¿Ha vuelto a huir de ti, Winnie? —preguntó él con una sonrisa arrogante.

—No ha huido de mí —murmuró Winston entre dientes—. Está alterada por la boda.

Ty se sintió confuso.

—¿De qué boda hablas? ¿De la de su hermano? ¿O de la que debería haber tenido ella si no te hubiera encontrado tirándote a otra mujer?

Winston se puso rojo y apretó los puños.

En cualquier otro momento, Ty habría recibido aquella invitación. Pero, por desgracia, una pelea no le sería de ninguna ayuda a Vicky, encerrada en su cuarto de baño, probablemente con un dedo del pie roto.

Así que, en vez de echar más leña al fuego, dio un paso atrás y abrió la puerta de par en par.

—Podéis verlo por vosotros mismos. Esta noche no tengo en mi cama a exprometidas a la fuga.

Winston escudriñó la habitación con la mirada. Adrianna entró y miró detrás de la puerta. Antes de que pudieran reparar en el cuarto de baño, Ty sonrió con seducción.

—La oferta sigue en pie. Deja a Winnie y vuelve luego —bajó la voz—. La verdad es que me gustan las lobas.

Adrianna se escabulló hacia el pasillo.

—No sé qué ve Isabelle en ti —masculló desde una distancia segura—. Eres completamente asqueroso.

—Ummm —murmuró él—. Si cambias de opinión, aquí estaré —dijo antes de cerrarles la puerta en las narices.

Escuchó atentamente mientras se alejaban por el pasillo. La voz de Adrianna sonaba indignada. Winston parecía furioso. Después abrió la puerta del cuarto de baño, encendió la luz y vio a Vicky por primera vez.

Estaba hecha un desastre. Llevaba una camiseta llena de agujeros, unas bragas anchas y un pelo que parecía un nido de pájaros. Además, tenía el dedo del pie extremadamente hinchado.

Deseaba devorarla.

—Dios —dijo obligándose a concentrarse en el dedo—. Tenemos que llevarte a Urgencias.

—Nada de eso —respondió ella negando con la cabeza, y el nido de pájaros se tambaleó—. Solo necesito un poco de hielo. ¿Puedes bajar a la cocina y traerme un poco? Y, ya de paso, tráeme cualquier cosa de chocolate que encuentres por ahí.

Él también negó.

—Estaré encantado de servirte, cariño, pero primero te vas a Urgencias.

Ella resopló con impaciencia.

—No necesito ir a Urgencias. Solo es un esguince.

—Entonces no te importará que te lo apriete un poco, solo para asegurarme —dio un paso hacia delante mientras hablaba.

Ella dio un salto hacia atrás.

—Aparta las manos de mi dedo.

—Imposible, cielo. Si quieres prescindir de ir a Urgencias, entonces tienes que dejarme hacer de médico —dio otro paso.

Ella agarró su bolsa de afeitar y se la tiró a la cabeza. Ty la atrapó y la lanzó sobre la cama. Vicky arrojó también su cepillo de dientes y su peine. Pero él los esquivó.

—Soy mucho más grande que tú, cariño, y voy a ganar esta pelea. La pregunta es cuánto quieres complicarte las cosas —no pudo evitar sonreír.

—Eres un imbécil —murmuró ella con brillo en la mirada—. ¡Me duele mucho y tú estás riéndote de mí!

—Bueno, claro que sí. ¿Te has mirado en el espejo? Un hombre se quedaría de piedra al ver ese pelo. Y no había visto unas bragas así desde que murió mi abuela. Solía colgarlas en el tendedero.

Vio que se sonrojaba hasta que su cara alcanzó el mismo tono que el dedo. Tiró de su camiseta hacia abajo para taparse las bragas.

Pobre Vicky. Estaba teniendo una noche desastrosa. A él no le gustaba provocarla cuando estaba triste, pero era muy cabezota y fue la única manera que se le ocurrió de convencerla para ir a Urgencias. Dio otro paso hacia ella.

Y entonces una lágrima resbaló por su mejilla.

El corazón le dio un vuelco.

—Mierda, cariño —murmuró, dio un último paso y la tomó en brazos.

El abrazo duró más o menos un minuto. Después se sonó la nariz en la manga de la camiseta y levantó la cara para mirar a Ty.

Incluso viéndolo a través de unos párpados hinchados, estaba fantástico, mirándola con sus ojos de tigre. No la soltó y ella tampoco lo apartó. En su lugar, apoyó la barbilla en la mata de vello de color miel que cubría su asombroso torso.

—¿Qué ha hecho mi madre al verte los abdominales? —tenía tres filas de músculos. Su dedo palpitante no había hecho que se quedara ciega.

Él se encogió de hombros.

—Se ha quedado sin palabras durante unos segundos, algo agradable para variar. Después se ha sentido avergonzada porque me ha echado un polvo con la mirada sin poder evitarlo.

Vicky soltó una carcajada sobresaltada al imaginarse la expresión de Adrianna.

—Y Winnie —continuó él— también se ha quedado mirando. Supongo que ahora estará en su habitación dando gracias al cielo por que Isabelle impidiera que le pateara el culo en el restaurante.

Ella levantó la cabeza.

—¿Patearle el culo? ¿Por qué ibas a hacer eso?

—Porque se lo merece, por eso —le acarició la mejilla húmeda con un nudillo—. Si es listo, se mantendrá fuera de mi camino todo el fin de semana. Pero, por suerte para mí —agregó con una sonrisa criminal—, no parece muy listo.

Vicky parpadeó, asombrada. Completamente seducida.

—De acuerdo —dijo al fin—, puedes llevarme a Urgencias —era lo mínimo que podía hacer ella.

Menudo numerito. Primero Ty tuvo que llevarla en brazos escaleras abajo. Después tuvo que despertar a la criada. La criada tuvo que llamar a un taxi. En el hospital, tuvieron que esperar a que llegara una doctora. Ella no hablaba inglés. Tampoco la enfermera. Después Ty tuvo que llevarla de vuelta hasta su propia habitación.

Y todo eso sin despertar a ninguno de los huéspedes.

—Ya está, cariño —dijo mientras la dejaba suavemente sobre su cama. La doctora le había administrado muchos calmantes, así que Vicky se dejó caer sobre las almohadas y un hilillo de baba resbaló por la comisura de sus labios—. Ahora vamos a quitarte esa ropa vieja.

Rebuscó en sus cajones y encontró la última camiseta limpia que le quedaba.

—¿Cómo pueden haberse acabado ya? —murmuró, intentando no pensar en lo que realmente tenía en la cabeza.

Desnudar a Vicky.

Efectivamente, la tendría desnuda en su cama y, una vez más, él no podría hacer nada al respecto. Estaba prácticamente comatosa, solo había vuelto a la vida cuando él le había tocado accidentalmente una zona de las costillas que le hacía cosquillas. Después se quedó dormida en sus brazos. Había estado a punto de dejarla caer sobre la acera al salir del taxi, y otra vez cuando intentaba abrir la puerta principal.

No era así como se había imaginado el fin de semana de la boda. En Texas, había estado demasiado ocupado con el juicio como para pensar mucho en ello, pero, hasta cierto punto, había dado por hecho que sería divertido, que probablemente se emocionaría un poco y que sin duda echaría un polvo.

Bueno, hasta el momento la diversión había sido poca, sus emociones estaban a flor de piel y sus perspectivas de echar un polvo disminuían minuto a minuto. En la habitación de al lado, el cabecero de Ricky golpeaba la pared como un martillo neumático. Y la mayor diversión de Ty sería verle las tetas a Vicky mientras le quitaba una camiseta para ponerle otra.

Se sentó al borde de la cama.

—Vicky, cariño, incorpórate —ella no movió un solo músculo. La agarró por debajo de los brazos y la levantó. Parecía una muñeca de trapo. Le quitó la camiseta por encima de la cabeza y la dejó caer de nuevo sobre las almohadas mientras alcanzaba la camiseta limpia.

Y entonces se concedió un minuto. Solo un minuto para

contemplar sus preciosos pechos. Dios, eran perfectos. Se sintió furioso al imaginarse que pudiera agrandárselos con silicona, pero no le duró mucho, no cuando la tenía desnuda frente a él. Su piel parecía de seda.

¿Tan horrible sería tocarla? Al fin y al cabo, ya le había permitido hacerlo antes.

Estiró una mano y la colocó bajo su pecho. Cabía en su palma a la perfección. Ni demasiado grande ni demasiado pequeño. Le rozó el pezón con el pulgar. Se puso duro y la miró a la cara.

Nada. Había sido solo un reflejo.

Le remordía la conciencia que estuviera demasiado inconsciente como para saber que estaba tocándola, pero aun así no podía apartar la mano. En cualquier caso, tampoco era como si estuviera metiéndole mano. No estaba masajeándole el pecho ni nada. Tampoco estaba apretando. Ni succionando.

Se le quedó la boca seca.

No. Eso estaría mal. Succionar, lamer. Mal, mal, mal.

Se echó hacia atrás y apartó la mano de su pecho. Tomó aliento y aguantó la respiración mientras le ponía su camiseta. Después le quitó los pantalones de chándal que le había prestado, con cuidado de no tocarle el dedo vendado. Le dejó las horribles bragas puestas y la tapó hasta la barbilla.

Después se encerró en el cuarto de baño y se dio una ducha muy, muy fría.

La luz del sol alcanzó con sus garras los ojos de Vicky. Ella apartó la cabeza de la luz. Y parpadeó. Parpadeó.

Parpadeó, parpadeó, parpadeó.

Oh, Dios. Daba igual cuántas veces parpadeara, la cabeza de Ty seguía ahí, apoyada sobre la otra almohada.

Lo había hecho, se había acostado con él. ¡Y no se acordaba! Las palabras chillaban en su cabeza. ¡Quería acordarse!

Para rescatar lo que pudiera, recorrió su cuerpo con la mirada. La pared de ladrillo de su torso, los adoquines de sus abdominales. El paquete que sobresalía bajo su ajustada ropa interior. Incluso semi duro, era impresionante.

Había deseado mucho verlo desnudo. Y con una erección auténtica.

Detuvo la mirada allí durante unos segundos y después siguió bajando por sus piernas firmes hasta llegar a sus pies. Era curioso, los pies normalmente no le excitaban. Ni siquiera le gustaban los suyos propios. Pero los de él sí.

Debía de estar pensando en voz alta, o mirándolo con demasiada intensidad, porque Ty se movió. Ella giró la cabeza, cerró los ojos y fingió estar dormida. La cama crujió. Pasaron los segundos mientras sentía sus ojos sobre su cara. Se obligó a no tragar saliva.

—Sé que estás despierta —le oyó decir—. Veo cómo mueves los ojos.

—No se mueven —respondió ella—. Son espasmos. No eres tan guapo recién levantado.

Él se rio, y su risa fue un sonido profundo y gutural que hizo que se estremecieran los músculos entre sus piernas. Un escalofrío recorrió su columna.

—¿Te encuentras bien? —le preguntó con tono de preocupación—. No tienes fiebre, ¿verdad? —le puso la palma de la mano en la frente; estaba tan caliente y tan seca que Vicky soltó un pequeño gemido. Él deslizó la mano hacia abajo para acariciarle la mejilla y le giró la cabeza para que lo mirase—. Abre los ojos, cariño.

Ella obedeció y lo encontró apoyado sobre un codo, estudiando su cara como si fuera un mapa.

—Bueno, tienes los ojos limpios. No tienes fiebre —apartó la mano—. ¿Qué tal el dedo?

Ah, sí, el dedo. Entonces lo recordó todo. Absolutamente todo. Volvió a cerrar los ojos mientras la engullía un tsunami de humillación.

Entonces sintió sus nudillos en la mejilla.

—Mírame, cariño —su voz sonaba suave, pero su tono era autoritario, de modo que obedeció y contempló sus ojos marrones. Vio preocupación en ellos, y algo más. Calidez, consuelo y ternura.

—Sobre lo de anoche —dijo—, esto es todo lo que necesitas saber. Winnie es un imbécil. Tu madre es una arpía y tú tienes el dedo roto por dos sitios.

Le acariciaba la mejilla mientras hablaba. Con mucha dulzura. Ella no sabía cómo enfrentarse a esa compasión. Una lágrima resbaló por su mejilla.

Él se la secó con el pulgar y acercó los labios a su oído.

—Y una cosa más que casi se me olvida. Cariño, tienes unas tetas fantásticas.

Vicky le dio un puñetazo.

—Tyrell Brown, ¡eres un completo idiota! No puedo creer que te hayas aprovechado de mí de esa forma.

Él esquivó su mano mientras se ahogaba de la risa.

—Admítelo, cariño, cuando te has despertado estabas mirándome, intentando recordar si hicimos el amor anoche. Y tampoco parecías muy disgustada con la idea.

—Eres un imbécil —se cruzó de brazos. El dedo le palpitaba con un ritmo de discoteca.

En cualquier caso, tenía problemas más importantes. Como explicarle a Matt por qué había desaparecido de la fiesta de ensayo. O cómo pasar el día sin decirle a Winston que era un imbécil, o cómo recorrer el pasillo durante la boda con los bonitos Jimmy Choos que había hecho teñir para que hicieran juego con el vestido.

Pero, sobre todo, cómo lograr decirle a Ty lo que quería decirle.

Deprisa, así lo haría.

Se tapó la cara con las manos.

—Gracias por todo lo que hiciste por mí anoche —dijo contra las palmas—. No sé qué habría hecho si no me hubieras escondido aquí. Te lo agradezco mucho.

Ty se quedó callado durante unos segundos.

—Perdona —dijo al fin—. No te he oído con los dedos tapándote la boca.

Ella clavó las manos al colchón.

—¡Eres imposible! —giró la cabeza para mirarlo con rabia. Tenía cara de inocencia. Demasiada inocencia—. He dicho que gracias —repitió entre dientes. Después tragó saliva—. Y creo que necesitaré ayuda para llegar a mi habitación. Si no te importa.

—No me importa en absoluto —sacó las piernas de la cama—. Quizá sea mejor que me ponga algo de ropa antes, por si acaso está tu madre esperándote.

Recogió sus vaqueros del suelo y se los puso, pero se los dejó abiertos mientras se movía por la habitación, buscando sus botas, recogiendo la camiseta del día anterior y echándola a lavar.

Ella se mordió el labio. Estaba haciéndolo a propósito, claro. Mostrándole los abdominales. La espalda. Todos esos músculos estirándose y flexionándose mientras abría el armario y buscaba una camisa. Incluso después de encontrar una, siguió caminando con ella en la mano.

Era peligroso mirar demasiado tiempo hacia el sol, pero Vicky no podía apartar la mirada.

Cuando al fin terminó de vestirse, Ty se acercó a la cama.

—Hora de levantarse, cariño —retiró las sábanas y fue entonces cuando Vicky recordó lo más humillante de todo; llevaba puestas las bragas más feas del mundo.

Cuando Vicky intentó tirar de su camiseta hacia abajo para taparse las bragas, Ty soltó una carcajada.

—No te preocupes, querida —le dijo levantándola con un brazo por debajo de las rodillas y el otro bajo la espalda—, será nuestro secreto. No puedo permitir que la gente sepa que me he acostado con una mujer que lleva bragas de abuela.

—No nos hemos acostado —respondió ella.

—¿Y cómo lo llamarías tú?

—Ya sabes lo que quiero decir. No hemos hecho nada. Bueno, tú sí. Tú me has mirado los pechos.

—Desde luego fue lo mejor de la noche —la apretó contra su pecho. Cuando ella le rodeó el cuello con los brazos, los pechos en cuestión se pegaron a su torso y le provocaron una erección. De nuevo.

—Pero solo miraste, ¿verdad?

—Eso es, solo miramos.

—¿Miramos?

—Yo y un par de bedeles del hospital. Después sacamos unas fotos, pero no dejé que te tocaran.

Ella se quedó callada durante diez segundos.

—¡Qué gracioso! —dijo entonces con ironía—. Casi me lo trago.

Él se rio.

Con un poco de ayuda por parte de ella, Ty logró atravesar ambas puertas hasta su habitación sin golpearle el pie. Pero entonces, cuando estaba bajándola hacia la cama, le acarició con los dedos el lugar en el que tenía cosquillas. Ella dio un grito. Su cuerpo se tensó como una vara y después se dobló como una horquilla del pelo. Y ella se coló entre sus brazos.

—¡Maldita sea, Vicky! —había jugado al fútbol en la universidad, algo muy serio en Texas, y en cuatro años como receptor nunca le había costado tanto sujetar un balón resbaladizo como le costaba sujetar a Vicky cuando tenía cosquillas.

Había aterrizado con medio cuerpo dentro de la cama y medio cuerpo fuera y, a juzgar por sus aullidos, debía de haberse golpeado el dedo roto. La tomó en brazos y la depositó con cuidado sobre la cama.

—Calla, antes de que tu madre venga corriendo.

Esa amenaza surtió efecto. Vicky redujo los aullidos a un lloriqueo, que resultaba aún más lastimero que los gritos.

—Aguanta, cariño, te traeré un analgésico.

Hizo el camino de ida y vuelta al cuarto de baño en menos de treinta segundos. La encontró más tranquila, pero tenía lágrimas en la cara. La había visto así con demasiada frecuencia y podía achacar cada lágrima a Winston Banes. Debería haber mandado al muy cabrón al hospital cuando tuvo la oportunidad. Entonces Vicky nunca se habría roto el dedo.

Ahora ya daba igual. Le puso una pastilla en la mano. Vicky puso cara de querer resistirse, pero la amenazó con una mirada y ella se la tragó.

—Ahora vamos a vestirte —caminó hacia el armario y rebuscó entre los vestidos—. ¿Qué te parece este? —enormes flores blancas sobre un fondo negro. La miró y ella se encogió de hombros. Lo lanzó sobre la cama.

—Apuesto a que también querrás otras bragas —abrió un cajón y dejó escapar el aliento entre los dientes.

Era como si Victoria's Secret hubiera descargado allí todo su inventario, una fantasía de seda y satén que le llamaba para sumergirse en ella. No se resistió y deslizó los dedos por el encaje rojo, la seda negra y el satén rosa.

—Mierda —murmuró mientras ladeaba su cuerpo para que ella no pudiera verlo.

—Blancas —dijo Vicky desde la cama.

—Blancas. Umm —rebuscó entre rayas de cebra y manchas de leopardo, acariciando cada prenda, hasta que sacó unas bragas blancas con apenas encaje suficiente para cubrirle la palma de la mano. Las levantó. Tenían unos lacitos de satén en cada cadera—. ¿Estas están bien?

—Sí. Ahora saca tus zarpas de mi ropa interior.

Él resopló.

—Como si nunca hubiera visto bragas antes —se las tiró a la cabeza y usó la distracción para meterse unas de encaje rojo en el bolsillo—. Ahora vístete mientras yo te consigo algo de desayunar.

—Iré contigo. Tengo que disculparme con Matt e Isabelle.

—Yo les diré que vengan.

—Tengo que hablar con Winston.

—¿Para qué?

—Para fingir que voy a darle otra oportunidad.

Cuando Ty resopló con desdén, ella levantó una mano.

—En serio, Ty, no he pasado por todo esto para que mi madre pueda echarlo todo a perder en el último momento —miró el reloj—. La boda es dentro de seis horas. Puedo hacerme la dura durante ese tiempo. La pastilla me ayudará.

La sonrisa que le dirigió le salió algo torcida.

—Vicky, cielo, esas pastillas te dejaron K.O. anoche. Ni siquiera recordabas si habíamos tenido sexo o no.

Su sonrisa se volvió más sinuosa.

—Puede que sí. Puede que saltara sobre ti mientras dormías.

Dios, las cosas iban cuesta abajo. Se acercó a la cama, la tapó con la colcha y le dirigió su mirada agresiva.

—Quédate aquí. Yo te traeré algo de comer. Y café. Después hablaremos sobre lo de bajar.

En la terraza, todos salvo Ricky y Annemarie estaban sentados a la mesa. Las miradas que le dirigieron indicaron que creían saber lo que había estado haciendo. Jack y Lil arquearon las cejas. Isabelle le dirigió una sonrisa cómplice. Matt dejó su taza sobre la mesa de un golpe.

Adrianna, que estaba hablando con Pierre, dejó la frase a medias para mirarlo con odio. Y Winston echó su silla hacia atrás. Dio dos pasos y se situó directamente frente a él.

—Hijo de perra. ¿Qué has hecho con Victoria?

Ty ni siquiera vaciló. Había dormido poco, estaba sexualmente frustrado y necesitaba cafeína. Todo aquello desembocó en un rápido puñetazo en la boca.

Winston se tambaleó hacia atrás y estuvo a punto de perder el equilibrio. Se llevó la mano al labio y los ojos se le salieron de las órbitas al ver la sangre.

—¡Me has dado un puñetazo, cabrón!

Ty sonrió con suficiencia.

—¿Qué vas a hacer al respecto?

—¡Matarte! —exclamó Winston antes de cargar contra él.

Golpeó a Ty en el estómago con el hombro y lo empotró contra el carro del desayuno, que volcó. Los cruasanes salieron volando, la cafetera se hizo pedazos. Ty aterrizó en mitad del caos, aprisionado por un pijo cabreado que pensaba matarlo.

Winston era más fuerte de lo que parecía, y parecía fuerte, pero con un giro y un empujón, con un rodillazo y un cabezazo, Ty logró zafarse. Se puso en pie con cristales en la espalda y bajo sus botas, y sonrió como un loco.

Por fin estaba divirtiéndose.

Winston se incorporó.

—¡Dime dónde está! —gritó—. ¡Dímelo o te juro que te mato!

Ty extendió los brazos.

—Vamos, Winnie, amigo. Que empiece la fiesta.

Winston apretó los puños, sus ojos brillaban con rabia e indignación. Todos esperaban, aguantando la respiración.

Y en mitad de aquel silencio tenso irrumpió una voz de mujer.

—¡Buenos días a todos!

Los demás miraron hacia la puerta.

Apoyada en un solo pie y con un brazo alrededor del cuello de Ricky, Vicky dirigió una sonrisa a los presentes.

Ty se olvidó de Winston y se llevó las manos a las caderas.

—¿Qué diablos haces fuera de la cama? Te he dicho que yo te llevaría el desayuno.

Winston se dirigió hacia Vicky.

—¿Te has acostado con él?

Ella soltó una risita.

—¿Acostarme con él? —volvió a reírse.

Winston estaba lívido.

—Está drogada, imbécil —intervino Ty—. ¿Es que no lo ves? Anoche se rompió el dedo del pie.

Winston le miró el pie.

—¿Es ahí donde estuviste anoche, Victoria? ¿En el hospital?

Ella puso los ojos en blanco y volvió a reírse.

—Sí, ahí es donde estuvo —gruñó Ty—. La llevé a Urgencias. La drogaron y la llevé a la cama.

Winston giró la cabeza.

—¿Te aprovechaste de ella?

Ty entornó los párpados.

—Si por «aprovecharme de ella» te refieres a acostarme con otra mientras estábamos prometidos, entonces no.

Los ojos de Winston se oscurecieron y dio un paso hacia Ty. Y Jack habló desde la mesa.

—Escucha, Winston —dijo—, conozco a Ty desde hace mucho tiempo. Puede que no lo parezca, pero te romperá la mandíbula sin despeinarse. Piénsalo. ¿De verdad quieres beber tus comidas con pajita durante seis meses?

Se hizo el silencio. Winston echaba humo, apretaba los dientes y flexionaba los dedos. Ty le provocó con una sonrisa arrogante, con la esperanza de que diera un paso en falso.

La balanza podría haberse inclinado hacia cualquier lado.

Entonces una risa nerviosa rompió el silencio.

—Mirad —dijo Vicky señalando su entrepierna manchada de café—. Ty ha mojado los pantalones.

Eso alivió la tensión como nada podría haberlo hecho. Todos se rieron. Todos salvo Winston.

Incluso Adrianna sonrió.

—Oh, por el amor de Dios, Ricky, tráela aquí. Que beba un poco de café.

Ty frunció el ceño al mirar la camiseta que tenía en la mano. Era una de sus favoritas y estaba destrozada. Hizo una pelota con ella y la tiró a la basura. Isabelle le había quitado los cristales clavados en la tela, y en su espalda, pero con los agujeros y las manchas de sangre estaba echada a perder.

Como si eso no fuera suficiente, había recibido una reprimenda mientras le ayudaba. Isabelle se había quejado de la vajilla rota, que él intentó achacar a Winston, y de los labios ensangrentados, que intentó defender que eran bien merecidos. Por no hablar del pésimo estado de Vicky. Como si él no se hubiera pasado media noche en Urgencias intentando ayudarla.

Pero Isabelle hizo oídos sordos a sus explicaciones.

Tiró los vaqueros sobre su pila creciente de ropa sucia. Estaban empapados de café desde el trasero hasta las rodillas. No era de extrañar que Vicky creyera que se había meado encima.

Claro, si no hubiera estado tan colocada, se habría dado cuenta de su error. Le remordía la conciencia. Era culpa suya que estuviese así. Sabiendo lo poco que pesaba, debería haberle rebajado la dosis.

Al menos no podía meterse en problemas estando en la terraza. Winnie se había ido a su habitación a lamerse las heridas y Cruella había reculado también, probablemente al darse cuenta de que ni siquiera su veneno podía compararse con el Vicodin.

Lo que Vicky necesitaba era comida, y esperaba que estuviese comiendo algo. Se asomó a la ventana y la vio sentada a la mesa, con el pelo suelto sobre los hombros del vestido blanco y negro, con el pie lesionado apoyado en una silla. Claro, Matt y Adrianna estaban acosándola con cruasanes y café, pero ella estaba demasiado ocupada para comer, charlando con Isabelle y Lil, probablemente acusándolo a él de todo tipo de cosas horribles.

Dios.

Llamaron a su puerta y Jack entró sin esperar a que lo invitara. Fue directo al cuarto de baño, levantó la tapa y se bajó la cremallera.

—¿Qué ocurrió anoche? ¿Te acostaste con ella?

Ty resopló audiblemente.

—No en ese sentido. Estaba drogada y medio inconsciente.

Y era imposible dormir con Ricky tirándose a la stripper durante toda la noche.

Jack sonrió.

—Por eso estás alterado.

—Pues sí. Y además Brescia está enferma —notó un nudo en la garganta al decirlo.

—¿Qué le pasa?

—Clancy cree que tiene lombrices.

—¡Mierda! —Jack ya no sonreía.

—Sí —dijo Ty. Después dejó el tema. No había más que decir—. Pero, bueno, estaba dispuesto a descargar mi mal humor con Winnie —se puso los pantalones del día anterior y miró a Jack con amargura—. ¿Por qué has tenido que arruinarlo?

Jack se subió la cremallera.

—No he podido evitarlo. Mi esposa está en un estado delicado. No puedo exponerla a violencia extrema.

—Ajá —Ty murmuró con escepticismo—. En otras palabras, te ha dicho que me mandaras callar —negó con la cabeza—. Hubo una época en la que tú eras el primero en apuntarse a una pelea. Ahora ya no eres el de antes.

Jack le dio una palmadita en la espalda y no pareció muy arrepentido.

—Ya tendrás otra oportunidad de golpear al viejo Winston. No piensa renunciar a tu chica.

—No es mi chica.

Entonces fue Jack quien dijo:

—Ajá.

Ty lo ignoró y se puso los pantalones con la esperanza de encontrar una camiseta de la que se hubiera olvidado.

—Todo esto del falso flirteo fue una estupidez. Debería haberle contado a Isabelle de inmediato que no soporto a Vicky, y por una buena razón. Entonces habría sido yo el que se tirase a la stripper anoche.

El resoplido de Jack indicó que no se lo creía.

—Si deseabas a Annemarie, habrías encontrado la manera de acostarte con ella. No la deseas.

—Eso es lo que tú piensas. Por si lo has olvidado, fui yo el primero que le tocó las tetas.

—Sí, y las soltaste como si fueran carbones encendidos.

Ty renunció a lo de la camiseta, sacó una camisa blanca del armario y se la puso.

—Si lo hice fue porque le había hecho una promesa a Isabelle. Aunque no estoy cumpliéndola realmente, ella cree que sí. No puedo permitir que Annemarie intercambie impresiones con ella sobre lo semental que soy.

—Ajá —Jack se acercó a la ventana y contempló la terraza—. Creo que deberías haberle dado con más fuerza.

—¿Qué diablos? —Ty se colocó a su lado. Winston le había apartado el pie a Vicky y se había sentado a su lado. Al parecer estaba haciendo todo lo posible por llamar su atención frotándole el brazo y susurrándole al oído. Y la pobre mujer estaba demasiado agobiada para quitárselo de encima.

—¡Por el amor de Dios! —se apartó de la ventana y terminó de abrocharse los botones mientras se ponía las botas.

Jack no se molestó en ocultar su diversión.

—Isabelle te despellejará si inicias otra pelea.

—Sí, ya me ha quedado claro el mensaje. Eso no significa que no pueda defenderme si la pelea la empieza él —se pasó los dedos por el pelo—. Cierra cuando salgas —dijo por encima del hombro antes de salir por la puerta y oír las risas de Jack mientras se alejaba por el pasillo.

Winston estaba sentado de espaldas a la puerta, de modo que no vio salir a Ty con los pulgares metidos en los bolsillos, como si no le preocupara nada en absoluto.

Se acercó, se sentó frente a Vicky y sonrió a su alrededor. Junto a él, Isabelle solo dijo dos palabras.

—Sé amable.

Él le dio una palmadita en el brazo.

—No te preocupes, cariño, estoy seguro de que Winnie no empezará más peleas —le dirigió una sonrisa a Winston, que le miró con odio.

—Mi nombre es Winston —respondió—. Te agradecería que lo recordaras.

Ty se tocó la sien con el dedo.

—Me lo guardo aquí, por si alguna vez lo necesito. Winnie.

Apartó la mirada de la mandíbula apretada de Winston y se fijó en Vicky.

—¿Cómo te sientes, cariño?

—Hola, Ty —respondió ella entre risas.

Winston echaba humo.

—¿Cuánto le has dado?

Ty lo ignoró.

—Cielo, sabes que tienes que mantener el pie en alto. Ponlo aquí —estiró el brazo por debajo de la mesa, le enganchó a Vicky el tobillo con la mano y lo colocó sobre su muslo.

—¡Por el amor de Dios! —Winston se volvió hacia Matt—. Este paleto le ha dado una sobredosis a Victoria. Haz algo.

Matt miró a Ty.

—¿Qué ha tomado?

—Vicodin. Quinientos miligramos, como le dijo la doctora.

Matt volvió a mirar a Winston.

—Vicky se emborracha con media cerveza. Deberías saberlo, ya que estuviste prometido con ella —se volvió hacia Ty—. Deberíamos disminuir la dosis.

—Ya lo había pensado.

—Ya no es asunto tuyo, Brown —intervino Adrianna con desdén—. Dame las pastillas.

—No —respondió Ty, mirando a Cruella a los ojos—. Cuando se encuentre mejor, se las daré a Vicky.

—Victoria es mi hija —dijo Adrianna echando humo por las orejas—. Yo cuidaré de ella.

—¿Empujándola hacia Winnie? Dios, para mí eso es maltrato.

Sintió un pellizco en el muslo. Era Isabelle de nuevo. Pero ya estaba harto de que le marearan. Se volvió hacia ella.

—¿Qué quieres de mí, Isabelle? ¿Con quién debo ser amable ahora? ¿Con Vicky? ¿Con la zorra de su madre? Porque no puedo hacer ambas cosas.

Ella se estremeció como si la hubiera abofeteado. Ty se sintió fatal al momento.

Su propósito aquel fin de semana era hacer feliz a Isabelle. Normalmente se le daba bien. Hacer sonreír a la gente, tranquilizarla. Debería haber sido fácil, pero por alguna razón seguía metiendo la pata. Ahora acababa de perder tanto los nervios que le había gritado a su persona favorita en el mundo.

Estaba perdiendo el control y no sabía por qué.

—Lo siento, cariño —lo decía en serio e Isabelle, la chica más dulce que conocía, le perdonó al instante. Lo cual hizo que se sintiera aún peor. ¿Podría parecer un poco más despreciable?

Entonces Vicky soltó una risita y dijo:

—Ty besa muy bien.

Él se llevó las manos a la cabeza.

CAPÍTULO 14

Apoyada sobre una sola pierna en su cuarto de baño, Vicky echó dos Alka-Seltzer en un vaso de agua y vio cómo burbujeaban.

Probablemente no sirviera de nada porque, aunque la cabeza le pesara veinticinco kilos y el estómago le diese vueltas, aquella no era una resaca normal. Estaba sufriendo los efectos del bajón de los narcóticos y dudaba que pudieran ayudarla los numerosos medicamentos que solía llevar consigo cuando viajaba.

Acarició el bote de Vicodin. Otra pastilla la haría olvidarse de todo...

Y así era como la gente se hacía adicta a los analgésicos. Apartó el bote. Tendría que aguantarse.

Cesó el burbujeo y dio un trago. Puf. Se obligó a dar otro trago. Algo así de malo tenía que servir para algo.

Salió dando saltos del diminuto cuarto de baño, se dejó caer frente al tocador y contempló el desastre del otro lado del espejo: piel pálida, ojos hinchados, labios resecos y, para colmo, un nido de rata en la cabeza. Había un espejo de aumento enganchado al tocador con un brazo giratorio. Cometió el error de mirarse en él.

—¡Ahhh! —poros abiertos, cejas desaliñadas, dientes sucios. ¡Y se había dejado ver así en público! Aquello no tenía precedentes. Si no formara parte del cortejo nupcial, habría tomado un taxi y se habría ido directa a un spa.

Pero formaba parte del cortejo nupcial. Era su vestido el que colgaba de la puerta del baño: encaje color marfil sobre un satén color melocotón sin tirantes, tan ceñido como la piel de una sirena. Sus zapatos de seda color melocotón con tacones de doce centímetros le habrían quedado de maravilla. Sus sandalias de abuela no tanto.

Estiró los hombros cuando llamaron a la puerta. Isabelle asomó la cabeza.

—Ya sabes que no tienes que hacer esto.

Vicky la apuntó con un dedo.

—No te atrevas a preocuparte por mí. Ty prometió llevarme en brazos si era necesario —igual que la había llevado en brazos a su habitación después de que vomitara el desayuno por toda la terraza.

Dios santo, ¿cómo iba a volver a mirar a la gente a la cara?

Recordaba vagamente haber hecho además algunos comentarios vergonzosos, pero todo lo ocurrido antes de vomitar los cruasanes estaba borroso. Lo único que recordaba con claridad era a Ty. Le había colocado el pie sobre su rodilla. La había llevado en brazos y dejado allí. Había prometido ayudarla a superar la boda.

Eso último lo había conseguido gracias a las lágrimas. Resultaba que era incapaz de resistirse a las lágrimas.

—Creo que le gustas —comentó Isabelle.

—Bueno, al menos ya no parece odiarme.

—¿Por qué iba a odiarte? —preguntó Isabelle ladeando la cabeza.

Vicky se reprendió mentalmente.

—No me hagas caso, solo siento pena de mí misma —señaló el vestido—. Es el vestido de dama de honor más bonito que he visto jamás. El vestido más bonito, punto.

Isabelle sonrió.

—Lo ha retocado Vidal, pero el diseño es mío, para que hiciese juego con mi vestido…

Vicky la escuchó hablar sobre el tema mientras se bebía el Alka-Seltzer. Parecía estar haciendo efecto después de todo. Al menos ya no tenía ganas de vomitar. Aunque tampoco le quedaba nada en el estómago.

Pasados unos minutos, Isabelle se quedó sin palabras y Vicky consiguió echarla de la habitación convenciéndola de que podía vestirse sola.

Pero primero tenía que ducharse. Aún no tenía la cabeza para dar saltos, así que se metió cojeando en la ducha con el pie metido en una de las prácticas bolsas de congelados que siempre llevaba encima, y se lavó el pelo apoyándose en un pie. Después de secarse, quitó con la mano el vaho del espejo e intentó mejorar su reflejo.

Le quedaba suficiente tiempo antes de tener que vestirse, así que se envolvió el pelo en la toalla húmeda y cojeó hasta la cama, con la esperanza de que una siestecita le borrara las bolsas de los ojos. Se acurrucó en la colcha y cerró los ojos, solo durante un minuto…

—¡Vicky! ¡Abre la maldita puerta! —era Ty aporreando la puerta con el puño.

—Espera un momento —se quejó ella—. ¿Qué es lo que te pasa?

Fue saltando hasta la puerta y la abrió.

Él se quedó mirándola con los ojos desencajados.

—¿Qué diablos estás haciendo? ¿Por qué no estás vestida?

Vicky regresó a la cama y se sentó. Soltó un enorme bostezo.

—¿A qué tanta prisa?

—¿Estás loca? —preguntó él señalando el reloj.

Las tres y media.

—¡Mierda! —se puso en pie—. ¡Mierda, mierda, mierda! ¡Me he quedado dormida! —empezó a dar saltos en círculo, incapaz de decidir qué hacer primero. Se le cayó la toalla sobre los ojos y se la quitó de un manotazo—. ¡Dios, mi pelo! —lo tenía totalmente empapado y apelmazado.

—¡Tu pelo está bien! —exclamó Ty, gritando prácticamente. La agarró por la cintura con ambas manos, la levantó del suelo como si tuviera cinco años, corrió al cuarto de baño y la sentó frente al espejo. Agarró el secador del gancho y se lo puso en las manos—. Haz algo —ordenó antes de salir corriendo al dormitorio.

Manipuló el secador, consiguió encenderlo y ya estaba haciendo progresos cuando Ty entró con un tanga color melocotón y un sujetador sin tirantes. Vicky se los arrebató y le miró como diciendo: «no te acostumbres a tocar mi ropa interior». Él ignoró su mirada, salió corriendo y cerró la puerta tras él.

Tenía el pelo encrespado, pero no podía hacer nada al respecto. En cuanto estuvo seco, se puso la bata y, con el impedimento de la estrechez del baño y del dedo, que volvía a palpitarle, se puso la ropa interior. Pero, cuando llegó el momento de ponerse el vestido, descubrió enseguida que necesitaba ayuda. Y Ty era la única ayuda disponible.

El tiempo del recato había expirado mientras dormía, así que, sin tener ninguna otra opción mejor, abrió la puerta y salió al dormitorio llevando solo el tanga color melocotón y un milagro de la ingeniería que realzaba sus pechos, ofreciéndolos como melocotones en bandeja para que pareciera que tenía más de lo que realmente tenía. A Ty casi se le salieron los ojos de las órbitas.

—Dios santo —dijo—, ¿estás intentando que me dé un ataque al corazón?

—Tranquilo, guapo —no era el momento de sonrojarse—. Necesito ayuda con el vestido y tú eres esa ayuda.

—Ni hablar. Voy a buscar a Lil —apartó la mirada y se dirigió hacia la puerta.

—No puedes ir a buscar a Lil —respondió Vicky—. Ella está ayudando a Isabelle. Probablemente ya estén en la capilla.

La miró con una expresión de auténtica exasperación masculina.

—Vamos —dijo ella chasqueando los dedos—, solo sujétalo por abajo y abierto.

Sin dejar de blasfemar en voz baja, Ty se apoyó sobre una rodilla y sujetó el vestido abierto antes de que ella pudiera meterse dentro. Vicky le agarró un hombro y metió primero el pie lesionado. Pero, cuando intentó equilibrar el peso sobre el talón y levantar el otro pie, se tambaleó. Intentó no dar un paso atrás, pero el pie se le enredó en el vestido, comenzó a dar saltos hacia delante mientras agitaba los brazos en círculos.

Ty dejó caer el vestido y le agarró los muslos con ambos brazos. Ella le agarró la cabeza e hizo que clavara la nariz en su tanga. Dejó caer la otra rodilla sobre el vestido y ella oyó como se rasgaba el tejido.

—¡No! —gritó mientras sacudía el pie con más fuerza, intentando liberarlo de la seda.

—¡Ya te tengo! —la voz de Ty sonaba amortiguada—. ¡Estate quieta!

No podía estarse quieta. Con el vestido enredado en el pie y los brazos de Ty rodeándole los muslos, sentía como si estuviese atada. Su instinto le gritaba que se liberase. Dio una patada con el pie y el tejido se rasgó más. Agitó el brazo y la lamparita de noche cayó al suelo. Y, como un árbol derribado por un hacha, cayó hacia atrás, incapaz de evitarlo.

Por alguna razón acabó encima de Ty. Cara a cara, pecho con pecho.

Levantó la cabeza y tomó aliento. Lo miró entonces a los ojos.

—¿Qué ha ocurrido?

—¿Qué ha ocurrido? —repitió él riéndose—. ¿Quieres que te haga un resumen?

Ella puso los ojos en blanco.

—Quiero decir cómo has acabado debajo de mí. Me he caído hacia atrás…

—Cielo, no podía afrontar otro viaje a Urgencias contigo.

Así que le había dado la vuelta y había recibido el peso de la caída. Le gustaba fingir que era lento y relajado, pero tenía unos reflejos increíbles. Y eso la excitaba. Vicky extendió las palmas de las manos sobre su torso, ese magnífico muro de músculos oculto bajo su esmoquin negro.

¡Dios, esmoquin! Ni siquiera se había dado cuenta de que iba vestido para la boda. Y ahora estaba tirado en el suelo entre los pedazos de la lámpara. Tenía que quitarse de encima cuanto antes.

Colocó la rodilla en el suelo entre sus piernas y no se sorprendió del todo al sentir su perpetua erección contra el muslo. Ni siquiera podía culparle por ello, dado que estaba tumbada encima de él con la página cuarenta y dos del catálogo de Victoria's Secret, con las nalgas en sus manos.

Tenía que admitir que le gustaba la sensación. Pero aun así, tenía que decirlo.

—Quita tus zarpas de mi culo ahora mismo.

Él le estrujó el trasero.

—Cariño, yo tengo que ganar algo con esto —volvió a estrujárselo—. Si no fuese un caballero...

Esperó a que ella le rebatiera.

—Si no fuese un caballero —continuó—, te diría que todas tus horas en la cinta andadora han merecido la pena —le acarició las nalgas con las manos. Una y otra vez. Después les dio un pequeño azote—. Ahora levanta antes de que deje de ser un caballero.

De acuerdo, Vicky tenía que admitir eso también: no quería levantarse. Le gustaba sentir sus manos allí, sus palmas ásperas acariciando su trasero suave. Le gustaba sentir su piel desnuda contra su esmoquin satinado, deseaba frotarse como un gato. Le gustaba sentir su torso duro bajo su pecho. Su vientre plano. La presión ardiente de su erección contra la cara interna del muslo. Todo aquello hacía que se sintiera más caliente y sexy que en toda su vida.

En el calor del momento, se olvidó de sus escrúpulos, de su ética y del futuro. Deslizó sin pensarlo el muslo por su erección. Arriba y abajo. Él soltó un gemido.

—Me estás matando, cariño.

Él empezó a mover las manos. Deslizó una por la parte inferior de su espalda y subió por la columna; la otra se dirigió hacia su lugar más ardiente e íntimo. Eso hizo que de su garganta emergiera un murmullo profundo, un sonido primitivo de seducción que hizo que la rodeara con los brazos y empezara a mordisquearle la clavícula. Ella restregó su desnudez contra él, su suavidad contra la dureza de él.

—Cariño —consiguió decir Ty mientras le devoraba el cuello. Encontró su humedad con los dedos y empezó a extendérsela en círculos—. Cariño… la boda.

—¡No! —gimió Vicky desde el fondo de su alma hambrienta de sexo.

—Más tarde —respondió él entre jadeos mientras introducía los dedos en su sujetador—. Te follaré más tarde. Toda la noche.

Más tarde no sería suficiente, y daba igual lo que dijera, porque sus manos, sus labios y su miembro en erección deseaban hacerlo ya. No tendría que esforzarse mucho para hacerle perder el control.

Nunca en su limitada vida sexual había jugado a ser la agresora, pero aquella nueva Vicky loca por el sexo metió la mano entre sus cuerpos, agarró su cremallera y se la bajó como una profesional.

Ty dio un respingo cuando agarró su miembro con la mano.

—En el bolsillo de atrás —murmuró—. En el lado izquierdo.

Vicky sacó el paquete plateado con la otra mano y lo abrió con los dientes. Se sentó a horcajadas sobre sus caderas, le puso el preservativo y se preguntó por un instante cómo iba a conseguir meterse su miembro entero. Entonces él le enganchó el tanga con el pulgar, se lo echó a un lado y le agarró las caderas con las manos para levantarla y guiarla.

—Despacio, cariño —dijo con la respiración entrecortada—. Pero no demasiado despacio, o te juro que será demasiado tarde.

Estaba tan húmeda que la penetró antes de que se diera cuenta, y ella lo soportó. Ty se aferró a sus caderas, clavándole los dedos, mirándola a los ojos, aguantando mientras ella se acostumbraba al tamaño de su erección. Cuando empezó a cabalgarlo, él apretó la mandíbula y se quedó quieto mientras ella colocaba las palmas de las manos sobre su torso.

Durante un minuto entero, a lo largo de una docena de movimientos profundos y deliciosos, Vicky mantuvo el control, marcó el ritmo, mientras a él empezaba a sudarle la frente y sus músculos se tensaban.

Entonces, en un movimiento explosivo, se incorporó hacia arriba como si hiciera un salto mortal hacia delante. Ella aterrizó boca arriba, con noventa kilos de vaquero frustrado aprisionándola contra la moqueta. Ty apoyó el peso sobre sus hombros y el pelo rubio le cayó por delante de los ojos.

—Lo siento, cariño —dijo—, ya te lo compensaré más tarde —la embistió y le hizo perder el poco control que le quedaba. Sus piernas le rodearon las caderas como si tuvieran voluntad propia para que la penetración fuese más profunda. Se aferró con los dedos a la moqueta y él le agarró el pelo con una mano—. Córrete conmigo, cariño. Córrete conmigo ahora.

No podía. No podía tener un orgasmo así. Nunca lo había tenido. Tener un orgasmo era un proyecto que solo lograba con sus propias manos, en la privacidad de su habitación. No podía...

Y entonces pudo. ¡Pudo! Abrió los ojos de par en par y se agarró a sus brazos.

—¡Dios mío! —gritó mientras todo su cuerpo, cada músculo, cada tendón y cada gota de sangre se convertía en una sola célula... y después estalló en mil pedazos—. Dios mío —

repitió cuando recuperó la voz—. Dios mío, Dios mío. ¿Qué diablos ha sido eso?

Ty se había derrumbado sobre ella y tenía la cara enterrada en su cuello. Empezó a reírse y la risa retumbó en su pecho. Se tumbó boca arriba y la colocó encima de él. Colocó una mano enorme en su trasero y usó la otra para apartarle el pelo de la cara y ponérselo detrás de la oreja.

—Eso —dijo al fin— ha sido el mejor polvo que he echado en años. Tal vez el mejor de mi vida.

Estaba sonriendo, con brillo en la mirada, y el estómago le dio un vuelco. Era una sensación con la que no estaba familiarizada. Le devolvió la sonrisa sin poder evitarlo, atrapada en su hechizo.

Él le acarició la mejilla ligeramente. Después bajó hasta el hombro y hasta la curva del pecho. Introdujo la punta del dedo bajo el sujetador como si lo hubiera hecho toda la vida. Lo deslizó por el borde hasta llegar al centro.

—Perfecto —murmuró, y dejó allí el dedo, acurrucado entre sus pechos.

A Vicky se le calentó la piel. El calor fue subiendo desde sus partes bajas hasta la línea del pelo. ¿Cómo lo hacía? ¿Cómo lograba excitarla tanto en tan poco tiempo? Todo con él era diferente, se sentía más ella misma, para bien o para mal. La excitaba hasta hacerle perder el control. ¡Ella lo había atacado, por el amor de Dios! ¡Le había bajado los pantalones y había cabalgado sobre él como si fuera una vaquera!

Y entonces… entonces había tenido un orgasmo mientras él estaba dentro de ella. Un orgasmo de verdad, no uno fingido.

¿Qué diablos iba a hacer ahora?

Ty le colocó un mechón de pelo rubio detrás de la oreja a Vicky y contempló su cara. Tenía los ojos azules más bonitos. Como el cielo de octubre en un día cálido y ventoso, cuando no había una sola nube a la vista.

En ese momento esos ojos azules estaban vidriosos. Le dirigió una sonrisa de satisfacción, probablemente sin darse cuenta. Sí, su pequeña vaquera había cabalgado hasta el paraíso y ahora le costaba trabajo volver a la tierra.

Era una pena que no pudiera dejarla a la deriva durante un rato, pero ya llegaban tarde. Isabelle lo despellejaría si le fastidiaban la boda. Ya se lo compensaría más tarde a Vicky. La sacaría del banquete y la metería en su cama, donde no tuviera cristales rotos de una bombilla clavándosele en la espalda, y volvería su mundo del revés durante toda la noche.

Por fin el fin de semana había dado un cambio a mejor.

—Vicky, cariño.

Ella no respondió. Tenía la mirada perdida y, a decir verdad, parecía aterrorizada. Se le sonrojaron las mejillas, pero no había tiempo para tranquilizarla. Le rodeó la cintura con las manos, evitando sus costillas, pues no necesitaba un ataque de cosquillas teniendo su rodilla en sus testículos, y la echó a un lado para poder incorporarse.

—Cielo, tenemos que irnos.

Tardó unos segundos en asimilarlo.

—¡La boda! —gritó entonces, y se arrodilló de un salto. Ambos empezaron a levantarse y...—. ¡Ahhh! —le dio en la rodilla con el dedo y los ojos se le llenaron de lágrimas.

—Oh, cariño —la tomó en brazos y la dejó suavemente sobre la cama. Ella levantó el pie para agarrárselo, intentando no llorar, y se fijó entonces en el vestido tirado en el suelo. Las lágrimas comenzaron a resbalar por sus mejillas.

Ty recogió el vestido y lo sacudió.

—No está tan mal como parece, cariño. Deja que me limpie y después veremos cómo hacemos.

Ty se encerró en el baño a limpiarse y después se miró en el espejo. Tenía la pajarita ladeada, pero la recolocó fácilmente. La chaqueta quedó bien después de sacudirle los cristales. Y la lengüeta rasgada del pantalón quedó oculta bajo la faja, una prenda que antes le parecía inútil.

Entonces abrió la puerta y se fijó en Vicky.

Activó la alerta de crisis.

Muy bien, cariño. Lo primero que tienes que hacer es lavarte la cara y maquillarte un poco —tenía la nariz roja como la de un payaso, y los labios, hinchados después de los besos, necesitaban algo de color. Para sus ojos rojos probablemente necesitaran un milagro.

La agarró por los brazos y la metió en el baño todo lo deprisa que se lo permitía la cojera. Se colocó detrás de ella y la miró a los ojos a través del espejo.

—Puedes hacerlo —le dijo de manera alentadora, y huyó de allí.

Rebuscó en el armario y encontró una plancha. No había tabla, pero con el antebrazo empujó todo lo que había en el tocador contra el espejo. Se puso con el vestido y, para cuando Vicky salió del baño, ya no tenía arrugas. Su madre estaría orgullosa.

Pero había un gran problema.

—Cariño, ¿tienes imperdibles?

—¿Para qué? —preguntó ella mientras rebuscaba en el cajón de la ropa interior. Sacó unas bragas amarillas que llamaron su atención. Miró entonces el tanga color melocotón que aún llevaba puesto.

—Eh... —se le había olvidado lo que quería decir, ¿y quién podría culparlo? Vicky tenía, sin duda, un trasero absolutamente perfecto. Más pequeño de lo que solía gustarle, pero prieto, redondo como una manzana, diseñado para llevar braguitas de encaje.

Ella miró por encima del hombro.

—¿Y bien?

—No quiero que te entre el pánico, cielo, pero tenemos una pequeña rasgadura.

—¡Qué! —atravesó la habitación todo lo rápido que pudo.

El polvo que habían echado debía de haberle hecho olvidar el ruido de tela rasgada que le había precedido porque, cuando le mostró la costura rota, que comenzaba por debajo de la cremallera y descendía unos veinte centímetros por lo que parecía ser la curva del trasero, ella blasfemó en voz baja, volvió a entrar en el cuarto de baño y salió con un pequeño kit de costura.

—Cariño, no creo que tengamos tiempo para...

Ella le interrumpió.

—El tejido es demasiado delicado para los imperdibles, sobre todo en un lugar que se estira como la parte de atrás —enhebró una aguja—. Dale la vuelta y sostenlo estirado.

Cosió el vestido sin perder mucho tiempo, aunque en opinión de Ty quedó un trabajo poco brillante. Su madre no le habría dado el visto bueno. Pero no pensaba decírselo cuando eran las cuatro menos diez. En la distancia empezaron a sonar las campanas de la iglesia, que daban la bienvenida a los invitados a la boda. Empezó a sudarle la sien.

Ella cortó el hilo con los dientes y, por alguna razón, eso volvió a excitarle. Después le puso las manos en los hombros.

—Abajo —ordenó—. Y esta vez intenta no tirarme.

—No ha sido culpa mía... —comenzó a decir él, pero le interrumpió de nuevo.

—Tú hazlo.

Ya estaba harto.

—Claro que lo voy a hacer —dijo, le colocó una mano en la nuca y la besó en los labios.

Ella se resistió durante un segundo. Después dejó escapar un gemido y se derritió como la mantequilla. Deslizó las palmas de las manos por su torso, sobre sus hombros, hasta llegar al pelo. Se inclinó hacia él, como arcilla entre sus manos. Podría volver a hacerle el amor, y lo haría de buena gana, si tuvieran más tiempo.

Con un gran esfuerzo, fue suavizando el beso y, muy despacio, centímetro a centímetro, se apartó. Y sonrió al ver sus ojos azules vidriosos de nuevo.

Juntos lograron ponerle el vestido y él se lo abrochó y se despidió a regañadientes de la lencería de seda y de su piel más sedosa aún. Ya imaginaba el momento en que volvería a desabrochárselo en unas horas para volver a provocarle esa mirada perdida y dejarla así durante catorce horas. Hasta que tuviera que tomar el tren para iniciar el camino de vuelta a casa.

La idea le revolvió. Al día siguiente volvería a Texas y no volvería a verla. Un par de días atrás, eso era lo que más deseaba. Ahora le resultaba… raro.

Pero no había tiempo para introspecciones. Vicky estaba supervisando su melena en el espejo del tocador. Se había hecho un recogido, con dos mechones sueltos alrededor de las mejillas. Jugueteaba nerviosa con uno de ellos.

—Está perfecto, cariño. Vámonos.

Ella negó con la cabeza, angustiada.

—Es un desastre. No puedo hacer nada con él.

Él se detuvo y se tomó un instante. Agarró un mechón y lo deslizó entre sus dedos.

—A mí me gusta así —le dijo suavemente, y vio como sus ojos se abrían desmesuradamente antes de parpadear. Vicky se alisó el vestido con las manos nerviosamente—. También me gusta el vestido. Pareces una estrella de cine.

Ella agachó la mirada, pero su piel delatora se ruborizó. Ty le pasó un nudillo por el hombro desnudo y ella se estremeció. Todo en ella le excitaba. Los dientes en el hilo. Aquel leve escalofrío. Dios, no había sentido algo así desde… Lissa.

Su recuerdo le recorrió como una corriente gélida que le heló los huesos. Apartó la mano.

—¿Estás lista?

Ella dejó escapar el aliento como si hubiera estado aguantando la respiración. Caminó a saltos hasta la cama y alcanzó el bolsito que hacía juego con el vestido.

—Lista.

Ty se tomó un instante para mirarla, solo para comprobar que estaba de una pieza. Y, aunque se resistía, sintió que el calor invadía su pecho de nuevo. Estaba tan mona que deseaba reírse de ella, con el pie lesionado levantado por detrás, con aquel precioso vestido, ese peinado informal y aquellas sandalias de abuela que casi estropeaban el conjunto.

Pero, pensándolo bien, su ceño fruncido indicaba que esperaba que se riese de ella. O que la criticara. Y Ty necesitaba que entendiera de una vez por todas que él no era su madre, y que no era Winnie.

Así que contuvo la risa por miedo a que la malinterpretara. En su lugar, le dirigió una sonrisa sexy.

—Vamos, preciosa —le dijo—. Os espera vuestro carruaje —y la levantó en brazos.

CAPÍTULO 15

Ningún gran gesto romántico queda impune. El castillo estaba más lejos de lo que Ty recordaba, los escalones que conducían a la capilla eran más estrechos y mucho, mucho más empinados. Y Vicky, bueno…

—Cariño, ¿recuerdas que dije que estabas esquelética?

Ella apartó la cabeza de su hombro y le dirigió una mirada de advertencia. Él resopló.

—Digamos que he llegado a agradecerlo.

Eso hizo que se riera.

—Y te lo advierto —continuó él—, cuando Isabelle me eche la bronca por llegar tarde, pienso decirle la verdad. Que me arrastraste al suelo y me echaste un polvo.

Ella le golpeó el hombro con el bolso.

—¡No puedes decirle eso! ¿Y si Winston se entera? ¿O mi madre?

—¿Qué pasa si se enteran? Antes de que empiecen a soltar improperios, la boda habrá acabado —hizo una pequeña pausa—. Pero, si realmente te preocupa, tal vez puedas persuadirme para cargar con la culpa.

—¿Qué me costará?

Arrugó la frente como si estuviera pensándolo.

—Históricamente hablando, la mejor arma negociadora de una mujer siempre ha sido el sexo.

—¡Acabamos de tener sexo! —exclamó ella, y se sonrojó al decirlo.

Ty contuvo la sonrisa y le dirigió una mirada compasiva.

—Lo que hemos echado, cariño, ha sido uno rapidito. Ha estado bien, de hecho ha sido jodidamente fantástico, pero de lo que yo te estoy hablando es del tipo de sexo que dura toda la noche. El sexo en el que tenemos muchos orgasmos y apenas nos da tiempo a dormir entre medias. El sexo en el que tienes que ir a la cocina de vez en cuando a picar algo para mantener las fuerzas.

Ella se quedó callada durante unos segundos. Él esperó la explosión.

—Ah, vale —dijo Vicky finalmente. Y dejó escapar ese suspiro que le provocó una erección como si se hubiera tomado Viagra. Empezó a sudarle la frente. Aminoró el paso y luchó contra la necesidad de pasar de la boda y llevarla de nuevo a la cama.

Al final se obligó a recorrer los últimos metros hasta la capilla, pero no se atrevió a decir nada más.

Vicky se mordió el labio inferior. Al diablo con el pintalabios, acababa de apuntarse a un maratón de sexo con Ty. ¿En qué estaba pensando?

No era que no quisiera hacerlo. Sí que quería. Desde luego que quería.

Pero se sentía insegura. Sabía hacer las cosas básicas, pero sus únicos conocimientos sobre las prácticas avanzadas procedían de los libros y, sí, de algunas películas. Comparada con la vida sexual enciclopédica de Ty, su experiencia no daría ni para un panfleto.

Y eso no era lo peor de todo. Lo peor era que no podía tener un orgasmo con un hombre. Necesitaba intimidad. Necesitaba concentrarse. Necesitaba hacerlo bien o se le escapaba entre los dedos. Por así decirlo.

Los hombres no entendían eso. Deseaban hacer que se corriera, ser los héroes, y si no podían se enfadaban. La culpaban a ella y hacían comentarios condescendientes para proteger sus egos. La llamaban estirada, frígida y atrofiada sexualmente, insultos que se le quedaban en la cabeza y se aseguraban de que nunca pudiera llegar al orgasmo estando con un hombre.

Hasta que llegó Ty, claro. Dios, menudo viaje. Aún temblaba por dentro. Pero probablemente fuese solo una anormalidad. Se había dejado llevar por una pasión que nunca antes había experimentado. Sin pensar, simplemente dejando que ocurriera.

Ty era diferente, no podía negarlo. La confundía, hacía que se enfadara, la hacía reír, la alteraba en todos los sentidos.

Pero ella no era diferente. Ella era la misma Victoria de siempre. Y, cuando se metiera con él en la cama esa noche, todas sus neurosis, todos sus miedos y todas sus deficiencias irían con ella. ¿Qué ocurriría entonces? ¿Volvería a lo de antes? ¿Ty se daría cuenta de que no merecía la pena y la ignoraría?

¿O sería como esa tarde, cuando se había despojado de todas sus paranoias como si fueran capas de una cebolla?

No había manera de saberlo hasta que ocurriera.

Por el momento tenía que centrarse en la furiosa prometida de su hermano, que estaba esperándolos frente a la capilla con los brazos en jarras. Dirigió toda su ira contra Ty.

—¿Dónde estabais?

Al ver los labios apretados de Isabelle y sus mejillas sonrosadas, Vicky supo que debería sentirse culpable. Pero no pudo. Al fin y al cabo, Isabelle tenía toda una vida por delante de sexo con Matt. El polvo rápido que había echado ella con Ty tal vez fuera el mejor sexo que jamás tendría.

Ty se dispuso a utilizar su magia con Isabelle.

—Es culpa mía, cariño, y prometo compensártelo —su sonrisa habría logrado desactivar una bomba nuclear.

Isabelle no podía enfrentarse a eso.

—Oh, bueno —dijo agitando una mano—. Al fin y al cabo, las bodas nunca empiezan a tiempo.

Y a Vicky le pareció que eso explicaba por qué su romance no había funcionado. Isabelle era demasiado amable para alguien como Tyrell Brown. Él necesitaba una mujer que no se dejara desarmar cuando le dirigía esa sonrisa. Una mujer que se atreviera a contestarle cuando intentaba encandilarla. Una mujer que no se lo pusiera todo en bandeja.

No era que tuviera a nadie en mente.

Una hora después de la puesta de sol, la recepción estaba en pleno auge. La cena había acabado hacía tiempo, habían cortado y servido la tarta y la banda estaba tocando. Bajo la inmensa carpa, iluminada solo por pequeñas lamparitas y las velas sobre las mesas, los invitados abarrotaban la pista de baile.

Sobre la tarima, en la mesa alargada que ocupaba el cortejo nupcial, Vicky estaba sentada sola con el pie en una silla, viendo a la gente bailar. Cuando terminó *Blue Suede Shoes*, Matt le pasó un brazo por la cintura a su esposa y la llevó hacia atrás. Sonrojada y encantada, Isabelle dejó caer la cabeza dramáticamente hasta que Matt volvió a incorporarla mientras todos, incluida Vicky, rompían a aplaudir.

La banda anunció un descanso y los bailarines se dispersaron por la pista. La feliz pareja fue directa a Vicky. Jack y Lil se reunieron con ellos segundos más tarde, sudorosos y sonrientes. Después Annemarie, tirando de la mano de Ricky. Apareció un atento camarero con champán. Matt levantó su copa.

—Por mi esposa —dijo, y parecía más feliz incluso que cuando había dicho «sí, quiero»—. Isabelle, en cuanto te vi entrar en Tiffany's, brillando más que cualquier joya de la tienda, supe que eras la mujer con la que me casaría. Me enamoré de ti ese día, hoy te quiero todavía más, y te querré durante el resto de mi vida.

Isabelle rio nerviosamente. Le rodeó el cuello con los brazos y le susurró algo al oído que hizo que él se carcajeara mientras a Vicky se le llenaba el corazón. Su hermano se merecía toda la felicidad que Isabelle pudiera darle.

Notó unos dedos en el hombro cuando Ty se sentó a su lado. Dejó la mano apoyada en el respaldo de su silla. Juntos contemplaron a los recién casados susurrar, ajenos a los demás.

—Ahora son una familia —murmuró Ty—. Son la prioridad el uno del otro.

—Me alegro por ellos —Vicky lo decía en serio, pero su voz sonaba anhelante. Ambos sentían la pérdida, y compartirla aliviaba parte del dolor que sentía. Se giró hacia él—. Hemos sido afortunados por tenerlos todo este tiempo.

La sorpresa iluminó los ojos de Ty. ¿No sabía que ella también se sentía sola?

Levantó una mano y le acarició la mandíbula con un dedo.

—Cariño, yo me siento muy afortunado ahora mismo.

La ternura de su voz la pilló desprevenida. Hizo que se agitaran mariposas en su estómago y se quedó sin palabras.

Él le dirigió una sonrisa, indicando que había vuelto a leerle el pensamiento. Indicando que iba a besarla.

Ella deseaba que la besara.

Antes de que pudiera cumplir con su promesa, Isabelle habló con cierta picardía.

—Bueno, Ty, ¿querrías explicarnos por qué has llegado tarde a mi boda?

Él apartó la mirada de Vicky. Parpadeó durante unos segundos y sonrió lentamente. Transcurrieron más segundos sin que dijera nada, dejando que los demás interpretaran el significado de su sonrisa mientras Vicky notaba el calor que le subía por el cuello. Entonces, uno por uno, todos empezaron a mirarla. Matt frunció el ceño. Isabelle apretó los labios con complicidad. Jack sonrió. Lil puso los ojos en blanco. Y Annemarie hizo algo por debajo de la mesa que hizo que Ricky desviara la atención hacia ella.

Pasado un minuto, Ty se inclinó hacia ella y le susurró al oído para que nadie más pudiera oírlo.

—Recuerda lo que me debes por esto —murmuró. Sus mariposas echaron a volar. Después se recostó en su silla y dijo—: Isabelle, cariño, me da vergüenza admitirlo, pero surgió una emergencia con el vestuario. Necesitaba aguja e hilo y, como puedes imaginar, yo no tenía.

Le acarició a Vicky el hombro con el pulgar.

—Por suerte, Vicky tenía un par de docenas de esos pequeños kits de costura que se encuentran en los buenos hoteles. Me lo cosió todo lo rápidamente que pudo, pero, aun así, nos retrasamos. Lo siento mucho, pero créeme, cielo, era mejor que la alternativa —volvió a sonreír a Isabelle—. No creo que quisieras ver el culo de nadie, por muy bonito que fuera, en las fotos de la boda.

Isabelle aguantó la sonrisa, y Vicky pensó que su nueva cuñada probablemente estuviera recordando el bonito culo de Ty. ¿Y quién podría culparla? Era memorable.

Ty empezó a acariciarle el omóplato. Algo tan sencillo, tan inocente, no debería ser tan sexy. Pero lo era. Ella sonrió sin darse cuenta. Él le devolvió la sonrisa y arrugó los ojos de manera irresistible.

El sistema de sonido sustituyó a la banda, y hubo un cambio de tempo, de Elvis a Chopin. Ty sonrió con más intensidad, siguió acariciándole el hombro con la palma de su mano y las mariposas de su estómago se agitaron una vez más.

—¿Bailas conmigo?

—Ojalá pudiera —respondió ella, y lo decía desde el fondo de su corazón. Habría dado cualquier cosa por no tener el dedo roto, porque, cuando bailaba con Ty, todas sus asperezas parecían limarse. Como si sus cuerpos conocieran el secreto de la compatibilidad que sus mentes estaban solo aprendiendo.

—Confía en mí —dijo él. Le levantó el pie de la silla, lo dejó suavemente en el suelo y después señaló sus propios pies—. Súbete —ella lo miró con escepticismo. Él sonrió—.

Cariño, si he podido cargar contigo por las calles adoquinadas de Amboise, sin duda podré hacerlo en esta pista de baile.

—Pero tus botas parecen… —sin saber nada sobre botas de vaquero, Vicky intentó encontrar un adjetivo adecuado—. ¿Caras?

—Eso es cierto, cariño. Así que no pondré ninguna objeción si quieres dejar los zapatos debajo de la mesa.

Sus pies descalzos se amoldaron a sus botas. Estando en equilibrio, no le quedó más remedio que aferrarse a él. Ty la agarró con la misma fuerza, con un brazo rodeándole la parte inferior de la espalda. La música los llevó a través de la pista y, aunque no se movían con la misma elegancia que en la terraza, estaban en sintonía en otros aspectos. Menos antagónicos; más excitados.

—Veo que has traído a tu amiga —dijo Vicky con una erección, refiriéndose a la erección que palpitaba entre ellos.

—No iría a ninguna parte sin ella —contestó él frotando la mejilla contra su sien—. Hace unas horas parecía encantarte.

Sus palabras y el tono con que las dijo hicieron que un torrente de calor recorriera su cuerpo hacia abajo. Tuvo que tragar saliva dos veces antes de responder.

—¿Hablas de tu pene de manera antropomórfica? ¿Qué dirían de eso los filósofos?

—Que les den a los filósofos —su aliento caliente le acariciaba la oreja—. Has empezado tú, cariño, y en lo referente al sexo puedo con casi cualquier cosa. Si quieres pensar en ello como en un trío, tú, yo y mi pene, entonces me parece bien. Siempre y cuando ambos podamos follarte.

Ella se quedó sin aliento. Las guarradas como preliminares eran una nueva experiencia. A su novio de la universidad le había faltado imaginación para eso, y Winston, su otro amante, nunca se había molestado mucho con preliminares de ninguna clase.

Tenía que admitir que le gustaba. Y estaba decidida a intentarlo.

—Suena interesante —se le habían quedado los labios secos, así que se los tocó con la lengua—. ¿Quién se pondrá encima? De los tres, quiero decir.

Ty la pegó más a su cuerpo, si acaso eso era posible, y le mordió el lóbulo de la oreja.

—Va a ser una noche larga, cielo. Iremos por turnos.

Su voz sonaba melosa hasta el extremo. El corazón le dio un vuelco y después se le desbocó. Él tiró con los dientes del pendiente, de manera posesiva, no dolorosa. Le arañó la barbilla con la mandíbula, una sensación increíblemente masculina que desencadenó espasmos en su pelvis como respuesta.

Oh, sí, le gustaban esas guarradas. No podía igualar su acento sureño, pero el calor que recorría sus venas le dio a su voz un tono sexual que apenas reconoció como propio.

—Yo primero —murmuró en su oído—. Después tu amigo y tú podréis hacer lo que queráis conmigo durante el resto de la noche.

Con esa marcó un buen tanto. La mordió con más fuerza y con el brazo apretó su cuerpo contra su erección.

Pero ella no llegó a disfrutarlo, porque un suspiro sobresaltado le hizo levantar la cabeza y mirar por encima del hombro de Ty, donde Adrianna estaba mirándola. A juzgar por su expresión de horror, debía de haber oído el comentario de su hija. Y Winston, su acompañante, también se había quedado mirándola. Su expresión era más difícil de interpretar, pero entre la rabia y el desdén podía ver cierto interés.

Su propia cara también debió de ser espectacular, de sorpresa, de vergüenza, de angustia, porque Ty giró en círculo para seguir el curso de su mirada. Al ver a Winston y a Adrianna, ambos de piedra, sonrió.

—Winnie —murmuró—, no me des esos sustos. Podría ponerme nervioso y darte otra vez.

La rabia borró cualquier otra emoción de la cara de Winston.

—Vamos fuera, vaquero. Veremos quién tiene que cerrar la boca.

Ty sonrió más aún.

—Aunque suena tentador, tengo otros planes —se encogió de hombros—. Tal vez por la mañana, si puedo levantarme de la cama.

Winston resopló con desprecio.

—Sí, ahora que el juicio ha terminado, puedes dejar de fingir que lamentas la muerte de tu esposa y volver a tirarte a cualquier cosa que tenga tetas.

Ty apretó la mandíbula, pero no dejó de sonreír.

—Si tienes miedo de que te deje en ridículo, Winnie, ya es demasiado tarde. Que pases buena noche.

Vicky estaba segura de que tenía la cara tan roja como la de Winston. No podía mirar a su madre, que se había quedado con la boca abierta.

Ty se alejó bailando con ella hasta llegar a su mesa. Vicky se sentó torpemente y se quedó mirando su regazo. Él se sentó a su lado y le acarició la mandíbula con un nudillo.

—Vicky —sonaba más serio que de costumbre—. Lo siento, cariño, no debería haber dicho eso. Me ha cabreado y he hablado sin pensar. Pero, cielo, tú no has hecho nada por lo que debas avergonzarte —siguió acariciándola con el nudillo hasta llegar a la barbilla y levantarle la cabeza para que lo mirase a los ojos—. Eres una mujer preciosa y tienes un cuerpo espectacular. Puedes hacer con él lo que se te antoje, y lo que se te antoje no es asunto de nadie más —le rozó la mejilla con el pulgar—. Tu madre se recuperará, no es ninguna virgen ingenua —agregó con una sonrisa—. Y Winnie, bueno, Winnie se pasará la noche despierto, masturbándose y deseando ser yo.

Eso hizo que Vicky soltara una carcajada.

—Vaya, gracias por meterme esa imagen en la cabeza.

Sonrió y él le dio un beso en los labios.

—Dame cinco minutos para ir al baño y después te llevaré a casa.

En cuanto desapareció Ty, Winston se acercó a ella. Se quedó de pie, amenazante como una nube de tormenta.

—¿Has perdido la cabeza,Victoria? —preguntó entre dientes—. ¿De verdad te has acostado con ese imbécil?

Ella levantó la barbilla.

—Sí, Winston, he perdido la cabeza. La perdí hace cuatro horas mientras echaba un polvo en el suelo de mi dormitorio, y esperó volver a perderla otra vez esta noche.

Él entornó los párpados a cada palabra que ella pronunciaba.

—¡Tu madre me dijo que deseabas volver a empezar! Por eso estoy aquí,Victoria. Soy un hombre ocupado y este viaje ya me ha supuesto contratiempos. Así que, si lo de Brown es una estrategia para ponerme celoso, entonces tienes que entender que no tengo tiempo para tus tonterías.

—¿Mis tonterías? —Vicky echó la silla hacia atrás e hizo hueco para levantarse, aunque solo fuera con un pie—. Si fuera de tu incumbencia, Winston, te diría que hacer el amor con Tyrell no tiene nada que ver contigo. ¡Se trata de mí!

—¿De ti? —Winston se rio con incredulidad—. ¿De verdad crees que le importa acostarse contigo? Lo está haciendo para fastidiarme.

—Oh, por favor —Vicky interpretó aquello como la estupidez de un egocéntrico.

La incredulidad de Winston se transformó en desdén.

—¿Te has olvidado de que eres frígida,Victoria? ¿De verdad crees que no se va a dar cuenta?

Su golpe fue certero, directo al centro de todas sus inseguridades. Ella apretó los labios frente al dolor y él entró a matar.

—¿Tienes idea de a cuántas mujeres se ha tirado? ¿Crees que alguna de ellas era frígida? —su risa le arañó la piel como si fueran uñas—. Tendrás suerte si no te echa de la cama y se va a buscar a esa stripper —se inclinó hacia ella y le echó el aliento caliente en la cara—. Eso hacen los hombres cuando una mujer los decepciona en la cama. Se van a buscar a otra.

Eso fue como un puñetazo en el pecho que le hizo dar un paso atrás y la dejó sin aliento. Se sintió vulnerable.

Una humillación tan extrema debía de ser mortal, así que, como cualquier animal herido, no le quedaba más remedio; o morir o huir.

Estiró la mano hacia atrás, palpó su bolso y lo tiró al suelo con los nervios. Maldijo su torpeza y se dio la vuelta, pero después lo empeoró al golpear la mesa con la cadera. Las copas de vino cayeron sobre el mantel y los tenedores resonaron contra los platos. Y, por último, aunque no menos importante, cuando se agachó a recoger el bolso, una botella vacía cayó de lado y rodó hasta caer por el borde de la mesa.

Como ocurrió en un descanso entre canciones, la explosión de cristal llamó la atención de la gente hacia la tarima, concretamente hacia el trasero agachado de Vicky... en el preciso momento en el que sus remiendos de principiante reventaron.

Desde el otro lado de la carpa, Ty observó junto al resto cómo se abría la costura, mostrando sus nalgas al mundo y a Winston, con solo una diminuta tira de encaje amarillo en el centro que preservaba el poco recato que le quedaba.

Naturalmente, ella fue la última en enterarse. Concentrada en inspeccionar el suelo, movía el trasero de un lado a otro como una brújula, haciendo un calvo ante todos los presentes, hasta que al fin debió de sentir la brisa en la piel porque se enderezó de golpe y se llevó ambas manos a las posaderas.

Ty sufrió por ella cuando se dio la vuelta hacia el mar de gente, sonrojada por la vergüenza. Dio un paso hacia atrás, golpeó la mesa y provocó otro estruendo.

Y Winston, el muy imbécil, ni siquiera estiró el brazo para estabilizarla.

Ty no podía aguantar más. Tenía que ir a por ella. Apartarla de aquel imbécil. Se abrió paso entre la multitud boquiabierta y se juró que haría pagar al muy bastardo. Cuando terminara con él, no sería más que una mancha de sangre en el suelo.

Pero primero tenía que sacar a Vicky de allí. Hacer que sonriera. Convencerla de alguna manera de que, con el tiempo, pensaría en ello y se reiría.

Necesitaría todo su poder de persuasión.

Subió a la tarima, pero su hermano había llegado hasta ella primero, pillándolo a él desprevenido. Apretó los puños. Maldición, todo aquel caos era culpa suya. Él había provocado a Winston y después había dejado a Vicky sola y vulnerable. Y ahora ni siquiera podía abrazarla.

Frustrado más allá de la razón, furioso sin medida y con una mezcla de celos, furia, culpa y vergüenza bullendo en su interior, hizo lo único que se le ocurrió.

Empujó a Winston de la tarima y le hizo caer sobre una mesa que había debajo.

La explosión de cristales y platos hizo que la botella rota de Vicky pareciera una tontería en comparación. La mesa se desarmó como si formara parte del decorado de una película y Winston quedó tendido en el centro con la sorpresa visible en su cara de pijo.

Eso estaba mejor.

Ty se quitó la chaqueta, se la puso a Vicky sobre los hombros y después, sonriendo como un lunático, saltó de la tarima para zambullirse en el precioso caos que había creado.

Mientras tanto, Winston se había puesto en pie. Salió de entre las ruinas, se limpió las suelas de los zapatos con el mantel y dejó manchas de tarta de chocolate sobre el lino blanco. Tenía glaseado en el pelo, y también en la chaqueta y en los pantalones.

—Eres hombre muerto, Brown —murmuró entre dientes. Tiró la chaqueta a un lado y se lanzó hacia Ty como un defensa.

Winston era fuerte y valiente, pero Ty le ganaba en velocidad y agilidad. Lo esquivó ligeramente y utilizó la inercia de Winston en su contra. Lo agarró de la camisa para ayudarle a llegar más lejos en su trayectoria. Cuando pasó volando frente a él, su cuerpo se adelantó a sus pies y aterrizó de cabeza contra otra mesa, que también quedó destrozada y quedó a los pies de los invitados boquiabiertos que se habían levantado para contemplar el espectáculo.

Winston Churchill Banes cubierto de tarta de chocolate era algo digno de ver, y Ty no pudo evitar carcajearse en voz alta. Como un niño durante una pelea de comida en el comedor del colegio, se colocó las manos a ambos lados de la boca y gritó como un niño de diez años:

—¡Que tengas un buen viaje, Winnie! Nos vemos en la próxima.

Y tuvo el efecto provocador que deseaba.

Winston se puso en pie con cara de asesino y alimentado por la adrenalina. Con una velocidad que ni siquiera Ty podía igualar, le clavó la cabeza en la tripa y lo embistió como un toro para borrarle la sonrisa de la cara.

Los invitados se dispersaron cuando Winston lo estrelló contra otra mesa. Ty golpeó con los hombros el tablero y la mesa cayó al suelo. Entonces Winston le propinó un gancho de derecha en la mandíbula. Vio las estrellas, oyó el zumbido en los oídos y, por un segundo, pensó que tal vez hubiera subestimado a Winnie.

De hecho, quizá fuese a él a quien le patearan el culo.

Entonces, por encima de los gritos y del estruendo generalizado que le rodeaban, oyó a Jack con claridad.

—Mierda, Tyrell, el chico de ciudad te está dando una paliza.

Era impensable. Nunca lo superaría.

Enfurecido, agarró a Winston de la pechera de la camisa, tiró de él y estampó al hijo de perra contra su propio pecho como si fuera un yunque, dejándolo sin aire. Le rodeó decididamente con ambos brazos el tronco, enganchó las muñecas en la espalda del cretino y apretó.

Con fuerza.

Al principio eso apenas detuvo a Winston. Siguió golpeándole en la cara, pero Ty no dejó de apretar y, cuando se le cansaron los brazos, recuperó las fuerzas al recordar la tristeza en la cara de Vicky mientras Winston la miraba sin dignarse a echarle una mano cuando ella no podía tenerse en pie. Bien, unas cuantas costillas rotas le enseñarían a tener modales. Winnie lloraría como una niña antes de que hubiera acabado con él.

Tardó más de lo que imaginaba, pero al fin el cuerpo de Winston se quedó laxo. Ty sonrió. Olía la victoria. Relajó un poco los brazos, lo justo para que le llegara algo de sangre a las manos.

Y Winston se echó hacia un lado, llevándolo a él consigo.

Al parecer Winston había fingido la derrota y, al girar sobre su espalda, le espachurró las manos a Ty bajo su cuerpo y este se maldijo a sí mismo por ingenuo. Ahora Winston tenía ventaja, se retorcía como una serpiente, aplastando los nudillos de Ty contra el tablero de la mesa hasta que no le quedó más remedio que soltarlo. Después le dio un empujón, se puso en pie y se dispuso a darle una patada en la cabeza.

Los reflejos de Ty le salvaron por poco. Giró hacia la izquierda, se puso en pie deprisa y miró a Winston desde el otro lado de la mesa destrozada.

Maldición, aquel chico de ciudad no debería haber sido rival para él, pero el cabrón había perdido la cabeza y ahora tenía la fuerza de un loco. Miraba a Ty con odio, golpeando el suelo como un toro, y Ty supo que tenía que ponerse serio de inmediato si quería salir de allí de una pieza.

Ignoró sus heridas, se rasgó los puños de la camisa y los gemelos salieron volando. Después se echó el pelo hacia atrás y, sin dejar de mirar a Winston, le dirigió una sonrisa mientras rodeaba la mesa como una pantera esperando para saltar.

A Winston no le gustaba que lo acecharan; se notaba la impaciencia en su cara. En vez de esperar a que Ty se abalanzase, fue él quien lo hizo.

Pero solo tenía un as en la manga, y en esa ocasión Ty estaba preparado. Cuando Winston dejó caer los hombros para darle el cabezazo, él saltó a un lado, le pasó un brazo por debajo del cuello y le hizo una llave de cabeza.

Winston gritó de rabia y agitó los brazos intentando atrapar las piernas de Ty. Pero Ty había recuperado la ventaja y se movía con rapidez; Winston no logró atraparlo. Se tambalearon por la pista como borrachos mientras Ty se regodeaba sabiendo que, cuando quisiera, podría hacerle caer al suelo de una patada y asestarle un gancho de derecha en toda la boca.

El problema era que resultaba casi demasiado fácil. Por primera vez en meses, Ty estaba disfrutando del momento. La sangre y el sudor, el dolor y los destrozos; era fantástico y no quería que terminase. Así que, como un idiota, dejó que Winnie diera vueltas, doblado por la cintura, con la cabeza atrapada bajo su axila, mientras él le daba puñetazos en las costillas.

Sí, señor, tenía las cosas bajo control. Hasta que rompió la regla principal de las peleas de puñetazos. Se dejó distraer.

Levantó la mirada hacia la tarima para ver si Vicky estaba disfrutando del espectáculo y vio a Isabelle. La ira de Dios brillaba en sus ojos. Echaba humo por las orejas. Y de pronto la sangre, el sudor y los destrozos ya no le parecían tan buena idea.

Miró a su alrededor. Las pocas mesas que seguían en pie estaban torcidas, ya fuera por culpa de los contrincantes o de los invitados que habían salido huyendo. Había vino derramado sobre los manteles blancos y en el suelo alrededor de los cristales y platos rotos. Había manchas de tarta de chocolate en servilletas, esmóquines y cubresillas de satén. Y las flores, todos esos bonitos y caros arreglos, seleccionados a mano por la propia Isabelle, yacían aplastadas en el suelo. Solo la tarima había resistido a la pelea.

Estaba en serios problemas.

Winston debió de notar su distracción, porque se giró con fuerza y Ty lo soltó. Después se lanzó contra él.

Ty consiguió mantener el equilibrio y, por un momento, forcejearon de manera incómoda, deslizándose sobre los manteles, resbalando con el glaseado, hasta que acabaron en un abrazo de oso, cada uno de ellos apretando al otro con todas sus fuerzas mientras giraban como bailarines por el suelo.

Ty intentaba no pensar en Isabelle, pero, cuanto más lo intentaba, menos lo conseguía. Nunca había visto una furia semejante en su rostro angelical, y mucho menos dirigida hacia él. Y para empeorar las cosas, para garantizar la absoluta destrucción de todo su banquete de boda, cada vez resultaba más claro que los movimientos de Winston estaban dirigiéndolos hacia la tarima.

Ty intentó de todo para cambiar la trayectoria. Gritó a Winston al oído, le dio un pisotón. Pero inexorablemente, de manera inevitable, el bastardo cabezón se daba la vuelta, ignoraba sus súplicas y despreciaba sus intentos de rendición.

De nada sirvió. Se acercaban cada vez más; eran un torbellino de músculos y tendones, de testarudez y estupidez. En el último momento, Matt saltó de la tarima, arrastrando a Vicky y a Isabelle consigo. Ty vio por última vez la cara furiosa de Isabelle. Si leyó bien sus labios, estaba jurando que nunca jamás lo perdonaría.

Entonces Winston y él colisionaron contra la tarima, arrancándola de sus cimientos. Se vino abajo y quedó destrozada.

CAPÍTULO 16

Vicky pegó la oreja a la puerta.

—... día más feliz de mi... peleando como un borracho... ¿Tienes idea de...?

Incluso a todo volumen, la voz de Isabelle sonaba más suave que la de una mujer normal. Vicky alcanzó a entender partes de su diatriba, pero Tyrell, atrapado en su habitación con ella, sin duda estaría oyendo cada palabra.

Al imaginarse su expresión desolada, su humillación, soltó una carcajada. Se merecía la ira de Isabelle, de eso no había duda. El caos había sido monumental. Y, aunque había prometido pagarlo todo, lo cual sería una complicación, nunca podría compensarla realmente por haber arruinado la boda.

Vicky abrió su puerta y asomó la cabeza por el pasillo para oír mejor las palabras de Isabelle. Jack y Lil habían hecho lo mismo. También Ricky. Intercambiaron sonrisas compasivas mientras Isabelle continuaba.

—¿Sabes que ya hay vídeos de tu debacle en YouTube, Tyrell Brown? ¡A Matt se lo ha dicho uno de su trabajo! ¡El lunes lo estarán viendo en su oficina! ¡Riéndose de él! ¡Riéndose de mí! —su voz llegó a sonar estridente por un momento—. ¡Y, por si alguien a cualquier lado del Atlántico se lo pierde, la mitad de los invitados estaba subiendo fotos a Facebook en tiempo real!

Ty debió de tener el valor de hacer un comentario sobre los invitados que hicieran tal cosa, porque Isabelle subió la voz más aún.

—No te atrevas a…

Vicky no podía aguantarlo más. Cerró su puerta y cojeó hasta el cuarto de baño, el único lugar donde no podía oír los gritos de Isabelle.

Dos días atrás, se habría alegrado de que Ty recibiera su merecido, pero en aquel momento sentía pena por él, porque, después de que la tarima quedara hecha pedazos, se había recompuesto y le había dado a Winston una última paliza.

Sí, claro, Ty había acabado con varias lesiones, pero Winston iba de camino al hospital.

Aun así, no podía lamentar plenamente las palabras hirientes de Isabelle, porque entre eso y sus propias heridas, probablemente Ty no tuviese ganas de sexo. Lo cual era un gran alivio. No por la apelación de su demanda. En absoluto, ese barco ya había zarpado. Al hacer el amor con él en ese mismo suelo, había renunciado a su integridad profesional y prácticamente había garantizado que el bufete tuviera que retirarse de la apelación. Y la verdad era que no se arrepentía.

No, se sentía aliviada porque Winston le había recordado de forma muy efectiva lo decepcionante que resultaba entre las sábanas. Sería mejor que Ty y ella se despidieran al día siguiente sin que él tuviera que descubrirlo por sí mismo. Y probablemente rechazarla al enterarse.

Había terminado de lavarse cuando oyó que llamaban a su puerta.

—Soy Tyrell, cariño. Abre.

Se ató la bata y abrió ligeramente la puerta. Él estaba en el pasillo, descalzo, con la camisa abierta, y parecía como si le hubiese atropellado un camión. La miró de arriba abajo, desde sus pies descalzos hasta su cabeza envuelta en una toalla, después empujó la puerta y entró cojeando.

Ella cerró la puerta y dijo:

—¿Qué te ha pasado?

Él la miró con ojos desorbitados.

—¿Que qué me ha pasado? Si te lo has perdido, métete en YouTube. Según creo, el vídeo es ya viral.

—Sí, ya me he enterado —Vicky apoyó la cabeza en la puerta—. Isabelle hablaba alto.

—Es una manera de decirlo —convino él mientras se desplomaba sobre su cama.

—Lo que quería decir es por qué cojeas.

—Porque el estúpido de tu exnovio me ha pisado el tobillo, por eso. Está tan hinchado que probablemente mañana no pueda ponerme las botas —se subió la pernera de los pantalones.

Vicky le miró el tobillo con escepticismo. A ella le parecía normal, pero dijo:

—Deja que me vista y te traeré un poco de hielo.

Ty estiró la mano y la agarró del brazo.

—No necesito hielo, y tú no necesitas vestirte. Ven aquí y salda tu deuda con la sociedad.

El corazón se le aceleró. No podía acostarse con él. Deseaba hacerlo. Claro que lo deseaba. Pero no podía.

Intentó restarle importancia.

—¿No te parece que ya has tenido suficiente acción por hoy, vaquero?

—La única acción de la que merece la pena hablar es el polvo rapidito que echamos aquí mismo, sobre la moqueta. Por muy bueno que fuera, y te aseguro que lo fue, no quedé saciado —tiró de ella para sentarla sobre su regazo y le rodeó la cintura con el brazo para mantenerla allí. Le acarició la mejilla con la otra mano y deslizó el pulgar por su pómulo.

Vicky intentó girar la cabeza, por miedo a mirarlo a los ojos, por miedo a lo mucho que lo deseaba, pero la suave presión de su palma hizo que quedaran cara a cara, con sus ojos cálidos color whisky a pocos centímetros de los de ella.

—Cariño —le dijo con su acento profundo y seductor—,

me prometiste una larga noche de sexo ardiente. Y te aseguro que, si alguien necesita eso, soy yo. Así que tienes que olvidarte de tus dudas.

Siguió bajando el pulgar, le frotó los labios y se detuvo en la comisura antes de deslizarlo suavemente entre los labios. Vicky sintió un escalofrío por la espalda que le llegó hasta el cuello. Entreabrió los labios. Una reacción instintiva que permitió que él acariciara con el dedo la parte húmeda de su labio inferior. Rozó sus dientes con la uña y, antes de poder evitarlo, ella le mordió y lo sujetó con suavidad.

Ty le dirigió una sonrisa torcida que se extendió sobre sus labios como el amanecer.

—Eso es —murmuró—, muéstrame los dientes. Ponte en plan abogada maliciosa.

—No soy una abogada maliciosa —respondió ella con su pulgar en la boca.

Él arrugó los ojos e intensificó la sonrisa.

—Oh, sí que lo eres. Toda estirada con tu traje a modo de armadura, con el pelo recogido en un moño conservador. Y esos labios, umm, esos labios. Rojos de sangre, como si acabaras de dejar seco a algún pobre bastardo.

Vicky tuvo que sonreír ante la imagen que describía.

—¿No te gusta el pintalabios rojo?

—Oh, me encanta el pintalabios rojo, cielo —bajó la barbilla, le mordió con suavidad el labio inferior y tiró. Ella suspiró, sorprendida, excitada. Después Ty le succionó el labio y todas las células de su cuerpo se encendieron.

Olvidado el veneno de Winston, soltó su pulgar, lo besó y metió la lengua en su boca para encontrarse con la de él. Colocó las manos por debajo de su camisa en dirección a su espalda, tan ancha y fuerte. Él le rodeó la cabeza con una mano, extendió la otra sobre su espalda para pegar sus pechos a su torso. Vicky se restregó contra él y acarició sus músculos duros con los pezones erectos a través de la seda de su bata.

Él le besó la mejilla, respirando entrecortadamente.

—Dime cómo quieres que sea —le lamió la oreja con la lengua y ella echó la cabeza hacia atrás para ofrecerle el cuello, rogándole para que lo devorase—. Puedo desnudarte —dijo él mientras le enganchaba el cuello de la bata con los dedos y se la bajaba por los hombros—. Atarte. Tumbarte.

—Lo que tú quieras —murmuró ella sin apenas reconocer su propia voz. El deseo hacía que sonara áspera y, cuando Ty deslizó la lengua por su cuello y le mordió el lugar donde se unía con el hombro, recorrió su cuerpo un torrente de calor líquido tan intenso que le encendió la sangre, derritió sus huesos y apenas pudo reconocerse a sí misma.

—Tú mandas, cielo —su respiración sonaba entrecortada mientras deslizaba los labios hacia su barbilla, por la mandíbula, devorándola como si fuera chocolate—. Puedo poseerte en la cama. En el suelo. Contra la pared con las piernas rodeándome. Te follaré como quieras y no pararé hasta que grites mi nombre y te corras mientras yo me corro dentro de ti.

Sus palabras eran como dinamita que hacía estallar por los aires sus inhibiciones. Ella temblaba como una hoja. Nada, nadie la había hecho sentir así antes, como si fuera dueña de su cuerpo, de cada tendón, de cada célula, y pudiera exigir cosas con él. Cosas que no le negarían.

Le dio un empujón en el pecho con ambas manos y lo miró con ojos codiciosos.

—Quiero... —empezó con voz rasgada—. Lo quiero todo.

El cuerpo de Ty experimentó una sacudida cuando lo dijo. Sus ojos brillaban. El calor de su piel traspasaba la camisa y le abrasaba las palmas de las manos. Dios, estaba tan excitado como ella.

Ya notaba la humedad en las bragas de encaje negro que se había puesto por si acaso aparecía. Y se alegraba de haberlo hecho, porque él deslizó la mano por su muslo. Cuando tocó el encaje con los dedos, contuvo la respiración. Le separó la bata, apartó la mirada de la suya y se fijó en el pequeño triángulo.

—Dios —murmuró—, son diminutas.

Metió un dedo bajo el elástico y deslizó el nudillo por el pliegue de su muslo.

—Suave —susurró—. Suave y preciosa —después siguió bajando el dedo y soltó un gemido al notar la humedad entre sus muslos—. Estás empapada y lista para mí.

—Tú estás excitado y preparado para mí —murmuró ella mientras se retorcía contra la erección palpitante que tenía debajo. Él contuvo la respiración. Se restregó contra ella y, demasiado perdida en el deseo como para analizar su lascivia, Vicky abrió las piernas a modo de invitación.

Nunca antes se había sentido así; guapa como una supermodelo, deseada como una estrella del porno.

Embriagada con el poder de su propia sexualidad, enredó los dedos en su pelo, tiró de la cabeza de él hacia abajo y él la besó con absoluto desenfreno.

Ty estaba alterado. La mujer que tenía entre los brazos estaba ardiendo. Y él también, colgando de un hilo, peligrosamente cerca de tirarla al suelo y poseerla con fuerza, con más fuerza que hacía seis horas, cuando al menos le quedaba algo de control sobre sí mismo. Ahora Vicky estaba en su cabeza, bajo su piel, rodeándole los pulmones, robándole el aire de modo que apenas pudiera respirar de tanto desearla.

A lo largo de los últimos siete años había intentado olvidar a Lissa muchas noches hundiéndose en el cuerpo de otra mujer. Las utilizaba, pero rara vez se sentía culpable por ello. Siempre se lo pasaban bien y, con algunas excepciones notables, conseguía dejarlas con una sonrisa.

Vicky, en cambio, lo tenía agarrado por las pelotas. En ese momento la deseaba tanto que habría hecho cualquier cosa para penetrarla. Escalar la torre Eiffel desnudo. Vender su rancho por un dólar. Dejar que Winston Churchill Banes le diese una paliza. Cualquier cosa.

Pero, gracias a Dios, no eran necesarias medidas tan drásticas. Vicky tenía las bragas empapadas, había abierto las piernas para dejar entrar a su mano y estaba besándolo como si su vida dependiera de hacerle perder la cabeza.

Sus manos estaban por todas partes. Agarrándole el pelo, arañándole los hombros y los brazos. Después, siguió bajándolas, le quitó la faja y le bajó la cremallera. Metió la mano en su pantalón y liberó su pene. Dios, la palma de su mano era como el satén, como si estuviera acariciándolo con una de esas increíbles bragas. Metió los dedos en su interior y su gemido fue tan profundo y ardiente que estuvo a punto de derramarse en su mano.

No podía aguantar más y apartó la boca de la suya.

—Tú decides, cariño —apenas podía pronunciar las palabras—. La cama, el suelo o la pared. Ahora.

—La pared —murmuró ella antes de volver a besarlo. Ty podría habérsela comido viva. Sus labios eran deliciosos. Tenía grandes planes para esos labios. Estarían hinchados cuando terminara.

La incorporó consigo sin dejar de besarla. La giró hacia él, la agarró por los muslos y la incorporó hasta su cintura para que pudiera rodearle con las piernas. Dio tres pasos rápidos y le apoyó la espalda en la pared. Después toda esa humedad cumplió con su función y facilitó la entrada hacia su interior. La penetró hasta el fondo y le provocó otro gemido largo y profundo.

Ese gemido le hizo perder la cabeza. El día anterior seguía pensando que era una auténtica zorra. Ahora sabía que era justo lo contrario, más dulce e inocente de lo que jamás hubiera pensado. No le haría daño por nada del mundo. Hizo un gran esfuerzo por controlar su instinto primitivo de poseerla sin piedad, de hacerla suya, hundió la cara en su cuello para ocultar su tensión y obligó a sus tendones a quedarse quietos mientras ella se ajustaba a su erección.

Cuando sus músculos se relajaron, solo un poco, lo suficiente, Ty levantó la cabeza. Vicky tenía la mirada vidriosa por la pasión, los labios hinchados y las mejillas sonrojadas.

—Adelante —le dijo—, fóllame.

Dios, sí. Había deseado aquello durante horas. Ahora se abalanzó sobre ella con todo ese deseo acumulado, poseyéndola con fuerza, con pasión, mientras ella recibía todas sus embestidas, golpeando la pared con la cabeza y clavándole las uñas en la espalda hasta hacerle sangre. Cuando Ty notó que sus piernas amenazaban con doblarse al fin, metió la mano entre ellos y le acarició el clítoris. Ella puso los ojos en blanco y gritó:

—¡Sí! —y juntos alcanzaron el clímax, jadeando, con sus cuerpos temblorosos. Fue un orgasmo que nunca olvidaría ni aunque viviera cien años.

—Ha estado bien —murmuró Vicky.

—¿Bien? —Ty levantó la frente de su hombro—. Cariño, acabo de hacértelo contra una pared. Si solo ha estado bien, es que no lo he hecho correctamente.

Ella le dirigió una sonrisa perezosa. Era tan fácil provocarlo que ni siquiera tenía que intentarlo.

Caminó hasta la cama y la tiró en el centro, después se puso encima y se apoyó sobre los codos. Tenía la cara roja del esfuerzo y le sonrió con arrogancia.

—¿Agotada?

—Ni un poco —respondió Vicky. Una gota de sudor le caía por la sien y ella se la lamió—. Lo duro ya pasó. No va con doble sentido.

Él se rio.

—Tienes razón, ya pasó. Y prometo seguir haciendo lo duro el resto de la noche. Pero, cariño, soy un hombre lesionado. Me temo que tú vas a tener que hacer parte del trabajo.

Ella se encogió de hombros.

—Como dicen en esa canción, salva a un caballo, monta a un vaquero.

Él se carcajeó y ella sonrió aún más. Ella, Victoria Westin, estaba haciendo bromas sexuales.

De pronto se le ocurrió que el sexo y la diversión podían coexistir. Al fin y al cabo, Ty hacía que el sexo pareciera un juego, no un deber. Ella se sentía sexy, segura de sí misma. Y, si eso era cierto, bueno, tal vez sus problemas sexuales no fueran suyos en absoluto. Tal vez no fuera frígida.

Quizá, solo quizá, no hubiera estado con el hombre adecuado hasta ese momento.

Ty se incorporó sobre sus manos y se quitó los pantalones con las piernas. Después le abrió la bata con una mano.

—Umm —murmuró—. Eso sí que está bien —en sus ojos se veía el brillo de la apreciación, que calentaba su piel y le erizaba el vello de la nuca.

Le agarró un pecho con la mano, su palma era más rugosa y áspera que la de ella. La abrasión hizo que su piel cobrara vida. Le gustaba saber que su mano hacía algo más que revisar papeles y escribir a ordenador. Manejaba alambre de espino, atrapaba cabestros con la cuerda, marcaba terneros. O al menos ella se imaginaba que lo hacía, basándose en los westerns que había visto.

Aun así, Tyrell Brown no era un vaquero cualquiera. Era afilado como una daga, y le correspondía a ella mantener la cordura.

La miró a los ojos y habló seriamente.

—Que conste, cariño, que esto es lo que significa meter mano —le apretó el pecho y le acarició con el pulgar el pezón, que se puso erecto.

La voz de Vicky sonaba entrecortada, pero mantuvo la calma.

—¿Y qué me dices de esto? —preguntó mientras le agarraba la nalga y apretaba—. ¿Cómo se llama?

—Eso se llama agarrar el culo. En plan «Los chicos y las chicas jugaban a agarrarse el culo en la excursión que la clase hizo al zoo».

Ella se echó a reír.

—¿De dónde has sacado eso? ¿Experiencia personal?

—Es la mejor maestra. Todos mis conocimientos sexuales provienen de la experiencia personal y, cariño, pienso darte una clase esta noche.

—¿Y qué te hace pensar que necesito que me eduques?

Él agachó la cabeza y deslizó la lengua por su pezón. Después sopló y sonrió al ver como se endurecía.

Volvió a mirar hacia arriba y dijo con voz cálida:

—Cariño, en algún momento del camino adoptaste ciertas ideas erróneas sobre ti misma. Sigues intentando encajar en ellas, pero es como intentar meter un palo redondo en un agujero cuadrado. No vas a conseguirlo. Aun así, sigues intentándolo y todos esos intentos te hacen estar tensa.

¿Cómo podía aquel hombre ver el fondo de su alma?

Movió la cabeza lentamente y frotó con la nariz la parte inferior de un pecho, después del otro.

—Yo no puedo resolver todos tus problemas por ti —dijo mientras la acariciaba—. Eso es mucho pedir para una sola noche. Pero, cariño… —levantó la cabeza y la miró con brillo en los ojos—, sin duda puedo mostrarte cómo disfrutar del cuerpo que Dios te ha dado. Es precioso y, pequeña, es ardiente. No tienes nada de frígida, más bien al contrario. Eres fuego líquido.

Vicky se quedó mirándolo con los labios entreabiertos, asombrada. Entonces todo en su interior brotó, un tsunami de emociones, amargas y alegres, viejas y nuevas. La invadió y le dejó sin respiración. Estaba a punto de ahogarla.

Pero entonces volvió a salir de la superficie, parpadeando y boqueando para tomar aire, contenta de ser Victoria Westin, de estar viva y en la cama con Tyrell Brown, en la ciudad de Amboise, Francia.

Dejó escapar una risotada desde el fondo de su vientre. Ascendió por su pecho y, a su paso, sentía que los grilletes y los barrotes de su cuerpo se deshacían.

«Soy libre», pensó llena de alegría. «Soy libre».

CAPÍTULO 17

La libertad tenía un precio. El dolor. Dolor en el dedo roto del pie, en las pantorrillas, en las mejillas, en las nalgas y, sobre todo, dolor en sus partes íntimas, que antes estaban muy poco utilizadas.

En torno a las cuatro de la mañana, Ty predijo que ambos estarían agotados cuando amaneciera. Cinco horas más tarde, Vicky supo que tenía razón. Y nunca en su vida se había sentido mejor.

—¿Estás despierta? —le susurró él al oído.

—Ummm —ella pegó el trasero a su ingle y sonrió al sentir su erección.

—¿Cómo te sientes?

—Como un gato en una ventana al sol.

Él se rio.

—Me refiero a si estás dolorida. Demasiado dolorida.

—Probablemente. Pero el precio de la libertad es el dolor.

Él vaciló.

—¿Estamos hablando de lo mismo?

—No sé tú —dijo ella con una carcajada—, pero yo estoy hablando de sexo. Y estoy lista si tú lo estás.

Se zafó de sus brazos y se estiró lánguidamente, sin importarle que se le resbalaran las sábanas. Ty ya había visto cada centímetro de su cuerpo desde todos los ángulos posibles. Por primera vez en su vida, no sentía inhibiciones. Se giró hacia él y enganchó la rodilla en su cadera.

—Cabalga, vaquero —dijo.

Y entonces lo miró a la cara.

Pelo revuelto, barba incipiente, ojos de tigre devorando su cuerpo. Todo eso estaba bien. Pero, Dios, parecía listo para hacerse la foto policial. El negro de debajo de sus ojos se había extendido y le daba aspecto de mapache. Bajo la barba incipiente, tenía la mandíbula morada e hinchada. Y tenía un corte en el labio que no había visto antes.

¿Habría sido ella la causante? ¿Con los dientes? No lo sabía.

Su pecho estaba bien, espectacular, de hecho, salvo por algunos arañazos que sin duda sí eran cosa suya. Pero sus costillas. ¡Vaya! Acarició el hematoma.

—Esto parece la huella de un pie.

Él se encogió de hombros.

—El viejo Winnie me dio un par de patadas.

¿Cómo podía hablar como si le diera igual?

—¡Podría haberte roto las costillas!

—Lo intentó, pero no lo logró —sonrió y sus dientes blancos resaltaron sobre sus hematomas amoratados—. Aunque estoy seguro de que yo le fracturé alguna.

Vicky debería haberse sentido mal al respecto, pero no era así. Después de todas las cosas horribles que le había dicho antes de…

—¡Oh, Dios! —exclamó llevándose el puño al pecho. ¿Cómo podía haberse olvidado?

—No pasa nada, cariño —dijo Ty colocándole la mano en el puño—. Sé lo que estás pensando y has de creerme cuando te digo que tienes el culo más bonito que jamás he visto.

Ella se quedó mirándolo con la boca abierta.

—¡Me da igual que sea bonito! ¡Lo vio todo el mundo! Se me rajó el vestido como un plátano y se me vio el culo a través del agujero, ¡el culo prácticamente desnudo!

—Bueno, piénsalo, cariño —dijo seriamente—, imagina que

tuvieras celulitis. Entonces sí que tendrías algo por lo que sentirte mal.

Vicky vio cómo se mordía la mejilla por dentro para intentar no reírse.

—¡No es divertido, idiota! —apenas podía resistir el impulso de darle un puñetazo, así que recurrió a la tortura que Matt empleaba con ella. Le dio un capirotazo. En un lateral de la cabeza, justo por encima de la oreja.

—¡Vaya! —dijo él frotándose la cabeza—. ¿Por qué has hecho eso? Por el amor de Dios, mujer, ¡me debes un favor!

—¿Un favor? —preguntó ella con la mirada desencajada—. ¿Por qué?

—Por iniciar una pelea, por eso. Por dar una paliza a Winston, echar a perder la boda de Isabelle y destrozarlo todo hasta que la maldita carpa se me vino encima y todos se olvidaron de tu culo.

Ella se quedó quieta. Tenía razón. En cuanto comenzó el derramamiento de sangre, su culo se convirtió en agua pasada.

Estaba en deuda con él por eso y era lo suficientemente adulta para admitirlo.

—Eres mi héroe, Ty —él contempló con desconfianza su sonrisa dulce. Ella se restregó contra su cuerpo y le dio besos alrededor del ojo—. Gracias —después fue bajando hasta su mandíbula—. Gracias —le sonrió y ella le besó el corte del labio—. Gracias —después las costillas—. Gracias —siguió bajando…

Él tomó aliento entre dientes y cerró los ojos.

—Oh, de nada, cielo —murmuró—. Lo repito cuando quieras.

Ty se despertó solo en la cama de Vicky. La luz del sol se filtraba entre la rendija de las cortinas. Le rugía el estómago y miró el reloj. Eran las once y cinco. Servirían el brunch en la terraza en una hora.

Levantó un brazo para estirarse y el dolor de las costillas le detuvo. Giró la cabeza. Sí, el hematoma tenía forma de zapato. No le importaba, porque sabía que Winnie tenía otro igual y probablemente le doliese mucho más.

Oyó la ducha en el cuarto de baño. Sonrió con arrogancia. Había tiempo de sobra aún para tener sexo en la ducha. Le daría a Vicky la oportunidad de enjabonarse antes de sorprenderla.

Mientras tanto, tenía que hacer pis.

Se levantó de la cama como un abuelo artrítico, se dobló con dolor, levantó los pantalones del suelo y se los puso. Le dolían todos los músculos de su cuerpo y no todos por la pelea. No era que estuviese haciéndose demasiado mayor para un maratón de sexo, en absoluto. El problema era que Vicky era insaciable. ¿Cómo podía alguien pensar que no le gustaba el sexo? Dios, habían hecho de todo salvo colgarse de la lámpara de araña, y solo porque no había lámpara de araña en la habitación.

Cojeó como un quarterback un lunes por la mañana y cruzó el pasillo para ir a utilizar su propio cuarto de baño. Le hizo a Vicky un favor y se lavó los dientes, después se tomó un minuto para admirarse en el espejo, primero un lado de su cara magullada, después el otro. No tenía buen aspecto, pero había visto cosas peores.

Al oír que llamaban suavemente a su puerta, sonrió ante el espejo. Dios, qué mujer tan impaciente. Bromearía con ella al respecto en cuanto…

—Ty, ¿estás despierto?

Era Isabelle. Borró la sonrisa de su cara. Debían de habérsele ocurrido más insultos que dirigirle.

Adiós al sexo en la ducha.

Abrió la puerta esperándose lo peor. Pero, nada más verlo, se llevó las manos a las mejillas.

—¡Oh, Dios mío! —se le llenaron los ojos de lágrimas.

—No se te ocurra llorar —le dijo él—. No tengo nada roto.

Estaré como nuevo dentro de cuarenta y ocho horas. Y todos los moratones me habrán desaparecido en un mes.

Isabelle dejó caer las manos.

—Parece que hablas por experiencia.

—Así es. Ya me habían pegado antes, y Jack puede confirmártelo. Es temporal.

Ella se llevó las manos a las caderas.

—No sé por qué Jack y tú pensáis que pelear es la respuesta a todos los problemas.

—No es la respuesta, cariño. Es la excusa. Me gusta pelear. Me recuerda que estoy vivo —ella nunca lo había entendido, así que añadió—: No me duele haber tenido que darle una paliza a un tipo que se lo merecía.

—No te culpo por eso —respondió ella—. Al fin y al cabo, yo quise emparejarte con Vicky. Es lógico que quisieras defender su honor.

¿Era eso lo que había hecho? Sonó su móvil. Podría haberlo ignorado, pero de pronto se acordó de Brescia.

—Cariño, ¿puedes aguardar un minuto mientras me entero de lo que está pasando en el rancho?

—Claro —le acarició el brazo—. Jack me ha dicho lo de Brescia.

Ty comprobó el número y fue directo al grano.

—Clancy, gracias por llamar. ¿Qué pasa?

—Ya tengo los resultados del laboratorio —Clancy hizo una pausa. Ty empezó a dar vueltas de un lado a otro, no le hacía falta tenerlo delante para saber que Clancy estaría mascando un trozo de tabaco. Ninguna fuerza de la naturaleza podría hacerle continuar hasta que lo hubiese colocado convenientemente con la lengua—. Son lombrices —concluyó finalmente el veterinario—. Y tiene muchas. Tendremos que emplear un tratamiento agresivo.

—De acuerdo —Ty se detuvo frente a la ventana y se quedó mirando hacia el jardín—. Estaré en casa esta noche. ¿Qué hacemos?

—Ya he elaborado un calendario de tratamiento —se lo expuso mientras él gruñía.

—¿Vas a empezar hoy con el tratamiento?

—Ya he empezado —Ty hizo una pausa—. Mira, Ty, anoche tuvimos que sacrificar al caballo de Molly.

Ty sintió un nudo de culpa en la garganta. Al exponer a Brescia al otro caballo, había puesto en peligro su vida también. Intentó centrarse en Molly.

—¿Cómo lo lleva ella?

—Ya conoces a Molly. Es dura —Clancy hizo otra pausa—. Pero siempre es difícil verlos sufrir.

—¿Brescia está…? —ni siquiera podía terminar la frase.

—Aún no. Pero no voy a mentirte. Puede que tengas que tomar una decisión difícil.

Sacrificar o no a su adorado caballo. Inyectarle en las venas una droga que detuviera su corazón y cerrara sus ojos marrones y confiados para siempre.

Cerró los ojos con fuerza y se obligó a sonar normal.

—Gracias, Clancy. Hablaremos mañana —colgó el teléfono.

—¿Ty? —Isabelle parecía preocupada.

Él se obligó a volverse hacia ella y sonrió.

—Clancy dice que se pondrá bien —mintió. Dejó que su voz sonara algo triste, lo justo para resultar convincente. Si actuaba con demasiada despreocupación, ella sospecharía al instante.

Y no podía soportar su compasión. No quería lágrimas, abrazos ni el cariño que le ofrecería ella desde el fondo de su corazón. No se merecía nada de eso. Si, una vez más, tenía la vida y la muerte en sus manos, no quería la compasión de nadie. No quería que nadie supiera lo mucho que le costaba.

Isabelle debió de creérselo, porque no atravesó la habitación para abrazarlo. En su lugar, le ofreció una sonrisa de alivio.

—Me alegro mucho. Y me alegro también de que las cosas vayan bien entre Vicky y tú —Isabelle era incansable cuando se le metía algo en la cabeza—. Sabía que os llevaríais bien. Ambos sois listos y divertidos. Y hacéis buena pareja.

Él se aclaró la garganta.

—Es una belleza, sí —y él era un imbécil que había permitido que sus ojos azules y su cuerpo ardiente le hicieran olvidarse de Brescia. Además, había olvidado convenientemente que Vicky le había acusado de desconectar a su esposa, y que volvería a hacerlo en la apelación, intentando convencer al jurado de que Jason Tyler y su aseguradora no deberían pagar por el sufrimiento de Lissa.

Isabelle debió de malinterpretar las emociones de su rostro, porque se acercó más a él y le puso una mano en la mejilla.

—Ha llegado el momento, Ty. Ha llegado el momento de dejar atrás el pasado y seguir con tu vida.

Se quedó de piedra.

—Eh, un momento, cariño. Vicky es una chica maja y todo eso, pero yo me largo de aquí dentro de dos horas y no espero volver a verla.

—Oh, Ty —su amiga negó tristemente con la cabeza—. Cualquiera se daría cuenta de que sois perfectos el uno para el otro. ¿No crees que Lissa querría que fueras feliz?

Ty dio un paso atrás para poner distancia entre ellos.

—Esto no tiene nada que ver con Lissa —empezó a sentir un sudor frío por la espalda—. Tiene que ver conmigo. Y yo no busco una relación.

Isabelle se dispuso a hablar, pero él se adelantó.

—No me digas que te sorprende, cariño. Sabes por experiencia que no soy una apuesta segura. Nunca deberías habernos presentado si iba a suponer un problema.

Ella levantó las palmas de las manos con impotencia.

—No te entiendo. Es evidente que Vicky está loca por ti. Y tú no puedes mantenerte alejado de ella. Sois como Spencer Tracy y Katharine Hepburn. Todo lo que me has contado sobre Lissa me hace pensar que ella querría que disfrutaras de esto.

—No estás en posición de decir lo que Lissa querría.

Su intención era que se callara, pero Isabelle estaba decidida.

—Puede que no. Pero hasta Jack lo dice.

Eso era justo lo que necesitaba, un blanco para su ira.

—¡Pues dile a Jack que tiene mucho valor para ponerse a hablar de Lissa y de mí! El hecho de que él haya sentado la cabeza no le da derecho a querer atarme a mí también —la rodeó para marcharse—. Da igual. Se lo diré yo mismo.

Ella se lanzó hacia la puerta y apoyó la espalda en ella.

—¡Por favor, Ty! Es culpa mía. Yo le insistí para que hablara de ella. Por favor, no montes una escena. Lil ya se siente incómoda. Todo el mundo está nervioso después de lo de anoche.

Él levantó las manos.

—De acuerdo, de acuerdo.

—Lo siento —juntó las palmas de las manos y las retorció, dejando claro que estaba profundamente disgustada—. Creí que estaba ayudando. Vicky ha estado tan triste. Ha estado triste desde que la conozco, incluso antes de que pasara lo de Winston. Y tú eres tan maravilloso... Haces que todos se rían y se sientan bien consigo mismos. Pensaba que también harías que ella se sintiera bien. Y así es. Se ríe sin parar cuando estás con ella.

Le pidió comprensión con la mirada.

—Y tú te sientes muy solo. Lo estás —añadió al ver que él le quitaba importancia con la mano—. Por la razón que sea, te has sentenciado a una vida de soledad y, Ty, tú no eres un solitario. Necesitas a la gente. Necesitas a alguien especial. Sé que Vicky y tú sois diferentes. Ella es estirada y tú... no. Es abogada y tú odias a los abogados. Es una chica de ciudad y a ti te encanta tu rancho.

—Escucha lo que estás diciendo, Isabelle. ¿Por qué diablos crees que haríamos buena pareja? —intentó aparentar normalidad, pero sentía una mano gigante apretándole el cuello. Apenas podía pronunciar las palabras.

Ella se encogió de hombros.

—No lo sé. Pero tenía razón. Ambos hacéis saltar la chispa. Es la única manera en que puedo expresarlo. Hacéis saltar la chispa. Y eso es precioso.

Ty recordó las palabras de Vicky al decirle que era su héroe. Pero él no era el héroe de nadie. Había decepcionado a su esposa. Había dejado que sufriera. Había dejado que muriera. Ahora la vida de Brescia pendía de un hilo. Dios, ni siquiera era capaz de cuidar de un caballo, ¿cómo iba a cuidar de una mujer?

La culpa le devoraba por dentro. Nunca debería haberse liado con Vicky. No quería preocuparse por ella y no quería que ella se preocupara por él. Ahora la había fastidiado. Iba a decepcionarla. Porque no podían tener un futuro en común. Nadie podría tener un futuro con él.

Lo mejor que podría hacer por Vicky sería terminar su relación con ella lo más rápido posible. Arrancar la tirita de golpe. Nada de despedidas largas y cariñosas, nada de promesas que nunca cumpliría. Mejor dejar que pensara que era un imbécil, para que pudiera olvidarse de él y seguir con su vida. Que encontrara a alguien que pudiera darle aquello que él no podía. Mientras él regresaba a su rancho solo.

Solo. Solo con pensarlo aumentó el nudo que tenía en la garganta. Y, si Brescia moría, si la perdía a ella también… La mano del cuello amenazaba con ahogarlo. No podía hablar. El sudor resbalaba por sus costados.

Solo una vez antes se había sentido tan alterado, cuando su caballo lo había lanzado por un precipicio. Milagrosamente él se había agarrado a una artemisa enclenque situada en el borde. Pero, mientras intentaba agarrarse a algo con los pies, cometió el error de mirar hacia abajo. Le entró el pánico y estuvo a punto de arrancar la artemisa en su intento por escapar trepando de su destino fatal.

Aquella vez le había salvado Jack, le había lanzado una cuerda, había atado el otro extremo al cuerno de su silla de montar y había tirado de él. Pero el pánico había estado a punto de matarlo.

Así que sí, aquello era pánico. Estaba a punto de derrumbarse.

Tenía que deshacerse de Isabelle y no había manera educada de hacerlo. Estiró el brazo junto a ella y abrió la puerta.

Entonces la agarró por los hombros, la empujó hacia el pasillo y le cerró la puerta en las narices.

—¡Qué vestido tan bonito! —dijo Isabelle.

Vicky sonrió felizmente.

—Gracias, señora Donohue. Es mi favorito —flores amarillas sobre un fondo azul claro. Miró hacia la terraza, donde los del catering estaban preparando el brunch—. ¿Has visto a Ty?

—Eh, está en su habitación. Dándose una ducha, creo.

¡Uh! Había sido absurdo asustarse al encontrar su habitación vacía. Como si se hubiese levantado y hubiese huido después de la noche tan asombrosa que habían compartido.

Entonces Isabelle le tocó el brazo.

—Con respecto a Ty —comenzó, y Vicky le prestó toda su atención—, puede ser... —buscó la palabra adecuada. Antes de encontrarla, uno de los empleados le hizo un gesto—. Enseguida vuelvo —le dijo a Vicky, y siguió al hombre hacia la cocina.

Segundos más tarde, salió Winston cojeando por la puerta y se dirigió hacia el carrito del café sin fijarse en ella. Vicky estuvo a punto de esconderse. En su lugar, aunque solo fuera para dejarse las cosas claras a sí misma, levantó la barbilla y se acercó a él.

Tenía mucho peor aspecto que Ty. Dos ojos morados, dos golpes visibles en la mandíbula. Y el codo que mantenía presionado contra el costado indicaba que podía tener costillas fracturadas.

Lo miró a los ojos, negándose a acobardarse o a pensar en la costura rasgada. Él enarcó ligeramente las cejas y la miró de arriba abajo. Ella esperó su desprecio, su rabia, sus insultos. Pero él la sorprendió al acercarse y deslizar un dedo por la parte interior de su brazo.

Ella se quedó de piedra por un momento. Antes le encantaba que hiciera eso. Había creído que era afecto. Ahora sabía que era afectación, probablemente sacada de algún manual sobre las zonas erógenas de la mujer.

Una pena que hubiera dejado de leer después del primer capítulo.

Se acercó más aún.

—Victoria —murmuró con voz baja y profunda.

Vicky no podía creerlo. ¡Estaba intentando ligar con ella!

Quería reírse, pero se mantuvo seria.

—Acabo de pasar la noche con el hombre que te ha hecho eso en la cara. La competición ha terminado. Él ha ganado. Tú has perdido.

Winston dio un paso atrás y sonrió con su labio partido.

—Vaca estúpida. ¿No sabes que se ha acostado contigo para provocarme? Está celoso de mí.

Dios, qué idiota era. ¿Qué habría visto en él?

—Créeme, Tyrell Brown no está celoso de ti —habría apostado su fondo de pensiones.

—Claro que lo está —su desprecio se hacía cada vez más evidente—. ¿Por qué si no iba a molestarse en tirarse a una zorra estirada como tú cuando tiene a una stripper babeando por él, muriéndose por abrir las piernas?

Si pensaba escandalizarla con su lenguaje, no lo logró. Ella ladeó la cabeza.

—Si soy una zorra estirada, entonces ¿por qué estás tan interesado?

—No estoy interesado, ya no. Estás buena, Victoria, pero eres fría en lo que importa. Entre las sábanas. Y además eres aburrida —añadió—. No sabes divertirte, ni en la cama ni fuera de ella.

Le dolieron sus palabras, pero no tanto como antes. Y, sabiendo como sabía que detrás de ellas se escondía un orgullo herido, no dejó que eso la detuviera.

—Tienes razón —dijo de forma encantadora—. No me

divertía en la cama contigo. Pero sin duda me divertí anoche. Es asombroso lo maravilloso que puede ser el sexo con un hombre al que se le da bien. Es muy satisfactorio.

Winston apretó la mandíbula.

—No me eches a mí la culpa de que seas frígida.

Ahí estaba otra vez esa palabra. Trató de contener el temperamento.

—Los problemas que teníamos eran tuyos, no míos.

Él se inclinó hacia ella con la cara roja.

—¡Tonterías! ¡Ni siquiera puedes correrte!

—¿Estás seguro, Winnie? ¡A lo mejor necesito más de sesenta segundos para conseguirlo!

Winston derramó el café de su taza. Abrió los ojos de par en par y lanzó rayos por los ojos mientras ella le mantenía la mirada.

Entonces Matt apareció junto a ella.

—Vicky, ven a desayunar.

Ella miró hacia la mesa. La gente empezaba a llegar.

—Sí, claro.

Matt le dirigió a Winston una mirada fría.

—El tuyo puede ser para llevar.

Jack y Lil habían ocupado sus asientos. Pierre también, pero, antes de que Vicky pudiera reunirse con ellos, apareció Adrianna, que no tardó en atacar.

—Espero que estés contenta —murmuró en voz baja y tensa.

Vicky fingió mostrarse pensativa.

—Umm. Sí. Bastante contenta en estos momentos.

—¿Y mañana? ¿Cómo te sentirás mañana cuando tengamos que retirarnos de la apelación?

—Aliviada, así me sentiré. Nunca quise ir a juicio. Estaba claro desde el principio que íbamos a perder. También perderíamos la apelación. Me alegra no tener que pasar por ello — era todo cierto. El caso nunca debería haber llegado a juicio.

Adrianna apretó los labios.

—Supongo que te has engañado a ti misma y piensas que tu historia con Brown tiene futuro.

Vicky se encogió de hombros y fingió más desinterés del que sentía.

—Supongo que ya lo averiguaré.

—Te romperá el corazón, Victoria.

—Hablas casi como si te importara, mamá.

—Claro que me importa. Su reputación le precede. Puede que amase a su esposa, pero desde que murió no ha hecho más que acostarse con medio Texas. Él y ese Jack McCabe —dirigió una mirada hacia la mesa, donde Jack colocaba la mano sobre la tripa de Lil. A juzgar por su expresión de adoración, el bebé estaría dando patadas.

Vicky sonrió.

—Sí, ese Jack McCabe. Es un auténtico monstruo.

—No seas ingenua, Victoria. Tienes el corazón expuesto y todos podrán verlo cuando se te rompa.

—Mira, mamá, agradezco que te preocupes por mí —y era cierto. Tampoco iba a compartir sus esperanzas y sus sueños sobre Ty, aunque supiera lo que eran. Pero Adrianna no solía expresar emociones positivas, ni siquiera con aquella doble intención, así que no deseaba desalentarla—. Pero estoy bien. De verdad. Tyrell Brown no va a romperme el corazón —no después del vínculo que habían establecido la noche anterior.

Isabelle salió de la cocina y les hizo gestos para que se acercaran al bufé. Vicky, muerta de hambre tras el maratón de sexo, se llenó el plato. La sirvienta sacó dos jarras de zumo de naranja con champán que Isabelle hizo circular por la mesa. Pocos minutos más tarde, aparecieron Ricky y Annemarie, que daban muestras de haberse pasado la noche despiertos también.

Pero no había rastro de Ty.

Vicky estaba comiéndose la tortilla cuando lo vio. Intentó captar su mirada para hacerle un gesto y que se sentara a su lado, pero él fue directo al bufé y después se sentó con Jack y

Lil. Cuando empezó a hablar sin mirarla a los ojos, ella sintió que un viento frío recorría su cuerpo.

Perdió el apetito y dejó el tenedor en el plato. Incluso cuando la odiaba, al menos Ty era consciente de su existencia.

Por fin levantó la cabeza y la miró a los ojos. Con el corazón desbocado, ella logró arquear una ceja inquisitiva.

Él sonrió… educadamente… y siguió hablando con Jack y Lil.

Oh-oh. Ty nunca había sido educado con ella. De pronto sintió que no podía tragarse el zumo que tenía en la boca.

Algo iba mal, muy mal.

Entonces aplicó la lógica. No estaba ignorándola. Simplemente no sabía que su madre ya había descubierto que habían pasado la noche juntos, así que solo estaba haciéndose el indiferente, sin alardear del cambio en su relación para que Adrianna no montara una escena.

Vicky se tragó el zumo. Todo iba bien. Sí. Iba bien.

Logró hablar un poco con Isabelle durante los veinte minutos más largos de su vida. Después, Matt golpeó suavemente su copa con la cuchara.

—Gracias a todos —dijo mientras se ponía en pie—. Ha sido un gran fin de semana, pero ahora voy a llevarme a mi esposa —le dio la mano a Isabelle— a Grecia durante dos semanas. Estaremos ocupados —agregó con una sonrisa—, así que no os preocupéis si no sabéis nada de nosotros durante un tiempo —todos aplaudieron y él tiró de Isabelle para que se levantara también—. Que tengáis un buen viaje todos —dijo por encima del hombro.

Y, sin más, terminó el horrible y maravilloso fin de semana de la boda.

Empezaron a hablar sobre el horario de los trenes y de los aviones mientras se dispersaban. Vicky se quedó atrás, convencida de que Ty se quedaría hasta que todos se fueran y entonces se dirigiría a ella.

Pero no lo hizo. Se marchó con Jack sin mirar atrás.

De acuerdo, eso era llevar la sensibilidad demasiado lejos. Era agradable que quisiera protegerla de Adrianna, pero el hecho era que habían compartido una noche increíble de risas y orgasmos mutuos. Ella ya se lo había contado a Winston y, ahora que Matt e Isabelle se habían marchado, le daba igual quién más pudiera saberlo.

Caminó cojeando hasta el castillo, atajó por la cocina y llegó al recibidor con la intención de subir las escaleras detrás de Ty.

Pero él ya bajaba, maleta en mano y con una mirada furtiva. Se detuvo al pie de la escalera cuando la vio.

—Eh —le dijo, patéticamente.

Ella tragó saliva para intentar suavizar el nudo que sentía en la garganta.

—Supongo que te vas.

—Sí —contestó él, levantando incómodamente su bolsa.

—¿Sin despedirte? ¿Así, sin más?

—Tengo que tomar un avión —contestó él agachando la mirada.

Vicky asintió despacio.

—De acuerdo. Bueno. Pues no quiero entretenerte —su voz sonaba extraña, como si no tuviera suficiente aire en los pulmones para pronunciar las palabras. Tomó aliento e intentó hacerse la fuerte—. Que tengas un buen viaje —pasó junto a él y subió dos escalones antes de que él pronunciara su nombre.

Se detuvo y se dio la vuelta. Vio por última vez aquellos ojos marrones con motas doradas antes de que él le diese un beso en la mejilla, rápido y seco. Definitivo. Y entonces salió por la puerta.

Ella se quedó allí sola, completamente sola, viéndolo marchar y cerrar la puerta tras él. Volvió a sentir el viento gélido recorriendo su cuerpo. Se estremeció, de hecho se estremeció de dolor.

Y de la biblioteca salió Winston, con un libro de cuero en

la mano y una odiosa sonrisa arrogante en los labios. Obviamente lo había oído todo.

Vicky se dio la vuelta y huyó todo lo rápido que se lo permitió el dedo roto.

CAPÍTULO 18

Tenía que haber al menos cuarenta y ocho grados en la camioneta de Ty.

Gruñó para sus adentros. Si no se hubiera entretenido después del juicio, como hacía siempre, entonces no habría llegado con la hora justa a tomar el avión a París y no habría tenido que aparcar la camioneta fuera, para que se tostara al sol durante cuatro días.

Dejó el equipaje en la parte de atrás y se sentó en el asiento ardiendo. Del aire acondicionado salía un aire abrasador. Demasiado enfadado para esperar a que se enfriara, bajó las ventanillas, aunque de poco servía con el calor de Texas, agarró el volante incandescente y salió del aparcamiento.

El vuelo de vuelta había sido un auténtico infierno. Tras comportarse como un cretino y dejar plantada a Vicky sin ni siquiera decirle por qué, su asiento en primera clase no había servido de nada. El whisky no le había ayudado. La carne tampoco. No había podido dormir. Por no hablar de que le dolía todo el cuerpo después de la pelea con Winston. Y, para rematarlo, había tenido una terrible escala en Washington y había acabado teniendo que tomar un vuelo a primera hora de la mañana para regresar a Houston. Ahora le dolía el cuello y sabía que tendría que ir al quiropráctico.

En general había sido la peor parte de un fin de semana lamentable. Cuando antes regresara al rancho y viera a Brescia, mejor.

Condujo a toda velocidad, con el recuerdo de la mirada herida de Vicky atormentándolo, pero aun así era media tarde cuando llegó al rancho. Se alegró al ver la casa principal, con su amplio porche delantero a la sombra de dos nogales. Detuvo la camioneta en la zona que hacía las veces de aparcamiento, miró hacia los establos, hacia el redil y el edificio donde se encontraban los despachos. Parecía un lugar robusto, como se había mantenido durante cien años y como se mantendría durante otros cien. No entendía por qué lo había abandonado, aunque solo fuera un fin de semana. Si se salía con la suya, no volvería a marcharse nunca.

Sacó su equipaje de la parte trasera y se dirigió hacia la oficina. Joe salió a saludarlo.

—Hola, jefe. ¿Qué tal la boda?

—Preciosa —sonaba malhumorado y le daba igual—. ¿Dónde está Brescia?

—Clancy dijo que era mejor mantenerla en su box por el momento.

Ty dejó caer su bolsa y se dirigió hacia el establo.

Brescia disfrutaba de unos aposentos privilegiados junto a las puertas correderas que daban al redil, seleccionados especialmente por Ty para que el animal pudiera ver el exterior incluso confinado en su caseta. Debió de oírlo entrar, porque asomó la cabeza por encima de la puerta y relinchó a modo de bienvenida.

Una belleza de color pardo con la crin y la cola negras. Era tan bonita que resultaba fácil olvidarse de que ya tenía algunos años.

—Hola, pequeña —dijo acariciándole el hocico, se metió la mano en el bolsillo en busca de los caramelos de cereza que siempre llevaba para darle, pero recordó entonces que llevaba puesta la ropa del viaje—. Luego te traeré un regalo, guapa —estiró la mano para rascarle la mandíbula—. ¿Qué me han dicho sobre unas lombrices?

Ella le golpeó el hombro con la cabeza y después miró hacia abajo. Ty no podía creerlo. Hacía poco más de una semana habían cabalgado juntos durante kilómetros, antes del juicio. Ahora tenía el pelaje apagado y los ojos nublados.

Sintió un nudo en el pecho; los ojos se le llenaron de lágrimas. No podía perder también a Brescia. No podía.

Oyó que Joe entraba en el establo. Se secó los ojos con la manga y le dijo por encima del hombro:

—Ve a buscar a Clancy, ¿quieres? Dile que se pase por aquí antes de irse a casa.

—Claro —contestó Joe antes de desaparecer.

Ty entró en el cubículo y se encerró con Brescia. Le acarició el pelaje con las manos y se detuvo al notar la hinchazón de su vientre. Apoyó la frente en su cuello caliente y robusto y dejó que brotaran las lágrimas. Todo su cuerpo temblaba.

—Por favor, Brescia —le dijo entre sollozos—. No te mueras, por favor.

—Maldita sea, Clancy, ¿cómo podemos tener lombrices en esta zona?

Clancy se tiró un minuto entero mascando tabaco.

Ty se mordió la mejilla. ¿Por qué nunca se había fijado en lo mucho que tardaban los texanos en ir al grano? Vicky debía de haberse vuelto loca en el juicio.

Clancy se guardó el tabaco en el bolsillo antes de hablar.

—Las lombrices no son poco frecuentes, Ty. Tienes suerte de haberte librado de ellas hasta ahora.

—¿Has examinado a los demás caballos?

—Salvo a los que están sueltos. Están limpios. Supongo que Brescia se contagió donde Molly. Su nuevo caballo las tiene. Ahora iba hacia allá para darle la medicina.

Ty volvió a sentirse culpable. Debería haber imaginado que Clancy sabría lo suyo con Molly. El veterinario era un habitual en todos los ranchos de la zona. No se le escapaba nada.

—¿Tienes una copia del calendario de tratamiento?

—Sí —Clancy caminó con parsimonia hacia su camioneta. Sacó unos papeles del asiento delantero. Los estudió—. Aquí tienes —le entregó una hoja a Ty—. Tendrás que vigilarla de cerca. Y, si sobrevive, tendrás que estar atento para que no vuelva a contagiarse —se subió a la camioneta y le dirigió una última mirada pesarosa—. Si vuelves a visitar a Molly, mejor ve en tu camioneta y deja a tus animales en casa.

—Tyrell, cariño, Clancy me ha dicho que habías vuelto.

—Adelante, Molly —Ty retiró la malla metálica para permitirle pasar y aceptó el guiso que ella le ofreció—. Huele bien.

—Es un guiso de pollo. Mi especialidad. Bueno, una de mis especialidades —dijo batiendo las pestañas sobre sus enormes ojos verdes. Él ya había probado su otra especialidad, su felación de garganta profunda durante quince minutos al más puro estilo de una estrella del porno.

¿Por qué había tenido que hacer eso con ella? No era que no fuese una gran chica. Lista, sexy y divertida, de pelo negro y ondulado que le caía sobre los hombros. Había estado colada por él desde noveno curso. Ty nunca había tenido ocasión de hacer nada al respecto en el instituto y, para cuando regresó a casa de la universidad, ya estaba con Lissa, y Molly se había casado con otra estrella del fútbol del instituto.

Pero, cuatro meses atrás, el día en que su divorcio se hizo oficial, lo había celebrado invitándolo a cenar. Y él había aceptado como un idiota.

Fue como esperaba, salvo porque Molly se mostró mucho más entusiasta de lo que hubiera imaginado. Dijo que se había propuesto la misión de tener sexo en todas las estancias de la casa; un ritual de limpieza, según lo llamó. Así que eso hicieron. Tardaron toda la noche y él se lo pasó muy bien, pero, cuando cabalgaba con Brescia camino de casa a la mañana siguiente, ya empezaba a arrepentirse.

Porque Molly iba buscando otro marido y él desde luego no buscaba otra esposa.

Ahora se llevó las manos a las caderas y se giró para comprobar el estado de su cocina.

Dado que los electrodomésticos color verde aguacate habían pasado de moda en los setenta, necesitaba cierta reforma. Pero estaba limpia y resultaba acogedora. A él le gustaba. Y a Lissa le había encantado.

A Molly no tanto.

—Tu abuela debió de encargar estos trastos en el catálogo de Sears de 1960 —comentó con una sonrisa para no sonar dura—. Si quieres, puedo ayudarte a elegir algo más moderno. Quizá acero inoxidable.

—Es muy amable por tu parte, pero les tengo bastante cariño —él también sonrió para no sonar duro.

En realidad no quería hablar de su cocina, sobre todo porque sabía que ella ya estaba redecorándola mentalmente para que hiciera juego con sus platos, así que dejó el guiso en la encimera.

—Eres un encanto por traerme esto, pero estaba a punto de salir.

—¡Pero si acabas de llegar a casa! —parecía herida—. En serio, Ty, no te he visto en meses, entre que estabas en Houston para el juicio y después te has ido a Francia —caminó hacia él contoneando las caderas—. La última vez que te vi...

—Me lo pasé muy bien —Ty la interrumpió educadamente, aunque con firmeza—. Y, por si no te lo había dicho, eres una cocinera magnífica, cariño —le puso la mano en el codo y la guió suavemente hacia la puerta—. No le digas a mi madre que he dicho esto, pero tu estofado de ternera es el mejor que he probado nunca —siguió guiándola hasta el porche—. Y tu pastel de merengue de limón, bueno, asegúrate de participar con esa receta en el concurso de tartas del Día del Trabajo. Este año formaré parte del jurado y no creo que pierdas —la metió en su Mustang rojo—. Te llamaré, cariño, y nos veremos pronto. Adiós.

Suspiró al ver alejarse el coche dejando tras de sí una estela de polvo. Tendría que dejarla con cuidado, y pronto, pero, entre el jet lag y todos los problemas que tenía encima, no se sentía con ganas en ese momento.

Volvió a entrar en la casa y fantaseó con la idea de tumbarse en el sillón con una cerveza fría y quedarse dormido viendo el partido de fútbol. Pero, claro, Molly regresaría más tarde para comprobar que realmente hubiese salido. Así que, después de echar un último vistazo a Brescia, se subió a su camioneta y se fue a Fredericksburg a comerse una hamburguesa en La Herradura.

En los últimos años, Fredericksburg se había convertido en una meca para turistas, con tiendas de regalos y locales de comida que florecían por todo el pueblo. Pero La Herradura no había cambiado nada. Era, y siempre sería, un clásico restaurante de carretera de Texas.

Abrió la puerta y Hank Williams lo recibió a medio camino. En la gramola sonaba *Your Cheatin' Heart*. Sobre el escenario de contrachapado, Jimbo y los chicos estaban preparándose para tocar, como todos los lunes por la noche. Un póster gastado colgado en la pared tras ellos anunciaba a 357, uno de los antiguos grupos de Jack. Antiguamente solían tocar en La Herradura y se metían en un sinfín de peleas. Ty añoraba los viejos tiempos.

Se acercó a la barra, sacó un billete de cincuenta y llamó al camarero.

—Buster, ponme un tercio, ¿quieres?

Buster se dio la vuelta con su metro noventa y sus ciento setenta kilos y sonrió.

—El jodido Tyrell Brown. ¿Dónde diablos te has metido?

—En París, Francia. En la boda de nuestra querida Isabelle.

—¡No fastidies! —Buster dejó una Budweiser helada sobre la barra—. Siempre pensé que vosotros dos acabaríais juntos

—negó con la cabeza—. Es muy guapa. No sabe nada de música, pero podríamos haberle enseñado.

—Dudo que alguna vez se hubiera acostumbrado a la música country —dijo Ty antes de dar un trago largo a la cerveza y secarse la boca con el reverso de la mano—. Pero en lo demás tienes razón. Desde luego es muy guapa.

Había poca gente, siendo lunes. En la pantalla plana situada sobre la barra, los Astros perdían por cinco puntos. Ty observó el partido sin mucho interés mientras devoraba una hamburguesa y una ración de patatas con queso, acompañadas de otra cerveza. Pidió también una ensalada, lo que hizo que Buster lo mirase sorprendido, y se la comió entre bocados de jugosa ternera.

En la barra, una monada de Texas con vaqueros ajustados y unas botas de piel de serpiente lo miraba a los ojos. Él llamó a Buster.

—¿Qué tenemos ahí?

Buster se apoyó en un codo y bajó la voz.

—Esa, amigo mío, es la nueva maestra de tercero. Lleva un par de meses en el pueblo. Viene todos los lunes por la noche para escuchar a Jimbo tocar. Pide sándwich de pavo y se come la mitad. Se toma dos martinis de vodka —sonrió a Ty—. Ha estado buscando, pero aún no ha encontrado nada que le guste. Hasta esta noche.

Ty la miró a los ojos y le dirigió una sonrisa perezosa. No había mejor momento como el presente para empezar a dejar atrás a Vicky.

—Invítala de mi parte a otro martini de vodka.

Sería muy fácil. Jessie vivía a la vuelta de la esquina, como bien había dejado claro dos veces a lo largo de la conversación. Si Ty quisiera, podría haberle quitado los pantalones a las diez y aun así estar de vuelta en casa para ver el final del partido.

Pero no estaba de humor. Y era una pena, porque era una

chica simpática y normal sin ninguna neurosis aparente. No parecía preocuparle emborracharse con dos copas, o que el beicon de su sándwich pudiera provocarle un tumor cerebral.

Además era muy guapa. Ojos azules. Un poco más claros que los de Vicky, pero cálidos y brillantes. Pelo rubio. No liso y sedoso, y no le caía como una cortina sobre los hombros. Pero era espeso, ondulado y probablemente fuese suave si se lo acariciaba. Y tenía los típicos pechos grandes por los que los hombres babeaban.

Incluso entendía sus chistes, lo cual no sucedía con todas las mujeres. Algunas no reconocerían el sarcasmo ni aunque lo tuvieran delante de las narices. Pero ella no hacía chistes. No tenía respuestas ocurrentes ni comentarios irónicos.

Básicamente le aburría.

Sabía que no estaba siendo justo con ella, comparándola con Vicky. Pero no podía evitarlo. Vicky era única y, la verdad, tirarse a una maestra de escuela no le ayudaría a olvidarla. Vicky se le había metido en la cabeza y no podía sacársela.

Se levantó.

—Jessie, cielo, ha sido un placer conocerte —señaló a Buster y después tocó con el dedo el billete de cincuenta.

Ella se irguió sobre su asiento.

—¿Te marchas? Pero si la banda acaba de empezar a tocar. Pensaba que tal vez podríamos bailar —le dirigió una sonrisa radiante, todo dientes blancos y labios de cereza.

—Tengo un caballo enfermo en casa —respondió él negando con la cabeza—. Tengo que ir a verla.

—¿Dónde vives?

Le puso freno de inmediato.

—Con mi madre. Estará levantada esperándome —sonrió para interpretar el papel del buen hijo—. Nos gusta tomarnos un chocolate caliente juntos antes de irnos a dormir.

La expresión de Jessie no tenía precio. Aprovechó su desconcierto para recoger el cambio, dejó diez dólares en la barra y se dirigió hacia Buster.

—Le diré a mi madre que te pasarás a verla.

Buster arqueó las cejas, pero era más rápido de lo que parecía.

—El próximo domingo después de la iglesia —respondió el camarero.

Ty le dio un beso en la mejilla a la maestra y se fue a casa a dormir solo.

CAPÍTULO 19

—Bueno... ¿qué tal la boda? —Madeline St. Clair, la mejor amiga de Vicky y otra de las socias de Marchand, Riley y White, asomó la cabeza por la puerta del despacho de Vicky y arqueó las cejas expectante.

Vicky apoyó el pie sobre la superficie de madera de su escritorio. La venda blanca asomaba por debajo de la sandalia.

—Vaya.

—Exacto —respondió ella bajando el pie al suelo—. Eso lo resume bastante bien.

—Qué pena —Maddie se sentó en el sillón de cuero situado al otro lado del escritorio—. Esperaba que conocieras al príncipe azul y que juntos os fugarais a una isla tropical.

Vicky resopló.

—Difícilmente. Y, para rematarlo, mi madre llevó a Winston como invitado.

—¡Qué dices! —Maddie volvió a ponerse en pie de un salto—. Sé que es tu madre, pero, joder, eso me parece cruel.

—Sí, así es ella. Cruella de Vil —aquello le produjo cierto dolor, pero no pudo evitar sonreír. El sentido del humor de Ty era irresistible.

Maddie se llevó un puño a la cadera. Detractora de Winston desde el principio, sus sospechas habían quedado confirmadas cuando Vicky y ella regresaron de comer y se lo encontraron tirándose a la secretaria de Vicky sobre aquel mismo escritorio. Maddie había echado a un lado a una Vicky perpleja, había echado al cerdo del despacho y había despedido a la secretaria en el acto. Y después, en un acto de heroica amistad, cuando los socios, incluida Adrianna, habían desoído la petición de Vicky para que le concedieran un nuevo escritorio, Maddie había desinfectado personalmente aquel.

Ahora estaba increíblemente enfadada en nombre de su amiga.

—Dime que no te has tragado las tonterías de ese imbécil.

—He sido educada con él, la mayor parte del tiempo —dijo Vicky—, pero nada más —intentó bloquear su último y vergonzoso encuentro, pero lo tenía grabado en la cabeza. Aun así, no dijo nada. Con jet lag y con el corazón destrozado, no estaba de humor para hablarle a Maddie de Ty. Algún día lo haría, cuando ya no le doliese como una puñalada en el pecho. Pero no aquel día.

—He oído lo de Tyrell Brown —dijo entonces su amiga.

—¿Qué? ¿Quién te lo ha dicho?

Maddie parpadeó.

—Walter —se refería a Walter Riley, uno de los socios—. Me dijo que Brown estaba en la boda, así que hemos tenido que retirarnos de la apelación —entornó entonces los párpados—. ¿Cuál es el problema?

Vicky se reprendió a sí misma. Madeline era una muchacha pequeña de pelo rubio con cara de duende. Quizá se pareciera a Campanilla, pero la llamaban Pitbull por una buena razón. Cuando le clavaba los dientes a alguien, no lo soltaba hasta partirlo por la mitad.

Vicky sabía que estaba perdida, pero aun así lo intentó.

—No hay ningún problema. Salvo tener que renunciar a la apelación, claro. A mi madre no le ha hecho ninguna gracia. Como si fuera culpa mía, o algo —se aclaró la garganta e intentó poner los ojos en blanco—. En cualquier caso llevábamos las de perder. Todo se reducía a si el jurado creía a Ty, o sea, a Brown, o no. Y fue muy convincente.

Silencio. Vicky apartó la mirada de Madeline y empezó a escribir en el teclado, como si de pronto su e-mail fuese de lo más urgente.

Más silencio, mientras ella revisaba los mensajes.

—¿Y cómo estaba él?

Vicky intentó fingir desinterés mezclado con cierta molestia.

—Pues acaba de ganar un veredicto de siete cifras. ¿Cómo crees que estaba?

—Creo que muy bien, de lo contrario no estarías esforzándote tanto por convencerme de que no te has acostado con él.

Vicky se ofendió.

—¿Estás diciendo que soy una zorra?

Maddie no se dejaba engañar.

—¿Tengo que llamar a Matt?

—No llames a Matt.

—Entonces quiero los detalles —dijo mientras volvía a sentarse.

Vicky levantó las manos.

—Dios, qué pesada eres —se recostó en su asiento y soltó un suspiro—. No queríamos echar a perder la boda, así que Tyrell y yo hicimos el pacto de no contarles a Matt y a Isabelle nada sobre el juicio, ni del hecho de que nos conocíamos. Fingimos que acabábamos de conocernos.

—Un tipo muy considerado —dijo Madeline ladeando la cabeza—. ¿Y cuánto duró vuestra farsa?

—Todo el fin de semana. Siguen sin saberlo.

Madeline juntó las manos a la altura de las yemas de los dedos.

—Seguro que Adrianna te ha hecho pagar por ello. Supongo que Winston era parte del trato.

—Ella quería que me plantease una reconciliación. Tuve que fingir que lo haría.

—Debió de ser agotador tanto fingir —empezó a enumerar

con los dedos—. Fingir que podrías perdonar a Winston. Fingir que no conocías a Brown —dejó la frase inacabada, esperando que ella le contara el resto.

Vicky volvió a suspirar.

—También fingí que flirteaba con Ty. De hecho fingimos flirtear el uno con el otro, para hacerle el favor a Isabelle. Tenía la impresión de que nos llevaríamos bien.

—¿Y fue así?

—Sí y no —respondió encogiéndose de hombros.

—Voy a tener que pedirte que seas más específica.

Vicky se pellizcó el puente de la nariz. Ojalá nunca tuviera que soportar una vista oral contra la Pitbull.

Se lo contó todo y, cuando terminó, Madeline lo resumió en seis palabras.

—Fin de semana de mierda, Vic —después se encogió de hombros—. Salvo por el sexo, claro. Ya era hora de que lo disfrutaras un poco. Llevo meses diciéndotelo... Bueno, en cualquier caso, esta es la conclusión —volvió a enumerar con los dedos—. Olvídate de Winston, es un cabrón. Olvídate de Brown, es un imbécil inmaduro. Olvídate de Adrianna, le falta el gen para ser madre.

Utilizó la otra mano.

—No te olvides de que eres una mujer guapa, inteligente y sexy. No te olvides de que te mereces a un hombre que te trate como a una princesa, que te dé muchos orgasmos y que te quiera hasta que estéis los dos arrugados y muráis de viejos el uno en brazos del otro —la señaló con un dedo—. ¿Entendido?

—Entendido —como de costumbre, Maddie le había hecho ver las cosas con perspectiva. Tal vez estuviera colada por Ty, pero no era amor ni nada de eso. Y ya estaba superándolo. Incluso había logrado contar toda la historia sin echarse a llorar.

Claro, podría ser porque ya hubiese derramado todas sus lágrimas en el whisky en el vuelo de vuelta a casa. Y ni siquiera le gustaba el whisky, solo lo había pedido porque era lo que bebía él.

Para aumentar su humillación, se lo había servido Loretta, de Texas. La mujer había adivinado de alguna forma que Ty le había roto el corazón, probablemente porque ya hubiese roto muchos otros, y había intentado consolarla. Ella no había entrado en detalles. Lo último que quería era oír excusas sobre el propio dolor de Ty, y menos con aquel acento de Texas que tanto le recordaba a él.

Madeline se puso en pie.

—Copas a las seis y media en Steve's. Chuck te preparará uno de sus cosmos especiales. Después cenamos en Mama Ritz. Yo invito —asintió con firmeza—. La pasta lo cura todo, incluso un corazón roto.

—De acuerdo —a Vicky le habría apetecido más un baño caliente y una película, pero Maddie nunca permitiría que se regodease en sus problemas. Además, lo peor ya había pasado. Ahora podría sentarse a lamerse las heridas mientras su vida, tal como la conocía, volvía a la normalidad.

Menos de diez minutos más tarde sonó su teléfono. Era Madeline.

—Escucha, amiga. Cruella acaba de pasar por delante de mi despacho en dirección al tuyo. No sé qué pasa, pero echaba humo por las orejas…

Vicky colgó el teléfono cuando su puerta se abrió sin llamar. Adrianna tenía la cara morada. Cerró de un portazo y caminó hacia su escritorio.

—¿Puedo ayudarte, mamá? —preguntó Vicky con cara de aburrimiento.

Adrianna dejó caer el *Post* sobre la mesa.

—Página cuatro. Y cinco —Vicky enarcó ligeramente las cejas. Sin esperar, Adrianna abrió el periódico y se lo puso delante.

El titular ocupaba dos páginas. *Iban a una pelea y estalló una boda*. El corazón le dio un vuelco. Se saltó el texto y fue directa a las fotos.

En la primera aparecían Jack y Lil bailando durante la recepción, con una flecha señalando la tripa de Lil y una nota a un lado; en la segunda se veía a Ty y a Winston peleándose y destrozándolo todo a su alrededor.

—¡Pobre Matt! —dijo.

—¿Pobre Matt? ¡Nos mencionan a todos en ese artículo! ¡Mencionan al bufete! Se menciona al propio Brown. Puede que nunca superemos esto —caminó hacia la ventana y contempló la Quinta Avenida con los puños apretados.

Vicky guardó silencio. No tenía sentido señalar que los verdaderos protagonistas eran Jack y Lil. Si no hubieran estado en la boda, a nadie le importaría. Al día siguiente todo el mundo centraría la atención en su embarazo. La pelea de la boda quedaría olvidada.

—Tyrell Brown —murmuró Adrianna—. Ese vaquero no nos ha traído más que problemas. Primero perdemos el juicio —mirada de odio para Vicky—. Después se presenta en la boda y seduce a mi hija para que tengamos que retirarnos de la apelación. Y, para empeorar las cosas, nos avergüenza peleándose como un… como un… ¡yo qué sé!

Agitaba los brazos con dramatismo mientras caminaba frente a la ventana.

—¿Quién se pelea a puñetazos? Es un troglodita. Un cavernícola. ¿Por qué no nacería hace diez mil años? Entonces no nos causaría problemas a nosotros.

—Cálmate, mamá —Vicky nunca la había visto tan agitada.

—¡No me digas que me calme! —se le quebró la voz al final. Se dejó caer en la silla, se llevó los dedos a los labios y contuvo un sollozo.

—Mamá —Vicky se inclinó hacia delante y empezó a preocuparse—. ¿Por qué te lo has tomado tan mal? No es más que un periódico sensacionalista. Mañana ya estarán acosando a otros.

Sonó el interfono en ese momento y Vicky pulsó el botón.

—Roxanna, no me pases llamadas, ¿de acuerdo?

—Eh, Vicky, no es para ti. Walter está buscando a Adrianna. Ha dicho que es urgente.

Adrianna soltó un gemido y sacó un pañuelo de la caja de Vicky.

—Roxanne, por favor, dile que ahora voy —respondió. Después se volvió hacia Vicky—. Cariño, quiero que me escuches atentamente.

Vicky parpadeó dos veces, una por aquella palabra cariñosa sin precedentes, la otra por el tono serio de su madre.

—Quiero que recojas todos los objetos personales de tu mesa y los guardes en tu bolso. Copia cualquier información personal que tengas en el ordenador en un pincho USB y después bórralo de tu escritorio. Y hazlo cuanto antes.

—Mamá, ¿qué diablos está pasando?

Adrianna se puso en pie y se pasó las manos por el traje para alisarse las arrugas.

—Supongo que sabes que utilizamos un servicio de hemeroteca. Recogen cualquier referencia a nuestros clientes o competidores en las noticias o en Internet —Vicky asintió—. Bueno, es lógico dar por hecho que nuestros clientes y competidores hacen lo mismo. Es lógico pensar que a estas alturas las compañías de seguros y los abogados involucrados en el caso de Brown ya habrán visto el artículo y alegarán conflicto de intereses.

—Pero nosotros nos retiramos de la apelación esta mañana.

Adrianna negó con la cabeza.

—Eso no será suficiente dadas las circunstancias. Ya sabes que la apariencia de parcialidad es más importante que los hechos. Y tu… relación con Brown no queda bien. Podríamos enfrentarnos a otro juicio.

A Vicky se le aceleró el corazón y empezaron a sudarle las manos.

—Pero nosotros no tuvimos ninguna relación hasta después del juicio. Y, en cualquier caso, ¿cómo iban a descubrirlo?

Adrianna se inclinó sobre la mesa y dejó caer un dedo sobre la foto de Jack y Lil. Vicky observó con atención. Y allí estaba. La apariencia de parcialidad.

Al fondo, en pequeño, se la veía a ella bailando en brazos de Tyrell.

Tal vez eso de por sí no hubiera sido condenatorio para ella, pero sus miradas lo decían todo; ella lo miraba y él la miraba, y cualquiera con dos dedos de frente apostaría a que eran amantes.

Se quedó fascinada mirando la foto, recordando cómo la había sujetado sobre sus pies mientras bailaban entre las demás parejas con fluidez. ¿De verdad la miraba así? ¿Como si la adorase?

—Walter ya se habrá enterado —continuó su madre—. Él es quien primero recibe los informes. Bill no tardará en enterarse, si no lo sabe ya.

—Pero…

—Te van a echar, Victoria. Inmediatamente. Serán sus dos votos contra el mío.

Vicky tragó saliva y se llevó la mano al estómago. Después levantó la cabeza y miró a su madre a los ojos.

—¿Tú votarás para que me quede?

—Claro que sí. Eres mi hija —se le quebró la voz. Vicky se puso en pie de manera instintiva, queriendo abrazarla. Queriendo ser abrazada. Y, durante un breve momento, se abrazaron, madre e hija.

Después Adrianna dio un paso atrás y se acercó rápidamente hacia la puerta.

—Haz lo que te digo —le dijo, de nuevo en su faceta de abogada—. Los entretendré todo lo que pueda, pero no serán más de veinte minutos —después salió y cerró la puerta suavemente tras ella.

Vicky se quedó de pie como una estatua durante unos segundos, mirando fijamente la placa plateada con su nombre sobre la mesa. El único sonido de la habitación era el reloj de pie que presidía la zona de los sofás.

Después llamaron a la puerta y entró Roxanne con dos mensajes telefónicos.

—Rodgers quiere tus recibos de Houston lo antes posible. Le he dicho que acabas de regresar, pero ya sabes lo idiota que es. Y Madeline quiere que la llames de inmediato —se detuvo frente al escritorio de Vicky—. ¿Estás bien?

Vicky levantó la mirada.

—Roxanne, eres la mejor secretaria que he tenido nunca. Y no lo digo solo porque la anterior se tiró a mi prometido sobre esta mesa.

Roxanne abrió los ojos de par en par.

—Eh, ¿gracias?

—Lo digo en serio —debería haber dicho esas cosas tiempo atrás. Ahora casi se había quedado sin tiempo—. Eres puntual, muy cualificada y siempre te esfuerzas por hacerme quedar bien. Y sonríes mucho. Eso está infravalorado. Una cara sonriente hace que el día sea mucho más agradable.

—De acuerdo. Vaya, gracias. Agradezco que me aprecies —sonrió.

—Bien. Ahora necesito tu ayuda. En quince minutos van a bajar los socios a despedirme.

—¿Despedirte? ¿Por qué? Eres una abogada brillante, todo el mundo lo dice.

—Bueno, eso es debatible. En cualquier caso, eso da igual. Lo único que necesitas saber es que yo no he hecho nada malo. Todo el mundo lo sabe, pero han ocurrido algunas cosas este fin de semana que hacen que el bufete pueda quedar mal. La manera más fácil de resolver el problema es echarme.

—Pero.... ¿tu madre no puede hacer algo?

—Ya lo ha hecho. Me ha advertido —saber eso era reconfortante, una luz en mitad de un día muy oscuro—. Ahora ve a por tu bloc de notas. Voy a darte unas explicaciones rápidas de algunos de estos archivos mientras recojo mis cosas.

Cuando llegaron los socios, llevaron consigo al guardia de seguridad que la acompañaría a la salida. Vicky le pidió a Roxanne que saliera y salió de detrás del escritorio para enfrentarse a ellos.

Walter, de pelo y traje grises, fue quien habló.

—Lo siento, Victoria. Tenemos que prescindir de ti

Aunque estuviera prevenida, el golpe la dejó sin aliento.

—Es el caso Brown —continuó él—. Waxman —la aseguradora a la que ella había representado durante el juicio— ya ha roto su relación con nosotros. Su abogado interno llamó hace cinco minutos para informarnos de que van a iniciar un nuevo juicio alegando que tu implicación con Brown supone un conflicto de intereses. Habrá una vista, así que es probable que te llamen para testificar.

Vicky quiso protestar, pero Walter levantó una mano.

—Va a ser todo muy complicado. Habrá mucho escándalo, mucha mala prensa. Aun así, el bufete lo afrontará mejor si ya no estás con nosotros.

—¿Así que me sacrificáis a mí para ahorrarle al bufete un poco de mala prensa?

—No es solo eso. Waxman está pensando si demandarnos por mala praxis. Puede que se calmen si tú desapareces.

Adrianna habló desde detrás de los otros.

—Victoria, quiero que sepas que no estoy de acuerdo con esta decisión. Además de demostrar una horrible falta de lealtad hacia una de nuestras mejores empleadas y asegurar un tremendo impacto negativo sobre la confianza de la que gozamos, creo que despedirte debilita nuestra posición legal y nos hace parecer a todos culpables.

Vicky miró a Bill.

—¿Estás de acuerdo con Walter?

Él no la miró a los ojos. Era de sobra conocido que siempre había estado colado por ella, pero nunca había hecho nada debido a los puestos que ocupaban respectivamente en el bufete.

—Lo siento, Vicky —parecía compungido—. Ha sido una decisión difícil, pero tenemos que anteponer al bufete. Mucha gente depende de nosotros. Los abogados, los empleados. Sus familias —levantó las palmas de las manos a modo de súplica silenciosa.

—Hemos acordado una buena indemnización por el despido —intervino Walter—. Debería ser suficiente mientras decides qué hacer después.

Vicky ni siquiera había pensado en eso, pero lo pensó ahora y sintió el primer ataque de pánico.

—Ningún otro bufete me contratará con esto a mis espaldas.

—Ojalá pudiera quitarte la razón —Walter le puso la mano en el hombro de modo paternalista—. También deberías saber que Waxman va a presentar una queja contra ti al Comité de Valores Profesionales.

Bill soltó un gruñido.

—Dios, Walter. ¿Es necesario que se lo sueltes todo a la cara de golpe?

—Es mejor que se haga una idea de lo que pasa —Walter le dio una palmadita en el hombro—. Todos sabemos que al final no será nada. Pero, mientras tanto, la queja será un inconveniente para ti si buscas otro trabajo en la abogacía.

—¿Y qué voy a hacer? ¿De qué voy a vivir? —los miró a todos—. Por el amor de Dios, ¡si ni siquiera quería ser abogada! ¡Pero es mi carrera, maldita sea! ¡No podéis arrebatármela sin más!

Pero lo hicieron. Cinco minutos más tarde, estaba en la calle.

—Ponme un café con chocolate, Johnny. Leche entera, triple de café, doble de nata.

Johnny abrió los ojos de par en par. Después se echó a reír.

—Vaya, Vicky, por un segundo casi me lo creo —se dirigió entonces al otro camarero—. Té verde, sin azúcar, sin nada.

Vicky se apoyó en la barra.

—Hablo en serio, Johnny —le dijo—. A no ser que haya algo con más grasa, azúcar y cafeína.

Johnny se llevó la mano a la cadera.

—¿Por qué me tomas el pelo, chica? Siempre tomas té verde. Por los antioxidantes.

—¿Y dónde me han llevado esos antioxidantes? A ninguna parte. Así que voy a probar algo diferente. Algo… —agitó la mano por el aire en busca de la palabra—. Algo malo para la salud.

Él resopló.

—Es difícil encontrar algo realmente malo para la salud en Starbucks —se apoyó también en la barra y bajó la voz—. ¿Cómo de malo quieres que sea? Porque puedo pasarte algo.

—Gracias, pero creo que me limitaré a abusar de las sustancias legales. Como el azúcar, la grasa y la cafeína.

Empezó a sonar su móvil. Era Maddie. La única persona con la que podría soportar hablar.

—Hola, Mad. ¿Sabes lo que estoy haciendo?

—¿Apuntarte al paro?

—¡Qué graciosa!Estoy pidiendo un café con chocolate, con leche entera, triple de café y doble de nata.

—Ajá. Y un cerdo acaba de pasar volando por delante de mi ventana.

Vicky le dio a Johnny una generosa propina y le lanzó un beso al aire antes de llevarse su bomba calórica a un asiento situado junto a la ventana.

—Hablo en serio. Escucha —succionó la nata montada de lo alto del vaso.

—¡Dios mío! —exclamó Maddie—. ¿Qué te han hecho esos animales?

Por suerte, Maddie siempre lograba hacerle reír. Incluso

después de la traición de Winston, había encontrado maneras de divertirla. En eso se parecía a Ty.

—De hecho me lo han puesto bastante fácil. Se sentían culpables y después un guardia de seguridad me ha sacado del edificio.

—¿Seguridad? Me tomas el pelo.

—Es un procedimiento estándar, para poder asegurarles a los clientes que no he robado ningún documento cuando salía. Soy una persona peligrosa ahora que va a investigarme el comité.

Oyó un soplido de desprecio al otro lado de la línea.

—Espero que estés pensando en pelear.

Vicky dio un trago a su bebida.

—Tengo problemas más inmediatos. Como, por ejemplo, cómo pagar las letras de la hipoteca del piso cuando prácticamente no hay quien me contrate.

—Rodgers me ha dicho que te han dado una indemnización de seis meses. Qué bastardos.

—No puedo culparlos. El bufete ha perdido a uno de sus mejores clientes y al menos en parte es culpa mía. Si no hubiera estado bailando con Ty, nuestra foto no habría aparecido en el periódico y nada de esto habría ocurrido.

—¡Ni se te ocurra culparte! Si tu madre no te hubiera echado encima a Winston, no te habrías roto el dedo. Si no te hubieras roto el dedo, no te habrías pegado tanto a Brown y no habrías estado bailando sobre sus pies —lo resumió en pocas palabras—. Esto es culpa de Adrianna.

Era una manera de verlo. Pero Vicky sabía que parte de la culpa era suya.

Maddie suavizó el tono.

—Vicky, cariño, siempre eres muy dura contigo misma. Por favor, solo por hoy, sé amable contigo. Haz algo divertido.

—A la una hay una clase de yoga en el gimnasio.

—Yo pensaba más bien en un día en el spa. Tal vez una película. Y no olvides que vamos a tomar copas y pasta.

Vicky suspiró. No le apetecía nada de aquello. Pero no tenía nada mejor que hacer, ¿no?

Debería haber confiado en su instinto. Dos cosmos y una copa de Chianti, incluso acompañados de doscientos gramos de pasta ziti y un tiramisú, solo habían servido para revolverle el estómago y hacer que le diese vueltas la cabeza. Más cosas que añadir a su lista de problemas.

Entró en su apartamento a las doce y media de la noche, dejó el bolso sobre la mesa de Duncan Phyfe que había en la entrada y agachó los hombros.

El día siguiente no se le antojaba nada prometedor.

Se quitó los zapatos y cojeó hasta el salón, al que Maddie llamaba «el santuario». El resto del apartamento reflejaba el estilo inglés recargado que a su madre le parecía bien, pero aquel espacio Vicky lo había diseñado para relajarse, desde las paredes gris topo hasta las cortinas color marfil, pasando por la suave alfombra beige y la luz tenue. No había ordenador ni televisión, ni rastro de su carrera como abogada, ninguna foto de su madre. Nada que alterase su tranquilidad.

Con el único mando a distancia que había, encendió el fuego en la chimenea de mármol negro, activó una fuente de tres pisos situada en un rincón y puso en marcha el iPod. Envuelta en una luz suave, con el sonido del agua sobre las piedras y las notas tranquilas de Chopin, se dejó caer en el sofá color beige y suspiró.

Casi todas las noches, entrar en aquella habitación bastaba para calmar su espíritu y, por si eso no funcionaba, tenía su esterilla de yoga guardada bajo el sofá. Veinte minutos sobre la esterilla normalmente le devolvían la ecuanimidad.

Pero esa noche nada podría consolarla. Ya no podía seguir negando la presión detrás de sus ojos, presión que había ido aumentando a lo largo del día a medida que la tensión, el dolor y el miedo exigían su tributo en lágrimas. Demasiado cansada para sollozar, simplemente echó la cabeza hacia atrás y dejó que las lágrimas resbalaran silenciosas sobre sus mejillas.

Lloró por Ty, porque le había hecho daño y porque lo echaba de menos a pesar de eso. Lloró por su futuro. Por su inminente situación económica, por su súbita incertidumbre y por la injusticia de la situación en general.

Y lloró porque se sentía dolorosamente sola.

CAPÍTULO 20

Ty entró furioso en el despacho.

—Maldita sea, ¿dónde diablos están mis guantes?

Joe levantó la mirada de una pila de facturas.

—¿Tus guantes?

—¿No es lo que acabo de preguntar? —Ty lo miró con rabia hasta que Joe se puso rojo.

—No... no lo sé, Ty. Normalmente no le sigo la pista a tus objetos personales.

Ty apretó la mandíbula.

—No me toques las narices, Joe.

—No estoy tocándote las narices, te lo juro. Es que... —Joe tragó saliva—. Siempre eres un tipo amable, pero llevas cabreado conmigo desde que volviste de Francia —levantó las palmas de las manos—. Te juro que no sé cómo se contagió Brescia. He estado pensándolo, pero, en serio, Ty, no creo que sea culpa mía.

Ty resopló con impaciencia.

—¿Acaso he dicho que sea tu jodida culpa? Yo soy el idiota que la llevó donde Molly. ¡Es culpa mía!

Atravesó el redil hacia el establo. Brescia asomó la cabeza para verlo acercarse y el corazón le dio un vuelco. Ella era todo lo que él no era. Tranquila y serena. Aceptaba su destino.

Bueno, pues él no podía aceptarlo. Si se moría por su imprudencia egoísta, no sería capaz de perdonárselo.

Ya había hablado con Molly, le había dicho que no volvería a pasarse por allí. Al principio ella se lo había tomado mal, pero Ty tenía años de experiencia con aquello del «no eres tú, soy yo». Se mostró muy dulce, halagó todo en ella, desde su pelo hasta el color de las uñas de sus pies, y la dejó con tanta suavidad que ella apenas notó el golpe.

Frunció el ceño, ligeramente asqueado consigo mismo. Esas eran sus habilidades. Los halagos, las bromas, hacer que la gente se riera. No profundizar en las emociones de verdad. Sí, se le daba bien convencer a la gente de que era simpático. Todos se lo tragaban, salvo Jack e Isabelle. Y Vicky. Ella había visto el fondo de su alma.

Intentó no pensar en eso. Preferiría pensar en Molly, lo cual demostraba lo poco que deseaba pensar en Vicky. Aunque no podía evitarlo. Incluso después de siete días con sus siete noches, su cara al abandonarla seguía retorciéndole las tripas como un sacacorchos.

Y eso no era lo único que le atormentaba. Ni siquiera podía masturbarse sin revivir su maratón de sexo. Imaginar al imbécil de Winnie diciéndole que era frígida. Dios, esa mujer era más ardiente que...

¡Basta! Iba a volverse loco si no dejaba de pensar en ella. Era lo único que hacía; eso y preocuparse por Brescia. Y, en algunos aspectos, preocuparse por Brescia era más fácil. Ella estaba justo allí, donde podía tocarla y cuidar de ella, intentar enmendar sus errores al poner su vida en peligro. Vicky, por otra parte, estaba a más de tres mil kilómetros de distancia. A ella también deseaba tocarla. Pero estaba fuera de su alcance y eso estaba volviéndole loco.

Se detuvo frente al establo y tomó aire varias veces. Brescia no se merecía tener que enfrentarse a su pésimo estado anímico. Tampoco Joe, por esa regla de tres. Se disculparía con él más tarde. O le daría lo que pudiera interpretarse como una disculpa: un día libre. Era lo mínimo que podía hacer después de tomarla con él constantemente a lo largo de la última semana.

Cuando se calmó todo lo que podría calmarse, entró en el establo.

—¿Qué tal está mi chica? —ella levantó la cabeza, pero agachó la mirada. Agitó la cola con languidez.

Ty le acarició el hocico. No parecía estar mejorando. Teniendo lombrices, el mayor riesgo era un aneurisma. Podría morírsele allí mismo sin previo aviso.

Siguió hablando con voz pausada.

—El doctor Clancy va a venir a verte hoy. Creo que eres su paciente favorita. ¿Y quién puede culparle por enamorarse de una belleza como tú? —entró en el cubículo—. ¿Te apetece un poco de ejercicio? —enganchó una correa al ronzal—. Querrás mantener tu figura, ¿verdad?

Le dio una vuelta por el redil sin dejar de hablarle, como hacía cuando estaban a solas en las colinas. Ya se había disculpado por ponerla en aquella situación. Ahora empezó a hablarle de sus problemas, de cómo se quedaba dormido por las noches y después se despertaba en mitad de la noche con todo tipo de ideas descabelladas en la cabeza.

—El problema es que hay una chica —le dijo—. En realidad es como un grano en el culo. Es abogada —lo dijo con desdén—. Lo sé, lo sé, a ti no te gustan los abogados. A mí tampoco —hizo una pausa y se encogió de hombros—. Pero me hacía reír. Y es muy aguda. Es muy importante estar alerta con ella porque tiene una lengua que parece un cuchillo. Puede despellejarte sin que te enteres.

Miró a Brescia, que caminaba junto a él.

—No iba a hablar de ella, porque estoy intentando sacármela de la cabeza. Pero no puedo mentirte. Ella es la que no me deja dormir por las noches —era un alivio decirlo en voz alta—. Sé que no te gusta mucho oír hablar de mi vida sexual y, créeme, hay muchas cosas que no te cuento, pero Vicky y yo éramos dinamita entre las sábanas. Llevo en esto… —hizo cálculos en su cabeza—… dieciséis años, y no hay nada comparable. Salvo Lissa, claro.

O al menos eso pensaba. Después de siete años, no lo recordaba bien.

Luchó con su conciencia.

—Brescia, cariño, no le contaría esto a nadie, pero hay algo en Vicky… tal vez sea porque me estoy haciendo viejo, no sé, pero cada vez que Vicky abría la boca me ponía nervioso, y eso hacía que el sexo fuese aún más ardiente. ¿Te parece raro?

Asintió pensativo.

—Sí, tienes razón. Claro que es raro. Quiero decir, me gusta que mis chicas sean revoltosas, pero en el sentido divertido. Vicky es revoltosa, sí, pero en plan de arrancarte la cabeza —se encogió de hombros—. Pero seré sincero. La echo de menos. Mucho. Y, si las cosas fueran diferentes… joder, si yo fuera diferente, me iría directo a Nueva York a buscarla.

Eso era lo que deseaba hacer. Encontrarla y llevársela al rancho. Llevarla a montar entre las campanillas y cosas cursis como esa. Probablemente al principio no le gustase, siendo una chica de ciudad, pero bajo su fachada de abogada era realmente sensible. Cuando la tuviera bajo las estrellas, después de hacerle el amor al calor de una hoguera, entraría en razón.

Sí, señor, si al menos fuese capaz de creer que las cosas no acabarían yéndose al traste, se iría a buscarla sin pensarlo. Pero no podía permitirse creer eso. Porque, a juzgar por el pasado, en el mejor de los casos la decepcionaría. En el peor, dejaría que muriese.

—Victoria Jane Westin, es hora de que dejes de hacer tonterías y empieces a pensar en tu futuro —Maddie se había puesto en plan de «quien bien te quiere te hará llorar»—. Das tres clases de yoga al día, corres, meditas más que un monje, y estás peor de lo que estabas hace una semana, cuando los guardias de asalto te echaron del edificio.

Vicky apretó el botón de la batidora para regalarse un momento de paz.

En cuanto la apagó, Maddie empezó de nuevo.

—No sé cómo puedes tomarte otro batido. ¿No te acuerdas del café con chocolate? ¿De lo bien que te supo? ¿De lo decadente que te sentiste?

—Ya intenté lo de la decadencia, Madeline. Deberías recordarlo, dado que fuiste tú la que tuvo que meterme en un taxi. Lo único que saqué a cambio fue una resaca.

Maddie se cruzó de brazos.

—Emborracharte el día que te despiden no cuenta como experimentar un nuevo estilo de vida.

Vicky dio un trago al batido. Realmente estaba harta de eso, pero no pensaba admitirlo.

—Estar fuera de control no es un estilo de vida. Es un desastre esperando a ocurrir.

—Cariño, el desastre ya ha ocurrido. No pudiste controlarlo entonces y, por muchos batidos que te tomes, y me doy cuenta de que te está costando tragarte ese, tampoco puedes controlar el futuro. La única cosa que puedes controlar es tu manera de reaccionar ante él.

Vicky levantó su vaso para brindar.

—Eso es justo lo que estoy haciendo. Estoy reaccionando siendo disciplinada. Concentrándome en mi salud. Como mi mejor amiga, creo que deberías alegrarte de que no me haya pegado a una botella o esté acostándome con un tío diferente cada noche.

—Tal vez me alegraría si estuviese funcionando.

Maddie tenía razón en eso. No estaba funcionando en absoluto. Tenía que recurrir a la respiración de yoga al menos veinte veces al día para evitar los ataques de pánico. El resto del tiempo no podía concentrarse lo suficiente para leer, ni siquiera para seguir un programa de televisión. Al final había recurrido a los realities, con sus breves dosis de acción y la absoluta ausencia de trama. Hablando de lo cual… miró el reloj. En veinte minutos descubriría cuál de las parejas de la noche anterior sería expulsada de *Mira quién baila*.

Salió de detrás de la encimera e intentó dirigir sutilmente a Maddie hacia la puerta.

—Estoy bien. Solo tengo que procesar las cosas a mi manera.

Maddie se mantuvo firme.

—¿Has hablado con Brown? ¿Sabe lo que te ha ocurrido por su culpa?

Vicky se quedó muy quieta. Tomó aliento en cuatro veces y lo soltó en otras cuatro.

—No, no he hablado con él. Y dudo que vaya a sentirse culpable por que me hayan despedido. No olvides que fui yo la que le interrogó en el estrado. Intenté hacer que el jurado creyera que estaba alucinando. Peor aún, que era un mentiroso que había desconectado a su esposa y después había intentado sacar beneficio de ello. No me extraña que me dejara.

Maddie no se lo tragaba.

—Estabas haciendo tu trabajo. Y, en cualquier caso, ganó él.

—Ganó dinero, aunque hasta eso está en el aire ahora mismo —le mostró una carta certificada—. Dentro de tres semanas tengo que estar otra vez en Texas para la vista a petición de Waxman para un nuevo juicio —dejó escapar una carcajada débil—. Estoy deseando levantar la mano derecha y jurar que soy una zorra. «Eso es, señoría, no conocía a Tyrell Brown antes del juicio, pero tres días después estábamos follando como monos en celo toda la noche».

Maddie echaba humo.

—Le estará bien empleado a Brown si cambia el veredicto y tiene que enfrentarse a un nuevo juicio.

—No me gustaría que pasara eso, pero gracias —contestó Vicky con una sonrisa—. Dicen que tu mejor amiga no es la que te da palmaditas en el brazo e intenta animarte. Es la que agarra el bate de béisbol y dice: «¡vamos a por ese bastardo!».

Eso hizo sonreír a Maddie.

—Tú dime dónde está.

—Gira a la izquierda cuando llegues a Texarkana —Vicky se terminó el batido y dejó el vaso en la encimera—. Lo reconocerás porque le asomarán del bolsillo mis bragas rojas de encaje.

Clancy apoyó la mano en la puerta del cubículo de Brescia y la miró con preocupación.

—No me gusta, Ty. Han pasado dos semanas, debería estar mejorando.

Ty retorció su sombrero entre las manos.

—¿Qué más podemos hacer? ¿Hay algún sitio al que pueda llevarla? ¿Alguna nueva medicina que probar? No me importa lo que cueste.

Clancy negó con la cabeza.

—El problema que tenemos con las lombrices es que siguen evolucionando, desarrollando resistencias a todo lo que tenemos. Lo mejor que podemos hacer es probar una nueva combinación de antiguos medicamentos. Se sabe que ha funcionado, aunque yo no he tenido mucha suerte con ese tratamiento.

—Probémoslo de todos modos. ¿Llevas los medicamentos contigo?

—Los tengo en la bolsa —se dirigió hacia su camioneta con Ty pisándole los talones.

—¿Y qué me dices de las terapias alternativas? Vitaminas, acupuntura. Probaré cualquier cosa.

Clancy sacó su bolsa del vehículo y regresó al establo con Ty.

—Hay un tipo camino de Galveston. Te daré su nombre. Pero no quiero que renuncies a la medicina tradicional. Aún hay tiempo para que cambien las cosas.

Después de que Clancy se marchara, Ty se quedó en el establo, apilando heno y haciéndole compañía a Brescia. Seguía allí cuando sonó su móvil. Miró el número y sonrió.

—Isabelle, cariño, ¿qué tal la luna de miel?

—¡De maravilla! —comenzó una descripción de diez minutos.

Él murmuró «ajá» en los momentos adecuados, soltó algunos silbidos y se quitó trozos de heno del pecho sudoroso. Cuando ella acabó, él le contó lo bonita que había sido la boda, lo mucho que se había emocionado al ver cómo empezaba su nueva vida con otro hombre, y lo bien que se lo había pasado.

Después esperó su respuesta.

—Tyrell Brown, no te entiendo en absoluto. ¿Por qué no me contaste lo del juicio? ¿Por qué permitiste que os juntara a Vicky y a ti?

—Tú ya tenías mucho de lo que preocuparte, cariño, y no quería ser una molestia.

—Pero os llevabais muy bien —parecía triste—. Cuando pienso en todo lo que te dije el domingo por la mañana… Lo siento mucho, Ty.

—Isabelle, no hagas eso, ¿quieres? Vicky y yo nos llevamos bien casi todo el tiempo. Es una chica agradable, generalmente, y yo nunca lo hubiera descubierto si no hubiéramos fingido durante unos días —se metió los dedos en el bolsillo para acariciar las bragas que le había quitado. Cada mañana se decía a sí mismo que las dejaría allí, pero al final se las metía en el bolsillo, como un adicto con sus pastillas.

—Sí que es agradable, Ty. Me alegra que te des cuenta.

Había suavizado la voz como si quisiera seguir insistiendo, así que él agitó la mano e intentó cambiar de tema.

—¿Cómo lleva el novio la vida de casado?

Ella soltó una risita.

—Está completamente enamorado de su esposa —hubo una pausa—. Pero no le hace tanta gracia que la boda saliera en los periódicos. ¿Viste las fotos?

Ty sonrió.

—Me gusta en la que salgo tirándole de la camisa por el cuello a Winnie.

—Supongo que te has enterado de las consecuencias.

Él dejó de sonreír.

—Sí, Angela me ha informado. La aseguradora de Taylor ha pedido un nuevo juicio. Tenemos una vista en dos semanas.

—Lo sé. Nos han llamado a Matt y a mí para testificar.

—Oh, mierda —Ty se golpeó el muslo con el sombrero—. Lo siento, cariño. Angie no me había contado eso.

—Te habrá dicho que Vicky también estará allí.

—Sí. Eso lo imaginé yo mismo.

Pensar en volver a ver a Vicky le hacía sentir ansioso, así que empezó a caminar hacia la casa.

—Ojalá no hubiera llegado a esto, cariño. Es una molestia para todos y lo siento. Pero, dado que no conocía de nada a Vicky antes del juicio, Angie cree que todo saldrá bien al final.

—Bueno, me alegra que no haya ningún problema para ti. De verdad. Pero Vicky…

No quería seguir hablando de Vicky.

—Cariño, no tengo mucha cobertura y te estoy perdiendo.

—De acuerdo, te llamaré más tarde —gritó ella, y le hizo sentir como un imbécil. Pero realmente no quería hablar de eso.

—Estaré fuera… unos días… te veo en Houston… —cerró el teléfono, se dejó caer en el columpio del porche y se quedó mirando fijamente las rosas que trepaban por la barandilla.

Llevaba una semana nervioso, desde que Angie le contara lo de la vista. A veces temía volver a ver a Vicky, a veces se excitaba pensando en ello. Ni siquiera podía hacer yoga sin recordar su trasero en el aire. Y recordar su trasero le hacía imaginarse sus braguitas diminutas, muchas braguitas, como si Victoria's Secret hubiera explotado en su cajón.

Y pensar en sus bragas le hacía recordar sus sujetadores. Sujetadores a juego con las bragas, con estampados de tigre o de leopardo, en bonitos tonos pastel o brillantes. Cualquier color con el que una mujer pudiera pecar.

Clavó los dedos en el cojín, porque podía imaginársela con esos sujetadores y esas bragas. Con el tanga de satén color melocotón al salir cojeando del baño justo antes de hacer el amor en el suelo. Con el encaje color limón con que lo había reemplazado, poniéndose su vestido de dama de honor con las mejillas aún sonrojadas después de alcanzar el orgasmo bajo su cuerpo. Con la ropa interior de seda negra que se había puesto más tarde para entregarse a él y dejar que la poseyera una y otra vez...

Se levantó del columpio de un salto. ¡Aquello tenía que acabar!

Fue a la cocina, abrió el frigorífico, miró en su interior y volvió a cerrarlo sin sacar nada. No podía seguir así. Tenía que hacer algo para sacársela de la cabeza.

Tal vez necesitara una novia.

La idea se afianzó en su cabeza. Sí, una novia. No una novia seria, claro. Su experiencia con Jessie indicaba que aún no estaba preparado para el sexo.

Solo necesitaba a alguien que le impidiera pensar en Vicky las veinticuatro horas del día. Alguien con quien poder ir al cine. Que le creyese cuando le dijera que no buscaba casarse. Nunca. Porque así solo se encontraba pérdida y dolor. Incluso la idea de perder a Brescia le destrozaba. No podría volver a casarse.

Pero una novia informal, eso era otra cosa. Se apoyó contra los fogones color verde aguacate y se cruzó de brazos mientras lo meditaba.

Podría pasarse por Austin; seguía teniendo amigos en la universidad. Tal vez pudiera encontrar a una agradable estudiante de postgrado que estuviese demasiado ocupada con sus estudios como para exigirle demasiado. Planeando mudarse después de la graduación para buscar trabajo en un país lejano.

Pensándolo bien, eso le parecía demasiado trabajo. Tener

que ir y venir para verla. Intimar con sus amigas. Escucharla hablar sobre Paleontología, Genética o, Dios no lo quiera, Arte Dramático. No, gracias.

Se rascó la mandíbula y pensó en las mujeres de la zona. Estaba Bette Davison, que siempre le había parecido atractiva. Pero ahora tenía dos hijos. No quería tener que romper también con los hijos cuando inevitablemente rompiera con su madre.

Patty Jo Mason acababa de volver al pueblo. Estaba buena y había cierta historia entre ellos. Pero corría el rumor de que ahora le gustaban las mujeres.

Oyó la gravilla en el exterior. La puerta de un coche que se cerraba, unos tacones que atravesaban el porche y una voz femenina.

—Tyrell, cariño, te he traído mi estofado de ternera y una porción de pastel de merengue de limón.

Ty alzó la mirada al cielo. ¿En serio? ¿Molly?

Bueno, si Dios estaba intentando decirle que ella era la respuesta a sus oraciones, ¿quién era él para ignorarlo?

Asomó la cabeza por la puerta y sonrió.

—Molly, cariño, ¿qué te parece si vemos una película esta noche?

Vicky dio un trago al café.

—No quiero hablar de mí —dijo—. Quiero que me hables de tu luna de miel.

—Ya te envié las fotos —respondió Matt—. En ellas puedes verlo todo. A no ser que quieras que te hable de sexo —ella se llevó los dedos a los oídos—. Me parece que no.

—¿Dónde está Isabelle esta mañana? ¿Ya se ha hartado de ti?

—Mamá quería desayunar con ella.

—¿Y has dejado que fuese sola? ¡Creí que la querías!

Su hermano se rio.

—A mamá le cae bien Isabelle. Y también le cae bien su padre.

—Oh, no —se llevó la mano a la cabeza—. Seguro que quiere que Isabelle siga haciendo de casamentera.

—No sé, yo no me meto. Ahora dime qué tal te va.

—Bueno, me gusta mucho el nuevo monitor de yoga del gimnasio, así que estoy yendo a muchas clases. El otro día fui al zoo por primera vez desde que fui con el colegio en sexto curso. Hay una exposición de Rendir en el Met…

Matt la interrumpió.

—¿Y qué me dices de buscar un trabajo? Han pasado dos semanas. ¿Qué has hecho al respecto?

Vicky frunció el ceño.

—Hablas como mamá.

—Ella está preocupada por ti. Y yo también.

—¿Por qué? —extendió las manos—. Me estoy tomando mi tiempo. Sopesando mis opciones. Viendo de qué color es mi paracaídas.

Él se quedó mirándola mientras el camarero les servía los huevos.

—Puedo conseguirte un trabajo en Waverly —le dijo entonces, refiriéndose a la agencia de corredores de bolsa en la que él era una gran estrella—. Trabajarías con uno de los corredores. No es un trabajo de abogacía, pero con eso podrás mantenerte hasta que pase esta mierda y puedas volver al bufete.

—No voy a volver al bufete —pronunció las palabras inesperadamente y eso le sorprendió. Aun así, al instante supo que eran ciertas. No pensaba volver a Marchand, Riley y White.

—Bueno, entonces hasta que encuentres trabajo en otro bufete.

—No. Ya estoy cansada del Derecho —otra sorpresa. Pero se sentía bien diciéndolo. Tomó aliento y sintió que sus hombros se relajaban y su estómago se destensaba.

Matt puso los ojos en blanco.

—Vamos, Vic. Tu carrera es el Derecho. Así pagas el piso. Por no hablar de tu BMW.

Se refería al BMW 325i descapotable, su capricho, el premio de consolación que se había concedido por tener un trabajo de mierda y una vida decepcionante. Le encantaba. Pero no lo suficiente como para regresar al bufete.

—¿Eso es lo único que hay en la vida? —preguntó—. ¿Ganar dinero para pagar cosas que no necesito?

—Mira, sé que no te apasiona ser abogada…

—Entonces, ¿por qué me presionas? ¿Por qué quieres que sea infeliz todos los días de mi vida? Que esté estresada, triste. ¿Por qué quieres que vuelva a eso?

Matt se recostó en su silla y se quedó mirando su taza de café mientras le daba vueltas con las manos.

—Tienes razón —dijo tras una pausa—. Estoy presionándote. Supongo que me siento culpable —levantó la cabeza y la miró a los ojos—. ¡Ojalá me hubieras contado lo de Brown!

Vicky se encogió de hombros.

—Quería que el fin de semana de la boda fuese perfecto.

—Te lo agradezco. Pero ya nos las habríamos apañado. Y podríamos haber evitado todo esto.

—Eso parece evidente a posteriori, pero en serio, ¿quién habría pensado que acabaría en eso? Además, si no hubiera ocurrido, aún seguiría en el bufete, hinchándome a antiácidos —sonrió a su querido hermano, su mejor amigo—. En serio, Matt, se ha hundido ahora, pero esto en realidad ha sido una bendición.

Él se quedó observándola durante largo rato. Después le devolvió la sonrisa con amargura.

—De acuerdo, ahora soy un hombre casado y sé transigir. No volveré a mencionarlo hasta que pase la vista y volvamos todos de Texas. Pero, si cambias de opinión antes de eso, la oferta sigue en pie. Algo de tranquilidad mientras decides qué hacer después.

—Gracias, lo pensaré —dijo ella, aun sabiendo que no

aceptaría ese trabajo. Lo sabía con la misma certeza con que sabía que había terminado con la abogacía. Estaba harta de llevar traje y maletín.

Aquel giro de acontecimientos apocalíptico debería haberle provocado un ataque de pánico. Esperó a que se produjera, pero no se produjo. En su lugar se sintió más ligera, más suelta. El futuro le esperaba, incierto, pero excitante, y podía hacer con él lo que quisiera.

Era una sensación completamente novedosa.

—Quiero venderlo —le dijo Vicky a la agente inmobiliaria—. Cuanto antes, mejor —Matt tenía razón; sin su sueldo de abogada, no podía permitirse mantener el piso.

—No habrá problema. En este barrio, no durará mucho —la esbelta mujer de rasgos asiáticos y acento del Upper West Side caminaba con eficacia por el apartamento de Vicky tomando notas con su iPad—. ¿Qué me dices de los muebles? Salvo por esto —se detuvo en mitad del santuario de Vicky—, probablemente pueda venderlo todo con la propiedad.

—Eso sería fantástico. Puedes vender todo lo que quieras —así tendría menos cosas que transportar.

La mujer examinó la estancia con la mirada.

—Estoy montando una segunda viviendo para un artista en el Village. Sus amigos la usarán casi todo el tiempo, así que no necesita que sea todo nuevo. Podrían venirme bien algunas de estas cosas.

Vicky no vaciló. Ni con su sofá color crema, ni con su sistema de sonido, ni con su fuente.

—Lo único que necesito es la esterilla de yoga. Para el resto, dame la mejor oferta.

Cuando la mujer se marchó, Vicky se fue al dormitorio y comenzó a sacar cosas del armario para dejarlas sobre la cama en dos montones distintos. Al montón de los descartes fueron los trajes, todos y cada uno de ellos. Los zapatos de trabajo también, incluso parte de su lencería. Cualquier cosa que se hubiera puesto alguna vez en un juzgado. Después lo enviaría todo al refugio para mujeres maltratadas en el que había trabajado como voluntaria. Las mujeres que vivían allí a veces huían de su casa con lo puesto. Allí utilizarían sus prendas mientras intentaban reconstruir sus vidas.

En el montón que pensaba quedarse puso todo lo demás; algunos vestidos bonitos, los vaqueros, sus camisas favoritas, todos los vestidos de verano que se había puesto en Amboise. Esos vestidos le produjeron un vuelco en el corazón, como todo lo que le recordaba a Ty. Se quedó mirándolos y, por enésima vez desde que regresara a Nueva York, intentó imaginarse qué estaría haciendo en ese momento.

Ella nunca había estado en un rancho, así que las imágenes que le venían a la cabeza tenían un aire propio de Hollywood. En su plano favorito, Ty aparecía sentado en la silla de montar, con la camisa remangada, los vaqueros ajustados, el sol reflejado en su pelo rubio mientras saludaba a alguna chica guapa tocándose el sombrero. En otra imagen, levantaba fardos de heno y los tiraba al suelo desde la camioneta sobre la que se encontraba, con su silueta sobre un cielo azul zafiro, la camisa vaquera abierta dejando ver su torso sudoroso y el heno pegado a sus abdominales.

Dios, era patética, no le cabía duda. Pero imaginárselo en escenas de película no le hacía tanto daño como recordarlo en la vida real, bailando el vals con ella en la terraza, llevándola por la plaza hacia la capilla, acorralándola en el guardarropa. Haciéndole el amor con ella toda la noche. Esas eran las imágenes que le quitaban el sueño, que la hacían temblar de deseo y masturbarse en una versión suave de las cosas que él había hecho con su cuerpo.

Suspiró. Era patética, sí. Una semana, eso era todo el tiempo que había pasado con él, y la mitad había sido en el juzgado. ¿Por qué entonces sentía que su vida no había empezado realmente hasta que lo conoció? ¿Por qué la alteraba, la excitaba y le daban ganas de morderlo?

Lo que debería recordar era lo imbécil que era. Cómo la había manipulado para seguirle el juego. Cómo la había enfadado, provocado, insultado y atormentado para distraerla. Cómo la había abandonado sin mirar atrás.

Esas eran las cosas que tendría que recordar en dos semanas, cuando volvieran a verse en Texas. Esos eran los recuerdos que la ayudarían a no perder la cabeza cuando se fijase en aquellos ojos de tigre.

CAPÍTULO 21

Houston chisporroteaba como un filete bajo el sol de agosto. Las aceras echaban humo, las plantas y la gente se marchitaban. A mediodía las húmedas temperaturas alcanzaban los treinta y ocho grados, y después seguían subiendo.

Mientras tanto, en los juzgados, el sistema de aire acondicionado hacía que el lugar pareciese el Ártico. Un polo de hielo no se habría derretido tirado en el suelo de mármol.

Mientras caminaba de un lado a otro por el vestíbulo situado frente a la sala, Vicky se frotaba los brazos desnudos. Su vestido de manga corta le había parecido la mejor opción al salir del hotel por la mañana, pero debería haber recordado del juicio que el juzgado parecía una nevera.

Y la mirada gélida de Angela hizo que la temperatura descendiera varios grados más. Frente al juez se había mostrado compasiva y comprensiva, pero en el vestíbulo quería ver muerta a Vicky.

Sus celos le parecían absurdos, porque la actitud de Ty dejaba dolorosamente claro que lo ocurrido en Francia se quedaba en Francia. Apenas había reparado en su presencia antes de que comenzara la vista. Durante su testimonio no la había mirado a los ojos una sola vez.

Ahora, mientras esperaban el fallo de la jueza, charlaba alegremente con Isabelle, aparentemente ajeno al desdén de Matt, y sin hacerle a Vicky ningún caso.

Su indiferencia era como la sal en una herida abierta. Pero aun así tenía que admirar su despreocupación cuando había tanto en juego. No solo estaban en la balanza la sentencia y el castigo hacia Jason Taylor. El hecho era que, si perdía aquella vista, Ty tendría que soportar otro juicio. Tendría que testificar de nuevo. Reabrir la herida y dejar que brotara la sangre.

Vicky sabía lo que eso le costaría más que nadie. Y, por mucho dolor que le hubiera causado y aún le hiciera sentir, no le desearía algo así jamás. Nunca podría ser tan despiadada.

Despiadada, así era Victoria Westin.

Ty se metió las manos en los bolsillos para evitar estrangularla. Después de todo lo que habían pasado juntos, el juicio, el vuelo y el frenético fin de semana de la boda, lo trataba como si fuera un desconocido. Apenas le había dirigido la palabra en toda la mañana. No lo había mirado mientras testificaba.

Ahora daba vueltas de un lado a otro del vestíbulo, mirando el reloj como si tuviera otro sitio en el que estar. Otro sitio más importante.

—Ty —dijo Isabelle tocándole el brazo—, ¿te encuentras bien?

—Estoy bien, cariño —contestó con una sonrisa—. Deseando que acabe esto de una vez por todas.

—Me sorprende que la vista haya ido tan rápidamente.

—Ummm —solo la escuchaba a medias. No paraba de desviar la mirada hacia Vicky. Había sacado su móvil y estaba mirando los e-mails.

Increíble. Él echándola de menos durante un mes, deseándola, sufriendo por haber herido sus sentimientos al abandonarla en Francia. ¡Y a ella ni siquiera le importaba!

—Angela nos advirtió que podrían tardar un par de días

—continuó Isabelle—, así que hemos reservado el vuelo para mañana por la noche.

Eso llamó su atención. Apenas era mediodía. No podía abandonarlos durante un día y medio. Tendría que quedarse con ellos, llevarlos a cenar. Era lo mínimo que podía hacer, lo mínimo que exigía la hospitalidad de Texas.

Pero una tarde entera soportando el silencio ominoso de Matt y la fría indiferencia de Vicky no resultaría divertida para nadie. Probablemente Isabelle se daría cuenta y se inventaría alguna excusa para dejarle libre.

—Estaba pensando —comenzó ella, y Ty esperó a que le diese luz verde— que, como no tenemos planes y hace demasiado calor en la ciudad para hacer algo al aire libre, deberíamos irnos contigo a casa a pasar la noche.

Él parpadeó.

—¿Al rancho?

—Le he hablado a Matt de él —añadió ella con una sonrisa—. Se muere por conocerlo.

Ty miró a Matt. No encontró ayuda en él. A juzgar por su cara, quería pasar cinco minutos a solas con él en un callejón oscuro, pero su silencio indicaba que haría lo que su esposa deseara.

—Eh —Ty no sabía qué decir para librarse—. Cariño, el rancho está a cuatro horas de camino. Mañana tendréis que volver —se rascó la cabeza—. ¿No puedes cambiar el vuelo?

—Lo mejor que podría hacer es salir mañana a mediodía desde San Antonio. Eso está a una hora del rancho, ¿no?

—Eh...

Antes de que pudiera ocurrírsele una excusa, la secretaria asomó la cabeza por la puerta.

—Ya pueden entrar al juzgado. La jueza saldrá enseguida.

Moción denegada.

Vicky estaba mirando a Ty cuando la jueza emitió su fallo.

Esperó a que sonriera, que abrazara a Angela. Que lanzara un puño al aire, que le lanzara un beso a la jueza.

Pero nada.

Completamente pálido, le quitó el maletín a Angela y la siguió fuera del juzgado.

El abogado de Waxman salió tras ellos y le dirigió a Vicky una mirada de desdén. Ella contuvo las ganas de sacarle la lengua. La había acusado de todo en el estrado, insistiendo en que había conspirado con Ty desde el principio porque era débil y estaba enamorada, o porque era mala y solo la motivaba la codicia. Por suerte, la jueza no se lo había tragado y sin duda su fallo satisfaría también al comité.

Para Vicky al menos el desafortunado asunto casi había acabado.

En el exterior del juzgado, Angela se juntó con Ty, probablemente hablando sobre la apelación. Ahora seguiría hacia delante, era la última amenaza contra el veredicto. Aun así, Ty había obtenido una importante victoria aquel día. ¿Por qué entonces no se alegraba?

Al final del pasillo, Isabelle estaba esperando junto a la puerta de los juzgados. Llamó a Vicky con un gesto.

—Matt ha ido a por el coche. Vamos al hotel a por nuestras cosas. También recogeremos el tuyo.

—Pero creí que habías dicho que no teníamos vuelo hoy.

—Así es —contestó Isabelle con una sonrisa—. Ty nos ha invitado a irnos al rancho con él.

—¿Al rancho?

—Te encantará. Joe es un encanto. Todos lo son. Casi todos estarán en el campo, pero conocerás a Brescia, es el caballo favorito de Ty —siguió hablando sin parar mientras Vicky la miraba sin saber qué decir.

Después le hizo un gesto a Ty para que se acercara. Vicky lo vio acercarse con miedo en la mirada, y entonces entendió por qué no estaba celebrando su victoria. Isabelle le había acorralado a él también.

—Ty, ¿puedes llevar a Vicky al rancho? Matt va a llevarme a Tiffany's —soltó una risita—. ¿A que es un amor? Allá donde vamos, me compra algo en Tiffany's. ¡Ahí está! ¡Adiós!

Y, sin más, se fue.

—¿Cómo lo hace? —preguntó Vicky.

Ty se quedó mirando hacia el bordillo mientras Isabelle se metía en el coche de alquiler.

—Es una fuerza de la naturaleza —no sonó como un cumplido.

Vicky buscó en su cartera dinero para un taxi.

—Los veré en el hotel y les diré que me reuniré con ellos en el aeropuerto mañana.

Él le dirigió una sonrisa torcida.

—Claro. Eso está bien.

—¿Se te ocurre algo mejor?

—Sí. Métete en mi camioneta.

Vicky se quedó mirándolo y, por primera vez en todo el día, él la miró a los ojos. Sus motas doradas resplandecían con la luz del sol y el corazón se le aceleró en el pecho; una advertencia que debería haberle hecho salir corriendo hacia la seguridad de su habitación de hotel.

Él se encogió de hombros.

—Isabelle no nos va a dejar escapar de esta —señaló—. Además, en Francia dijiste que querías ver mi rancho.

¿Cómo se atrevía a sacar ese tema?

—Eso fue antes.

—De hecho, cariño —respondió él con esa sonrisa arrogante tan propia de él—, eso fue durante.

Ty vio como sus ojos azules se abrían de par en par y después entornaba los párpados. Tuvo que hacer un esfuerzo por no reírse. Así que no era despiadada después de todo. Tal vez Isabelle estuviera haciéndole un favor. Dándole la oportunidad de hacer las cosas bien con Vicky para sacársela de la cabeza de una vez por todas.

Antes de que ella pudiera contraatacar, la agarró del codo.

—Vamos, cariño, huyamos del bonito calor de Texas —y la sacó por la puerta.

En la calle Vicky se zafó de él.

—Este calor no tiene nada de bonito. Debe de hacer treinta y ocho grados.

Ty se quitó la chaqueta y se aflojó la corbata.

—Sí. Hoy hace fresco. En el rancho hará mucho frío.

—No pienso ir a tu estúpido rancho.

—Le romperás a la pobre Isabelle su corazón de casamentera.

—Es dura.

Se encogió de hombros como si estuviera rindiéndose.

—De acuerdo. Pero dile que has sido tú, no yo —se detuvo junto a su camioneta, que milagrosamente estaba aparcada a la sombra del edificio—. Puedo dejarte en tu hotel.

Vio que ella se debatía. Quería decirle que no, pero el Four Seasons estaba a ocho manzanas y ella ya tenía el vestido pegado al pecho.

Así que balanceó las llaves de la camioneta frente a ella para tentarla como a Eva con la manzana.

—De acuerdo —dijo al fin con tono de fastidio, como si estuviera haciéndole un favor. Ty le abrió la puerta y se fijó en sus piernas cuando se montó—. Por el amor de Dios, ¡se necesita una escalera para subirse aquí! —gruñó mientras se aposentaba en el asiento.

Él se detuvo mientras se alisaba el vestido sobre los muslos, después cerró su puerta sin decir nada y se sentó al volante.

Arrancó y dio la vuelta con la camioneta en mitad de la calle.

Ella se balanceó contra la puerta.

—Eh, idiota. Vas en la dirección equivocada. El Four Seasons está hacia el otro lado.

—Sé dónde está el Four Seasons —giró bruscamente a la derecha y después a la izquierda.

Ella se agarró al salpicadero para no perder el equilibrio.

—¿Te importa ir más despacio?

—Ponte el cinturón, cariño. Tenemos un largo camino por delante.

Entonces lo entendió.

—¿En serio? ¿Estás secuestrándome?

—Cariño, si esto fuera un secuestro, llevarías un rato atada y amordazada —le dirigió una mirada para indicarle que no lo descartaba.

—Inténtalo —contestó ella con mirada de odio.

—¿Me estás desafiando? Porque tengo un poco de cuerda aquí —sacó un rollo de debajo del asiento y lo dejó entre ellos—. Y un pañuelo sudado que puedo meterte en la boca.

—Es un farol —dijo ella, pero no parecía muy segura.

Él adoptó una sonrisa perversa.

—A juzgar por tu manera de provocarme, empiezo a pensar que no te disgusta la idea. ¿Tienes alguna fantasía de bondage que quieras compartir?

—Eres asqueroso —tampoco parecía muy segura con eso. De hecho, el sutil movimiento que hizo en su asiento indicaba que le gustaba la idea tanto como a él.

Centró la atención en la carretera mientras se abría paso entre el tráfico y evitaba los semáforos en rojo. Era evidente que ella estaba furiosa.

—Para que lo sepas —le dijo él—. Estoy intentando ahorrarnos a los dos el rapapolvo de Isabelle. Puede que tú no hayas tenido ese placer antes, pero yo sí, más de una vez.

—Vaya, me pregunto por qué. Tal vez porque eres un idiota que hace idioteces como secuestrar a la gente.

Él negó con la cabeza.

—Cielo, esta es una faceta de ti que no había visto. Antes me pedías que te atara y ahora me provocas para que te dé un azote.

Vicky apretó los puños.

—Llévame al Four Seasons ahora mismo.

Él se incorporó a la autopista.

—Lo siento, cariño, pero deberías haber mencionado lo del bondage mucho antes. Pero hay un hotel de carretera cerca de aquí —dijo acariciando la cuerda—. Normalmente me gustan las esposas, pero nos las apañaremos.

Vicky contempló la Interestatal 10 a través del parabrisas. ¿Cómo diablos había acabado atrapada en aquella camioneta monstruosa con la persona a la que más odiaba del mundo?

Y peor aún, ¿por qué seguía dejándola sin palabras? Cada vez que ella abría la boca, él respondía.

Pero se acabó. Iba a sacar la artillería pesada.

—De acuerdo, me apunto.

Él abrió los ojos de par en par y ella estuvo a punto de reírse.

—Ahí está el hotel —señaló hacia delante.

—¿Hablas en serio?

—Absolutamente. Sal de la autopista.

Él se rio y obedeció.

Vicky estuvo a punto de cambiar de opinión cuando aparcó frente al hotel.

—¿Has hecho esto antes?

—Eh. Una o dos veces —respondió Ty. Le caía una gota de sudor por la sien, y no era por el calor de Texas.

Aquello iba a ser de risa.

Ella pasó el brazo por el rollo de cuerda y puso la mano en el picaporte de la puerta cuando él detuvo la camioneta.

—Entonces no te importará que te lo haga primero, ¿verdad?

Él volvió la cabeza para mirarla y ella sonrió con dulzura.

—Bueno, tú tienes experiencia, ¿no? No te dará miedo que te ate a la cama y te amordace. ¿Qué podría salir mal? —preguntó batiendo las pestañas—. Confías en mí, ¿verdad?

Ty volvió a poner el vehículo en marcha y abandonó el aparcamiento.

—Eres mala, ¿lo sabías?

—¿Qué pasa? ¿Tyrell la tiene dura? —sonrió con suficiencia—. Qué pregunta tan tonta. Tyrell siempre la tiene dura. Porque él es muy duro.

—¡Y tú eres muy graciosa! —contestó él apretando el volante y la mandíbula.

Ella soltó una carcajada, se recostó en el asiento y fingió disfrutar del paisaje.

Mientras la fantasía del bondage que ni siquiera sabía que tenía quedaba insatisfecha.

Esa mujer era una amenaza. No se podía confiar en ella. Ty echaba humo a medida que recorría kilómetros por la carretera.

Pasó media hora. Había estado haciendo todo lo posible por aparentar relajación, apoyado contra la puerta, conduciendo con una sola mano. Ahora intentaba relajarse de verdad, girando sutilmente los hombros y el cuello.

—Puedo conducir yo si estás cansado.

—No estoy cansado —respondió él, molesto por que le hubiera pillado—. Como si fuese a dejarte conducir mi camioneta.

—Como si yo quisiera hacerlo. Es un desastre medioambiental con ruedas.

—No es un Prius, cierto. Pero tampoco es un Hummer.

—Bueno, en ese caso —murmuró ella sarcásticamente.

Ty se puso a la defensiva.

—En esta carretera hay cosas peores que esta camioneta.

La risa de Vicky fue más bien un soplido de desdén.

—Apuesto a que consume una barbaridad. Admítelo, se trata de tu estatus. Te da credenciales de vaquero en cualquier restaurante de carretera de paletos.

—Vaya, Victoria Westin, creo que te gusta la música country —encendió la radio y comenzó a sonar Miranda Lambert, que cantaba sobre pegarle un tiro al maltratador de su novio. Fue a cambiar la emisora, pero ella le apartó el brazo de un manotazo.

—Déjala. Me gusta esa —dijo ella antes de empezar a tararearla.

—¿Tienes un lado violento? —¿por qué no le sorprendía?

—Digamos que puedo empatizar.

—Supongo que Winnie debería tener cuidado.

—No malgastaría una bala con él.

—¿Así que tienes a otra persona en mente?

Ella sonrió. Se golpeó los muslos con los dedos y siguió cantando.

Ty se quitó la corbata y la deslizó por su mano.

—Tal vez deba atarte después de todo, aunque sea por mi seguridad.

—A no ser que planees tenerme atada el resto de mi vida, no te lo recomiendo —subió el volumen de la radio y cambió de emisora hasta encontrar una en la que Carrie Underwood hablaba de rajarle los neumáticos de la camioneta a su novio por haberla engañado. Lo ignoró y siguió cantando.

Maldición, estaba comiéndole terreno. Tenía que recuperar el control. Pillarla con la guardia baja. Y no había mejor manera de hacerlo que con la verdad.

Bajó el volumen y puso su acento sexy.

—Vicky, cariño —esperó a notar su atención en él—, agradezco que hayas venido hasta aquí para testificar. Angie me dijo que podrías haber enviado una declaración jurada, pero no habría tenido el mismo impacto —la miró a los ojos—. Has salvado la sentencia y te estoy muy agradecido.

Ella apartó la mirada y se quedó mirando por el parabrisas.

—Bueno. No hicimos nada malo. Me refiero a nada legalmente malo.

—Sí, lo sé, pero puede que eso no hubiese importado —

hizo una pausa—. No sabía que habías perdido tu trabajo hasta que lo has dicho en el estrado. ¿Hay algo que pueda hacer para enmendarlo?

—Gracias, pero me despidieron para evitar que demandaran al bufete, no porque crean que he hecho algo malo.

Él negó con la cabeza. Lo sentía de verdad.

—Es culpa mí. Si no hubiese empezado la pelea con Winnie y no hubiera estropeado la boda, no creo que hubiese salido en los periódicos.

—Puede que no. Pero Winston tampoco habría acabado con los ojos morados.

Ty la miró y, por primera vez en todo el día, ella estaba sonriéndole. El corazón le dio un vuelco, de pronto se sentía ligero como el aire.

—Cariño, solo deseo que tuviera cuatro ojos para poder habérselos machacado todos por ti.

Ella se rio, lo cual era su intención, y él sonrió. Le encantaba ese sonido. No se había sentido tan bien en un mes.

La carretera era recta como un palo y apenas le hacía falta mirarla, así que se permitió volver a mirarla. Sus ojos azules se habían vuelto cálidos y suaves. Tenía los labios entreabiertos, húmedos, sugerentes. Se había girado hacia él, solo un poco, y sin pensarlo, él estiró el brazo por el respaldo del asiento y le rozó el hombro con un dedo.

Sí, así era como debían ser las cosas. Era suya, solo suya. Podría tenerla cuando quisiera.

Quedaba solo una cosa por aclarar.

—Cariño —dijo—, alejarme de ti en Francia fue el mayor error de mi vida. No sabes lo mucho que lo siento.

Ella dio un respingo como si la hubiera apuñalado y recuperó su actitud beligerante en un instante apartándole el brazo de un manotazo.

—Gracias por recordarme por qué te odio.

—Pero…

Ella volvió a subir el volumen de la radio.

Él la apagó.

—¡Estoy intentando disculparme!

Ella se tapó los oídos.

Ty le tiró del brazo.

—¡Escúchame, maldita sea!

Vicky se soltó el cinturón, bajó su ventanilla y se asomó. Empezó a agitar ambos brazos en dirección al coche que estaba cruzándose con ellos.

—¡Ayuda! —gritó—. ¡Me han secuestrado! ¡Llamen a la policía! —el viento se tragaba sus palabras, pero su significado era evidente. El conductor del otro coche los miró sorprendido.

—¡Por el amor de Dios, Vicky! —le tiró del vestido para que se metiera dentro con una mano, mientras le subía la ventanilla con la otra y ponía los seguros a las puertas, todo mientras conducía con la rodilla. Miró por el retrovisor y vio que el otro conductor había sacado su teléfono—. Maldita sea, la policía nos seguirá. ¿No sabes que esto es Texas? ¡Podrían disparar primero y preguntar después!

—Siempre y cuando te apunten a ti, a mí no me importa.

Él apretó los dientes.

Empezó a oírse una sirena a lo lejos.

Dos horas más tarde, cuando llegaron al rancho, Ty seguía sin hablarle. Y no podía culparlo. Ella había ido demasiado lejos.

Pero, sinceramente, ¿quién habría imaginado que la policía lo sacaría de la camioneta a punta de pistola? ¿O que lo empujarían contra el vehículo para cachearlo? ¿O que lo esposarían boca abajo sobre el asfalto?

Y tampoco era que ella se hubiese allí quieta, mirando. Había intentado de todo para convencerlos de que no era ninguna mujer maltratada demasiado asustada para presentar cargos contra él.

Al ver que nada funcionaba, finalmente llamó a la jueza para que esta confirmara su versión. Fue totalmente humillante.

Aunque Ty no apreció sus esfuerzos. Manchado, sudado y con un moratón en la mejilla provocado por el impacto contra el lateral de la furgoneta, había pasado varios minutos planteándose la oferta de los policías de denunciarla, hasta que finalmente negó con la cabeza y, con expresión sombría, señaló hacia la camioneta. Ella se había montado y había intentado disculparse hasta que él le dirigió una mirada que indicaba que aún podía cambiar de opinión.

Después de eso, habían guardado silencio durante el resto del camino.

Ahora, cuando Ty salió de su camioneta, el vaquero escuálido que había comenzado a caminar hacia ellos se detuvo en seco. Se fijó en su camisa manchada, en el agujero que tenía en el pantalón y en el moratón de la mejilla.

—¡Joder, Ty! ¿Qué te ha pasado?

—Victoria Westin, eso es lo que me ha pasado —Ty señaló con el pulgar hacia la camioneta, donde ella seguía sentada—. Evítala, Joe, o puede que acabes con un ojo morado, como todos los hombres que se acercan a ella.

Bueno, eso era ir demasiado lejos. Vicky se bajó del asiento y caminó hacia el desconcertado vaquero.

Él la miró como si acabara de salir de un vertedero. Y no era de extrañar. Tenía el vestido arrugado y rígido por el sudor seco. Los zapatos estaban grises del polvo de la carretera. El maquillaje prácticamente se le había derretido de la cara. Y el pelo… bueno, el pelo se le había revuelto al sacar la cabeza por la ventanilla. Ahora lo tenía todo enredado y tardaría horas en arreglar el entuerto.

Pero no se dejó intimidar. Se acercó a Joe y le ofreció la mano.

—Soy Vicky. Ty está enfadado porque me ha secuestrado y casi le detienen.

—No la he secuestrado —gruñó Ty, dirigiéndose a Joe, pero mirándola a ella con odio—. Pero puede que la mate. Si lo hago, llama a la policía de Harwood. Darán testimonio de que ha sido un homicidio justificado —dijo antes de alejarse hacia la casa.

—Eh, Ty —gritó Joe—. Ha venido Clancy. Ha dicho que Brescia estaba mejor.

Eso hizo que Ty frenara en seco. Su cara de enfado desapareció y dio paso a una sonrisa.

—¿Qué más ha dicho? —le preguntó a Joe, y se dirigió entonces hacia el establo. Su empleado lo siguió mientras le hablaba de los resultados de unas pruebas. Al no tener nada mejor que hacer, Vicky los siguió en la distancia.

El establo era agradablemente fresco en comparación con el sol abrasador. Ty y Joe desaparecieron en el interior de un cubículo. Por encima de la puerta asomaba la cabeza de un caballo. Unos ojos marrones se volvieron hacia Vicky y el animal estiró el cuello para invitarla a acercarse. Cuando Vicky se aproximó a la puerta, el caballo posó la cabeza sobre su hombro.

Mejilla con mejilla, Vicky cerró los ojos. Tomó aire y lo dejó escapar. Sintió paz. Hacía mucho tiempo que no se sentía tan tranquila, como si la presencia del caballo hubiera borrado la preocupación de su mente, como el veneno de una picadura de serpiente.

—Mira eso, Ty —dijo Joe en voz baja—. A Brescia le gusta tu amiga.

—No es mi amiga —masculló Ty, pero Vicky oyó un tono de sorpresa que intentaba ocultar.

—Bueno, a Brescia le gusta de todos modos. Y sabes que no es muy de mujeres.

—Lo cual la convierte en el caballo más listo que he tenido nunca.

Vicky se permitió sonreír. Ty seguía intentando hacerse el gruñón, pero no le salía. Su alegría ante la mejora de Brescia le había borrado el mal humor.

—Es preciosa —dijo Vicky—. Es… mágica.

Ty resopló, pero sin convicción.

—Es única, eso sí.

Que era más de lo que le había dicho en las últimas dos horas. Ella abrió los ojos. Estaba observándola con una expresión indescifrable. Sonrió más aún.

—Me he enamorado —dijo Vicky, y lo decía en serio.

Ty sintió que su cuerpo se tensaba.

No podía haberla oído bien. Ni siquiera Vicky, que cambiaba como el viento, podía haber pasado del odio al amor en los últimos cinco minutos.

Por asombroso que pareciese, más asombrosa fue su propia reacción. No salió huyendo.

Estaba sonriendo.

¿Y por qué no? Vicky le excitaba. Le hacía reír. Le mantenía alerta. La verdad era que, a lo largo del último mes, se la había imaginado en su rancho tantas veces que no le parecía raro verla allí de verdad. Ni siquiera le resultaba extraño que estuviera hablando de amor. De hecho, le parecía natural. Tan natural que no recordaba por qué se había resistido tanto a sus propios sentimientos…

—Siempre quise tener un caballo —continuó ella mientras le acariciaba la crin a Brescia—. Mi madre no me compraba uno, ni siquiera me permitía tomar clases. Pero me prometí a mí misma que tendría uno cuando fuese mayor —frotó la mejilla contra Brescia mientras el ego de Ty se encogía como una pasa—. Te vendería mi BMW a cambio de ella. ¿Qué me dices?

Él se aclaró la garganta y trató de sonar molesto.

—No está en venta. Ni en alquiler. Así que ya puedes dejar de intimar con ella. Conseguirás romperle el corazón cuando te vayas.

Pasó junto a Joe, abrió la puerta de un empujón y rompió

el abrazo. Eso la hizo sentirse mal, lo cual le enfadó más. Olfateó el aire.

—Hay una ducha en el dormitorio de abajo. Deberías hacer uso de ella —agarró el ronzal de Brescia y salió con ella del cubículo.

—Al menos yo no huelo como si hubiera estado tirado en la autopista con una bota en el culo —dijo Vicky mientras él avanzaba hacia el redil.

Él le dirigió una mirada de odio por encima del hombro. Joe se había quitado el sombrero y estaba rascándose la cabeza mientras veía a Vicky alejarse hacia la casa con sus tacones clavándose en el suelo polvoriento del camino. Después la puerta de malla metálica se cerró de golpe. Joe se dirigió hacia el despacho. Y Ty, asqueado consigo mismo, caminó por el redil con su ropa echada a perder, hablándole a Brescia de la abogada irresponsable y cabezona que tanto le gustaba.

CAPÍTULO 22

Media hora más tarde, apoyado contra los fogones, habiéndose tomado una cerveza fría y con otra en la mano, Ty tenía menos ganas de matar. Brescia la había tranquilizado, como de costumbre. En cuanto se terminara la cerveza, se quitaría la ropa y se daría una ducha. Después volvería a sentirse humano.

Mientras tanto, tenía que dejar de imaginarse a Vicky en la ducha. A lo largo del último mes, había fantaseado unas doscientas veces con el sexo en la ducha que habían estado a punto de tener en Amboise. Ahora ella estaba al final del pasillo y podía verla en su cabeza, de pie en la bañera, con el agua caliente resbalando por su cuerpo desnudo.

Dio otro trago a la cerveza y se pasó la botella por la frente.

Dios. Debería meterse un tiro, porque era demasiado tonto para vivir.

Dejó la botella sobre la encimera. Dio el primer paso hacia el dormitorio y advirtió el Post-it sobre la puerta. NO ENTRES, IMBÉCIL.

Eso era demasiado. Lo rompió, hizo una bola con él y lo lanzó por encima del hombro. Después abrió la puerta sin llamar y entró.

Vicky no estaba en el dormitorio. La puerta del baño estaba cerrada, pero no oyó la ducha. Pegó la oreja a la rendija y sonrió. Estaba cantando. Bruce Springsteen. Llamó con un nudillo. Después con dos. No hubo respuesta.

Abrió la puerta muy lentamente, asomó la cabeza y tragó saliva.

Vicky estaba tumbada en la bañera, con los ojos cerrados, con los cascos puestos y cantando al ritmo de su iPod. En la superficie del agua flotaban islas de burbujas, así que no podía ver gran cosa. Pero sabía lo que se escondía debajo del agua.

Miró a su alrededor y vio sus bragas en el suelo. Manchas de leopardo. Sus favoritas. El sujetador a juego colgaba del pomo de la puerta. Estiró el brazo y lo alcanzó... justo cuando ella abría los ojos.

—¡Eh! ¡Deja eso donde estaba, imbécil! —empezó a incorporarse, vio que él se fijaba en sus pechos y volvió a sumergirse. Sus rodillas asomaron entre las burbujas—. ¿Qué estás haciendo aquí?

—Iba a lavarte la ropa para que tuvieras algo que ponerte. He llamado, pero no me oías.

—¿Te crees que soy estúpida?

—¿Es una pregunta retórica?

—No estás en condiciones de hacerte el listillo —se quedó mirándolo—. ¿Siempre espías a las mujeres cuando están en la bañera?

Él resopló e intentó sonar burlón.

—¿Te parezco un mirón?

—¿Es una pregunta retórica?

—Estaba haciéndote un favor —respondió él haciéndose el ofendido.

—Fingiré que te creo, porque de lo contrario tendré que llamar a la policía. Otra vez. Ahora deja mi sujetador.

No debería haber mencionado a la policía. Ty agitó la prenda por el aire.

—Ven a por él.

Entonces entró del todo en el baño, recogió el resto de su ropa, volvió a salir y cerró la puerta.

Y se quedó sentado en la cama, esperando.

No tardó mucho. Se oyó el chapoteo del agua, varias palabras, y después la puerta se abrió y Vicky salió con solo una toalla.

Se detuvo en seco al verlo.

—Serás…

Él sacudió el sujetador como si fuera el capote rojo para un toro.

Cuando se lanzó a por él, Ty le rodeó la cintura con un brazo y la sentó encima de él.

Vicky aterrizó sobre el regazo de Ty, con sus brazos rodeándola, no con la fuerza suficiente para cortarle la respiración, pero sí para inmovilizarla.

Era inútil resistirse con los brazos atrapados; solo conseguiría que se le bajara la toalla. Así que, en su lugar, se quedó quieta, mirándolo con rebeldía, echando por los ojos rayos de furia que deberían haberle taladrado el cráneo.

Pero él había pasado ser el imperturbable Tyrell, el Ty con el acento perezoso, los ojos suaves y la sonrisa fácil capaz de metérsele en la cabeza.

Utilizó entonces todas esas armas contra ella.

—Cariño, estoy cansado de pelearme contigo. Hagamos una tregua.

—¿Una tregua? ¿Cuando me tienes prisionera?

Él aflojó los brazos, pero no la soltó.

—Ya está. Ahora ya no te tengo prisionera. Solo te estoy sujetando —ladeó la cabeza—. ¿Mejor así?

¿Mejor? Tan bien que daba miedo. Estaba sucio y sudado, con el pelo revuelto y pegado a la frente. Pero aun así Vicky se sentía mejor de lo que se había sentido en el último mes. Mejor de lo que había esperado volver a sentirse jamás.

—No, no es mejor así —dijo con tono ácido—. Mejor estaría en mi habitación de hotel con el aire acondicionado. Que es donde estaría si no me hubieras secuestrado.

Él ignoró el cebo.

—Si te hubieras quedado en el hotel, cielo, no habrías conocido a Brescia —sonrió dulcemente—. Sin duda le has gustado.

Era lo primero que le decía que ella no deseaba contradecir. Brescia le había llegado directa al corazón, una conexión instantánea que jamás había sentido con ninguna otra criatura.

—¿Qué le pasa? ¿Se pondrá bien?

—Tiene lombrices —respondió Ty, y le habló de ellas y de los riesgos que entrañaban. Después le explicó el tratamiento, las visitas de Clancy, los nuevos medicamentos. Ella escuchó atentamente sus palabras.

—Pero, ¿ya está mejor? ¿Clancy cree que está mejorando?

—No ha salido del todo, pero va en la dirección adecuada —Ty levantó una mano y le puso un mechón de pelo húmedo detrás de la oreja—. Me alegra que te preocupe tanto.

Ella sintió un nudo en la garganta.

—Brescia es preciosa, por dentro y por fuera. Lo he notado en cuanto la he visto.

—Me ha hecho mucha compañía este último mes. Cuando te echaba de menos.

Ella levantó la cabeza. Debía de haberle oído mal.

—Tal vez puedas quedarte un poco. Conocerla mejor. Puedo enseñarte a montar.

—Estás de broma, ¿verdad? —preguntó ella con el pulso acelerado.

Ty deslizó un dedo por su mandíbula.

—Cariño, no haces más que darme problemas, pero no me canso de ti.

Ella se quedó mirándolo sin más durante unos segundos, mientras él le devolvió la mirada con una pregunta en los ojos. Estaba preguntándole si quería acompañarlo, dejar atrás las tonterías y volver a lo bueno.

Su cabeza intentaba resistirse. Pero su corazón y su cuerpo ya estaban con él; había perdido la batalla antes de empezar. Ty había resumido a la perfección el tira y afloja. Ni siquiera cuando la enfadaba podía resistirse a él. Despertaba todos sus instintos; la pasión, la rabia, el humor, la tristeza. La hacía sentir viva.

Se rio, de sí misma y del absurdo salto que iba a dar, y su risa le pareció más ligera que el aire. Le salió de lo más profundo y elevó su corazón.

Apoyó la palma de la mano en su mejilla y le acarició el moratón con el pulgar.

—¿Has pensado en los riesgos? Al final uno de los dos siempre acaba necesitando una bolsa de hielo.

—Haré acopio de hielo —respondió él mientras enredaba los dedos en su pelo—. Por el momento, puedes besarlo para que mejore, si quieres.

Vicky lo miró a los ojos. Se inclinó hacia delante, muy despacio, y pasó la lengua por la hinchazón.

Eso fue lo único que hizo falta. La toalla cayó al suelo. De pronto ella tenía la espalda contra el colchón. Él se puso encima, le separó los muslos con la rodilla, se frotó contra su cuerpo y ella arqueó la espalda hacia arriba.

—Cariño —murmuró él con un gemido—. Necesito estar dentro de ti ahora mismo.

—Sí. Ahora —respondió ella mientras dirigía la mano hacia su cinturón.

Ty le agarró la mano.

—Preservativos —dijo—. Arriba —estiró los brazos y recorrió su cuerpo con la mirada. Después se levantó de la cama y salió corriendo mientras se quitaba la camisa.

Ella no podía estarse quieta. Respiraba entrecortadamente. El corazón le latía desbocado.

Se incorporó y se pasó las manos por el pelo. Reparó entonces en una foto enmarcada colocada sobre la cómoda.

Fue un jarro de agua fría. Un golpe de realidad. Un día soleado, una iglesia blanca. Una novia preciosa, un guapo marido. Ambos riéndose, llenos de amor, mirando más allá del objetivo hacia un futuro resplandeciente.

Vicky recorrió la habitación con la mirada, era la primera vez que se fijaba. Lissa estaba por todas partes. En otras fotos, poniéndole un lazo azul a Brescia en la brida, en una fiesta con Jack rodeándola con el brazo, en otras dos sonriendo borracha a la cámara. En los trofeos y en las medallas de las estanterías.

Se acercó al armario. Allí estaba la ropa de Lissa. Sus botas de vaquera. Su cazadora de cuero gastada. Ty lo había guardado todo.

Cerró el armario y se quedó apoyada contra la puerta.

«¿No es posible, señor Brown, que pudiera simplemente soñar la conversación con su esposa, o tal vez imaginarla, lo cual sería comprensible teniendo en cuenta el estrés, el cansancio y el dolor a los que estaba sometido?».

Era una buena pregunta, elaborada con destreza para sembrar la duda en el jurado al mismo tiempo que mostraba compasión por su dolor. Hasta el momento él había aguantado bien, y ella dudaba que alguien en la sala supiera lo mucho que esa pregunta le afectaba. Pero estaba a pocos metros delante de él y vio el miedo en su rostro.

Al ver ese miedo, al entender lo que significaba, hizo algo que nunca antes había hecho. Abandonó su experiencia, su juicio como abogada, y se dejó llevar por el instinto. Le dio la espalda mientras hojeaba sus papeles e hizo que el jurado la mirase a ella y no viese el sufrimiento de él.

Guardó dos folios llenos de preguntas en su cuaderno e ignoró la mirada sobresaltada de su ayudante. Sabía que no había usado todas sus estrategias, que no había entrado a matar.

Pero Ty no tenía ni idea. Había despertado su miedo más profundo y le había hecho creer que era fría y despiadada, una abogada en el peor sentido de la palabra.

Creyendo eso, ¿cómo iba a perdonarla alguna vez por haberle hecho esa pregunta? ¿No la vería siempre como a una enemiga?

Las cosas que le había dicho hacía unos instantes, su manera de mirarla, de tocarla, le hacían creer que deseaba algo más de ella que un polvo rápido. Pero, si no se enfrentaba a esa parte de sí mismo que seguía viéndola como una amenaza, ¿cómo podrían regresar alguna vez a lo bueno? ¿No sería siempre el elefante en la habitación, preparado para aplastarla si decía algo incorrecto o si desencadenaba el pensamiento equivocado en su cabeza?

Oyó las pisadas bajando por las escaleras. Regresó a la cama.

—He tenido que rebuscar hasta encontrar los buenos —le dijo él al entrar en la habitación. Tiró un puñado sobre la cama.

Ella los acarició con los dedos.

—Eres optimista.

Ty sonrió mientras se quitaba los pantalones.

—Tú eres insaciable. Y yo quiero satisfacerte —se arrastró por la cama hasta tenerla aprisionada—. ¿Y bien? ¿Dónde estábamos?

Agachó la cabeza para besarla, pero ella se obligó a ponerle una mano en el pecho.

—No tan deprisa, vaquero. Tengo una pregunta que hacerte.

Él se tumbó boca arriba y la colocó sobre su cuerpo. Sus piernas quedaron entrelazadas como si fueran dedos.

—No, no tengo esposas —dijo—. Pero prometo conseguir unas.

Ella apoyó la cabeza sobre su hombro y soltó una carcajada. Si fuera tan simple…

Él le acarició la espalda con las manos, deslizó una hacia su trasero y enredó la otra en su melena para agarrar su cabeza de manera posesiva. A Vicky el deseo le reblandecía el cerebro. ¿Por qué iba a hacer algo que pudiera echar a perder aquel momento perfecto? ¿Por qué?

Levantó la cabeza. Él tenía los ojos brillantes y los labios curvados de manera deliciosa, preludio de un beso.

—¿Por qué me dejaste tirada en Amboise?

Su sonrisa pareció flaquear por un momento.

—Cariño, ya te he dicho que lo siento.

Se dispuso a tumbarla otra vez boca arriba sobre el colchón, pero ella empujó contra su hombro.

—Y te creo. Pero ¿por qué lo hiciste?

Ty no respondió, intentó darle la vuelta, pero ella se sentó a horcajadas sobre él y apoyó las palmas de las manos sobre su torso.

—Deja de intentar ponerte encima.

Su sonrisa se volvió juguetona.

—Cariño, si quieres adoptar el papel de vaquera, dímelo —la agarró por la cintura, la elevó y la colocó sobre su erección.

—No —eso fue lo único que dijo Vicky. Y su sonrisa volvió a flaquear.

La dejó sobre su pecho y suspiró con exasperación.

—Cariño, esto es exactamente a lo que me refería al decir que no haces más que darme problemas —su acento perezoso hizo que pareciera una broma—. Aquí estoy, intentando que pasemos un buen rato, y tú te pones en plan abogada conmigo. Pareces tu madre.

El comentario sobre Adrianna fue un golpe bajo. Que tuviera que recurrir a eso indicaba que estaba cerca de la herida.

—Creo que ya sé por qué —insistió ella—. Volviste a tu habitación y empezaste a pensar en Lissa.

—No estamos hablando de Lissa —ya no había tono de broma en su voz. Ahora sonaba fría.

—Sus cosas están por toda la habitación, pero ¿no podemos hablar de ella?

—No hablemos de nada —la tumbó boca arriba. La besó y su beso no fue juguetón. No fue amable ni sexy ni estuvo cargado de pasión. Fue duro, doloroso, dominante.

Ella apartó la cabeza y él no la forzó. En su lugar, le separó las piernas con las rodillas y la habría penetrado, pero ella simplemente dijo «no», y tampoco la forzó en eso. Se incorporó sobre sus manos y la miró con rabia.

—¿Por qué diablos estás haciendo esto, Vicky? Déjalo estar.

—No puedo dejarlo estar —respondió ella manteniéndole

la mirada—. Si no me dices por qué me dejaste tirada, ¿cómo sé que no vas a volver a hacerlo?

—Te he dicho que lo siento —su gruñido era amenazador, no se parecía en nada a su acento tranquilo. Pero, claro, no era tan tranquilo como le gustaba aparentar. Ahora estaba dolido y, hasta cierto punto, ella era el instrumento de su dolor. Hasta que no solucionaran eso, no podrían estar juntos.

—Sé que lo sientes, Ty. Pero te digo que eso no es suficiente.

Con un solo movimiento, Ty se levantó de la cama, recogió sus pantalones del suelo y metió una pierna.

Ella sintió un nudo en la garganta y se obligó a hablar.

—Así que vuelves a dejarme tirada. Hice bien en no confiar en ti.

Él se dio la vuelta con furia en la mirada.

—¿Quieres saber por qué me marché? ¿Por qué me marcho ahora? Porque eres una zorra exigente y molesta que no se conformará hasta verme de rodillas. Pues no pienso arrodillarme. No lo haré por ti ni por nadie, ¿lo entiendes?

Se dio la vuelta y recogió la camisa del suelo.

Vicky aguantó las lágrimas y consiguió decir:

—Sí, Ty, lo entiendo.

Después Ty se marchó dando un portazo.

Se detuvo en el pasillo para ponerse las botas. Vicky creía que lo entendía, ¿verdad? Pero no entendía nada. Absolutamente nada.

Recorrió la casa enfurecido, salió por la puerta de atrás y se dirigió hacia su camioneta. Pero se había olvidado las llaves y volver a por ellas era demasiado pedir cuando su mundo estaba desmoronándose a su alrededor. Se sentó en el asiento y trató de controlarse. Tenía la garganta tan cerrada que no podía tragar. Era como si tuviera un elefante pisándole el pecho; no lograba llenar sus pulmones de aire.

Maldita sea, era peor que Vicky, teniendo un jodido ataque de pánico. Al menos ella sabía hacerles frente cuando los tenía. Él era impotente y se llevó las manos a la cabeza como un lunático. Se desmayaría si no lograba llenar los pulmones.

—Ty, ¿estás bien?

No podía hacerlo, no podía mirar a Joe. Salió de la camioneta y se dirigió hacia la casa. Si tan solo pudiera volver a abrazar a Vicky, entonces tal vez no se desmayara. Ella recorrería sus abdominales con la punta del dedo, como solía hacer. Le hacía cosquillas, pero le gustaba. Y entonces sería capaz de respirar.

Se encontró frente a la puerta del dormitorio de Vicky. Respiró profundamente por primera vez en cinco minutos. Abrió la puerta y entró.

Ella estaba tumbada sobre la cama, donde la había dejado, con lágrimas en la cara y un puñado de pañuelos arrugados sobre la almohada.

Se apoyó contra la puerta con el corazón desbocado y el sudor resbalando por sus costados.

—Maté a mi esposa —dijo sin más—. Maté a Lissa.

Esperó a que todo se derrumbara. A que Dios lo aniquilara. A que Vicky le diera la espalda.

Pero no ocurrió nada de eso. En su lugar, ella abrió los brazos.

Él se acercó, dejó que lo abrazara y hundió la cara en su pecho. Las lágrimas surgieron de su corazón, de los jirones de su alma, y ella apretó los brazos, hundió los dedos en su pelo, sujetándolo mientras lloraba. Lloró como no había llorado en siete años, desde que colocara la cabeza sobre el pecho de Lissa y sintiera su último aliento.

Tardó tiempo en quedarse seco. Al final se tranquilizó. Los latidos de Vicky resonaban en su oreja. El movimiento ascendente y descendente de su pecho calmaba sus nervios.

Se incorporó lentamente, tan mareado como si hubiera estado enfermo durante una semana. Secó las lágrimas de los pechos de ella con un puñado de pañuelos, evitando mirarla a los ojos hasta que ella se rio. Entonces levantó la mirada.

—Me haces cosquillas —dijo Vicky con una sonrisa. Tenía los ojos rojos también. Había llorado con él.

Ty intentó devolverle la sonrisa, pero no pudo.

—Tenías razón —le dijo—. No estoy seguro de si me pidió que la dejara marchar. Antes estaba seguro. Pero llevo un tiempo preguntándome si quizá me lo imaginé porque no podía soportar verla así. Tal vez me lo inventé y la desconecté para que fuera más fácil para mí.

Ella dejó de sonreír y sus ojos se llenaron de compasión. No de pena, pues eso no podría haberlo soportado. Pero aquello era comprensión, era cariño.

—Tyrell —colocó la palma de la mano sobre su mejilla ardiente—. Te lo pidiera Lissa o no, y yo creo que sí lo hizo, dejarla marchar fue amable. Si además alivió tu dolor durante un tiempo, eso fue secundario, y no es algo por lo que debas sentirte culpable —su voz suave era como agua fresca sobre su mente recalentada—. Lo que le sucedió a tu mujer fue una tragedia, pero pasó hace mucho tiempo. Lo que te está pasando a ti es otro tipo de tragedia, y también es hora de que termine. Tú no mataste a Lissa. La mató Jason Taylor. Tú la liberaste del dolor que él le había causado y, te pidiera o no que lo hicieras, la amaras o no lo suficiente para entender que eso era lo correcto, en cualquier caso lo hiciste por ella.

Ty deseaba creerla. Lo deseaba más que su propia vida.

Vicky debió de ver la duda en sus ojos, porque ladeó la cabeza y le hizo una pregunta más, solo una.

—¿Volverías a hacerlo?

¿Lo haría? ¿Lo haría, sabiendo todas las noches que había pasado sin dormir, todo el dolor que sentía en el pecho y que nunca se iba? ¿Conociendo su incapacidad para seguir con su vida, para tener otra relación, una esposa, hijos? ¿Lo haría, sabiendo lo que eran siete años de sufrimiento preguntándose si había hecho lo correcto, si había matado a su esposa en un intento equivocado por aliviar su propio dolor? ¿Se arriesgaría de nuevo a todo eso?

—Sí —respondió—. Sí, volvería a hacerlo. Lo haría por Lissa. Habría hecho cualquier cosa por ella.

CAPÍTULO 23

Ty se despertó a la mañana siguiente con un grano en el culo. Un grano llamado Matthew J. Donohue III.

Retiró las sábanas y contempló su erección matutina.

—Maldita sea —Vicky podría haberse hecho cargo de aquella erección y ambos habrían empezado el día de buen humor si Donohue no la hubiera encerrado en su habitación con un cinturón de castidad.

Como era de esperar, Isabelle y él se habían presentado en el peor momento posible, justo cuando Vicky y él estaban a punto de echar un épico polvo de reconciliación. Había tenido que salir corriendo de su habitación como un adolescente culpable.

Aunque no fue el fin del mundo, porque pasaron una larga y agradable velada poniéndose ojitos, anticipando lo que debería haber sido una noche larga y ardiente de sexo. Pero justo cuando Ty estaba fingiendo un bostezo y preparándose para mostrarle a Vicky la habitación de invitados del piso de arriba, ja ja, Donohue soltó la bomba.

Decretó, pues no había otra palabra para describirlo, que Vicky e Isabelle compartirían el dormitorio del piso de abajo y que él dormiría en el sofá situado al pie de las escaleras.

Ty intentó salir airoso diciendo que todos deberían tener una cama. Pero Donohue estaba alerta y no se dejó engañar.

Encajó su metro ochenta en el sofá de metro sesenta y cinco y Ty tuvo que irse solo a la cama.

Como consecuencia, apenas había podido pasar cinco minutos a solas con ella desde que llegó su hermano, y eso cuando Donohue estaba en el servicio. Había empleado ese tiempo en intentar convencerla para que se quedara, pero ella aseguró que tenía asuntos que arreglar en Nueva York, así que se habían dado los números de teléfono y lo habían dejado en eso.

Pero Ty no se había rendido. Donohue tendría que ducharse esa mañana y él pensaba usar ese tiempo para acorralar a Vicky.

Encontró a Isabelle abajo peleándose con la cafetera. La echó a un lado, se encargó del café y disfrutó de un momento de satisfacción cuando Donohue se levantó del sofá y cojeó hasta el cuarto de baño con el mismo mal humor que sentía él.

Agarró del brazo a Isabelle y la llevó al porche, donde encontró a Vicky en el columpio, fresca como una lechuga con un vestido de verano amarillo con flores rosas y negras repartidas por la falda. Su día mejoró al instante.

—Hola, preciosa.

—Buenos días, Ty —su sonrisa radiante le levantó el ánimo y se alojó en su pecho.

—Se está haciendo el café —dijo él cuando se tragó el nudo que sentía en la garganta—. ¿Quieres una taza?

—Me encantaría.

Se quedó allí un momento, contemplando sus ojos azules con una sonrisa que no podía controlar. Entonces Donohue salió por la puerta, murmuró algo que podía haber sido un «buenos días» y se dejó caer sobre el escalón superior para hacer de carabina.

Ty lo dejó correr. Cuando volviera a tener a Vicky allí, a solas, harían el amor todo el tiempo, en todas partes. Y el hermanito tendría que aguantarse.

Al llevarle a Vicky el café en una de las tazas de porcelana china de su madre, Ty recibió a cambio otra de sus sonrisas.

—¿Te gustan las tortitas, cariño? —podría preparar unas cuantas y bañarlas con auténtico sirope de arce—. ¿Por qué no me echas una mano?

Matt se dispuso a levantarse también, pero Vicky agitó una mano.

—Estaremos dentro, Matt —le dijo—. Puedes oír todo lo que digamos.

—Sí, Matt —añadió Ty—. Si necesito que me rescates, gritaré —dejó que la malla metálica se cerrara de golpe tras ellos.

En la cocina, Vicky parecía un rayo de sol que iluminaba la vieja decoración verde aguacate.

—Tengo pensado hacer reforma —dijo él mientras sacaba todo lo necesario de los armarios gastados.

—¿De verdad? —Vicky giró sobre sus talones e hizo volar su falda—. Quizá una mano de pintura, pero por lo demás me gusta. Parece acogedor.

—Ahora sí lo parece, cariño —midió la harina y añadió la levadura—. ¿En qué color estabas pensando?

—Amarillo —respondió ella sin dudar—. Para que siempre parezca que brilla el sol aquí.

—No sé. El amarillo puede ser complicado —argumentó Ty mientras calentaba la plancha—. Tendrás que ayudarme a escoger el tono adecuado.

Ella le dirigió una sonrisa por encima del hombro. Él le devolvió la sonrisa y, por un momento, se olvidó de las tortitas.

Entonces Isabelle asomó la cabeza por la puerta.

—¿Puedo ayudar en algo?

Ty apartó la mirada de Vicky.

—Nada, cariño. Vuelve fuera y hazle compañía a tu marido —«antes de que entre también aquí».

Vicky debió de pensar lo mismo, porque agarró la cafetera.

—Voy a rellenarle la taza —dijo antes de salir al porche.

Ty removió la masa. Hacía años que no preparaba tortitas, desde antes de la muerte de Lissa, pero podría hacerlo con los ojos cerrados.

Mientras vertía pequeñas porciones de masa sobre la plancha, oyó la puerta de un coche en el exterior. Era raro, porque se suponía que Joe tenía el día libre. Bueno, cuantos más mejor, había masa de sobra. Espátula en mano, salió al porche para invitarlo.

Y se quedó con las palabras en la boca.

En la entrada había un Mustang rojo, y su dueña de pelo negro caminaba hacia la casa.

Por un instante Ty no pudo procesar lo que estaba viendo. Se había olvidado por completo de Molly. No se le había pasado por la cabeza en ningún momento. Ahora se quedó mirándola como un hombre atrapado en un sueño, incapaz de moverse o de gritar, mientras ella se dirigía como un misil hacia su frágil futuro.

Al principio su expresión fue de simple curiosidad, preguntándose quiénes serían sus amigos, encantada de poder conocerlos. Pero al fijarse detenidamente en el porche, hizo cuentas y no le gustó el resultado que obtuvo.

Se notaba a la legua que Matt e Isabelle eran pareja, así que se centró en Vicky.

—Buenos días a todos —dijo al terminar de subir los escalones del porche. Se dirigió directa hacia Vicky y le ofreció la mano—. Hola, soy Molly.

—Yo soy Vicky —le dirigió a Molly una sonrisa amplia y sincera—. ¿Trabajas aquí?

Molly esperó un instante y a Ty se le heló la sangre en las venas.

Entonces Molly abrió de par en par sus asombrosos ojos verdes y fingió sorpresa.

—Vaya, Vicky, ¿Ty no te ha hablado de mí? —se acercó a él y le pasó un brazo por la cintura—. Cielo, soy su novia.

El móvil de Vicky volvió a sonar. Otro mensaje de Ty. Lo ignoró.

Había leído el primero en el coche, su disculpa. ¿Cómo puede un hombre olvidarse de que tiene una novia? Por favor.

Era igual que con Winston, otra vez. Estaba harta de eso.

Salió del aseo y se encontró a Isabelle esperándola en el lavabo.

—Nuestro vuelo va bien de tiempo —le dijo a Vicky, intentando sonar despreocupada. El móvil de Vicky volvió a sonar. Isabelle se retorció las manos—. Quizá debas contestarle.

—Ya lo he hecho —respondió Vicky mientras se enjabonaba las manos—. Le he dicho que espero que el gancho de derecha de Matt le haya saltado algunos dientes. Y también que deje de escribirme porque no voy a leer sus mensajes.

—No se va a rendir.

Vicky se lavó las manos y se las secó con el secador. Otro mensaje.

—¿Sabes? Empiezo a pensar que tienes razón —sacó el móvil del bolso, volvió a entrar en el aseo y lo dejó caer al váter.

Isabelle se quedó con la boca abierta.

Vicky tiró de la cadena y se sacudió las manos.

—Ya está. Por fin he acabado con Tyrell Brown.

CAPÍTULO 24

—¿Ya se ha vendido tu piso? Pero si el mercado inmobiliario se está yendo por el retrete.

—¡Qué gracia que digas eso! —Vicky le contó a Maddie la versión corta de cómo su móvil había acabado en las alcantarillas de San Antonio.

Maddie lo resumió aún más.

—Brown es un imbécil. Si existe la justicia, Mustang Molly le hará infeliz el resto de su patética vida.

Vicky se encogió de hombros, negándose a seguir pensando en Ty.

—La parte positiva es que Isabelle se sentía tan culpable que me compró un iPhone en el aeropuerto. Y —añadió con una sonrisa— mi madre no tiene mi nuevo número de teléfono.

Maddie le entregó al camarero un billete de veinte, dejó cinco de propina y, tras agarrar sus dos martinis por el precio de uno en la hora feliz, se abrieron paso entre la multitud trajeada que rodeaba la barra ovalada del nuevo local favorito de Maddie en el centro. Tras sentarse a una mesita situada junto a la pared, Maddie declaró que su martini estaba tan seco como el Sahara y siguió hablando del apartamento.

—¿Cómo lo han vendido tan rápido?

—No quería llevarme nada. Han dejado casi todos mis

muebles, y la agencia se queda con el resto. Aun así, no me quedará mucho, porque compré antes de que explotara la burbuja —sonrió—. Lo justo para terminar de pagar el BMW.

A pesar de la charla que le había echado a Matt sobre el dinero y las cosas materiales, después de hacer números de manera muy optimista, había decidido quedárselo, aunque tendría que dejarlo aparcado en la casa de su madre en Connecticut, porque ya no podía permitirse una plaza de aparcamiento.

—¿Estás segura de esto? Pasar de la decisión de vender a cerrar el trato en dos semanas me parece…

—¿Decidido?

—Impulsivo.

Vicky se encogió de hombros. Tal vez fuera impulsivo, y desde luego dejaba muchas preguntas sin responder, pero ya se sentía más ligera.

—¿Dónde piensas vivir?

Esa era una de las preguntas sin resolver.

—Supongo que me quedaré con mi madre durante unos días mientras busco un sitio.

—Ni hablar. Te quedas conmigo.

Vicky sonrió de nuevo.

—No será por mucho tiempo. Ya se me ocurrirá algo.

Maddie levantó un dedo.

—Un momento, acabo de acordarme de algo. El hermano de mi entrenador personal quiere subarrendar su casa hasta finales de año. Es profesor en la Universidad de Nueva York. Este otoño imparte clases en el extranjero.

—¿Cuánto?

—Eso es lo mejor. El alojamiento lo subvenciona la universidad, así que es muy barato. Y es un barrio genial en el Village.

—Suena demasiado bueno para ser cierto. Ya habrá encontrado a alguien.

—Vamos a averiguarlo —Maddie sacó su teléfono. Diez minutos más tarde, ya habían cerrado el trato; Vicky se trasladaría la semana siguiente. No podía creerse que hubiera sido tan fácil.

—A esto debía de referirse Joseph Campbell con lo de las manos invisibles.

Maddie la miró extrañada.

—Ya sabes —explicó Vicky—. El tipo de «persigue tu felicidad». Decía que, cuando vas por el camino correcto en la vida, las cosas encajan como si te estuvieran ayudando unas manos invisibles.

Maddie levantó sus propias manos y agitó los dedos.

—¿Y mis manos no se ven?

—Lo pillo —dijo Vicky riéndose—. Gracias, Madeline, por encontrarme un apartamento y por todo lo demás. Cuando todo explota a tu alrededor, te das cuenta de quiénes son tus verdaderos amigos. Y de lo asquerosa que podría ser la vida sin ellos.

—Lo mismo digo —respondió Maddie antes de levantar su martini—. Por las mejores amigas —chocaron sus copas y bebieron a la vez.

Y, en mitad de aquel momento de amor y buenos sentimientos, de amistad y cariño, Winston cayó como una bola de demolición.

—Vaya, vaya —dijo al acercarse a su mesa—. Pero si es la abogada más buscada de América.

A Vicky le dio un vuelco el corazón. Imaginaba que se lo encontraría en algún momento, pero ¿por qué tenía que ser ahora, cuando hacía menos de un día que había vuelto de Texas?

Al otro lado de la mesa, Maddie dejó su copa con un golpe y empezó a transformarse en el Pitbull. Vicky le dirigió una mirada de advertencia. Podía enfrentarse a Winston ella sola.

Levantó la mirada y se dio cuenta de inmediato de que su ex llevaba más de una hora en la hora feliz. Tenía los ojos inyectados en sangre y la mandíbula apretada. Ella fingió que se alegraba de verlo.

—Vaya, hola, Winston. Vi tu foto en el periódico —miró a Maddie—. ¿Tú la viste? Él era el que tenía la camisa estrangulándole las axilas —se dirigió otra vez a Winston—. Necesitas un nuevo entrenador personal, o si no un autobronceador. Ya sabes lo que dicen, si no logras que esté firme, al menos que esté moreno.

Winston se puso rojo.

—Eres una zorra, Vicky —respondió sin su aplomo habitual—. Espero que el comité te quite la licencia. De hecho, voy a hacer una declaración jurada diciéndoles que Brown y tú lo hacíais como conejos. Hasta que se dio cuenta de que eras frígida.

Había levantado la voz y la gente empezaba a mirarlo. El cuerpo de Vicky vibraba con rabia. Tal vez no debería haberle provocado, pero pensaba ganar la batalla.

Siguió hablando con dulzura.

—Lenore me llamó la semana pasada —era su antigua secretaria—. Lo creas o no, esperaba recuperar su trabajo. Cuando le recordé que os encontré follando en mi mesa, ¿sabes lo que me dijo? —levantó la voz para el beneficio de los espectadores—. Me dijo que el sexo contigo no era ni para perder un trabajo como cajera en Wal-Mart, mucho menos un puesto de secretaria bien pagada. Y me dijo que, de las seis o siete veces que lo hicisteis, no tuvo un solo orgasmo. Ni uno.

Se recostó en su silla y adoptó una actitud pensativa.

—¿Sabes? Estoy pensando en ponerlo como estado en Facebook.

Winston golpeó la mesa con la mano.

—Ni te atrevas. No te atrevas a escribir una sola palabra sobre mí —tenía la cara morada y hablaba entre dientes.

Ella se irguió en su silla.

—Entonces aléjate de mí, cerdo mentiroso y arrogante —su voz sonaba autoritaria—. Envía al comité lo que te dé la gana, me da igual. ¡Pero mantente alejado de mí!

Winston abrió los ojos de par en par y apretó la mandíbula. Dio otro golpe en la mesa que hizo vibrar las copas, se dio la vuelta y desapareció entre la multitud.

Maddie dejó escapar el aliento.

—Madre mía. Has estado asombrosa —se quedó mirando a Vicky fijamente—. ¿Quién eres y qué has hecho con mi mejor amiga?

Vicky Soltó una carcajada temblorosa.

—No puedo creer que no esté teniendo un ataque de pánico ahora mismo.

—Bien por ti, pero a mí casi me da uno. Por favor, por favor avísame la próxima vez que vayas a lanzarte a la yugular de alguien, para que tenga a mano mi inhalador —Maddie se terminó el martini de un trago y dejó la copa sobre la mesa—. ¿La zorra de Lenore te llamó de verdad o te lo has inventado?

—Me llamó de verdad y dijo todo eso, incluso lo de la cajera en Wal-Mart.

Maddie soltó una carcajada.

—¡No hace falta que lo subas tú a Facebook, ya lo haré yo!

Rebosante de buen humor, Maddie centró la atención en sus vecinos más cercanos, cuatro ejecutivos treintañeros que se relajaban después de un duro día de trabajo moviendo millones. Tenían las camisas remangadas, las corbatas aflojadas y ese aspecto depredador de hombres de negocios forasteros en la Gran Manzana.

Se habían quedado asombrados con la escena con Winston; ahora se fijaban en las mujeres responsables del numerito. Maddie les dirigió una sonrisa seductora.

—No —murmuró Vicky en voz baja—. No quiero saber nada de hombres por un tiempo.

Maddie pareció horrorizada.

—¿Estás de broma? ¿Por fin liberas a la libertina que llevas dentro y ahora quieres cerrarle el grifo?

Uno de los hombres, alto, de pelo oscuro y un bronceado que resaltaba su camisa blanca, se acercó a su mesa.

—Señoritas, parece que necesitan más martinis —dijo con un inconfundible acento de Texas.

Vicky se frotó la sien. ¿Qué vendría después? ¿Una plaga de langostas?

Las miró a ambas con sus ojos verdes y les dirigió una sonrisa devastadora.

—¿De qué los queréis? ¿Ginebra o vodka?

Malditos texanos, con su estúpido acento, sus ridículas sonrisas y sus absurdos modales. ¿Por qué no se quedaban todos en Texas?

Incluso Maddie, en cuyo cinismo siempre podía confiar, cayó presa de su hechizo. Batió sus largas pestañas y sonrió con encanto.

—Ginebra, por favor. Con un toque de limón para mí y extra de aceitunas para mi amiga.

Después empujó con el pie la silla extra que había en su mesa. Y, naturalmente, el resto de texanos de dientes blancos demasiado educados para la ciudad de Nueva York se levantaron de su mesa y se unieron a ellas.

Clancy se pasó el tabaco de mascar de un carrillo al otro y después lo lanzó contra un lagarto que estaba tostándose al sol junto al establo.

—Le doy un mes —dijo—. Quizá tres semanas.

A Ty le dio un vuelco el corazón. Estaba convencido de que Brescia iba mejorando. Agachó la cabeza y se quedó mirándose las botas. No podía hablar sin llorar, así que apretó los labios.

—Ya lo irás viendo tú —continuó Clancy—, pero que vaya poco a poco. Nada de esas excursiones de dos semanas que tanto te gustan.

Ty levantó la cabeza.

—¿Qué?

—He dicho que vayas poco a poco con ella, deja que recupere la fuerza. Creo que tardará un mes en estar preparada para el ejercicio de verdad.

—¿Quieres decir… quieres decir que está recuperándose? Clancy pareció sorprendido.

—Se lo dije ayer a Joe, ¿no te lo dijo?

—Sí, pero temía que… —dejó de hablar y sintió un tremendo alivio. Ya no tendría que tomar la horrible decisión de sacrificarla. Gracias a Dios.

—¿Estás bien, Ty? Estás pálido.

—Estoy bien. Estoy muy bien.

Cuando la camioneta de Clancy desapareció en una nube de polvo, Ty entró en el establo para llorar y darle la noticia a Brescia. Ella asintió como Mister Ed, el caballo que habla, aunque él no le dio mucha importancia. Siempre asentía cuando se sentía juguetona.

Se pasó por el despacho para decírselo también a Joe, y añadió:

—Voy a salir de excursión unos días. A Dash le vendrá bien el ejercicio.

—Claro, Ty. Voy a prepararlo.

Mientras se dirigía hacia la casa para preparar las cosas que necesitaría, dio gracias por tener a Joe. Él nunca le reprochaba que saliese a cabalgar durante días, a veces semanas. Lo hacía desde la muerte de Lissa. Los primeros años, cuando el dolor era aún intenso, eso ayudó a mantenerlo cuerdo. Después, cuando la duda y la culpa empezaron a devorarlo por dentro, ayudó a mantenerlo vivo.

Ahora que Brescia por fin estaba recuperándose, no iba a perder más tiempo. En menos de una hora, ya estaba en la silla, con provisiones en las alforjas para una semana. Dash señaló hacia las colinas con el hocico. Allí arriba podría escuchar el silencio, despejarse la cabeza para poder decidir cómo arreglar las cosas con Vicky.

A medida que el rancho quedaba atrás, empezó a explicarle la situación a Dash. El enorme caballo no escuchaba con la misma atención que Brescia, pero, mientras hablaba, Ty empezó a ver las cosas desde otra perspectiva.

—Sí, lo de Molly no quedó muy bien —le dijo a Dash—. Estuvo muy mal, pero Vicky ni siquiera me dio la oportunidad de explicarme. El día anterior habíamos compartido un momento íntimo muy emotivo, ¿sabes? Conectamos y fue asombroso. Y he de decirte, Dash, que empezaba a plantearme todo tipo de ideas descabelladas. Ideas románticas, a decir verdad. Y entonces, en cuanto se presenta el primer obstáculo, ella sale corriendo.

Se quitó el sombrero y se secó la frente con la manga.

—Vicky no es la única ofendida aquí, ¿sabes? Si se hubiera quedado, podría haberle explicado que Molly es más una amiga que una novia. Alguien con quien tomar unas cervezas. Con quien ver el partido en La Herradura. Joder, Molly y yo no nos acostamos desde que volví de Francia —le acarició el cuello a Dash—. Sé lo que estás pensando, seguro que le has visto las tetas. Pero quería ver cómo nos llevábamos sin que mi pene tuviera nada que ver. En cualquier caso, hace tiempo que quedó claro que ella se lo toma más en serio que yo, y estoy decidido a poner fin a la relación. Pero, con todo el lío de la vista, no había podido decírselo aún. Y tampoco podía decírselo con los demás mirando en el porche, ¿verdad? Y entonces Donohue me pegó —se frotó la mandíbula—. Para cuando me desperté, ya se habían ido.

Mientras ascendían por las colinas, la indignación y la rabia comenzaron a echar raíces en su pecho.

—Vicky debería haberme otorgado el beneficio de la duda. Debería haber dejado que me explicara. Pero, ¿crees que responde al teléfono? ¿O a los mensajes? —resopló—. Me escribió un mensaje de despedida, pero nada más. Después, su número ya no daba señal. Me ha sacado de su vida por completo.

Se detuvo a pasar la noche junto a un arroyo, montó el campamento y encendió el fuego, cada vez más enfadado.

—¿Sabes lo que creo, Dash? —preguntó por encima del hombro mientras hacía pis sobre una roca—. Me he librado de una buena. A partir de ahora, pienso mantenerme alejado de las líneas enemigas.

El apartamento del profesor era grande para estar en Nueva York, y estaba amueblado, aunque sin mucha gracia. Lo único que Vicky tenía que hacer era mudarse.

Bueno, eso no era lo único. También tenía que averiguar cómo pagarlo. Su indemnización no duraría eternamente. Necesitaría un trabajo para mantenerse.

Mientras se bebía un café con leche, desnatada y sin nata montada, en el Starbucks de la esquina, contemplaba a través del ventanal a la gente que recorría la acera; estudiantes que regresaban a la ciudad antes de empezar el año escolar, parejas de la mano, trabajadores que miraban al frente, ansiosos por llegar a casa.

Por una vez Vicky no era una de ellos. Era una espectadora, una observadora de personas sin nada mejor que hacer ni ningún otro sitio en el que estar.

No era tan genial como pensaba que sería cuando se encontraba sentada en su despacho rodeada de papeleo.

Observó el interior del local y un cartel sobre el mostrador llamó su atención. Sin pensárselo dos veces, se levantó, se acercó a la camarera situada al final de la barra, la que anunciaba que las bebidas estaban listas.

Señaló el cartel.

—¿Qué horario es?

—Mañanas —respondió la chica mientras se agachaba tras el mostrador—. Aquí tienes. Rellénalo y me lo entregas.

Vicky se llevó la solicitud a su asiento y fue retocándola mientras la rellenaba. Omitió su licenciatura en Derecho e hizo que pareciera como si hubiera desempeñado un trabajo administrativo en el bufete, no porque le preocupara que sus problemas actuales impidiesen su contratación, sino porque las abogadas cotizadas no servían café en Starbucks. Y por una buena razón. ¿Quién iba a querer trabajar con ellas?

Le entregó la solicitud a la chica, que a su vez se la entregó a otra persona, que le echó un vistazo y después llamó a Vicky con un dedo. La entrevista duró diez minutos. Pasó los siguientes veinte terminándose el café, ya frío, y averiguando cómo programar la alarma de su teléfono nuevo, porque tenía que estar en el trabajo a las cinco de la mañana.

Se fijó en su reflejo a través del cristal y sonrió. «Ten cuidado con lo que deseas, Victoria. Podría hacerse realidad».

Las cosas al fin se tranquilizaron en torno a las diez y media. Vicky se apoyó en la barra e hizo girar un tobillo, después el otro. En todos los años que llevaba bebiendo café en Starbucks, ¿por qué nunca se había parado a pensar que los camareros se pasaban el día de pie? Habría dejado mejores propinas.

—Tómate un descanso, Vicky —le dijo Gerard, su jefe—. Vuelve en quince minutos.

Ella cojeó hacia el cuarto de baño.

Se detuvo frente al espejo y se recogió algunos mechones de pelo que habían escapado de su recogido francés. Enseguida volvieron a salirse, así que se soltó el pelo. ¿Por qué no? Tampoco iba a tener que presentarse en el juzgado sin previo aviso. Giró la cabeza de un lado a otro. Tendría que comprarse unos pendientes más interesantes. Estaba harta de los aros dorados.

Miró el reloj. Era raro, nunca antes había tenido que cronometrarse en el servicio. Hacer pis le llevó más tiempo del que había imaginado.

Al regresar a la barra, vio que había aparecido otra camarera, una chica delgaducha, con tatuajes que empezaban en las muñecas y desaparecían bajo las mangas de su polo verde de Starbucks. Llevaba el pelo teñido de negro con mechones magenta, los ojos pintados, anillos de calaveras y cruces en los dedos y piercings en lugares que provocaban escalofríos.

—¡Hola! —su sonrisa amplia y amable contrastaba enormemente con su aspecto gótico—. Tú debes de ser la nueva. Yo soy Josie.

Desde la parte de atrás, Gerard empezó a silbar *Josie and the Pussycats*. Ambas pusieron los ojos en blanco y se carcajearon. Y así de rápido surgió una amistad que, un mes atrás, Vicky no habría podido imaginar.

—Soy Vicky. He empezado hoy.

—Genial. Yo llevo aquí un año. Eso me convierte en una veterana.

—Es duro para los pies.

Josie levantó un pie y le mostró los zuecos.

—Son feísimos, pero ayudan mucho. Te enseñaré dónde me los compré. ¿A qué hora sales?

—A las doce y media.

—Yo a las tres. Nos vemos fuera. Te sacaré un café —sonrió—. El café gratis es la mejor y única ventaja de este trabajo, así que será mejor que empieces a beberlo desde hoy.

—Espero que estéis trabajando mientras rajáis —ladró Gerard desde atrás.

Volvieron a poner los ojos en blanco.

A las cuatro de la tarde, Vicky ya llevaba unos zuecos horribles en la mochila y estaba sentada en un banco de Washington Square Park tomando el sol con Josie.

—¿Y cuál es tu historia? —preguntó Josie—. ¿Vas a la Universidad de Nueva York?

—Aún no —aunque tal vez lo hiciera. Viendo a todos esos estudiantes había tenido una idea—. Estoy pensando en apuntarme a clases de Arte Dramático.

Se sonrojó al decirlo, se sentía ridícula. Pero Josie pareció despertarse.

—¿En serio? ¿Quieres ser actriz? Porque yo estoy en Nueva York por eso. Soy actriz. Este atuendo —dijo mientras señalaba con la mano su cuerpo, de la cabeza a los pies— es para una obra que estoy ensayando. Soy una gótica que se escapa de casa y sobrevive en las calles gracias a su ingenio.

—¿Eres actriz? —Vicky se quedó con la boca abierta—. ¿En una obra?

—Así es. Tenemos un pequeño grupo, solo somos cinco. Llevamos juntos un año, hemos hecho un par de obras de un solo acto en teatros diminutos y alejados del mundo —miró a Vicky para enfatizar «diminutos» y «alejados del mundo»—. Tuvimos buenas críticas, sobre todo en páginas de Internet. Lo justo para ganar un poquito de dinero —juntó el pulgar y el índice lo suficiente para dejar pasar entre medias un trozo de papel—. Así que estamos montando una obra que ha escrito uno de los del grupo. Él también se fugó, así que es muy realista —se llevó una mano al pecho y batió las pestañas con dramatismo—. Yo soy la estrella.

—Vaya. ¡Qué envidia! Yo siempre he querido actuar —dijo Vicky.

—¿Y por qué no lo hiciste? —preguntó Josie con el ceño fruncido.

—Mi madre no me dejaba —Dios, eso sonaba ridículo. ¿Qué tenía? ¿Siete años?—. Pero, bueno, ya no estoy bajo su tutela, así que voy a intentarlo.

Josie ladeó la cabeza y la miró de arriba abajo, desde su corte de pelo de cuatrocientos dólares hasta sus zapatos de Gucci.

—Umm —murmuró.

—¿Umm?

—Ummm —rebuscó en su voluminoso bolso y sacó un puñado de folios ajados sujetos con un clip—. Llévate esto a casa esta noche y léelo. Aún no tenemos actriz para la hermana mayor. Si te interesa hacer una prueba, lo hablaré con el grupo.

Vicky le agarró el brazo a Josie.

—¡Me interesa! ¡Claro que me interesa!

Josie se rio.

—De acuerdo, hablaré con ellos esta noche. Pensarán que estoy loca, pero qué más da. Pero, te lo advierto, son duros. Muy críticos, despiadados y malos.

—Por favor —dijo Vicky resoplando—. Acabas de describir a mi madre —ojeó el libreto—. ¿Cuál es la historia de la hermana mayor?

—Es la típica de Wall Street —respondió Josie—. Conservadora, algo remilgada.

Vicky consiguió no reírse.

—Creo que eso puedo hacerlo.

—Sí, tienes pinta —convino Josie—. El desafío es que me está buscando en la peor parte de la ciudad. Está fuera de su ambiente, se enfrenta a indigentes, gente desesperada a la que estaba acostumbrada a ver desde la ventanilla de una limusina.

Desde luego, un desafío para una estudiante de la Ivy League de Westport.

—Tiene que olvidarse de la manera en que siempre ha hecho las cosas —añadió Josie—. De su manera de abordar a la gente. Incluso de su manera de encajar en el mundo —se encogió de hombros—. No es un gran papel, pero tiene progresión, porque es la que más cambia a lo largo de la obra. Tiene que convencer al público de que puede cambiar su manera de ver el mundo, ver más allá de lo que siempre ha conocido.

Vicky levantó la mirada del guión y sonrió.

—Eso será más difícil de interpretar, pero me gustaría intentarlo.

Vicky bajó la capota para ir a Connecticut. Su madre la había invitado a cenar y, dado que el alquiler de su plaza de aparcamiento expiraba a final de semana, iba a aprovechar la oportunidad para trasladar el BMW a casa de Adrianna.

Disfrutó del viaje, pero temía la conversación durante la cena. Sin duda Matt le habría contado a Adrianna que pensaba dejar la abogacía, lo cual habría provocado la invitación. Como seguramente su madre le daría su opinión al respecto, y con total seguridad aprovecharía para meter en el asunto a Winston y a Tyrell, la velada estaba destinada a terminar en gritos y llantos.

Aparcó en la entrada de la finca de Adrianna y entró por el garaje para evitar el inmenso recibidor con suelo de mármol, lámpara de araña y copiosos arreglos florales destinados a informar a cualquiera que pasara por ahí de que allí vivía gente importante lo suficientemente adinerada como para malgastar ciento cincuenta metros cuadrados en absolutamente nada.

Llegó hasta la cocina, que era tan grande como para grabar en ella un programa de cocina, y apreció el aroma del roast beef que la última ama de llaves de Adrianna había dejado calentando en el horno, después se sirvió una copa de Chardonnay helado antes de ir en busca de su madre.

Como de costumbre, la encontró en su despacho con el teléfono pegado a la oreja. Al verla en la puerta, Adrianna levantó un dedo. Vicky señaló hacia fuera, después regresó a la cocina y salió por las puertas de cristal al jardín.

Tomó aliento para disfrutar del aire de Connecticut, contempló el jardín y el prado que se extendía más allá, donde pastaban una docena de caballos de caza que pertenecían a los vecinos de Adrianna.

Y pensó en Brescia. Preciosa, poderosa, tranquila. Todo lo que deseaba ser ella.

Entonces pensó en Ty. El muy hijo de perra. Durante unas horas había creído realmente que tenían un futuro en común. Que había un lugar para ella en su rancho y en su vida.

Pero eso ya había quedado atrás. Dio un trago al vino. Lo había superado. De verdad.

—Así que has dejado tu carrera como abogada para preparar cafés.

Como cualquier buen depredador, Adrianna había aparecido sin hacer ruido.

—Las propinas son sorprendentemente buenas —contestó Vicky, dándose la vuelta para mirarla con una sonrisa—. A mi jefe le gusto. No creo que me despida a no ser que realmente haga algo malo.

—Así que vas a limpiar mesas con tu licenciatura en Derecho solo para fastidiarme.

—Nunca he hecho nada para fastidiarte, mamá. Más bien al contrario. Me licencié para complacerte. Nunca quise ser abogada y sigo sin querer.

Pasó junto a su madre, fue a la cocina, sacó dos servicios, los llevó al jardín y los colocó sobre la mesa de cristal redonda. Seguía esperando sentir aquel resentimiento tan familiar. Pero no lo sentía. Ahora estaba marcando su propio camino. Las críticas de su madre habían perdido parte de su poder.

Adrianna llevó la fuente de pollo y verduras asadas a la mesa y, durante unos minutos de paz, comieron en silencio. Vicky empezó a pensar en el guión. Había leído la mitad antes de salir de la ciudad; estaba ansiosa por llegar a casa y leer el resto. Josie le había dicho que seleccionara una escena para la prueba y la ensayarían juntas previamente.

—Siempre fuiste la responsable de mis hijos.

—¿Yo? —preguntó Vicky con incredulidad.

—Sí, tú. A Matt le salía de forma natural, siempre sobresalía en todo. Era el primero de su clase, el capitán de todos los equipos. Tan guapo como el bastardo mentiroso —se refería al padre de Matt, su segundo marido, al que odiaba—. Pero para ti nada fue fácil. Trabajabas duramente. Te esforzabas. Nunca te conformabas con nada que no fuera lo mejor —la angustia de su voz hizo que sus palabras no sonaran tan hirientes.

—Mamá, me esforzaba tanto porque tú me presionabas mucho. Trabajaba duramente para no decepcionarte. Todo eran pruebas para mí. Me obligué a aprender a tocar el piano. Hice todo lo que querías que hiciera hasta que me convertí en una loca neurótica, ansiosa y estirada. Y al final te decepcioné de todos modos —soltó una pequeña carcajada—. Debería haber hecho lo que quería hacer desde el principio. Al menos así una de las dos habría sido feliz.

Adrianna dejó el tenedor y dio un trago a su copa de vino. Se quedó mirando su plato, sin mirarla a ella a los ojos.

—¿Qué vas a hacer?

—Voy a tomar clases.

Adrianna levantó la mirada esperanzada.

—Clases de Arte Dramático.

—¿De qué vas a vivir?

—Con un presupuesto muy ajustado.

—Matt dijo que podía…

Vicky la interrumpió.

—No quiero trabajar en Wall Street. Quiero estar en un escenario —decirlo en voz alta le provocó un torrente de calor que le subió desde el cuello hasta la cara, pero no dejó que eso la detuviera—. Sé que todo lo que has dicho sobre esa profesión es cierto. Es probable que no lo consiga y que siga sirviendo café cuando tenga setenta años. Pero quiero intentarlo.

—Esto es culpa mía —el tono derrotista de su madre era tan impropio de ella que Vicky casi sintió lástima por ella—. Debería haber acudido a Matt desde el principio y haberle contado lo de Brown.

—No. Lo mejor fue guardar silencio. Tu único error fue llevar a Winston.

Adrianna jugueteó con su copa y soltó un suspiro.

—Tienes razón.

Vicky se quedó con la boca abierta.

—¿Acabas de decir que tengo razón?

—Es un asqueroso. Eres demasiado buena para él.

Vicky dejó caer el tenedor sobre su plato.

—Entonces, ¿por qué me lo echaste encima?

—Porque fue el primer hombre por el que mostraste interés desde aquel fumeta de la universidad. Porque quiero que tengas seguridad económica. Porque quiero tener nietos antes de ser demasiado mayor para disfrutarlos, por el amor de Dios.

Vicky se quedó mirándola.

—Nunca antes habías hablado de tener nietos.

—¿De qué habría servido? Pero, cuando apareció Winston, bueno, pensé que, si te animaba a dejar pasar algunos de sus... defectos, por fin sentarías la cabeza —se encogió de hombros—. Calculé mal y acabó en desastre. Sobre todo para ti. Lo siento.

No paraba de sorprenderla.

—Vaya. Gracias. Pero en realidad no ha sido un desastre. Si las cosas no hubieran salido mal, seguiría en el bufete, triste, en vez de...

Vaciló un instante. Adrianna podía echar a perder aquello con muy pocas palabras.

Pero se arriesgó de todos modos.

—En vez de hacer una prueba para una obra de teatro.

Su madre parpadcó un par de veces.

—Una prueba para una obra de teatro —repitió las palabras con cuidado, como si estuviera practicando una frase en otro idioma. ¿Dónde están los lavabos? *Où sont les toilettes?*

Vicky se apresuró a quitarle importancia.

—No es más que un pequeño grupo de teatro completamente desconocido. Mi papel no sería un gran desafío; una ejecutiva estirada —se rio nerviosamente—. No creo que tenga problema con eso, pero no he actuado desde el instituto, así que probablemente no lo haga muy bien y no me den el papel...

Adrianna se estiró.

—¿Qué quieres decir con que no te den el papel? En serio, Victoria, no entiendo por qué siempre te rebajas. Si tienen algo de cerebro, claro que te lo darán.

De nuevo, Vicky se quedó con la boca abierta.

—No me cabe duda —prosiguió su madre— de que te esforzarás tanto en eso como te has esforzado en todo lo demás.

Y, si además lo haces con el corazón, estoy segura de que triunfarás.

—¿Lo estás?

—Claro que sí. Ese nunca ha sido el problema. Es el estilo de vida. La inseguridad. La absoluta falta de responsabilidad.

Ahora estaban llegando al quid de la cuestión.

—Yo no soy como tu madre —dijo Vicky con verdadera compasión—. No me marcharé a Hollywood y desapareceré.

—No estaba pensando en mi madre —respondió Adrianna con tensión.

—Claro que sí. ¿Y por qué no ibas a hacerlo? Ella te abandonó y nunca la has perdonado. Pero, mamá —Vicky estiró el brazo y le tocó la mano—, acabas de decir que yo soy la responsable y tienes razón. Nunca podría alejarme de mi familia. Ni de Matt ni de ti.

Adrianna se quedó durante unos segundos contemplando la mano de su hija sobre la suya. Vicky esperó a que la apartara, como hacía siempre. Pero en esa ocasión, cuando su madre alzó la mirada, dejó la mano donde estaba.

—No ganarás dinero. Casi ningún actor lo hace. Pero trabajarás, de eso estoy segura, y trabajar con regularidad se considera un éxito en esa profesión.

—Entonces... ¿te parece bien?

—Desde luego que no me parece bien —entonces sí que apartó la mano—. Pero ¿qué más puedo hacer? Durante diez años he intentado alejarte de las penurias y llevarte hacia una profesión segura económicamente —extendió las manos—. Y sin embargo aquí estás, a punto de hacer una prueba para una obra de teatro. Obviamente no te rendirás hasta que no persigas este... este sueño tuyo hasta sus últimas y paupérrimas consecuencias —entrelazó entonces las manos—. No, Victoria, no me parece bien. Pero soy tu madre y no me queda más remedio que apoyarte.

Vicky levantó la mandíbula de la mesa.

—¿Me apoyarás?

—Eso acabo de decir. ¿Por qué te sorprende tanto?

No conseguiría nada bueno respondiendo a esa pregunta. En su lugar, se limitó a decir:

—Gracias —su sonrisa fue vacilante, pero la esperanza había comenzado a abrirse paso en su corazón—. Intentaré hacer que estés orgullosa de mí.

Adrianna enarcó una ceja.

—Estoy segura de que harás todo lo posible.

Estaba sonando el teléfono cuando Ty llegó al porche. Dejó caer las alforjas, corrió al interior de la casa y comprobó el número.

No era Vicky.

Bien, de todos modos no quería volver a hablar con ella jamás.

Descolgó el teléfono.

—MaryAnn Raines —dijo con auténtico placer—. ¿Cómo estás?

—Embarazada.

—A mí no me mires.

Ella se rio.

—¿Qué tal te va, Ty?

—Ahí vamos —se llevó el teléfono al porche y apoyó el hombro en el poste—. He oído que ahora estás en Nueva York. Nunca pensé que abandonarías la Universidad de Texas.

—La Universidad de Nueva York me ofreció una cátedra. No podía decir que no.

Hablaron durante un rato de su época en la Universidad de Texas. Allí ella era su profesora de filosofía favorita y él su alumno favorito.

—¿Sigues llevándote a las chicas a la cama con tu frase sobre el racionalismo y el empirismo? —preguntó ella.

—Si algo funciona, ¿por qué cambiarlo? ¿Tú sigues siendo fiel a tu marido?

—Eso me temo. Llevábamos un tiempo intentando tener hijos. Cuando nos rendimos y empezamos a pensar en adoptar, me quedé embarazada… de gemelos, nada menos.

—Serán unos chicos afortunados. Vas a ser una madre estupenda —trató de controlar el ataque de celos. No por MaryAnn, ya que solo habían sido amigos, sino por su feliz vida de casada y su inminente maternidad. Si Lissa no hubiera muerto y él se hubiera salido con la suya, ya tendrían cinco hijos.

—Eso espero —dijo ella—, pero los cuarenta y cinco es un poco tarde para empezar. Sobre todo con gemelos. El médico quiere que empiece con la baja de maternidad cuanto antes, así que no voy a dar clases este otoño.

—Probablemente sea buena idea. Lo primero es lo primero —pasó volando una mosca, la espachurró y empezó a pensar en una ducha caliente y una cerveza fría.

—Por eso te llamo —dijo ella—. Me gustaría que ocuparas mi puesto.

Ty parpadeó, demasiado sobresaltado para responder.

—Sé que te llamo con poca antelación —prosiguió MaryAnn—. Tendrás que empezar dentro de tres semanas. Pero son solo dos cursos, y los dos de tu especialidad.

—No he impartido clases desde la escuela de postgrado —aunque le había gustado hacerlo. Todas esas caras mirándolo como si supiera de lo que estaba hablando.

—Se te da bien. A los estudiantes les encantabas. Al claustro también. Dios, Ty, tendrás a los neoyorquinos comiendo de la palma de tu mano. Y te gustará vivir en la ciudad.

Eso le hizo reír.

—¿Qué diablos te hace decir eso?

Ella se quedó callada unos segundos y Ty tuvo la sensación de que era más intuitiva de lo que pensaba.

—Eres brillante, Ty —dijo al fin—. Escribes muy bien, de manera persuasiva. Disfrutas estimulando a otros intelectuales —él hizo un sonido despectivo, pero ella perseveró—. Sé que te encanta tu rancho, que es parte de ti y que siempre lo será.

Y tal vez, si las cosas hubieran sido de otro modo, tu vida allí sería plena. Pero resulta que tienes ganas de salir de la pequeña jaula que te has construido.

—MaryAnn, agradezco que hayas pensado en mí, pero estoy contento aquí, en mi pequeña jaula —contestó él con frialdad.

Ella no se disculpó, no era su estilo.

—Es un semestre, Ty. Sí, hay un cincuenta por ciento de probabilidades de que yo no regrese. Pero en principio solo te comprometerías a eso.

Ty estaba a punto de decirle «gracias, pero no, gracias», cuando vio un Mustang rojo aparecer a lo lejos.

¡Maldita sea! Había roto con Molly antes de marcharse a las colinas, pero esa mujer no aceptaba un no por respuesta.

Le dio una patada a las alforjas que había dejado en el porche. Tal vez sí que necesitara salir de la jaula.

—Di un mal paso —dijo Vicky—. Un mal paso en la vida. Por eso nunca nada me salía bien. Iba en la dirección equivocada hacia un lugar al que no quería ir. Entonces cayó esta... esta bomba en mitad del camino y de pronto tuve que escoger otro camino. Tuve que arriesgarme. Y mira lo que ha pasado.

Madeline la miró a los ojos.

—Si dices la frase «salta y aparecerá la red», me marcho.

Vicky se rio.

—Sé que hablo como una psicóloga moderna. Pero, en serio, es de lo más asombroso.

Siguió con la mirada a los adolescentes que montaban en monopatín alrededor de la fuente de Washington Square Park, pero en realidad no los veía, ni tampoco veía a la gente que disfrutaba de la última tarde cálida y soleada antes de que el fin de semana del Día del Trabajo proclamara de manera extra oficial el fin del verano. En su cabeza estaba reviviendo la prueba de la obra.

—Lo hice genial, Mad. ¡El resto del grupo me aplaudió! —su sonrisa era más radiante que el sol—. ¿Te lo puedes creer? ¡Estoy dentro! En la obra. En el grupo. Ensayando en un escenario de verdad. O sea, el teatro es muy pequeño, prácticamente un almacén abandonado en Hell's Kitchen. No puede ser más off-off-Broadway. ¡Pero aun así!

—Me alegro muchísimo por ti —la sonrisa de Maddie era sincera. Después se encogió de hombros—. Pero te echo de menos. No me malinterpretes, me encanta tener café gratis —dijo agitando su taza—, pero me gustaría que tuvieras tiempo para tomar martinis.

Vicky le tocó el brazo a su amiga.

—Yo también te echo de menos. Pero es que ensayamos todas las noches. Después solemos ir con unos amigos actores a un antro en el Village…

Se detuvo a mitad de la frase. Maddie había dejado de sonreír. Maldita sea, había querido esperar un poco a sentirse más cómoda en su nueva vida antes de mezclarla con la antigua, pero sus propias inseguridades no eran nada en comparación con los sentimientos heridos de su mejor amiga.

—¿Por qué no te vienes con nosotros esta noche? —añadió—. Te enviaré un mensaje cuando vayamos para allá.

Maddie se alegró de nuevo.

—Muy bien. ¿Hay algún bombón del que debas informarme?

—El dramaturgo, Adam, tiene unos ojos preciosos y una sonrisa devastadora.

—Umm, suena interesante. ¿Tú te has pedido a alguno?

Vicky negó con la cabeza.

—Sigo pasando de los hombres.

—Quieres decir que sigues enganchada de Brown.

Podía negarlo, pero ¿por qué molestarse? Maddie la conocía demasiado bien. Y, en cualquier caso, como actriz, debía enfrentarse a sus emociones con sinceridad para poder aprender a canalizarlas en su trabajo.

—Tienes razón. Me enamoré de Ty y pasará mucho tiempo hasta que deje de comparar a los demás hombres con él.

Maddie abrió los ojos de par en par.

—Vaya. Creí que solo había sido sexo.

—No, fue algo más. Hacía que me enfureciera, pero también me hacía reír. Mucho. Me defendió ante mi madre, lo que casi me hace llorar. Y, Dios, Maddie, ¡le dio una paliza a Winston! Puede que dijera que lo hizo porque Winston es un imbécil, pero Ty no va por ahí dando palizas a cada imbécil que se encuentra. Lo hizo por mí. Solo con eso ya tengo que quererlo.

Había dejado a Maddie sin palabras. Pero era agradable decirlo en voz alta. Ahora tal vez pudiera seguir con su vida.

—Nada de eso importa —continuó, hablando para Maddie y para sí misma—. Ty está en Texas, yo estoy en Nueva York. Es como si estuviéramos en sistemas solares diferentes. E incluso aunque nuestros caminos volvieran a cruzarse, cosa que supongo que podría ocurrir teniendo en cuenta su relación con Isabelle, nunca olvidará lo que le hice pasar en el estrado. Y yo nunca le perdonaré haber estado a punto de engañar a Molly conmigo. A punto de engañarnos a las dos, de hecho. Es como Winston —miró el reloj, se puso en pie y tiró su vaso a la basura—. Tengo que irme. Josie tiene un amigo en la secretaría de la universidad que puede colarme en el seminario de Spike Lee si me apunto hoy.

—De acuerdo —dijo Maddie.

Parecía tan aturdida que Vicky se inclinó para darle un beso en la mejilla.

—Te veo esta noche —dijo antes de alejarse con una sonrisa, consciente de que acababa de dejar a su amiga preguntándose, otra vez, quién había secuestrado a la estirada y emocionalmente reprimida de su mejor amiga y había dejado en su lugar a una clon excesivamente optimista.

CAPÍTULO 25

Nueva York no estaba mal, pensaba Ty, una vez que te acostumbrabas al olor.

Prefería el olor a estiércol al de los tubos de escape, pero aun así, a mediados de septiembre estaba dispuesto a admitir que vivir en un apartamento tenía sus ventajas sobre el rancho, como por ejemplo poder disponer del tiempo que normalmente empleaba en arreglar tejados, postes o grifos que goteaban.

La mayor parte de ese tiempo recién descubierto lo dedicaba a sus treinta y seis estudiantes, junto con un puñado de doctorandos que le habían sido asignados. Se pasaban por su despacho entre sus clases de la mañana y de la tarde, ansiosos por hablar de cualquier cosa, desde cuestiones esotéricas de metafísica y epistemología hasta cómo lograr algunos puntos extra. Él nunca los rechazaba, pero, incluso añadiendo el tiempo que dedicaba a tomar notas para sus conferencias, el trabajo no era especialmente pesado.

Así que, si se sentía un poco estresado, era culpa suya por no haberse presentado hasta dos días antes de que comenzaran las clases y haberse quedado despierto hasta tarde todas las noches desde entonces. Bueno, lo de quedarse despierto no había sido solo culpa suya. Un puñado de alumnos de postgrado, de acuerdo, alumnas de postgrado, se había empeñado en llevar al nuevo vaquero a todos los sitios dignos de ver en la ciudad, lo que implicaba clubes, bares e incluso un local de striptease.

Aun así, por muy ocupado que estuviera, no había dejado de pensar en Vicky. Más bien al contrario. Estando en la misma ciudad, la buscaba allá donde iba, giraba la cabeza cada vez que una rubia de pelo liso y culo fantástico pasaba junto a él.

Decidió que el problema era que no descansaría hasta no poder explicarle lo de Molly. Vicky le debía al menos eso. Pero, dado que los de información telefónica insistían en que no tenía número fijo, tendría que llamar a Isabelle para que le diese su nuevo número de móvil.

Y eso estaría mal.

No le había devuelto las llamadas a Isabelle, y el último mensaje que ella le había dejado le advertía que no volviese a ponerse en contacto con ella porque era un imbécil insensible y que iba a repudiarlo para siempre.

Él no se lo creía, pero Isabelle le haría sufrir por ignorar sus llamadas. Peor aún, cuando admitiera que llevaba dos semanas en Nueva York, lo despellejaría vivo.

Marcó su número de todos modos.

Le hizo esperar ocho tonos antes de contestar.

—Vaya, pero si es Tyrell Brown —dijo con ironía.

—De acuerdo, cariño —fue directo al grano—, sé que estás enfadada conmigo y no te culpo. Soy un mierda. Pero, cielo, tienes que entenderme. Mis sentimientos estaban heridos.

Ella mordió el anzuelo.

—¿Tus sentimientos? ¿Cómo diablos acabaron heridos tus sentimientos?

Ty apoyó los talones sobre su escritorio y cargó toda su rabia contra Vicky. Cuando terminó, Isabelle se quedó callada.

—¿Sabes, Ty? —dijo al fin—. Empiezo a pensar que Vicky tiene razón contigo. Eres un idiota.

—¿Qué quieres decir? —preguntó él mientras bajaba los pies al suelo—. ¡Fue ella la que se marchó sin dejar que me explicara!

Ella suspiró como si no tuviera remedio.

—¿Te has olvidado de Winston? ¿Te has olvidado de que la engañó?

De hecho hacía meses que no pensaba en Winston. La duda empezó a brotar en la tierra seca de su conciencia.

—¿Se te ha ocurrido pensar que Vicky pudo verte engañando a Molly y decidió que eras igual que él? —continuó Isabelle.

—Ya te he dicho que no estaba engañando a Molly —su protesta perdió parte de su fuerza.

—Eso es debatible. Y además te estás desviando del tema, que es que quedaste como una persona que no merece confianza. Sinceramente, Ty, ni siquiera yo pude defenderte esta vez. Si fuera Vicky, yo también habría tirado mi móvil por el retrete.

Así que eso era lo que había pasado.

—Antes pensaba que eras sensible. Amable. Empático. Estoy decepcionada contigo. Y todo este tiempo he estado sintiendo pena por ti. Es inexcusable. No sé qué fue lo que vi en ti.

—Eh, cariño, no me des por perdido tan deprisa —se levantó y empezó a dar vueltas por su despacho—. Ahora que me lo has explicado, entiendo que para Vicky podría haber sido un tema espinoso.

¿Cómo no se había dado cuenta antes? Había estado tan centrado en su propia decepción que no se había parado a pensar en lo que habría podido sentir ella. Realmente era un idiota.

—Resulta, cariño, que te llamaba para que me dieras su número.

—¿Para qué? ¿Para poder torturarla un poco más?

—Isabelle, cielo —hizo uso de su acento—. No pensarás que soy una mala persona, ¿verdad?

Ella le dejó sufrir unos segundos antes de contestar.

—Supongo que no. Pero Vicky no quiere que tengas su número. Por eso se lo cambió.

No podía meter la mano por el teléfono y sacárselo, así que, en su lugar, partió un lápiz por la mitad.

—Ayúdame, por favor. Al menos dime que está bien y que ha conseguido un trabajo —entonces podría localizarla en su oficina.

—Trabaja en Starbucks.

—¿En cuál?

—¿Qué más te da? Estás a más de tres mil kilómetros de aquí.

Dios, ahora sí que se iba a enfadar.

Ty había visitado el Starbucks de Vicky media docena de veces, pero siempre por la tarde. Isabelle le dijo que tenía el turno de mañana, así que a la mañana siguiente, después de su clase de las nueve, reunió el valor y fue hasta allí.

Se detuvo en la entrada y fingió que buscaba algo en el móvil mientras miraba a través del cristal. Había dos chicas delgadas detrás de la barra, aprovechando el descanso después de la hora punta para reponer las estanterías. Ignoró a la muchacha de pelo negro y rosa y se centró en la rubia.

Estaba de espaldas y no podía verle la cara, pero su melena sedosa y su trasero le resultaban familiares. El corazón se le aceleró.

Sonrió, abrió la puerta y caminó hacia la barra. La chica de pelo rosa y negro se fijó en él, pero a Ty solo le interesaba la rubia.

No podía quitarle los ojos de encima. Sintió una gota de sudor resbalando por su espalda. Se humedeció los labios. ¿Por qué no habría pensado antes en algo que decir?

Entonces la chica estiró el brazo para alcanzar algo de una de las estanterías superiores, la camiseta se le levantó y se separó de la cintura de sus vaqueros. Naturalmente él desvió la mirada hacia aquella franja de piel cremosa… y se le paró el corazón.

Al contrario que Vicky, con cuya piel satinada estaba íntimamente familiarizado, aquella chica, fuese quien fuese, tenía un tatuaje que asomaba por encima de los pantalones.

Miró con atención y vio otras diferencias. Aquella chica llevaba una docena de pulseras plateadas en cada brazo y unos enormes aros de plata asomaban entre su pelo, mientras que Vicky era de las de reloj de oro y pendientes de diamantes.

Y Vicky, su recatada Vicky, no se habría puesto ni muerta unos vaqueros ajustadísimos que apenas le cubrían las nalgas y no dejaban nada, absolutamente nada, a la imaginación.

Agachó los hombros decepcionado.

Ya no le apetecía tomarse un café, pero ¿qué otra cosa podía hacer? Por una vez no le apetecía hablar con los estudiantes que esperaban frente a su puerta. Tampoco quería volver a su apartamento; de pronto le parecía vacío y frío. Y las calles, tan vibrantes y llenas de vida, le resultaban aún menos atractivas.

A falta de una idea mejor, siguió caminando hacia la sonriente chica gótica.

—Vaya —susurró Josie por encima del hombro—. Mira quién acababa de salir del rancho y se ha alojado en mi corazón.

Vicky frunció el ceño. Se había propuesto evitar cualquier cosa relacionada con ranchos y vaqueros; era más fácil decirlo que hacerlo, dado que todos los texanos guapos que pasaban por Nueva York parecían recalar en su Starbucks, pero solo con oír la palabra «rancho», se imaginó un pelo rubio y unos ojos color miel.

Se echó al hombro un saco de diez kilos de granos de café y se volvió para mirar asqueada al texano que hubiese decidido cruzarse en su camino aquel día...

¡Y Dios! Se quedó sin aire.

Tyrell Brown caminaba hacia ella, alto y desgarbado, oliendo a problemas y a rechazo, con sus botas de piel de cocodrilo, sus vaqueros ajustados y su camisa azul noche con botones de perlas.

Alteró ligeramente el paso cuando sus miradas se cruzaron, algo imperceptible para cualquiera que no conociera su manera de andar tan bien como ella. Por lo demás, no pareció sorprendido.

Ella empezó a sudar.

—Hola, vaquero —dijo Josie, que había acaparado la barra.

—Hola, chica gótica —dijo él—. Bonita sonrisa.

Parecía que Ty estaba muy interesado en hablar con Josie. Ella lo recibió encantada, y eso que todavía no había empleado con ella su sonrisa torcida.

—Bonita sonrisa la tuya también, vaquero. Y bonito todo.

Entonces se puso a imitar a una chica salida de un saloon de una película de serie B.

—No te había visto antes por aquí, forastero —dijo batiendo las pestañas.

Él le siguió el juego.

—Soy nuevo en la ciudad, muñeca. Pero me verás mucho a partir de ahora.

Ella juntó los brazos, un movimiento sutil que centró la atención de Ty en sus pechos.

—¿Va a limpiar la ciudad de maleantes, sheriff? ¿Va a enseñarles su enorme pistola?

Ya era suficiente. Vicky dejó caer el saco de café y apartó a Josie de un empujón.

—¿Qué vas a tomar? —preguntó como si se tratara de un cliente normal y corriente. Pero no era un cliente normal y corriente. Era el hombre que la había amado y abandonado, que le había llegado al corazón y después se lo había destrozado como una taza de porcelana al caer sobre un suelo frío de piedra.

Tras seis semanas de meditación, por fin se había convencido a sí misma de que lo había perdonado. Pero resultó que era más fácil hacer eso a tres mil kilómetros de distancia. Desde el otro lado de la barra, era otra historia. Ahora era incapaz de disimular el rubor que le subía por el cuello y le llegaba hasta la coronilla.

Curiosamente, él también hizo como si no la conociera, lo que le molestó. Como de costumbre, sabía cómo provocarla.

—Quiero un café con chocolate, cariño. Con leche desnatada, doble de café y sin nata montada. Tengo que cuidar mi figura.

Josie intervino de nuevo.

—¿Y por qué no nos dejas a nosotras ver tu figura? —preguntó girando un dedo, el gesto universal para que mostrara la mercancía.

Vicky sabía perfectamente cuál era su mercancía. Apretó la mandíbula, bloqueó en su mente los abdominales y fue a prepararle el café mientras ellos seguían con su insípido flirteo.

Intentó ignorarlo tarareando Coldplay en su cabeza, pero, cuando Ty dejó el cambio en el bote de las propinas, le oyó decir:

—Dos chicas guapas como vosotras tienen que vivir bien —y su acento arañó su piel como si fueran uñas afiladas. Vicky dejó su café sobre la barra con tanta fuerza que parte del líquido salió por el agujero situado en el centro de la tapa.

Josie se apresuró a limpiarlo con una servilleta.

—Lo siento —dijo mientras le dirigía a Vicky una mirada como si se hubiera vuelto loca. Después miró a Ty de manera seductora mientras le acercaba el vaso, y lo mantuvo agarrado hasta que sus dedos se rozaron.

Vicky estaba a punto de perder los nervios. La tortura casi había terminado... él tenía su café y en cualquier momento se daría la vuelta y saldría por la puerta...

Y entonces hizo lo impensable. Agarró de una pila situada en la barra un folleto en el que se anunciaba la obra.

A ella le entró el pánico e intentó quitárselo, pero él se dio la vuelta y lo apartó de su alcance sin hacerle caso.

Josie le dirigió otra mirada de incredulidad.

—Es nuestra obra de teatro —anunció—. Estrenamos esta noche en la sala Caja de Zapatos. Y... —se metió la mano en el bolsillo trasero y sacó una entrada— hoy es tu día de suerte, porque esta es la última entrada.

—¿Habéis llenado? —preguntó él con una sonrisa—. Debe de haberse corrido la voz.

—Bueno, un poco. Además, lo llaman Caja de Zapatos por algo.

Él se rio y Vicky se agarró al borde de la barra. Dios, le encantaba su risa. Le gustaba tanto que deseaba volver a metérsela por la garganta, atragantarle con ella y después meterlo en un autobús de vuelta a Texas.

Sin dejar de mirar a Josie, Ty señaló a Vicky con la cabeza.

—¿Tu amiga también sale en la obra?

Josie asintió.

—Yo soy la protagonista, pero ella tiene un papel muy jugoso. Es su primer papel y lo hace de muerte —agitó la entrada—. Tienes que venir. Así podrás decir que nos conociste cuando empezamos.

—Cielo, si lo dices así, ¿cómo puedo resistirme?

Vicky siguió su mano con la mirada cuando estiró el brazo y agarró la entrada. El brillo de sus ojos le hizo apretar los puños.

Le dirigió una última sonrisa a Josie, se la guardó en el bolsillo y salió.

Josie se llevó las manos al pecho.

—Oh, Dios mío. ¡Va a venir al estreno!

Vicky agarró un trapo y empezó a frotar la barra.

—¿Y qué?

—¿Y qué? —preguntó Josie con cara de asombro—. ¿Es que no lo has visto?

—He visto su camisa de vaquero hortera.

—¿Me tomas el pelo? ¡Le quedaba genial! Es un vaquero cien por cien auténtico, carne de primera. Y yo quiero un bocado.

Vicky inspiró en cuatro veces y expulsó el aire en otras cuatro, y se dio cuenta de que no le había hecho falta recurrir a la respiración de yoga en casi seis semanas. Desde poco después de ver a Tyrell Brown por última vez.

—¿Sabes a quién se parece? —preguntó Josie—. A Robert Redford en *Dos hombres y un destino*. Tiene el mismo aspecto descuidado, como si no se hubiera peinado desde que llegó a la ciudad. Y también la misma sonrisa. Perversa, como si estuviera pensando en cómo hacer que te corrieras.

Vicky siguió frotando una mancha que no salía.

Josie suspiró.

—Me preguntó qué le habrá traído a Nueva York. Y cuánto se quedará.

«Yo también», pensó Vicky. «Y pienso averiguarlo».

Si las miradas mataran, él sería hombre muerto.

Ty dejó que la puerta se cerrara a sus espaldas antes de soltar una carcajada. Vicky estaba muy mona con el humo saliéndole por las orejas. Por suerte estaban en una cafetería y no en un bar de carretera. Si hubiera tenido acceso a las botellas de cristal, estaba seguro de que habría roto una botella y le habría rajado el cuello con ella.

Dio un trago al café y le pareció asombroso que tan solo hiciera unos minutos que había pensado que no volvería a tomar café. Ahora era incapaz de imaginarse algo más delicioso. Toda su perspectiva había cambiado. El sol brillaba con más fuerza; la gente parecía más amable. Sentía sus músculos más ligeros, como si hubiera pasado una hora haciendo yoga.

Por primera vez en meses, no tenía ganas de pegar a nadie.

Vio una floristería y entró.

—Hola, necesito tres, no, seis docenas de las rosas más rojas que tengáis. Separadlas en dos ramos con muchos lazos.

Después fue a la tienda de vinos, se debatió entre comprar Cristal o Dom Perignon y al final compró una de cada.

Ni siquiera le molestó la fila de estudiantes que aguardaban frente a su despacho. Fingió interés por cada uno de ellos, aceptando sus ideas, haciéndose cargo de sus súplicas y dándoles los consejos que necesitaban. Pero durante todo ese tiempo su mente estaba en Starbucks, repasando cada detalle de su encuentro con Vicky.

La había sorprendido, sin duda. Seguía siendo lo suficientemente abogada como para ocultárselo a su amiga, pero él lo había notado en su expresión y en el rubor de sus mejillas.

Pero su nuevo look no se parecía en nada al de una abogada. Ni su pelo, que le caía suelto por la espalda, ni los brazaletes, que tintineaban cada vez que movía los brazos, ni ese tatuaje del tamaño de un posavasos que asomaba por encima de sus vaqueros. Vaqueros tan ajustados que prácticamente podía localizar la pequeña marca de nacimiento que tenía en el culo, y que, como él le había dicho, tenía la forma del estado de Texas.

Pues tenía pensado volver a visitar Texas muy pronto. Porque, después de haber visto a Victoria Westin de nuevo, entendía bien por qué había estado obsesionado con ella los últimos meses: estaba absolutamente loco por ella. Y, a juzgar por la exasperación y la irritación que había visto en su cara, ella también estaba loca por él.

Claro, probablemente ella no lo viese así en aquel momento. Seguía pensando que estaba enfadada con él. Pero, cuando le recordara lo bien que estaban juntos, entonces se olvidaría del asunto de Molly y podrían retomar su relación donde la habían dejado antes de que todo se fuera por la borda.

—Eso es muy interesante, Bristol —se levantó de la silla antes de que la joven pudiera llegar hasta la puerta—. ¿Por qué no piensas en cómo llevar esa idea a tu trabajo final? Vuelve la semana que viene y enséñame lo que tengas.

La sacó al pasillo y miró a ambos lados. Era la última. Se encerró en el despacho y agarró el teléfono.

—Hola, Sandy, soy Tyrell. Sé que limpiaste mi apartamento

la semana pasada, pero te agradecería que volvieras a darle una pasada esta tarde. Voy a tener visita y quiero que esté resplandeciente. Y, ya que estás, cielo, ¿por qué no me haces el favor de cambiar las sábanas? Y que la cama quede bonita, con todos esos cojines que yo dejo tirados en el suelo.

Se recostó en su silla y apoyó los talones en la mesa. Cruzó los brazos por detrás de la cabeza y sonrió hacia el retrato de John Locke que colgaba de la pared de enfrente.

—Tío, estoy contigo —le dijo a Locke—. Soy empirista por los cuatro costados —le guiñó un ojo al anciano—. A medianoche ya estará desnuda.

CAPÍTULO 26

Josie entró corriendo y agarró a Vicky del brazo.

—¡Jack McCabe está ahí fuera! ¡Jack McCabe! —tenía la mirada desorbitada.

Vicky le dio una palmadita en la mano.

—No pasa nada. Mi hermano está casado con la prima de su mujer.

Josie estaba demasiado alterada para seguir el parentesco, pero se quedó con la idea.

—¿Estás emparentada con Jack McCabe? ¿Por qué no me lo habías dicho? ¡Lo amo! ¡Lo venero! ¡Iba a todos los conciertos de The Sinners!

—Cálmate. Te lo presentaré después de la función.

—Oh, Dios —Josie daba vueltas de un lado a otro de su diminuto camerino retorciéndose las manos—. No sé si voy a poder hacerlo con él ahí fuera.

Vicky la ignoró. Ella tenía sus propias preocupaciones. La sala Caja de Zapatos tenía cuarenta butacas, todas ocupadas por amigos y familiares. Era un público compasivo y fácil, perfecto para su debut.

Hasta que apareció Ty.

Había rezado para que no se presentara, pero, al asomarse por la puerta lateral hacía unos minutos, lo vio allí, sentado en la cuarta fila con Jack, Lil, Isabelle, Adrianna, Maddie y Matt.

Isabelle debía de haber organizado los asientos, porque Ty estaba sentado al otro extremo de Matt, a salvo, por el momento, de su vengativo hermano. Pero tampoco se había librado tan fácilmente porque, aunque tenía a Jack a un lado, Maddie estaba sentada a su otro lado y, a juzgar por la cara de angustia de Ty, la Pitbull no había tardado en lanzarse a la yugular.

Normalmente Vicky habría disfrutado viendo a Maddie zarandearlo entre sus dientes, pero, con los nervios de la noche del estreno, la situación la ponía histérica. Y ahora Josie, la persona que creía que podría tranquilizarla, empezaba a alucinar.

Llamaron a la puerta.

—Empezamos en cinco minutos —Vicky se retocó el recogido francés y se pasó las manos por el traje azul marino que le había prestado Adrianna. Poco antes, su madre había asomado la cabeza por la puerta y a Vicky le había sorprendido y conmovido que Adrianna estuviese casi tan nerviosa como ella.

No daba su aprobación, pero estaba nerviosa.

Josie murmuraba en voz baja mientras daba vueltas. Vicky no entendía lo que decía, pero le daba igual. El espectáculo debía continuar. Agarró a su amiga por los hombros y la zarandeó.

—Déjalo ya, Jo. Sales en dos minutos —Josie se quedó mirándola sin entender nada—. ¡Josephine Marie Kennedy, sales a escena en dos minutos! ¡Tranquilízate ya!

—De acuerdo, de acuerdo —Josie tomó aliento varias veces y estiró los hombros—. ¡Mucha mierda! —le dijo antes de salir.

Tras mirarse una última vez en el espejo, Vicky la siguió.

Se quedó parada entre bastidores, con el corazón desbocado y la garganta cerrada, mientras Josie ocupaba su lugar en el escenario. Segundos más tarde, las luces se apagaron.

Se levantó el telón y todos, actores y público por igual, se sumergieron en un túnel de metro abandonado, sombrío y gris, lleno de la basura de aquellos que caminaban por las calles, ajenos al mundo oscuro y sin color que existía bajo sus pies.

Pasaron unos segundos hasta que un haz de luz se centró en la figura de Josie, acurrucada contra una pared llena de grafitis, con las piernas encogidas y la cabeza sobre los antebrazos. Todo en su apariencia, la caída de sus hombros, la curva de su espalda, reflejaba la desesperación de una adolescente fugada en unas circunstancias extremas.

Entonces levantó la cabeza y el foco iluminó toda su tensión. Pero también reveló un ligero brillo que permanecía en su mirada. ¿Sería suficiente para mantenerla con vida hasta que su hermana la encontrara?

La pregunta cautivó al público desde el principio, y también a Vicky. Su personaje se metió en su interior en una transición casi mágica. Se olvidó de los nervios, se olvidó de Ty, de Adrianna y del resto del público. De hecho, al adoptar la actitud pija como si fuera una segunda piel, se sintió por primera vez en su vida serena y estimulada al mismo tiempo, con el corazón acelerado, pero con los nervios bajo control.

Si se hubiera parado a pensarlo, tal vez hubiera decidido que, tras mucho buscarlo, por fin había encontrado el nirvana. Pero, cuando abandonó los bastidores y se adentró en los suburbios de la ciudad, estaba demasiado metida en el hechizo de la historia como para pensar en otra cosa.

El hechizo duró noventa minutos, hasta que cayó el telón sobre su abyecta tristeza, arrodillada, con el traje destrozado, las medias rotas y la cabeza agachada sobre el cuerpo inerte de Josie. Después los aplausos procedentes del otro lado del telón la devolvieron a la realidad. Josie se puso en pie de un salto y el resto del elenco salió al escenario para saludar.

Vicky pasó de la pena a la alegría en un instante y se dejó arrastrar por los demás miembros del equipo. Se dieron las manos cuando subió el telón y saludaron al unísono. El público estaba en pie. Aplaudiendo, silbando. Sobre el escenario aterrizaron flores; rosas solas y ramos de claveles. Ty se acercó a las candilejas y depositó un enorme ramo a sus pies, otro a los pies de Josie. Y Vicky sintió que iba a explotarle el corazón.

Nada podría jamás superar aquel momento perfecto.

Ty no podía dejar de mirar a Vicky. Parecía un quarterback que acabara de ganar su primera Super Bowl, asombrada e incrédula a la vez. ¿Y por qué no iba a estarlo? Había hecho algo asombroso. Ya nadie podría negar que había nacido para actuar; hasta Cruella tenía lágrimas en los ojos.

Quería darle la enhorabuena a Vicky en persona, pero Matt la tenía rodeada con el brazo. Estropear su gran noche con una pelea no serviría para recuperarla, así que esperó hasta estar en el restaurante italiano situado al otro lado de la calle. Mientras todos se agrupaban en el vestíbulo esperando una mesa, consiguió acercarse a ella.

Había vuelto a ponerse esos vaqueros ajustados y una camiseta plateada que se pegaba a sus curvas. Se acercó por detrás y le puso los labios en la oreja.

—Cariño, tu amiga tenía razón. Lo has hecho de muerte.

Ella lo miró por encima del hombro, levantó la barbilla y abrió los ojos de par en par. Ty deseaba devorarla.

Pero primero decidió arriesgarse con un beso. Sin lengua. Un beso serio que serviría para demostrarle que lo sentía y para que pensara en lo mucho que deseaba irse a su casa a meterse entre las sábanas.

Pero no llegó a sus labios porque alguien le dio un codazo en el costado. Se dio la vuelta y vio a Madeline mirándolo con odio.

—Déjala en paz, imbécil. No necesita que eches a perder su noche.

Él le devolvió la mirada de odio. La muy pesada había estado provocándolo durante veinte minutos antes de que se levantara el telón y ya estaba harto de ella.

—Mira, mocosa, no voy a echar a perder su noche. Para que lo sepas, estoy enamorado de ella.

Dios, lo dijo sin darse cuenta. Giró la cabeza para ver si Vicky lo había oído, pero por suerte estaba demasiado ocupada presentándole a Josie a Jack, con todos los gritos que eso conllevaba. Ty utilizó el tumulto para alejarse de Madeline y colocarse al otro lado de Vicky. La enana podría intentar apartarlo de allí y vería hasta dónde llegaba.

Por fin Josie se calmó lo suficiente para fijarse en él. Le dirigió una enorme sonrisa.

—Hola, vaquero —entonces se fijó en lo cerca que estaba de Vicky. Vio que dos y dos son cuatro y señaló a Vicky con un dedo—. Dijiste que era un vaquero hortera.

—Y lo es —respondió Vicky—. También es un idiota, un egocéntrico y un hijo de perra.

Josie resopló.

—En otras palabras, estás loca por él. No puedo creer que no me lo dijeras.

Maddie intervino en ese momento.

—No está loca por él. Cree que es un imbécil y desea que se ahogue en el río. Cosa que podría ocurrir esta noche si no la deja en paz.

Todas las miradas se centraron en él. Maddie gruñía como si fuese a morderle.

Entonces apareció el camarero y los condujo a través del restaurante hasta una mesa larga situada en un rincón, cerca de la pared y lejos del bullicio. Ty consiguió ocupar el asiento pegado al de Vicky, quien le ignoró como si no estuviera allí. La pesada de su amiga ocupó el asiento situado a su otro lado, demasiado cerca para sentirse cómodo. Mantuvo el brazo pegado al costado para que no pudiera darle otro codazo.

Fue saliendo la comida y las voces fueron elevándose a medida que corría el vino. Lil sacó su cámara e hizo algunas fotos mientras todos se hablaban a gritos. Todos menos él. Él era una isla rodeada por un mar de hostilidad.

Para un hombre acostumbrado a ser el centro de las mujeres, resultaba una experiencia desagradable. Maddie lo ignoraba, salvo para gruñirle de vez en cuando. Cruella, sentada frente a él, lo congelaba con la mirada. Desde la cabecera de la mesa, Isabelle, su dulce Isabelle, le telegrafiaba con la mirada una advertencia que no podía haberle quedado más clara ni aunque se la hubiese gritado: «Arruina esta noche y muere».

Y Vicky no seguía ninguna de las conversaciones que él intentaba iniciar. De hecho, se mostraba tan indiferente que empezó a preguntarse si realmente se acostaría con ella esa noche. Y tenía que hacerlo. Tenía que hacerle ver que Josie tenía razón; aunque fuese un idiota, un egocéntrico y un hijo de perra, estaba loca por él.

Eso sería mucho más fácil de hacer si la tuviera debajo.

Se terminó el Chianti, dejó la copa sobre la mesa y decidió no rellenársela por la simple razón de que, si bebía más, tendría que ir al baño, cosa que no podría hacer sin que la amiga pesada le robase el asiento. Y estaría perdido si eso sucedía. Siempre y cuando estuviera sentado junto a Vicky, cabría la posibilidad de que se le ocurriese algo.

A medida que avanzaba la noche, se dio cuenta de que el problema era que ella tenía la ventaja. Él había bajado la guardia, se había olvidado de la importancia de tenerla desconcertada.

Esperó a que alcanzara su copa de vino otra vez, se inclinó hacia ella y le habló al oído.

—Vicky, cariño, ¿estás segura de que quieres seguir bebiendo vino? Ya sabes cómo te pones.

Eso llamó su atención. Giró la cabeza y lo miró fijamente.

—¿Y cómo me pongo exactamente?

—Cachonda —respondió él en voz baja, como si no quisiera avergonzarla.

—¿Cachonda? ¿Que yo me pongo cachonda? —su tono escandalizado llamó la atención de los demás.

Él levantó las palmas de las manos.

—He intentado ser discreto, cielo.

Ella se sonrojó y murmuró entre dientes:

—¿No te bastó con humillarme en Amboise y en Texas? ¿También tienes que arruinarme esta noche?

Al fin estaba consiguiendo algo.

—Cariño —respondió mirándola a los ojos—. Nunca quise hacerte daño. Lo siento desde el fondo de mi corazón.

Vicky apretó los dientes. ¿Cómo podía hacerle aquello? ¿Disfrutaba haciéndole daño? ¿Tan bastardo era?

Quería ignorarlo, fingir que no estaba sentado allí, con ese olor a aire fresco y a hombre caliente. Pero era difícil hacerlo cuando su campo magnético atraía todas las células de su cuerpo hacia él, obligándola a librar una batalla física para evitar sentarse en su regazo.

Isabelle se lo había contado todo, sabía que daba clases en la universidad, que vivía muy cerca de ella. Lo que no sabía era por qué, después de dejar más que claro en dos ocasiones que no le importaba en absoluto, seguía intentando provocarla.

No sería porque necesitase echar un polvo. La universidad de Nueva York, de hecho la propia ciudad, era un banquete dispuesto para alguien como él. Y aun así no había parado de intentar llamar su atención a lo largo de la noche. Y ahora había conseguido llamarla con aquella disculpa enternecedora. Quería que retirase sus palabras para poder seguir ignorándolo tranquilamente.

Se quedó mirándolo y se negó a dejarse distraer por sus ojos dorados o su pelo revuelto. Y desde luego no se dejaría afectar por aquella sonrisa pecaminosa de Robert Redford.

—¿Por qué has venido, Tyrell? ¿Qué es lo que deseas?

Él sonrió y sí que se pareció a Robert Redford. Iba a matar a Josie por meterle esa idea en la cabeza.

—Cariño, deseo llevarte a casa conmigo —contestó con voz cálida y tentadora.

Vicky apretó la mandíbula y habló en voz baja.

—¿Por qué a mí? Debes de tener montones de chicas peleándose por ti en el campus.

—No me interesan las chicas. Deseo estar con una mujer. Contigo.

Sus labios sonreían, pero sus ojos estaban serios. Ella no sabía cómo interpretarlo. Empezaba a estar desconcertada.

—¿Por qué dices esas cosas? ¿Por qué no me dejas en paz? Quiero estar sola —su tono suplicante hizo que se estremeciera.

—¿Es eso lo que deseas, que te deje en paz? ¿Estar sola? —preguntó él, negando con la cabeza sin dejar de mirarla a los ojos—. Creo que llevas demasiado tiempo sola.

—No es verdad —respondió ella—. Me gusta estar sola. Y además no estoy sola. Tengo amigos. Y a mi familia. Y ahora tengo esto —hizo un gesto con la mano para abarcar la celebración y el motivo de la misma—. No deseo un hombre. No te deseo a ti.

Eso habría disuadido a la mayoría de hombres, pero se trataba de Tyrell; su ego no conocía límites. Volvió a negar lentamente con la cabeza.

—Cariño, a nadie le gusta estar solo. Yo estoy harto de mí mismo.

Parecía sincero y su corazón estuvo a punto de creerlo. Pero entonces se encogió de hombros con autosuficiencia.

—Admito que eres problemática, cielo. Pinchas como un erizo y te encanta buscar pelea...

—¡No me encanta buscar pelea! Ese eres tú. Me provocas y me provocas intentando obtener una reacción, ¡como estás haciendo ahora mismo!

Ty le dirigió una mirada compasiva.

—Buen intento, cariño, pero tu psicología inversa no funcionará conmigo. Bien, como iba diciendo, pinchas como...

—¡Eres un imbécil! —murmuró ella entre dientes—. ¿Por qué me habré...?

Dejó de hablar al ver su sonrisa arrogante. ¡Su engreimiento era increíble! Si no se marchaba de allí, sería ella la que daría pie a una pelea.

Se puso en pie abruptamente y sonrió a su alrededor.

—Gracias a todos por venir. No sabéis lo mucho que os lo agradezco. Pero tengo que trabajar dentro de unas horas, así que me marcho.

Los pilló a todos por sorpresa.

—Espera, Vic —dijo Matt—. Te pediré un taxi.

Pero Vicky no pensaba quedarse, ni siquiera para esperar a Maddie, que había elegido un mal momento para ir al baño.

—No te molestes, Matt. Buscaré uno fuera. ¡Buenas noches a todos!

Y salió disparada hacia la puerta.

—¡Maldita sea! —murmuró Ty. Si se metía en un taxi, volvería a la casilla de salida.

Hizo oídos sordos a las amenazas de Matt y a las súplicas de Isabelle y se levantó de la mesa para seguirla. Pero Cruella se le adelantó. Se inclinó sobre la mesa y lo agarró de la camisa para sujetarlo.

Por un instante, sus piernas corrieron dejando una estela de polvo por el aire como si fuera un personaje de dibujos animados, mientras su cuerpo se quedaba donde estaba.

Entonces se le soltaron los automáticos de la camisa, Adrianna lo soltó y él corrió a través del restaurante sin mirar atrás, con la camisa abierta.

Llegó corriendo a la acera y vio a Vicky metiéndose en un taxi. Alcanzó la puerta antes de que ella pudiera cerrarla, la empujó con el culo y se sentó a su lado.

—Pero ¿qué diablos haces?

Él sonrió al ver su indignación.

—¿Adónde vamos? —preguntó cuando el taxi se alejó del bordillo.

—Yo me voy a casa. Tú te vas de aquí.

Ty miró por encima del hombro y vio a Matt salir a la calle y girar la cabeza. No reparó en el taxi cuando el vehículo se metió por la Novena Avenida. Entonces Ty se relajó y estiró el brazo a lo largo del respaldo.

—¿Por qué no pagamos a medias el trayecto? —le preguntó a Vicky—. Al fin y al cabo somos prácticamente vecinos.

—Porque no te soporto, por eso —respondió ella pegándose a la puerta del lado contrario.

—Vamos, cariño, ya te he dicho que lo siento.

—Sentirlo no basta. Me rompiste el corazón.

Ya no parecía que lo tuviese roto. Parecía enfadada. De hecho, su golpe de melena desafiante le recordó a Brescia antes de darle un mordisco.

—Cariño —le dijo con la misma voz tranquila que había empleado con el animal—, la verdad es que yo también me rompí el corazón.

Ella se quedó mirándolo durante unos segundos, con sus ojos indescifrables a la luz de las farolas. Entonces el taxi se detuvo en un semáforo. Ella abrió la puerta y salió del vehículo en mitad del tráfico.

Le pilló por sorpresa. Blasfemó, sacó un billete de veinte, lo dejó en el cajetín, salió a la calle y se encontró en la trayectoria de una limusina Hummer negra que estaba a punto de saltarse el semáforo en rojo.

Le salvaron los reflejos. Dio media vuelta y se quedó pegado al taxi mientras la limusina pasaba. Las solteras borrachas que iban asomadas a la parte de arriba agitaban botellas de champán y le gritaron para que se metiera en el coche con ellas. Él las saludó con la mano, agradecido de estar vivo, y dio un grito cuando un taxi se alejó del bordillo y estuvo a punto de darle.

—¡Maldita sea! —gritó. ¡Solo en Nueva York podía haber tanto tráfico! Le sacó el dedo al taxista y maldijo a toda la ciudad.

Llegó hasta la acera de una pieza, tomó aliento y vio a Vicky caminando por la calle Cuarenta y Dos en dirección a Times Square. Maldición, la perdería allí entre la multitud de gente que salía de los teatros. Echó a correr.

Mientras esquivaba turistas, farolas y papeleras, soltaba improperios. Nunca en su vida había tenido que perseguir a una mujer. Y allí estaba, corriendo en pleno Maniatan con botas de vaquero. Botas de vaquero hechas para contonearse, no para correr.

¿Por qué diablos Vicky se lo ponía tan difícil?

Giró a la izquierda por la Séptima a toda velocidad, él dobló la esquina y acortó la distancia.

Pero ahora había más personas, que se movían como si fueran un rebaño de ovejas. Eso le hizo perder velocidad. Quería gritar.

Ante él se abría Times Square en un despliegue de neón, tan brillante como la luz del sol y plagado, como siempre, de personas de todas las edades y nacionalidades que contemplaban los enormes anuncios con la boca abierta, intentando encontrarse en las pantallas que mostraban a la gente de la calle.

Divisaba a ratos la melena rubia de Vicky entre un mar de cabezas. La perdió completamente por un momento, pero después volvió a verla a pocos metros de distancia.

Estaba acercándose cuando se vio detenido por un semáforo en la Cuarenta y Cinco. Ella logró cruzar y lo dejó atrás.

Ty apretó los dientes, giró el cuello y la vio entrar corriendo en el Marriott Marquis. Volvió a blasfemar. Ese lugar era enorme, cosa que él sabía porque las chicas de postgrado le habían llevado a su famoso restaurante giratorio situado en la azotea. En el hotel había otros restaurantes y bares. Vicky podría meterse en cualquiera de ellos, o emerger por otra salida a otra calle secundaria. Entonces no la encontraría.

El semáforo se puso en verde al fin y él salió corriendo hacia la intersección, abriéndose paso entre los viandantes y disculpándose por encima del hombro cada vez que se chocaba con alguien.

Entró por la puerta principal, se detuvo y miró a su alrededor. A la derecha estaba el mostrador de seguridad; en el centro, un tramo circular con ascensores. Aquel no era el vestíbulo del hotel; eso se encontraba en la octava planta, cosa que había descubierto cuando las estudiantes de postgrado intentaron convencerlo para que se metiera en una habitación con ellas. Pero aun así el lugar estaba lleno de huéspedes que entraban y salían del edificio y de las tiendas.

Vio una melena rubia meterse en un ascensor y decidió arriesgarse. Corrió entre la gente, tropezó con una maleta y se lanzó hacia las puertas del ascensor antes de que se cerraran del todo.

CAPÍTULO 27

Vicky se pegó a la pared cuando un cuerpo entró disparado en el ascensor y se estampó contra la pared del fondo. La otra mujer que iba en el ascensor soltó un grito. Su marido la colocó tras él y separó las piernas para defenderla del bárbaro medio desnudo que había irrumpido en su civilizado hotel.

Vicky se quedó mirando al intruso y quiso gritar. ¿Cómo la había encontrado? ¿Por qué no la dejaba en paz?

Se recuperó y se lanzó hacia las puertas. Demasiado tarde; se cerraron con ella dentro.

Frustrada y enfadada, humillada y dolida, se dio la vuelta para enfrentarse de una vez por todas a aquel egocéntrico exasperante, aquel imbécil insensible, aquel grano en el culo que le había hecho huir de su propia celebración y correr por las calles de Nueva York.

Entonces lo miró a la cara y cerró la boca. Se le erizó el vello del cuello. Y su instinto de pelear o huir le dijo a gritos que saliera corriendo de allí.

Tyrell, que echaba humo como si fuera una tetera que llevara demasiado tiempo en el fuego, se echó el pelo hacia atrás con los dedos y la miró a los ojos. Le sudaban las sienes y respiraba entre dientes. Completamente erguido, parecía ocupar todo el espacio del ascensor. Vicky tragó saliva. La pareja arrinconada se acercó a la puerta. Con un poco de suerte, podrían escapar y llamar a seguridad antes de que Ty pudiera estrangularla.

El ascensor se detuvo, se abrieron las puertas y salieron los cuatro al pasillo. La pareja se alejó hacia la izquierda. Vicky giró hacia la derecha, pero Ty la alcanzó en dos zancadas. Le dio la vuelta como si fuera una bailarina, la estrechó contra su pecho y la rodeó con ambos brazos.

—Podemos hacerlo por las buenas o por las malas —gruñó.

—O puedo gritar que me quieren matar —respondió ella.

—Si lo haces, te tiró por el tubo de la lavandería.

—Al menos así estaré lejos de ti.

—Y yo iré detrás. Terminaremos esto en el sótano, donde nadie pueda oírte gritar.

Maldita sea, no tenía ganas de caer por el tubo de la lavandería.

—Entonces, desahógate —le dijo Vicky—. Dime de qué te has dado cuenta.

Él apretó la mandíbula.

—¿Ves? Es esa boca tuya respondona la que me excita tanto que no puedo pensar con claridad.

La agarró con fuerza del brazo y la condujo hacia la puerta de las escaleras. La abrió y la empujó hacia allí. Se cerró a sus espaldas con un portazo siniestro.

La acorraló contra la pared y colocó las palmas de las manos sobre el cemento, a los lados de su cabeza. La luz de la bombilla del techo se reflejaba en su pelo rubio, convirtiéndolo en cobrizo.

—Casi me arrolla un Hummer mientras te perseguía.

—Qué pena. Lo de «casi», digo.

—¿Quieres que te ponga sobre mis rodillas y te dé un azote en el culo?

—Eso te encantaría. Llevo las bragas de leopardo. Con el sujetador a juego. Aunque no vayas a volver a verlo.

La mirada se le oscureció.

—Me lo vas a enseñar —le prometió con una voz que le

erizó la piel—. Antes de que acabe la noche, te voy a arrancar las bragas con los dientes.

A Vicky se le quedó la boca seca y las mariposas comenzaron a revolotear en su estómago. ¿Cómo podía desearlo tanto después de todo lo que había hecho? ¿Después de haber llegado tan lejos?

Intentó empujarlo, pero era imposible. Su pecho era duro bajo sus manos, duro y cálido, subiendo y bajando al ritmo de su respiración entrecortada.

Dios. Tenía que quitarle las manos de encima cuanto antes.

Pero llevaba la camisa abierta y el vello de su torso le hacía cosquillas en las palmas. Y sus abdominales estaban justo ahí. Como enormes onzas de chocolate, pero más tentadores. ¿Cómo no iba a tocarlos?

Lo miró a la cara y deseó no haberlo hecho. Sus ojos ardían. Se había olvidado de que podía leerle el pensamiento.

—Adelante —murmuró él con un susurro caliente y sensual.

Ella se humedeció los labios y bajó la mirada hasta su cintura. Deslizó las yemas de los dedos hacia abajo, hasta que tocó con los pulgares el primer abdominal, después el segundo. Y el tercero. Su vientre se estremeció bajo sus caricias. El sudor recubría su piel.

Vicky dejó escapar un sonido de anhelo que nacía de la humedad entre sus muslos. Subió por su estómago y se alojó en su corazón hasta salir en forma de gemido que la excitó como una descarga eléctrica.

Ty agachó la cabeza y la besó con fuerza, como si se muriera de hambre. Le levantó la camiseta hasta el cuello, le bajó el sujetador y le agarró los pechos con las manos.

Ella le devolvió el beso devorando sus labios, succionando su lengua. Deslizó las manos por debajo de la camisa y le arañó la espalda. Perdida en el calor de la pasión, se olvidó del dolor, del mañana, de la semana próxima, del año siguiente. Lo único que importaba era aquel minuto, lo único que deseaba era a él.

Los sonidos que hacían, los gemidos y jadeos eran un lenguaje en sí mismo, que hablaba de necesidad y del ahora. Ella manipuló sus vaqueros mientras él abría los de ella y metía la mano por dentro. Introdujo los dedos bajo sus bragas mojadas y en su interior. Extrajo la humedad y frotó el dedo en círculos.

Vicky no acertaba con los dedos, era incapaz de desabrocharle el pantalón. Él le apartó la mano, se abrió el pantalón e hizo que rodeara con la mano su miembro, erecto y duro, y que lo acariciara lentamente.

—Oh, Dios, por favor —esa fue ella, rogando—. Por favor, por favor, por favor…

Ty deslizó los labios por su mejilla y bajó hasta el cuello.

—Dime lo que deseas, cariño. Dímelo y te lo daré.

—A ti —murmuró ella—. Dentro de mí. Ahora.

Él le soltó la mano. Ella siguió acariciando su erección mientras la apartaba de la pared y la llevaba hacia la barandilla. Sacó la mano de sus bragas y ella intentó detenerlo.

—Confía en mí —le dijo él. Después le dio la vuelta y la dobló sobre la barandilla. Le bajó los vaqueros y dejó que cayeran hasta sus tobillos.

—Umm —murmuró. El aire frío acariciaba sus nalgas. Se las agarró con las manos—. Cariño, tienes un culo precioso. Podría comérmelo —dio un bocado.

—¿En serio? ¿Ahora? —todo su cuerpo temblaba. Oyó que se reía tras ella y le arrancaba las bragas de leopardo con los dientes.

Había ganado esa batalla, pero a ella no le importaba; se estremeció al oír la rasgadura del envoltorio del preservativo. Ty le separó los muslos con la rodilla. Debió de sentir que se tensaba, porque le acarició la espalda con una mano.

—No te preocupes, cariño, estás tan húmeda que voy a penetrarte sin problema.

—Promesas, promesas —dijo ella entre dientes—. Sí, sí —gimió cuando la agarró por las caderas y la embistió—. Sí, sí, sí —repitió mientras la penetraba con fuerza y velocidad.

Se agarró a la barandilla hasta que se le clavó en las palmas de las manos. Sus pechos bailaban, le costaba respirar. Giró la cabeza y lo miró por encima del hombro. Le caía el pelo por la frente y su torso brillaba con el sudor.

La miró a los ojos.

—Te tengo, cariño —dijo entre jadeos—. Ahora tócate. Córrete conmigo.

Podía hacerlo. Podía correrse con él en la escalera de un hotel de Times Square.

—De acuerdo, sí —encontró su clítoris—. ¡Oh, Dios mío!

Él le clavó los dedos en las caderas y tensó los tendones del cuello.

Entonces Vicky cerró los ojos, su cuerpo se estremeció y el corazón se le desbocó. Se le doblaron las rodillas y se dejó llevar.

Ambos se dejaron caer al abismo juntos.

Se abrió una puerta unos pisos más arriba.

Ty blasfemó en voz baja. No era buen momento para tener compañía. No podía hacer prácticamente nada, con un brazo bajo las caderas de Vicky sujetando casi todo su peso y el otro apoyado en la barandilla para sujetarse él.

Después el sonido de las botas en las escaleras hizo volver en sí a Vicky.

—¿Estás bien? —le preguntó él, con miedo a soltarla.

—Sí, lo estoy —le temblaba la voz, pero se zafó de su brazo, se subió los vaqueros y se guardó las tetas antes de que él pudiera cerrarse la cremallera.

Pero fue una falsa alarma. Un tipo se detuvo en el piso superior al suyo, otra puerta se abrió y se cerró. Después se hizo el silencio.

Aun así, Vicky parecía nerviosa; tenía la cabeza agachada y las manos entrelazadas. Él reconoció los síntomas. Era un caso típico de remordimientos. En un minuto intentaría salir huyendo otra vez solo por principios.

Ty no podía permitir que eso ocurriera.

Le pasó un brazo por los hombros y adoptó el papel de hombre fuerte que le pide ayuda a la mujer.

—Cariño, me temo que vas a tener que echarme una mano. Me ha dado un tirón en la espalda.

Ella levantó la mirada y puso cara de culpabilidad.

—¡Oh, Dios, es por mi culpa! Prácticamente me he dejado caer después de… —dejó la frase sin terminar y se sonrojó tanto que él casi se sintió mal por fingir. Casi.

Frunció el ceño y se enfrentó valientemente al dolor.

—Si me rodeas con el brazo, creo que podré llegar hasta el ascensor.

—Sí, claro. Pero primero deja que te cierre la camisa. La gente pensará que hemos…

Se ponía tan mona cuando se avergonzaba. Se abstuvo de tomarle el pelo, ya habría tiempo para eso, y dejó que le abrochara los automáticos de la camisa sin molestarse en señalar que no se había hecho daño en los dedos. Eso le concedió un minuto para admirar sus mejillas sonrojadas y sus largas pestañas sin que le reprendiera.

—Puedes metérmela por dentro si quieres —le dijo cuando terminó.

Vicky entornó los párpados, pero él debió de lograr parecer inocente, porque se limitó a decir:

—Está bien así —después se colocó bajo su brazo, enganchó el suyo en su cintura y lo ayudó a caminar hasta los ascensores.

Cuando entraron, él pulsó el botón para el octavo piso.

—¿Qué hay en el octavo? —preguntó ella.

—El vestíbulo, cariño. Voy a registrarme.

—¿Por qué?

—No puedo llegar hasta casa con este dolor —negó tristemente con la cabeza—. La última vez que me pasó esto, estuve en cama una semana.

—¿En serio? Tal vez debamos ir a Urgencias.

—Ya he hecho eso. Me dirán que me relaje en una cama bien firme —el ascensor se detuvo y puso cara de dolor al caminar hacia las puertas. Ella volvió a colocarse bajo su brazo.

—Esto es ridículo —le dijo mientras él caminaba hacia el mostrador de recepción—. No puedes quedarte aquí durante una semana.

—¿Dónde mejor? Al menos aquí tendré servicio de habitaciones.

—Supongo. Pero… —parecía tan confusa que tuvo que morderse la mejilla para no sonreír.

—Necesito una habitación —le dijo a la joven de la recepción—, con una cama grande —Vicky se echó hacia atrás como para indicarle a la mujer que ella no compartiría la habitación con él. Él se mordió la mejilla con más fuerza. Claro que compartiría su cama, pero aún no lo sabía.

Firmó la factura y después volvieron al ascensor. Cuando las puertas se cerraron tras ellos, pulsó el botón para el piso veintiséis y después le dirigió una mirada rápida a Vicky. Parecía nerviosa otra vez, como si la culpa no fuese a permitirle llegar hasta su habitación. Así que probó una táctica diferente.

—Por si no te lo he dicho, has estado fantástica sobre el escenario esta noche. Al final prácticamente me has roto el corazón. Hasta Cruella se ha emocionado.

Ella se sonrojó. Las puertas se abrieron y le rodeó de nuevo la cintura con el brazo.

—He sido afortunada por tener un primer papel tan bueno —dijo mientras lo conducía hacia su habitación.

Ty pasó la tarjeta por la ranura.

—Eres demasiado modesta. No sé mucho sobre el negocio de la interpretación, pero reconozco el talento como cualquiera —mantuvo el brazo sobre sus hombros cuando entró cojeando—. Y, cariño, tú tienes talento a raudales.

Ella le dirigió una sonrisa dulce y tímida. Hacía semanas que no le sonreía así, y la sonrisa impactó justo en su plexo solar. El corazón le dio un vuelco y después se le desbocó. Y su pene, el infalible barómetro que medía la atracción sexual, volvió a ponerse rígido, cuando no hacía ni diez minutos que había tenido un orgasmo.

No era de extrañar. Vicky le alteraba, por dentro y por fuera. Cerró la puerta con pestillo tras ellos.

La cama parecía enorme en la pequeña habitación, con una suave colcha blanca y ocho almohadones gigantes. Cojeó hacia ella y Vicky le siguió el juego, sirviéndole de apoyo. Aquello iba a ser muy fácil.

Demasiado fácil. Pensaría que la halagaba solo para llevársela a la cama. Y, aunque eso fuese cierto, pensaba realmente todo lo que le había dicho.

Pero nunca la convencería de ello, así que probablemente fuese mejor enfadarla una vez más antes de volver a penetrarla.

Se detuvo junto a la cama y se rascó la barbilla pensativo.

—Claro que gran parte del mérito es mío. Si no fuera por mí, no irías de cabeza al estrellato.

Ella reaccionó de manera automática.

—¿En serio? ¿Quieres que te dedique mi éxito, suponiendo que alguna vez lo consiga?

Ty le agarró los hombros con más fuerza.

—Claro que sí. Todo lo del falso flirteo fue idea mía. Y fui yo quien estropeó la boda e hizo que saliéramos en los periódicos —levantó la palma de la mano que tenía libre, como si fuera evidente—. Tienes que admitirlo, cariño. Si no fuera por mí, seguirías esclavizada en Marchand, Riley y White, preguntándote cuándo se tiraría Winnie a tu nueva secretaria. Sin duda me la debes.

Ella frunció el ceño.

—Lo único que te debo, Tyrell Brown, es una patada en las pelotas. ¡Me despidieron por tu culpa! ¡Me investigó el Comité! ¡Podrían haberme inhabilitado!

—Pero no lo hicieron, ¿verdad?

—No, pero...

—Entonces, ¿cuál es el problema? —empezó a enumerar

con los dedos—. Ya no estás bajo el control de Cruella, has dejado un trabajo que odiabas de todos modos, tienes café gratis todos los días y por fin estás haciendo lo que siempre quisiste hacer.

Casi podía oír cómo Vicky rechinaba los dientes. No podía negarlo, así que lanzó un ataque.

—¿Por qué estás en Nueva York, por cierto?

—Me ofrecieron un trabajo en la universidad. Pensé que me vendría bien probar.

—¿Y?

—Y me gusta. Más de lo que esperaba. Me han ofrecido quedarme otro año y me lo estoy pensando.

—¿Otro año en Nueva York? —palideció—. ¿Y qué pasa con tu rancho? ¿No te necesitan allí, haciendo cosas típicas de un rancho?

—Joe no me necesita en el día a día. Y puedo volar hasta allí cuando lo eche demasiado de menos —ladeó la cabeza—. ¿Te pone nerviosa tenerme a la vuelta de la esquina?

—Pfff. No podría importarme menos.

—Bien. Porque me pasaré por Starbucks todas las mañanas para que puedas prepararme un café latte.

Ella apretó la mandíbula.

—¿Tienes idea de cuántas calorías hay en uno de esos? Ya puedes darles un beso de despedida a tus abdominales.

—Cariño —dijo él, e hizo una pausa dramática—, creo que ambos sabemos a cuál de los dos le gusta besar mis abdominales.

Vicky perdió los nervios. Le daba igual que le doliese la espalda. Colocó las palmas de las manos sobre su torso y lo empujó.

Y el muy bastardo tiró de ella y la arrastró con él mientras se reía. ¡No le dolía la espalda! Había vuelto a engañarla, pero en esa ocasión le haría pagar por ello.

La tenía sujeta por la cintura, pero tenía las manos libres. Metió una entre ellos y fue directa a por sus testículos. Le resultó fácil encontrarlos, ya que su pene estaba duro como una roca, señalándole el camino.

Pero una vez más Ty le leyó el pensamiento y le dio la vuelta como si fuese una tortita. La aprisionó con el torso contra la cama y se rio con tanta fuerza que apenas podía hablar. A ella no le pasaba lo mismo y no paró de insultarlo, aunque de nada sirvió. Intentó zafarse, pero su peso se lo impedía.

Ty le rodeó la cara con las manos y sonrió.

—Di patata, cariño.

Ella golpeó el colchón con los zapatos.

—Puedo quedarme aquí toda la noche —añadió él—, aplastándote la vejiga.

De pronto le entraron ganas de hacer pis. Era odioso más allá de lo imaginable.

—Patata —murmuró—. Y tengo que ir al baño.

—¿Me prometes que volverás a la cama?

Vicky apretó la mandíbula y lo miró a los ojos.

—Durante cinco minutos. Esa es mi última oferta.

Él se quitó de encima con una sonrisa que le recordó que no estaba en condiciones de hacer últimas ofertas.

Una vez en el baño, Vicky se entretuvo peinándose con los dedos, echándose agua en la cara y arrastrando los pies porque sabía lo que ocurriría cuando se metiera en la cama con él. Y lo deseaba. La excitaba, la despertaba, la hacía reír, reírse de él y de sí misma, de la vida en general.

Josie tenía razón, estaba loca por él.

Apoyó las palmas de las manos en el fregadero y se miró en el espejo. Recordó la última vez que se había mirado en un espejo decidiendo si tener sexo o no con Tyrell Brown. Le había herido el orgullo en aquel avión, después le había roto el corazón en Amboise y luego había pisoteado los pedazos en Texas. Si volvía a hacerle daño esa noche, la culpa sería de ella.

Pero sobreviviría. Sería horrible, pero era más resistente de lo que creía, y sobreviviría. Mucho peor sería sentirse como una cobarde y vivir con el arrepentimiento, preguntándose qué habría podido ocurrir si lo hubiera intentado.

Ty estaba tumbado de costado, con la cabeza apoyada en una mano, guapísimo con el pelo revuelto y la barba incipiente. Tenía los párpados entornados por la luz de la mesilla y una sonrisa seductora en los labios. Golpeó la cama frente a él con la otra mano y ella se subió como una gata obediente, se tumbó e imitó su postura. Había menos de veinte centímetros entre ellos.

—¿Te dolía la espalda de verdad?

—Ni un poco —respondió él mientras le acariciaba el brazo desnudo hasta llegar a los dedos—. He tenido que improvisar porque nada de esto está saliendo como había planeado.

—¿Pensabas que me iría a la cama contigo sin más?

—Pensaba que, si me deseabas tanto como yo a ti, tendrías sexo conmigo en cualquier parte y en cualquier momento.

Ella se encogió de hombros.

—Bueno, supongo que tenías razón, dado que acabamos de hacerlo en la escalera.

Él volvió a subir los dedos por su brazo y los metió por debajo del sujetador. Le acarició el pecho con el nudillo, algo muy sutil, pero sirvió para encender su piel. Lo deseaba otra vez. Lo deseaba todavía. El deseo nunca se extinguía del todo.

—Cariño, antes de que vayamos más lejos, y pienso ir mucho más lejos, he de admitir que hace unos minutos te he contado una mentira piadosa.

Ella sintió la presión en el pecho, pero se obligó a hablar serena.

—¿Además de lo del dolor de espalda?

—Sí, esto es otra cosa —le acarició el pezón con el nudillo hasta que se le puso duro—. Pero no me lo tengas en cuenta, porque lo cierto es que al principio también me mentí a mí mismo. Y me lo creí durante mucho tiempo. Descubrí la verdad ayer, cuando te vi —le sostuvo la mirada—. No he venido a Nueva York a dar clases. He venido a por ti.

—¿A por mí? —el corazón le latía con fuerza.

Él asintió lentamente.

—Cuando volví de Francia, no podía dormir. No podía acostarme con nadie. No podía pensar en nada que no fueras tú. Y, créeme, lo intenté.

Levantó la mano y le acarició la clavícula.

—Por eso empecé a salir con Molly. No por el sexo. Eso no ocurrió. Era para intentar olvidarme de ti. Porque, cariño, me hacías sentir todo tipo de cosas que no deseaba sentir.

Le acarició la curva del cuello con los nudillos, tan suavemente que ella apenas lo notó.

—Entonces viniste al rancho y todo pareció encajar. Solo podía pensar en que quería que estuvieras allí conmigo. Y, cuando te marchaste —hizo una pausa—, cariño, cuando te marchaste me di cuenta de que no quiero estar allí sin ti. Preferiría no estar enamorado de ti —suspiró—. Pero lo estoy.

Ella ladeó la cabeza sin saber si lo había oído correctamente.

—¿Estás enamorado de mí?

—Ajá.

—¿De verdad?

—Ajá.

—No pareces muy feliz al respecto.

—Bueno, cariño, como te he dicho, no haces más que darme problemas.

—¿Problemas yo? Tyrell Brown…

La tumbó boca arriba, la besó y metió la lengua entre sus dientes. Metió la mano por debajo de la camiseta y del sujetador. Ella se arqueó y le agarró la camisa con los dedos.

—¿Ves a lo que me refiero? —preguntó Ty mientras recorría su mandíbula con los labios—. Tenemos una pequeña desavenencia y acto seguido me distraes con el sexo —murmuró mientras le desabrochaba los vaqueros.

—No deberías dejar que me saliera con la mía —respondió ella mientras se los quitaba. Después dirigió la mano hacia los suyos, se los bajó y agarró su miembro erecto.

—Lo sé. Pero tienes un polvazo —le levantó las caderas y se hundió en su interior.

Vicky arqueó la espalda para recibir su embestida y le rodeó con las piernas.

—Y me quieres.

—Y te quiero —convino mientras la penetraba—. Te quiero mucho, Victoria Westin.

Vicky sintió el calor recorriendo su cuerpo como un chupito de whisky. Lo miró a los ojos, le arañó los brazos y dijo las palabras que brotaban de su corazón.

—Yo también te quiero, Tyrell Brown.

CAPÍTULO 28

Josie miró a Ty con el ceño fruncido desde el otro lado de la barra.

—¿Qué diablos le hiciste a Vicky?

Levantó la mano antes de que él pudiera responder.

—No quiero detalles, por favor. La verdadera pregunta es cómo va a hacer otra representación brillante esta noche cuando está tan cansada que no puede distinguir un café grande de uno mediano.

Él sonrió con suficiencia.

—Confía en mí, cariño, sabe lo que es grande cuando lo tiene delante.

Josie se rio.

—Muy buena, vaquero. Humor guarro en Starbucks. Me gusta —miró hacia atrás—. ¡Eh, Vicky! Robert Redford está aquí y parece estar fresco como una lechuga.

No podía decirse lo mismo de Vicky. Aunque se iluminó al verlo, lo cual hizo que se le animase más aún el corazón. Tenía que ponerle las manos encima de inmediato.

—Cariño, tienes que quitarte el delantal y venir conmigo ahora mismo.

Ella miró el reloj.

—Me queda media hora.

—Yo te sustituiré —dijo Josie—, siempre y cuando prometas que te echarás una siesta antes de esta noche —le dirigió una mirada de advertencia a Ty.

Él levantó la mano derecha.

—Juro que la llevaré directamente a la cama.

Josie puso los ojos en blanco.

Una vez en la calle, Vicky entornó los párpados frente al sol del mediodía. Ty la rodeó con un brazo y la llevó hacia su casa.

—Josie tiene razón, cariño, estás destrozada. Lo mejor será que te quite la ropa y te meta directa en la cama —la apretó cariñosamente—. A mí también me iría bien una siesta, así que me meteré en la cama contigo.

—Querrás decir que me la meterás en la cama.

Él se hizo el ofendido.

—Solo una mente calenturienta convertiría un comentario inocente en algo porno.

Eso hizo que se riera. Se acurrucó junto a él y las mariposas, sí, las mariposas revolotearon por su estómago.

—¿No tienes que dar clase esta tarde?

—No hasta las tres. He cancelado mis horas de tutoría esta tarde, así que soy todo tuyo hasta entonces.

—De verdad, necesito dormir —le dijo ella.

—Lo sé, cariño, y prometo no ponerte las manos encima. Tú, por el contrario, puedes hacer con las tuyas lo que quieras.

¿Cómo iba una mujer a no ponerle las manos encima a Tyrell Brown cuando todo, desde sus piernas atléticas hasta su pelo rubio pedía ser acariciado y estrujado?

Era imposible.

Al final fue Ty quien puso el límite.

—Cariño, nunca pensé que estas palabras saldrían de mi boca, pero tienes que dejar de hacerme el amor y dormir un poco.

Tenía razón, pero ella hizo un mohín de todos modos.

Ty se rio al ver su expresión testaruda y la estrechó junto a su cuerpo.

—No te preocupes, cariño. Podemos hacerlo durante toda la noche. De hecho, mi casa está más cerca de Starbucks. Probablemente deberías trasladarte conmigo.

Ella levantó la cabeza.

—¿Trasladarme? ¡Si acabo de dejar de odiarte hace unas pocas horas!

—Y mira dónde estamos ya. A estas horas mañana querrás casarte.

—¿Casarme?

—A mí también me parece precipitado. Pero, si juegas bien tus cartas, y con eso quiero decir que, si sigues llevando esto —agitó las bragas con estampado de tigre que colgaban de su dedo meñique—, estoy abierto a negociaciones.

—¿Negociaciones? —preguntó ella con asombro. Aquel hombre no tenía remedio.

—Sé que estás nerviosa por sacar el tema, pero no es necesario que repitas todo lo que digo. Sé que, desde tu punto de vista, tiene sentido.

—¿Desde mi punto de vista? —repitió ella de nuevo, pero, en serio, la había sorprendido con sus palabras.

—Claro. Estás locamente enamorada de mí —lo dijo como si fuese evidente—. Probablemente empezó cuando entré en el juzgado con mi traje y mi corbata. Vi que no podías quitarme los ojos de encima. Luego aquel maratón de sexo en Amboise avivó las llamas. Dios, si no hubiera sido tan imbécil al final, probablemente ya estaríamos casados. Así que lo entiendo. Piensas que hemos perdido demasiado tiempo y estás preparada para dar el salto.

Vicky se recuperó lo suficiente para arquear una ceja.

—Lo estoy, ¿verdad?

Él se encogió de hombros.

—Es razonable, teniendo en cuenta que tu reloj biológico

está sonando como un loco —ignoró su resoplido de incredulidad—. Pero, te lo advierto, quiero un hogar lleno de niños. Cuatro o cinco como mínimo —le dio una palmadita en el costado—. Tienes las caderas algo estrechas, pero ensancharás después de los dos o tres primeros.

Ella se incorporó de un brinco.

—¡Estoy en la cama con un vaquero cromañón! ¿Qué me pasa?

—No te culpes. Es difícil resistirse a mí.

Vicky se dejó caer sobre la almohada.

—Sí que lo es. No sé por qué, pero así es.

Ty se puso encima de ella riéndose y le atrapó la cabeza con los brazos. El pelo le cayó hacia delante y arrugó sus ojos de tigre. Pero, mientras la miraba a los ojos, su sonrisa desapareció y su expresión se volvió tan solemne que se quedó sin respiración.

—Ty, ¿qué te pasa?

—Nada —respondió él, y su acento la envolvió como terciopelo—. Por primera vez en mi vida, todo está bien.

Le acarició las mejillas con los pulgares.

—Me alegro mucho de que por fin estés haciendo lo que te hace feliz. Y a mí me gusta vivir aquí en la ciudad, siempre y cuando volvamos al rancho de vez en cuando.

—Pero el rancho es tu hogar.

—También será tu hogar; al fin y al cabo, toda estrella de cine necesita un rancho en el oeste. Pero, cuando estés trabajando, viviremos donde tengas que vivir.

Ella le acarició la espalda con las manos.

—¿De verdad quieres casarte? ¿Conmigo?

—Llámame loco.

Ella se rio. Era una locura. Pero era lo correcto. Nadie la hacía reír como Ty. Nadie la volvía tan loca. Nadie le aceleraba el corazón como lo hacía él.

Pero, ¿qué veía en ella?

—No sé nada sobre vacas.

—Cabestros, cielo. Yo te lo enseñaré todo. Me acompañarás a mover el ganado y haremos el amor bajo las estrellas.

—Pero yo no sé cabalgar.

—No estoy de acuerdo. Cabalgas como una profesional.

Ella le pellizcó.

—Me refería a los caballos.

—Ah, los caballos. Está bien, te enseñaré.

Parecía demasiado bueno para ser cierto.

—¿No odias vivir en la ciudad?

—Tiene sus momentos, pero la verdad es que me gusta. Y me gustará mucho más cuando duermas en mi cama cada noche.

Eso también parecía demasiado bueno.

—Antes de que te comprometas, tengo que confesarte algo. Es sobre todo eso de los vaqueros.

Él frunció el ceño.

—Ya sabes que me burlo mucho de eso.

—Sí, me he dado cuenta.

—¿Las botas, las camisas y el acento?

—Ajá —parecía preocupado.

—El caso es que —le rodeó las mejillas con las manos—, odio decir esto porque me hace sentir como una idiota, pero el caso es que todo eso me excita muchísimo.

Él puso los ojos en blanco para mostrar su alivio.

—Me habías asustado, cariño. Estaba intentando imaginarme con un jersey negro de cuello vuelto y me ahogaba.

Eso la hizo sonreír. Pero aún no estaba todo aclarado. Seguía habiendo un elefante en la habitación, dispuesto a aplastar su felicidad.

Vicky levantó la barbilla y se enfrentó a ello.

—¿Qué me dices de Lissa?

—¿Qué pasa con ella?

—Sé lo mucho que la querías.

—Aún la quiero. Siempre la querré.

Ella dejó caer la mirada y el corazón le dio un vuelco.

Entonces Ty le pasó un dedo por debajo de la mandíbula, le levantó la cabeza y la miró a los ojos.

—Buen intento, cariño, pero no vas a librarte tan fácilmente —le dijo con una sonrisa—. Esta vez no pienso salir corriendo. Estás atrapada conmigo. Y, si conozco a Lissa, ahora mismo estará riéndose, pensando en todos los problemas que me vas a acarrear el resto de mi vida.

Agachó la cabeza y la besó en la comisura de los labios.

—Te quiero, cariño. Ahora tienes que dormir un poco, así que deja de restregarme las tetas. No pienso picar.

Se tumbó boca arriba y la acurrucó contra su hombro. Ella oía los latidos de su corazón. Tomó aliento y suspiró. Enredó la pierna en su muslo y apoyó la palma de la mano en sus abdominales.

El elefante había abandonado la habitación. Cerró los ojos y se durmió.

Agradecimientos

Les debo este libro y mi cordura a mis dos mejores compañeras de escritura: Anne Barton, prima, amiga y correctora excepcional; y Karla Doyle, que me tiende amablemente la mano mientras me da una patada en el trasero.

Mi hermana Roberta Peppin también ha tenido que ver con esto. Igual que Katie Rotello, aunque ella trate de negarlo. Y a mis padres, que me decían que me comería el mundo. Muchas otras personas me han animado también; para mí significa mucho más de lo que podéis imaginar.

Pero, incluso con todo ese amor y ese apoyo, este libro seguiría siendo un documento en mi ordenador de no ser por Jill Marsal, que no cede y siempre da lo mejor de ella.